Boandlkramer

Ines Eberl ist Juristin und Krimiautorin. Sie wurde in Berlin geboren und studierte Rechtswissenschaften in Salzburg. Nach ihrer Promotion forschte sie am Institut für Europäische Rechtsgeschichte zur Zeitgeschichte, heute arbeitet sie in einer Anwaltskanzlei und schreibt erfolgreich Kriminalromane. Ines Eberl ist Roundtable-Mitglied der International Thriller Writers und gehört der englischen Crime Writers' Association an.
www.ineseberl.com

Dieses Buch ist ein Roman. Handlungen und Personen sind frei erfunden. Ähnlichkeiten mit lebenden oder toten Personen sind nicht gewollt und rein zufällig.

INES EBERL

Boandlkramer

KRIMINALROMAN

emons:

Bibliografische Information der Deutschen Nationalbibliothek
Die Deutsche Nationalbibliothek verzeichnet diese Publikation
in der Deutschen Nationalbibliografie; detaillierte bibliografische
Daten sind im Internet über http://dnb.d-nb.de abrufbar.

© Emons Verlag GmbH
Alle Rechte vorbehalten
Umschlagmotiv: mauritius images/imageBROKER/
Florian Bachmeier
Umschlaggestaltung: Tobias Doetsch
Gestaltung Innenteil: César Satz & Grafik GmbH, Köln
Lektorat: Carlos Westerkamp
Druck und Bindung: CPI – Clausen & Bosse, Leck
Printed in Germany 2017
ISBN 978-3-7408-0048-2
Originalausgabe

Unser Newsletter informiert Sie
regelmäßig über Neues von emons:
Kostenlos bestellen unter
www.emons-verlag.de

Dieses Werk wurde vermittelt durch die
AVA international GmbH, Autoren- und Verlagsagentur.

Für Isabelle und Viktor

Oui! telle vous serez, ô la reine des grâces,
Après les derniers sacrements,
Quand vous irez, sous l'herbe et les floraisons grasses,
Moisir parmi les ossements.

Alors, ô ma beauté, dites à la vermine
Qui vous mangera de baisers,
Que j'ai gardé la forme et l'essence divine
De mes amours décomposés!

Charles Baudelaire, »Une Charogne«

PROLOG

Der Wind wehte bereits den ganzen Tag um die Kapelle. Wie ein böser Geist strich er um die mittelalterlichen Mauern, kroch durch die Schlitze unter dem Dach, umspielte das Kreuz mit dem hölzernen Christus und fand seinen Widerhall in den Erkern und Mauernischen, sodass ein körperloses Flüstern die abgestandene Luft in dem Kirchenraum erfüllte.

Simon Becker, der sich an seinem Arbeitsplatz in der Krypta befand, die viele Meter unter dem Niveau der Kapelle lag und nur durch einen Mauerdurchbruch und eine lange Treppe mit ihr verbunden war, hörte die geisterhaften Stimmen nicht. Vielleicht hätte er sie auch nicht wahrgenommen, wenn sie oben im Altarraum auf ihn eingestürzt wären. Er war Kriminalbiologe, Einsätze an seltsamen Orten gewohnt und als Wissenschaftler ohnehin unempfänglich für übernatürliche Erscheinungen und Aberglauben.

Allerdings hatte Simon, wann immer er sich in der Krypta aufhielt, das Gefühl, dass dieser Platz anders war als alle Plätze, an denen er bisher gearbeitet hatte. Schon beim ersten Eintritt war ihm ein eigentümlicher Hauch entgegengeschlagen, der sich wie Atem anfühlte, überraschend und irritierend zugleich, als hauste außer den Skeletten noch etwas anderes unter der Erde. Etwas, das nicht in eine Grabstätte gehörte und das sich bereit machte, seinen Weg von den Toten zu den Lebenden zu finden.

Die Luft in der Krypta war trocken und stickig.

Hierher waren seit Jahrhunderten weder Sonne noch Regen vorgedrungen. Staub lag auf dem festgetretenen Lehm, der den ursprünglichen Fels bedeckte, und auf den vier Holzsärgen und drei Steinsarkophagen, die sich links und rechts des schmalen Ganges reihten. Namen und Jahreszahlen, die darauf standen, waren kaum noch leserlich. Auf einer marmornen Sargplatte ruhte noch ein ausgebleichter Blumenkranz, der aussah, als könnte er bei der geringsten Berührung zu Staub zerfallen. *Erde zu Erde, Staub zu Staub.* Alle, so hatte sich Simon überzeugt, enthielten die ordentlich aufgebahrten Gebeine längst Verstorbener.

Nur einer nicht.

Es war einer der Marmorsarkophage, der mit geöffnetem Sargdeckel an der hinteren Wand der Krypta stand. Daneben befand sich ein Klapptisch mit verschiedenen Arbeitsutensilien, auf dem er griffbereit auch Stifte, ein Diktiergerät, eine kleine Kamera und einen Teil seiner Aufzeichnungen platziert hatte.

Simon stellte die Baulampe vorsichtig auf eine Tabelle mit Luftfeuchtigkeitsmessungen und drehte sie so, dass ihr Schein in den offenen Sarg fiel.

Nachdenklich fuhr er mit dem Zeigefinger den rauen Marmorrand des Sarkophags entlang und ließ seinen Blick über dessen Inhalt wandern. In vermoderte Stoffbahnen gehüllt lag dort das Skelett eines Erwachsenen, der Größe nach zu schließen war es wohl das eines Mannes. Der Hinterkopf war auf ein Strohkissen gebettet. Die über der Brust gefalteten Hände hatte man ihm für die Ewigkeit mit einem Rosenkranz umschlungen. Jetzt wand sich die Schnur durch die blanken Handknochen. Ein kleines Silberkreuz schimmerte im schwachen Licht zwischen den schwarzen Holzperlen. Vielleicht war der Mann ein Priester gewesen. In jedem Fall musste er von hoher Geburt gewesen sein, denn nicht nur das Material für seine letzte Ruhestätte war kostbar, in die Seitenwände des Marmorsarges waren auch Pflanzen und Fabeltiere eingemeißelt.

Die Identität des Verstorbenen würde sich wohl nie mehr feststellen lassen, aber immerhin sprach die Auffindungssituation für eine ordentliche Bestattung. Was man von der jungen Frau, deren Leichnam sich in seinem Schoß krümmte, nicht behaupten konnte. Sie berührte Simon in besonderer Weise.

Ihr Körper war nicht verwest, sondern zur Mumie vertrocknet. Das kurze Büßerhemd aus grobem Leinen war mit dunklen Flecken übersät. Lange schwarze Haare umflossen ein zerschlagenes Gesicht. Ihre noch etwas kindlichen Hände mit den abgekauten Fingernägeln waren in einer fast flehenden Geste geöffnet, die Finger gebrochen, die Handgelenke von kaum verheilten Fesselungsspuren gezeichnet.

In ihrer Hilflosigkeit und Verletzlichkeit rührte die Tote an Simons Beschützerinstinkt. Es waren nicht nur die Umstände ihres Todes, die ihn erschreckten. Sie war zu Lebzeiten schwer misshandelt worden, der sichtbare Teil ihres Körpers übersät mit alten und frischen Wunden: Ein Teil ihrer Verletzungen war bereits am Abheilen gewesen, als man sie wohl erneut der Folter unterzogen hatte. Wer war sie gewesen? Eine Kindsmörderin, der man kein christliches Begräbnis zugestanden hatte? Dann hätte man ihre Leiche in der Nähe des Hinrichtungsplatzes verscharrt. Als Hexe wäre sie wohl verbrannt worden.

Mitleidig betrachtete Simon die schmalen Handgelenke und die Narben, die schmerzhaft festgezurrte Stricke hinterlassen hatten. Die Haut wirkte so unendlich zart, und die Adern, die sich wie das Geäst eines Baumes auf der Innenseite bläulich verzweigten, waren überraschend deutlich zu erkennen. Als hielte der Schlaf und nicht der Tod die junge Frau in seinen Armen. Der Eindruck von Leben war so echt, dass Simon dem Impuls widerstehen musste, einen Finger auf die weiße Haut zu legen, um sicherzugehen, dass darunter kein Puls klopfte. Irritiert fuhr er sich mit der Hand über die Stirn. Irgendetwas war anders als sonst.

Und dann erkannte er das Unnatürliche, das ihn störte.

Es war die Ader, die über die Innenseite des Unterarmes in Richtung des Herzens kroch. Dick und prall schimmerte sie durch das Leichengewebe. *Rot.* Es sah aus, als wäre sie noch immer mit Blut gefüllt. *Flüssigem Blut.* Simons Kehle wurde eng. Auf einmal hatte er das Gefühl, keine Luft mehr zu bekommen. Doch er unterdrückte den Impuls, die Treppe hinauf- und ins Freie zu laufen, und nach wenigen Augenblicken gewann wie immer sein Forschergeist die Oberhand.

Der Kreislauf der jungen Frau war vor Jahrhunderten zusammengebrochen, ihr Blut hatte binnen Stunden nach ihrem Tod gestockt. Trotzdem war die Farbe ungewöhnlich, und es konnte nicht schaden, der Sache auf den Grund zu gehen.

Simon beugte sich tiefer über die Mumie, nahm die verräterische Ader genauer in Augenschein. Ja, das sah tatsächlich nach Leben aus. Der Erhaltungszustand der jungen Frau war wirklich unglaublich. Er richtete sich wieder auf und überlegte kurz. Dann wählte er sorgfältig ein Skalpell aus.

Es war nicht der erste Schnitt in Leichengewebe, den er vornahm, aber als er diesmal die scharfe Klinge ansetzte, zitterte seine Hand. Zu stark war das Gefühl, einen lebenden Menschen zu verletzen. Er verdrängte den verstörenden Gedanken, schrieb ihn seiner Aufregung und der seltsamen Atmosphäre in der Krypta zu. Dann senkte er die Spitze des Skalpells in das Gewebe und machte einen kleinen Einschnitt.

Zuerst war es nur ein Tropfen, der wie eine dunkle Perle aus der pergamentartigen Haut quoll. Doch als Simon entsetzt das Skalpell aus der Wunde riss, füllte sie sich sofort mit Blut, und ein Rinnsal lief über den kindlichen Unterarm und färbte das alte Leinen des Totenhemdes rot.

Als schlüge in der Mumie noch immer ein Herz.

EINS

Adam Minkowitz' Entschluss, sich für sein neues Leben einer Schönheitsoperation zu unterziehen, war sein Todesurteil. An einem frühlingshaft warmen Märztag, zwei Wochen, vier Tage und elf Stunden vor seiner Ermordung, spazierte er über den Grünmarkt in der Salzburger Altstadt.

Die Sonne schien von einem strahlend blauen Himmel. Es war noch kühl für Mitte März, aber es lag schon eine Ahnung des kommenden Sommers in der Luft. Die Obst- und Gemüsestände bogen sich unter ihrer bunten Last, und in den Zinkeimern steckten dicke Sträuße von Tulpen und Narzissen. Besonders die Osterglocken gefielen Adam. Mit ihrem leuchtenden Gelb erweckten sie in ihm den Eindruck, er sei von lauter Gold umgeben. Der Gedanke erinnerte ihn daran, dass er nun ein reicher Mann war, und zauberte ein Lächeln auf sein angespanntes Gesicht.

Vor einem Stand mit Ostereiern, bemalten und bestickten, zum Anheften oder mit einem Scharnier zum Öffnen, blieb er stehen. Die Eier und das Osterfest waren ein Zeichen, standen für Wiedergeburt und Auferstehung. Auf einmal kam es ihm wie ein gutes Omen vor, dass er ausgerechnet jetzt vor seiner eigenen Umwandlung stand.

In seiner Tasche steckte ein Geschenk für Julia. Der Juwelier hatte es in blaues Seidenpapier gewickelt, aber nun stach Adam ein grün-goldenes Gänse-Ei in die Augen, das wie von Fabergé gestaltet aussah und das man aufklappen konnte.

Adam zeigte auf das Ei. »Das hätte ich gern«, sagte er zu der Verkäuferin hinter dem Stand und griff in seine Jackentasche nach ein paar Geldscheinen.

Die Frau nahm das Gänse-Ei und öffnete es. Es war mit elfenbeinfarbener Seide ausgeschlagen. »Achtzig«, sagte sie. »Das ist eine echte Blattgoldauflage.« Sie legte das Ei behutsam in eine Schachtel.

Adam reichte ihr einen Hundert-Euro-Schein und steckte das Päckchen ein. »Passt schon«, sagte er und ging weiter.

Die Erinnerung an das erfreute Gesicht der Frau nahm er als ein weiteres gutes Omen mit. Jetzt gab es ohnehin kein Zurück mehr, und er spürte Aufregung und Vorfreude. Sein zweites Leben lag vor ihm. Er hatte es verdient. Die leise warnende Stimme, die er in der letzten Zeit manchmal zu hören meinte, hatte er zum Schweigen gebracht.

Adam hatte lange auf diesen Tag hingearbeitet. Heimlich, stetig, unaufhaltsam. Hatte durch tadellose Arbeitshaltung vielleicht aufkommendes Misstrauen im Keim erstickt. Sein gefahrvoller Weg hatte ihn genau hierher geführt.

Er blieb stehen und warf einen Blick auf seine Uhr.

Es war kurz vor drei, und er hatte es nicht eilig. In gemächlichem Tempo setzte er seinen Weg fort.

Das Vorgespräch mit seiner Chirurgin sollte erst um halb vier in ihrer Villa in Anif stattfinden. Sie war viel beschäftigt und ihr Terminkalender entsprechend voll. Am Abend würde er sich mit Julia zum Dinner treffen. Sie wusste von der bevorstehenden Operation und billigte sie. Natürlich hörte sie nie auf zu beteuern, dass zweiunddreißig Jahre Altersunterschied nichts bedeuteten und sie ihn liebte.

Bei dem Gedanken musste Adam lächeln.

Er war nicht naiv. Seine Beziehung zu Julia beruhte auf Angebot und Nachfrage, und solange beide Seiten damit zufrieden waren, gab es daran nichts auszusetzen. Außerdem hatte Julia ihm Dimitra Todorov empfohlen. Julias Cousin arbeitete als Assistenzarzt bei ihr, und die Liste ihrer prominenten Patienten war eindrucksvoll. Dr. Todorov operierte in einem luxuriösen Privatsanatorium, das abgeschieden in den Salzburger Bergen lag. Das garantierte Ruhe, Erholung und Diskretion für die prominenten Patienten. Vor allem auf Letzteres kam es Adam an. Der bevorstehende Eingriff sollte die Zäsur zwischen seiner narbenreichen Vergangenheit und der makellosen Zukunft werden.

Jetzt hatte er den Residenzplatz erreicht. Die Hände locker in die Taschen seines Jägerleinensakkos gesteckt, wandte er sich nach links, den Taxiständen am Museum Carolino Augusteum zu. Im Vorübergehen ließ er seinen Blick über die aufwendig gestalteten Barockfassaden wandern.

Dicht an dicht standen die Häuser auf dem Fundament einer geschleiften mittelalterlichen Stadt. Großmannssucht hatte Obdach und Leben zerstört, um auf ihren Trümmern eine prachtvolle Residenz zu errichten. Das Rom des Nordens. All der Prunk und Glanz hatten die Armut, die mit Gras überwucherten Plätze, den Anblick der Bettler und der Siechen jedoch nie verbergen können.

Auch Adam konnten die kunstvollen Fassaden nicht blenden. Von Berufs wegen hatte er einen Einblick in die prekäre Finanzlage manch angesehener Bürger dieser Stadt, die geborgten Wohlstand zur Schau trugen. Es lag ihm fern, sich über seine Kunden zu erheben. Denn wenn seine Operation erst gut überstanden war, würde auch er eine schöne Larve tragen, die das Unansehnliche dahinter verbarg.

Adam selbst bewohnte eine Zwei-Zimmer-Wohnung in einem renovierten Altstadthaus, gleich hinter dem Bürgerspital. Sie war nur gemietet, auch wenn ihm der Kauf immer wieder angeboten wurde und er sie natürlich jederzeit hätte erwerben können. Aber eine Eigentumswohnung in dieser Lage hätte unnötige Aufmerksamkeit erregt. Zudem hatte er seine beiden Zimmer bewusst spartanisch eingerichtet. Keine Antiquitäten, aber auch nichts zu Billiges. Kaufhausmöbel in heller Holzoptik und preiswerte und bestimmt von Kinderhand geknüpfte Teppiche. Dieser Gedanke bedrückte ihn zuweilen. Obwohl gerade ihm, so ehrlich war er zu sich selbst, kein moralisch erhobener Zeigefinger zustand. Aber Kinderelend rührte an sein Herz. An die Wände hatte er ein paar Drucke mit Toskana-Motiven gehängt. Alles war glatt, austauschbar, ließ keine Rückschlüsse auf den Besitzer zu. Immer wenn er am Abend im kalten Schein der Deckenlampe auf dem Sofa saß, sagte er sich, dass sein Warten nun bald ein Ende hatte. Die langen Jahre des Verstellens waren vorüber.

Eingesponnen wie in einem Kokon hatte er ausgeharrt, eine hässliche Raupe, die nur darauf harrte, sich in einen schönen Schmetterling zu verwandeln.

Das Image, das er an seinem Arbeitsplatz in der Bank pflegte, war das eines kultivierten und bescheidenen Mannes, seriös bis in die letzte Faser seines Ichs. Mehr scheinen als sein, so lautete sein Motto. Aus guter Familie, leider verarmt.

In Wirklichkeit stammte er aus einem Tourismusort und aus kleinen Verhältnissen, hatte neben seiner Banklehre am Abend in den großen Hotels dazuverdienen müssen. Am Ende hatte sich aber gerade diese Tätigkeit für seinen Werdegang als äußerst nützlich erwiesen. Denn er hatte Gelegenheit gehabt, die reichen Gäste zu studieren, ihr Auftreten, ihre Sprache, ihre Umgangsformen. Er hatte ihren geheimen Code entziffert, den Stallgeruch inhaliert, an dem sie sich gegenseitig erkannten und mit dem sie sich zuordneten. Vor allem hatte er gelernt, Echtes von Falschem zu unterscheiden. Altes Geld verband er ab jetzt immer mit Bescheidenheit und Wohlerzogenheit. Der Stammgast, der den Portier jedes Jahr nach dem Wohlergehen seiner Familie fragte, genoss das meiste Ansehen und den besten Service. Wer den Kellner schikanierte, um die eigene Wichtigkeit herauszukehren, demaskierte sich als Parvenü und wurde verachtet.

In der Bank setzte Adam das Gelernte um.

Seine Kleidung war penibel gepflegt, aber nie neu, und nur der Schnitt verriet den guten Schneider. Auffällige Markenembleme, die Trophäen des neuen Geldes, vermied er wie der Teufel das Weihwasser. Seine goldene Armbanduhr aus einer Schweizer Traditionsmanufaktur zeigte Patina und war fünfzig Jahre alt. Er hatte sie in Wien aus zweiter Hand im Dorotheum gekauft. Ein Erbstück, erklärte er stets gerne und bescheiden auf Nachfragen.

Natürlich war manchmal die Versuchung groß, sein wachsendes Kapital anzugreifen, sich etwas zu gönnen. Aber aus seinem Umgang mit reichen Bankkunden wusste er, dass es eine bestimmte Summe brauchte, um bis zu einem fernen Todestag angemessen leben zu können.

Sein einziger Schwachpunkt war Julia.

Sie passte nicht in das Bild des biederen Junggesellen. Aber Adam war auch nur ein Mann, und niemand aus der Bank hatte sie je zusammen gesehen. Darauf achtete er penibel. Julia war dreiundzwanzig, eine schöne, langbeinige Brünette, keins von den Mädchen, die immer zu leicht angezogen aussahen. Ihr Vater war Landarzt irgendwo im Bayrischen, und sie studierte Psychologie in München, allerdings ohne allzu großen Ehrgeiz und wohl nur so lange, bis sie ihre beruflichen Pläne ohne Gesichtsverlust für eine lukrative Partie aufgeben konnte. Diese Partie, da machte Adam sich nichts vor, sollte er sein. Es war ihm recht, denn in seinem neuen Leben wollte er eine Frau mit Stil und Erziehung. Julia würde an seiner Seite *bella figura* machen. Wochenendtrips nach London, Rom und Paris, Übernachtungen in teuren Hotels sowie das eine oder andere großzügige Geschenk hatten Julia von der Existenz des reichen und seriösen Bankers überzeugt. Wenn alles gut ging, brauchte sie die Wahrheit nie zu erfahren.

Adam hatte den Taxistand erreicht und warf erneut einen Blick auf die Uhr. Inzwischen war es zehn Minuten nach drei. Er stieg in den ersten Wagen in der Reihe und nannte dem Fahrer die Adresse in Anif.

Eine Viertelstunde später entließ ihn das Taxi in einer stillen Vorortstraße, die von neu erbauten Villen hinter hohen Mauern gesäumt war. Die Gebäude waren neu und repräsentativ, und Kameras blinkten an allen Hausecken. Es waren keine Attrappen, wie Adam mit professionellem Blick feststellte. Wer es hierher geschafft hatte, wollte seinen frisch erworbenen Wohlstand sichern.

Hinter der Mauer, die das Grundstück von Dr. Todorov umgab, schillerte hellgrünes Birkenlaub in der Frühlingsbrise. Auf einem Ast hockte eine Krähe. Sie beobachtete Adam aus schwarzen Knopfaugen und flog auch nicht weg, als er knapp an ihr vorbei zu dem grünen Gartentor ging. Er vermied es, zu dem Tier hinaufzusehen, ekelte sich vor dem starken Schnabel und dem ölig glänzenden Gefieder. Aasfresser, dachte er, Galgenvogel. Auf einmal erschien ihm die unerwünschte Begegnung wie ein böses Vorzeichen. Dabei war er sonst nicht abergläubisch. Aber eine Gesichtsoperation barg unzweifelhaft Risiken. Anscheinend war es mit seiner inneren Ruhe doch nicht so weit her, wie er sich glauben machen wollte.

Schnell trat er an das kleine Messingschild neben dem Tor. »Todorov«, stand darauf. Kein Vorname. Kein Titel. Keine Berufsbezeichnung. Sehr stilvoll. Und diskret. Er hob das Gesicht zu der Videokamera, die auf einer Stange über ihm hing, und drückte auf den Klingelknopf.

Nach wenigen Sekunden sprang das Tor auf und gab den Blick auf eine gelbe Walmdachvilla frei. Mindestens vierhundert Quadratmeter Wohnfläche, dachte Adam anerkennend und nun wieder ganz Banker, Kaufsumme im Millionenbereich. Er gestand sich ein, dass ihn dieser zur Schau getragene Reichtum beruhigte. Die Patienten von Dr. Todorov mussten mit ihrer chirurgischen Arbeit zufrieden sein, wenn sie ihr mit der Bezahlung ihrer Honorare dieses Leben ermöglichten.

An der Tür erwartete ihn ein junger Mann in weißem Polohemd, weißer Hose und Mokassins. Aus eisblauen Augen musterte er Adam kühl, ehe er sich als Sebastian und Dr. Todorovs Assistent vorstellte. Sein Ton legte eine Assistenz am Operationstisch nahe. Angehender Chirurg? Nein, dafür war er eindeutig zu jung. Sprechstundenhilfe mit Hang zu Höherem, dachte Adam und folgte dem jungen Mann durch einen langen Gang, dessen Wände Kelims und bulgarische Volkskunst zierten.

Die Tür, die Sebastian schließlich öffnete, führte in einen warm erleuchteten Raum. Es war ein Salon, kein Untersuchungszimmer, wie Adam es von seinen bisherigen Arztbesuchen kannte.

Weiße Sofas gruppierten sich vor einem Kamin, auf dessen Sims silbergerahmte Fotografien prominenter Gesichter mit persönlichen Widmungen standen. An den apricotfarben gestrichenen Wänden hing naive Kunst, ganz offensichtlich eine Sammlung. Auf glänzenden Glastischchen waren frische Blumen, Bücher und Silberschalen mit rot und gelb glänzenden Ostereiern arrangiert. In weißen Bücherregalen stand Fachliteratur, aber auch Belletristik. Adam fühlte sich durch die elegante und kultivierte Atmosphäre beeindruckt und beruhigt zugleich.

Eine schlanke Frau, die bei Adams Eintritt an einem Schreibtisch gesessen hatte, stand auf und kam ihm mit ausgestreckter Hand entgegen. Sie trug eine graue Flanellhose, eine weiße Bluse und keinen Schmuck, wie Adam sofort bemerkte. Das schwarze Haar fiel ihr offen auf die Schultern und umrahmte ein kräftiges Gesicht mit hohen Wangenknochen. Sie war wohl um die fünfzig, aber das gedämpfte Licht schmeichelte ihren eher harten Zügen und ließ sie jünger wirken.

»Herr Minkowitz«, sagte Dimitra Todorov. Ein leichter slawischer Akzent ließ ihre Stimme weich klingen, überdeckte aber nicht die ihr innewohnende Autorität. »Sie kommen auf Empfehlung von Julia Gimborn.« Das war eine Feststellung. »Ich habe mit ihrem Vater studiert, ewig lange her. Ihr Cousin ist übrigens mein Assistenzarzt.«

»Julia hat davon gesprochen.«

»Sind Sie schon lange mit den Gimborns befreundet?« Sie ging zu der Sitzgruppe am Kamin und wies auf ein Sofa.

Adam dachte an Julia. »Es ist eine sehr persönliche Beziehung«, sagte er. »Ja, das kann man so sagen.«

Dr. Todorov antwortete mit einem professionellen Lächeln, war in Gedanken offensichtlich schon woanders.

Adam nahm Platz, und sie setzte sich ihm gegenüber mit dem Rücken zu den Terrassentüren. In dem Licht, das über ihre Schulter auf Adam fiel, betrachtete sie aufmerksam und gleichzeitig diskret sein Gesicht.

»Es geht also um ein Facelift«, sagte sie. »Habe ich Julia da richtig verstanden?«

Adam machte eine angemessen verlegene Miene. »Wie Sie das so sagen, klingt es etwas unseriös.«

»Nein, nein, gar nicht«, sagte sie. »Ich habe viele Männer unter meinen Patienten. Das Arbeitsleben ist hart, die Konkurrenz an jungen Nachfolgern wächst mit den Jahren. Verlangt wird geradezu ewige Jugend.« Ihr Blick sagte, dass er meilenweit von diesem Ideal entfernt war. »Erfolgreiche Manager haben wenig Zeit, sich ständig um ihr Äußeres zu kümmern. Da ist eine Operation oft die einzige Lösung. Man nimmt den Jahresurlaub, und wenn man an den Arbeitsplatz zurückkehrt, sieht man einfach erholt aus.« Eine Kleinigkeit, reine Routine, besagte ihr Gesichtsausdruck.

»Und das merkt keiner?«

»Doch, natürlich.« Sie lächelte, ein wenig nachsichtig, wie Adam fand. »Aber es machen alle. Man redet nur nicht drüber. Diskretion ist ein zwingender Bestandteil meines Berufs.«

Adam nickte, deshalb war er hier.

Dimitra Todorov stand auf, kam zu ihm herüber und beugte sich über sein Gesicht. Ein Geruchsgemisch aus teurem Parfüm und Desinfektionsmittel stieg ihm in die Nase. Ihre kühlen Finger fuhren sicher über seine Haut, zupften an den Wangen, hoben die Augenlider, strichen über die Brauen.

Endlich richtete sie sich auf. »Nach dem Augenlift sehen Sie fünfzehn Jahre jünger aus«, sagte sie. »Das verspreche ich Ihnen. Etwas Botox zwischen die Brauen, und die Falten unterspritzen wir. Haben Sie eigentlich nie daran gedacht, etwas gegen Ihre Nasolabialfalten zu tun?«

Adam räusperte sich. »Ehrlich gesagt, nein«, sagte er und tippte mit dem Zeigefinger gegen seine Nasenspitze. »Und was machen wir mit der Nase?«

Sie zog die Brauen zusammen. »Was ist damit?«

»Ich hätte gern eine andere Nase.«

»Sie ist gerade und passt in Ihr Gesicht.«

»Ich will trotzdem eine neue.«

»Eine Nasenoperation kann ein Gesicht total verändern«, gab sie zu bedenken. »Sie würden sich jeden Tag beim Blick in den Spiegel fremd vorkommen.«

»Das macht nichts.«

»Haben Sie denn Atembeschwerden?«

»Nein.«

»Dann gibt es keine medizinische Indikation«, sagte sie. »Aus kosmetischer Sicht ist die Operation jedenfalls nicht nötig. Ein gewisses Risiko besteht außerdem immer.«

Adam sah auf seine Hände hinunter und überlegte, wie er sie umstimmen konnte, ohne sich selbst zu verraten. Er dachte an die Villa, die Kunstsammlung und die Privatklinik, die er zwar noch nicht gesehen, über die er aber schon einiges von Julia gehört hatte. Irgendwann war das Anwesen wohl auch im Besitz der Familie Gimborn gewesen. Er hob den Kopf und sah seine Chirurgin direkt an.

»Ich brauche die Nase, egal, was sie kostet.«

Dimitra Todorov setzte sich wieder in ihren Sessel, stützte die Ellenbogen auf die Armlehnen und legte die Fingerspitzen aneinander. Über ihre Hände hinweg musterte sie ihn eine Weile stumm. In ihrer Miene war nichts zu lesen.

Endlich räusperte sie sich und fragte: »Julia meinte, dass Sie Bankier sind?«

Bankier, nicht Banker. Adam wusste, dass sie sich jetzt auf einer Ebene befanden. »Ganz recht«, antwortete er und machte seine Geschäftsmiene. Jahrelang hatte er seinen Kunden nach bestem Wissen und Gewissen lukrative Fonds empfohlen und ihr Geld vermehrt. Die Anlage der Erträge sollte dann oft für streitsüchtige Ex-Partner oder Erben oder das Finanzamt nicht nachvollziehbar sein. Adam hatte stets so umsichtig gehandelt und veranlagt, dass auch die rechtmäßigen, aber immer älter und verwirrter werdenden Eigentümer irgendwann nicht mehr wussten, wo genau ihr Geld geblieben war. Und es auch nicht vermissten. Ihre Gier war sein Gewinn. »Investment«, fügte er in dem zurückhaltenden Ton hinzu, der einem erfolgreichen Fondsmanager zukam.

»Und Sie wollen ein neues Gesicht?« Sie fragte nicht, warum. »Das ist aber ein großer Aufwand.«

»Mich kann nichts schrecken.« Adam machte eine kunstvolle Pause, um die Wirkung seiner folgenden Worte vorzubereiten. »Natürlich auch nicht die Kosten.«

Er sah, wie es in ihr arbeitete. Seine Menschenkenntnis hatte ihn nicht getrogen. Sie war käuflich. Jetzt ging es nur noch um den Preis. Fast war er ein wenig enttäuscht. Zum Arztsein gehörte seiner Meinung nach auch ein gewisses Maß an Selbstlosigkeit.

Dimitra Todorov nickte, hatte sich entschieden. »Sie haben helle Augen und sind von Natur aus blond«, sagte sie. »Da gefärbte Haare bei einem Mann ohnehin immer eine katastrophale Wirkung haben, schlage ich vor, dass wir Ihren Typ betonen. Wir verschmälern die Augen, heben die Winkel an und verstärken die Wangenknochen. Die Nase muss verkleinert werden, dann fügt sie sich wunderbar in den Gesamteindruck. Das Ergebnis wird eine sehr attraktive skandinavische Physiognomie sein.« Ein Lächeln spielte um ihren Mund. »Sie werden überrascht sein.«

»Das klingt toll.«

Sie deutete auf sein Kinn. »Den Leberfleck da müssen wir

lassen«, fuhr sie fort. »Das gibt sonst eine auffällige Narbe, die den Blick erst recht auf diese Stelle lenkt. Aber unsere Camouflage-Spezialistin wird Ihnen zeigen, wie Sie den Fleck kaschieren können. Leider sind es solche Kleinigkeiten, die uns unverwechselbar machen.«

»Wann können Sie mich operieren?«

»Es gibt eine lange Warteliste.«

»Nennen Sie mir Ihr Honorar.«

»Andererseits ist bald Ostern, und über die Feiertage gibt es bestimmt noch ein paar Lücken auf dem OP-Plan.« Sie ließ ihren Blick noch einmal über sein Gesicht wandern, als wollte sie den Arbeitsaufwand beurteilen. »Na gut, Sebastian wird die Termine checken und sehen, wo wir Sie einschieben können. Es müssen noch eine Reihe Voruntersuchungen vorgenommen werden, und ich möchte, dass mein Anästhesist Sie sieht.«

»Wann?«

»In drei Wochen sind Sie wieder zu Hause.«

Adam schloss kurz die Augen. »Sehr gut.«

Danach würde er einen Urlaub in der Schweiz machen, so lange, bis er sich wieder unter Leute wagen konnte. Im April gleißte der Frühjahrsschnee auf den Alpenhängen, und ohne Sonnenbrille konnte man nicht vor die Hoteltür treten. Niemand in Gstaad würde sich zudem über sein frisch operiertes Gesicht wundern, im Gegenteil, es würde ihn zum Mitglied der Gesellschaft machen, die sich solche Operationen leisten konnte.

Dimitra Todorov musterte ihn neugierig. »Warum haben Sie es so eilig? Ich meine, das darf ich doch fragen, oder?«

Er beugte sich vor und sagte: »Arztgeheimnis?«

»Selbstverständlich.«

»Ich bin auf der Flucht.«

Sie lachten beide herzlich über diesen Scherz und beließen es dabei. Dimitra Todorov stellte keine weiteren Fragen. Adam wurde das Gefühl nicht los, dass sie nicht zum ersten Mal eine Gesichtsumwandlung machte, und als sie ihm die astronomische Höhe ihres Honorars einschließlich eines zehntägigen postoperativen Aufenthaltes in ihrer Privatklinik nannte, war er sich dessen sicher.

Zehn Minuten später nahm Sebastian seine Daten auf, erkundigte sich nach Vorerkrankungen, Allergien und Unverträglichkeiten sowie vorausgegangenen Operationen. Dann bestellte er ihm ein Taxi.

Als Adam zum Tor und zum wartenden Wagen ging, streifte sein Blick einen Strauch neben dem Weg. Unter den Ästen mit dem ersten zarten Frühlingslaub lag ein schwarzes Bündel. Bei näherem Hinsehen erkannte er die Krähe, die ihn bei seinem Eintreffen erschreckt hatte. Mit zerzaustem Gefieder, den Kopf mit dem mächtigen Schnabel schmerzhaft zurückgebogen, lag sie dort, die Augen gebrochen, tot.

Adam wandte sich schnell ab und lief zum Taxi. Er sagte sich, dass die Krähe wahrscheinlich krank gewesen und deswegen auch nicht vor ihm davongeflogen war. Wieder sagte er sich, dass er nicht abergläubisch war, aber der Anblick des toten Unglücksvogels ausgerechnet an dem Tag, an dem er die Weichen für sein neues Leben stellte, irritierte ihn.

Energisch schüttelte Adam den Gedanken ab und konzentrierte sich auf seinen nächsten Tagesordnungspunkt, den letzten. Er war mit Julia zum Dinner verabredet. Sie wollten sich in der Blauen Gans in der Getreidegasse treffen. Natürlich war sie auf den Ausgang des Gesprächs mit Dimitra Todorov neugierig. Er würde ihr wie immer die halbe Wahrheit erzählen, die geplante Nasenoperation verschweigen, sie ihr später als spontane Eingebung verkaufen. Dass seine Beziehung zu der Frau, mit der er sein restliches Leben zu verbringen gedachte, auf einem Berg von Lügen aufgebaut war, gab ihm gelegentlich zu denken, belastete ihn jedoch nie. Es war eben nicht zu ändern und in ihrem beiderseitigen Interesse.

Adam lehnte sich im Fond des Taxis zurück, und während die blühenden Gärten von Anif hinter dem Seitenfenster vorüberglitten, freute er sich auf den bevorstehenden Abend mit Julia und die Nacht mit ihr. Er fasste in die Manteltasche und umschloss das kühle, glatte Gänse-Ei mit seinen Fingern. Mit einem Heiratsantrag wollte er bis nach der Operation warten. Das war ihm in der letzten Stunde klar geworden. Wenn er Dr. Todorovs Worten Glauben schenken konnte, würde er nach der Operation nicht nur Jahre jünger aussehen, sondern auch ein attraktiver Skandinavier sein. Die Karten wurden also neu gemischt. Stand ihm dann nicht mit seinem neuen Aussehen auch eine andere Frau zu?

Vielleicht ergab sich ja noch etwas Besseres als eine Landarzttochter. Ein Mädchen aus einer weitverzweigten Adelsfamilie oder die Erbin einer einflussreichen Industriellendynastie? So eine Frau konnte ihm Türen zu einem Leben öffnen, von dem er bisher nicht einmal zu träumen gewagt hatte. Denn, so überlegte er, eigentlich wollte er weiterarbeiten und das Wissen, das er sich in den letzten Jahren angeeignet hatte, anwenden. Nur eben jetzt auf einer höheren, internationalen Ebene.

Adam dachte an die Bahamas.

Leute, die ihren luxuriösen Lebensabend dort verbrachten, hatten viel Geld. Das wollte schließlich veranlagt werden. Und auch diese Leute wurden älter, zerstreuter und damit unaufmerksamer. Ein Schauer des Glücks durchlief Adam bei dem Gedanken an seine zukünftigen Möglichkeiten. Er würde den Urlaub in der Schweiz mit Julia absagen und sich lieber sofort auf sein neues Betätigungsfeld konzentrieren. Wenn nur erst die Gesichtsumwandlung vorbei wäre.

Er konnte es kaum noch erwarten.

Drei Stunden später betrat er das Restaurant Blaue Gans durch den Häuserbogen, der die Getreidegasse mit dem Herbert-von-Karajan-Platz verband. Als er den Kellner begrüßte und das Ei aus der Tasche holte, sah er Julia bereits an dem Fenstertisch sitzen, den er immer für sie beide bestellte. Daneben stand ein Weinkühler, aus dem die obligate Champagnerflasche ragte. Das Glas vor Julia war schon fast leer.

Sie hatte auf ihn gewartet.

Der Anblick irritierte Adam, ja beeinträchtigte sogar seine euphorische Stimmung etwas. Zum ersten Mal in ihrer Bekanntschaft war sie vor ihm im Restaurant.

»Frau Gimborn ist schon da«, sagte der Kellner.

»Danke, sehr schön«, erwiderte Adam und ließ das Ei in seine Jackentasche zurückgleiten. Er würde es vom Verlauf des Abends abhängig machen, ob er es überreichte, musste ab jetzt jeden Eindruck vermeiden, dass er die Beziehung auf eine neue Ebene heben wollte.

Er durchquerte das voll besetzte Lokal und ging zu ihrem Fenstertisch. Vor Julia blieb er stehen, beugte sich hinab und küsste sie flüchtig auf die Schläfe. Sie trug das Parfüm, das er für sie in Paris gekauft hatte, hatte davon mehr als sonst genommen, wollte ihm gefallen. Das erhöhte seine Wachsamkeit noch.

»Süße«, sagte er. »Kleines, heute schon so früh?«

Er setzte sich ihr gegenüber. Wirkte sie irgendwie ertappt? Nein, sie lächelte unbefangen, legte den Kopf auf die Seite und strahlte ihn an. Ihr langes dunkles Haar fiel weich über ihre schmalen Schultern. Die Ärmel ihrer hellblauen Bluse hatte sie lässig über den schlanken Armen aufgekrempelt, und sie trug wie immer kein Make-up, was sie noch jünger aussehen ließ.

»Spann mich nicht auf die Folter«, sagte Julia und richtete den Blick ihrer porzellanblauen Augen, die immer ein wenig kalt wirkten, auf ihn. »Was hat Dimitra gesagt?« Mit ihrer langen Hand fasste sie das Champagnerglas am Kelch, was er nicht leiden konnte, und drehte es auf dem Tischtuch. »Du weißt, meinetwegen musst du es nicht machen.«

Adam setzte ein Lächeln auf. Wie wichtig sie sich nahm, als wenn er nur für ein kleines Mädchen sein Gesicht verstümmeln lassen würde. »Danke, meine Süße, ich weiß.«

»Ich liebe dich, so wie du bist.«

»Ich dich auch.« Er sah sich nach dem Kellner um.

Julia nippte an ihrem Champagner. »Also, was hat Dimitra gesagt? Ist es kompliziert?«

»Schon mal von einer Nasolabialfalte gehört?«

»Klar.«

»Dr. Todorov will sie unterspritzen.«

»Aha, und weiter?«

Er zuckte die Schultern. »Eine Lidstraffung«, sagte er. »Dann sehe ich nicht mehr so müde aus.«

Sie riss die Augen auf. »Das ist alles?«

»Na, hör mal«, sagte er hörbar gekränkt. »Das klingt ja so, als wenn ich ein Fall für eine Rundumerneuerung wäre.«

Julia zwinkerte ihm schelmisch zu. »Wer weiß?«

Eine scharfe Erwiderung lag ihm auf der Zunge, aber gerade als er antworten wollte, trat der Kellner an den Tisch, und sie bestellte wie immer das große Romantik-Menü. Adam hatte eigentlich keinen rechten Hunger, wollte aber Fragen vermeiden und schloss sich ihr daher an.

Julia trank lächelnd Champagner. Rosé, wie Adam jetzt erst bemerkte. Das war neu und sicher auch teurer. Aber immerhin verdankte er ihr die Bekanntschaft mit der diskreten und verständnisvollen Frau Dr. Todorov.

»Also«, sagte sie und stellte das Glas ab. »Ich habe über unser Leben nachgedacht – ich meine, wo du doch nun selbstständig bist und nicht mehr jeden Tag in die Bank gehen musst.« Adam hatte ihr erzählt, er werde ab jetzt nur noch die Fonds einiger Großkunden managen, und zwar auf freier Basis und von seinem eigenen Büro aus.

»Ach ja?«

»Und du weißt doch, wie sehr ich Pferde liebe?«

Adam erinnerte sich dunkel, dass sie mal etwas von einer Reitbeteiligung erzählt hatte. »Natürlich, Süße.«

Der Kellner kam und stellte die Teller mit der Vorspeise ab. Gänseleber-Pâté, dazu ein Glas Grauburgunder. Adam nahm ein Stück Brioche und brach es auseinander.

Julia beugte sich vor. »Also, Sven sagt, dass es eine einmalige Gelegenheit wäre.« Sie sah ihm in die Augen und berührte mit den Fingerspitzen seine freie Hand. »Ein echter Glücksfall, und Sven kennt sich da aus.«

Adam zog seine Hand zurück, legte eine Scheibe Pâté auf die Brioche und schob den Bissen in den Mund. Selbst wenn er sich die Mühe gemacht hätte, darüber nachzudenken, hätte er nicht gewusst, wie oft Bankkunden schon versucht hatten, ihm eine einmalige Gelegenheit schmackhaft zu machen. In der Regel handelte es sich bei so einem Gespräch um das Vorgeplänkel zu einem Kreditansuchen ohne nennenswerte Sicherheiten, dafür mit der nebulosen Aussicht auf unrealistisch hohe Gewinne für die Bank.

»Wer ist Sven?«, fragte er kauend.

»Mein Reitlehrer.« Ihr Blick war treuherzig. »Sven Löwenstrom, der Zweite in der Dressur bei Olympia, ich habe dir doch von ihm erzählt.« Hatte sie natürlich nicht.

»Ich erinnere mich«, sagte Adam ruhig.

Julia senkte den Blick, stocherte stumm mit der Gabel in der Gänse-Pâté, bis sie wie ein Stück Leberwurst aussah. Adam hasste nicht nur schlechte Tischmanieren, auf einmal sah er seine Freundin auch als das, was sie war. Ein faules Mädchen aus der Mittelschicht, das für das Luxusleben, in das es leider nicht hineingeboren worden war, eben alles tat. Adam gab sich über seine Attraktivität keine Illusionen hin. Er zahlte, und sie spielte ihre Rolle dafür. Verärgert nahm er sein Glas Graubugunder und leerte es zur Hälfte. Jugend und Schönheit ließen sich an jeder Straßenecke kaufen, guter Stil und Charakter nicht. In diesem Augenblick beschloss er, sich von Julia zu trennen. Er spürte, wie sich ein Lächeln auf seinem Gesicht ausbreitete.

»Und weiter, Süße?«

Julia sah auf. »Es geht um ein Gestüt«, sagte sie schnell. »Am Starnberger See. Die Eigentümerfamilie ist in die Insolvenz geschlittert. Sie müssen verkaufen, und das Gut wäre günstig zu haben, weit unter Preis, sagt Sven. Er könnte dort Turnierpferde trainieren, und er würde auch die Leitung —«

»Nein«, sagte Adam sanft, freute sich über die Diskrepanz zwischen dem Wort und seinem Klang.

Der Kellner entfernte die Vorspeiseteller und servierte die Suppe. Spargel-Consommé. Adam begann mit gutem Appetit zu essen. Julia sah ihm gereizt zu.

»Hör dir meinen Vorschlag doch erst mal an«, sagte sie.

Adam seufzte, legte den Löffel weg und tupfte sich die Mundwinkel mit der Serviette ab, ehe er zu seinem Glas griff. Sie ging ihm auf den Nerv, und er fühlte sich müde. Der Tag und das Gespräch mit Dr. Todorov hatten ihn wohl mehr angestrengt, als er gedacht hatte.

»Hör zu, Julia«, sagte er. »Diesen Schwachsinn habe ich schon unzählige Male gehört. Was glaubst du, warum die Eigentümer von dieser Reithalle ...«

»*Gestüt.*«

»... bankrott sind, hm?« Ein reicher Kunde hatte ihm mal die Anekdote erzählt, auf welche Weise man Geld verbrennen konnte. Mit einer Frau sei es am schönsten, hatte er gesagt, mit einer Yacht am sichersten und mit Pferden gehe es am schnellsten. Aber Julia, die ihm jetzt mit gekränkter Miene gegenübersaß, würde den Witz nicht zu würdigen wissen. »Schlag dir den Gedanken aus dem Kopf, Süße, und konzentrier dich lieber auf dein Studium.« Den Teufel würde er tun und auch noch ihren Reitlehrer durchfüttern.

»Jetzt klingst du wie mein Vater.« Sie schmollte.

»Kluger Mann.«

Julia schob die Suppentasse von sich. »Das heißt also nein?«, fragte sie kühl.

»Das heißt es.«

»Dein letztes Wort?«

»Mein allerletztes.«

Ihre Augen verengten sich. Unheilvolles Schweigen breitete sich aus, und Adam sah seine Aussichten auf die kommende Nacht schwinden. Auch wenn er vorhatte, sich von Julia zu trennen – die letzten Minuten hatten ihn in dem Entschluss noch bestärkt –, hätte er aus seiner finanziellen und emotionalen Investition in diesen Abend gerne den Gewinn gezogen. Er wartete, bis der Kellner abserviert hatte, dann griff er in die Jackentasche, zog das grün-goldene Osterei hervor und schob es Julia über den Tisch. Im Kerzenlicht schimmerte die Fabergé-Bemalung kostbar.

»Frohe Ostern, Kleines.«

Sofort war ihre schlechte Laune verflogen. Mit deutlicher Gier in den Augen starrte sie auf das große Ei, das sich so auffällig öffnen ließ. »Oh, Adam, was ist denn *das*?« Ihre Stimme war so laut geworden, dass ein älteres Paar am Nachbartisch herübersah.

»Schließlich hast du mir Dr. Todorov vermittelt.« An ihrer Miene konnte er sehen, dass dies die falsche Antwort war. »Außerdem wollte ich dir eine Freude machen.«

Sofort war ihr Unmut verflogen.

»Du bist so ein Schatz.« Sie klappte das Ei auf und entdeckte das Geschenk. Bemerkte den Schriftzug des Juweliers. Sah ihn an. Zog die Schleife auf und schlug das Seidenpapier auseinander. Starrte hinein und riss die Augen auf. »Eine – *Brosche*?«

»Gefällt sie dir?«

Es war ein antikes Stück. Gold mit großen Mondsteinen und Brillanten. Sie schimmerten im Kerzenlicht wie das Wasser eines Sees unter dem Sternenhimmel. Er hatte die Brosche gekauft, als er sich eine gemeinsame Zukunft mit diesem dummen Gör noch hatte vorstellen können. Jetzt würde es eben sein Abschiedsgeschenk werden. Zumindest finanziell konnte sie sich nicht beklagen.

Julia nahm das Schmuckstück aus seinem elfenbeinfarbenen Seidenbett und drehte es in ihren schlanken Fingern. »Doch, doch«, sagte sie und klang wenig überzeugend. »Die ist sehr schön.«

Adam hegte den schweren Verdacht, dass sie einen Ring erwartet hatte, und zwar einen Solitär. Er nahm einen Schluck Wein und beobachtete Julia über den Rand seines Glases. »Du machst mich glücklich, Süße.«

Der Kellner servierte den Hauptgang, Milchkalb auf Frühlingsgemüse. Julia wusste, dass Adam keine Tierbabys aß, hatte das Menü trotzdem bestellt. Das zeigte, wie viel ihr an ihm und seinen Gefühlen lag. Verärgert schob er den Teller weg.

Julia legte die Brosche in das Ei zurück. Auch sie schien keinen Hunger mehr zu haben.

»Und jetzt«, sagt er betont fröhlich, »erzähl mir was von dieser Privatklinik. Hast du nicht gesagt, das Haus habe mal deiner Familie gehört?«

»Das Schlössl?« Sie wirkte gedankenverloren.

»Es ist ein Schloss?«

»Ein ehemaliges Jagdschloss«, sagte Julia. »Es gehört meiner Tante. Sie hat es von ihrer Großtante, meiner Urgroßtante, einer ehemaligen Hofdame in Wien, geerbt. Die alte Dame soll früher sehr schön gewesen sein. Der Legende nach hat sie das Anwesen für nicht näher bezeichnete Dienste um den – *Hof* geschenkt bekommen.« Sie zwinkerte Adam zu. Dann wurde sie wieder ernst. »Kein Mensch weiß, warum sie Tante Charlie zum Erben eingesetzt hat und nicht meinen Vater. Als Kind war er ihr

Liebling, und sie hat ihm auch das Studium bezahlt. Alle sind davon ausgegangen, dass er ihr Alleinerbe wird.« Sie zuckte die Schultern. »Wie dem auch sei, Tante Charlie konnte sich den Unterhalt für das Schloss natürlich nicht leisten. Deshalb hat sie es an Dr. Todorov verkauft. Ihr Sohn, also mein Cousin, ist dort Assistenzarzt. Die beiden wohnen auch noch im ehemaligen Kutscherhaus.«

»Warst du mal dort?«

»Oh ja«, sagte Julia. »Es liegt ganz traumhaft auf einem Hochplateau, rundherum nur Wiesen und Wälder.« Sie seufzte theatralisch. »Papa sagt, es sei ausgemacht gewesen, dass er es erbt. Na ja, wenn nicht alle Zimmer mit Patienten belegt sind, wird auch an Stammgäste vermietet. Es ist so ein Mittelding zwischen Hotel und Klinik.« Sie beugte sich vor und lächelte ihn an. »Ich komme dich an deinem Krankenlager besuchen, und dann zeige ich dir die ganze Anlage. Steingruber kümmert sich ganz toll um alles.«

»Wer ist Steingruber?«

»Der Gärtner, über achtzig und schon im Schloss geboren«, sagte Julia und runzelte die Stirn. »Ich glaube, er war überhaupt nur ein paar Jahre weg, ist zur See gefahren oder so. Das Schloss liegt ihm jedenfalls richtig am Herzen. Sein Vater war Verwalter bei meiner Urgroßtante. Steingruber hat auch die Orangerie wieder eingerichtet – alte Zitronenbäume und jede Menge exotische Pflanzen. Im Sommer sieht es da oben aus wie in Meran.« Sie sah Adam nachdenklich an. »Vielleicht könntest ja *du* das Schlössl kaufen? Für mich – für *uns*.«

»Hättest du denn gerne so ein altes Gemäuer?«

»Ja, und ob!« Ihre Miene hellte sich auf. »Aber dafür habe ich kein Geld. Könntest du mir nicht die Kaufsumme leihen?«, fragte sie eifrig. »Du bekommst sie ganz sicher zurück.«

»Davon bin ich überzeugt«, sagte er. »Geht es etwa schon wieder um Pferde?« Und diesen Sven Löwendingsda?

Der Kellner kam und sah besorgt auf die noch vollen Teller. »Hat es Ihnen nicht geschmeckt?«

»Viel zu fett«, sagte Julia, offenbar erzürnt über die Unterbrechung ihrer Finanzverhandlungen.

Adam lächelte entschuldigend. »Ausgezeichnet, wie immer«, sagte er, »leider hatten wir zu wenig Hunger.«

Mit gefasster Miene entfernte der Kellner die Teller.

Julia trommelte mit den Fingern auf die Tischdecke. »Du kennst doch unser Geschäftsmodell noch gar nicht«, sagte sie. »Wir haben sogar schon einen Businessplan. Sven ...«

»Verdirb uns nicht den Abend, Kleines.«

»Können wir nicht einfach sachlich darüber reden?«

»Irgendwann mal vielleicht, Süße.«

»Nein – jetzt gleich.« Ihre Augen funkelten, und ihre Wangen waren gerötet. »Du bist ein altes Ekel.«

Adam lachte und beugte sich vor. »Genug davon«, sagte er. »Lass uns zum angenehmen Teil des Abends übergehen, ja?«

»Nein.«

Er hob ihr sein Glas entgegen und sagte scherzhaft: »Und wenn ich dich nun in meinem Testament bedenke?«

Julias Miene war ein Bild des Misstrauens. »Das würdest du tun?«, fragte sie und verbesserte sich schnell. »Aber Schatz, an den Tod darfst du gar nicht denken, das bringt Unglück. Noch dazu vor einer Operation.« Sie schüttelte den Kopf. »Und so alt bist du schließlich auch noch nicht.«

Adam fand, dass ihre letzten Worte unpassend fragend geklungen hatten. Und er hatte den gierigen Funken gesehen, der für einen Augenblick in ihren Augen aufgeblitzt war. Wenn er bis eben noch Lust gehabt hatte, nett zu ihr zu sein, so war sie jetzt verflogen. Wahrscheinlich malte sich dieses Mädchen ja schon eine Zukunft in dem Schloss aus. Mit Pferden. Mit Sven. Und vor allem – mit seinem Geld.

»Wer weiß, Süße?«, sagte er mühsam beherrscht. »Vielleicht habe ich dich ja zu meiner Alleinerbin eingesetzt? Mir kann immer etwas passieren. Was wird dann aus meinem Vermögen?«

»Du hast also schon ein Testament gemacht?«

»Ich habe sonst keine Familie«, sagte er ausweichend. »Und es ist eine ganze Menge Geld.«

»Und das soll für mich sein?«

»Willst du's herausfinden?«, fragte er.

Sie schluckte. »Wie denn?«

Er hob die Schultern, tat so, als müsste er nachdenken. Endlich sagte er: »Ich wüsste da schon was.«

Julias Mundwinkel zuckten. Ihr Gesichtsausdruck lag irgendwo zwischen Verständnis, Nachsicht und Verachtung. Sie stellte ihr Glas mit mehr Schwung auf den Tisch, als dafür nötig gewesen wäre, und fixierte Adam dabei.

»Gut«, sagte sie. »Finden wir's heraus.«

»Und was ist mit dem Nachtisch?«, fragte er gespielt verwundert. »Erdbeer-Minze-Parfait?«

Julias Augen wurden schmal, und ihr Ausdruck erschreckte Adam. So hatte er sich immer den Blick über gezückte Duellpistolen hinweg vorgestellt.

»Nachtisch kannst du haben – *Liebling*«, zischte sie. »Oder habe ich dich da falsch verstanden? Ich hoffe nur, du bist nachher auch so auskunftsfreudig, wie du sagst.«

Sie hasst mich, dachte Adam, und ich bin ein alter Idiot. Julia würde alles tun. Sogar für das Geld eines Toten. Auf einmal fröstelte ihn, und er war versucht, ihr Angebot zum ersten Mal abzulehnen. Doch da fiel ihm wieder dieser Sven ein, und eine Welle heißer Wut durchlief ihn. Was war alles hinter seinem Rücken geschehen? Na gut, er würde nicht verzichten, würde seine Besitzansprüche diesem Sven gegenüber wahren. Schließlich hatte er für ihre Dienstleistungen – Liebe wollte er es nicht mehr nennen – großzügig bezahlt.

Er stand auf und streckte Julia die Hand hin. »Dann komm, Süße«, sagte er. »Ich liebe dich.«

Der ahnungsvolle Gedanke schoss ihm durch den Kopf, dass er für diese Lüge eines Tages teuer würde bezahlen müssen. Für einen Augenblick zögerte er. Aber Julia schlängelte sich bereits vor ihm zwischen den Gästen zum Ausgang hindurch. Die Männer an den Tischen drehten die Köpfe. Sie war so jung. Und schön. Und willig.

Ach, was soll's, dachte Adam, du bist ein alter Esel. Er schlug die Warnung seiner inneren Stimme in den Wind, zog ein paar Scheine aus der Tasche und warf sie auf den Tisch. Dann lief er hastig Julia hinterher.

ZWEI

Knapp eine Woche später machte sich Adam Minkowitz am frühen Abend auf den Weg zu Dr. Todorovs Privatklinik. In der Bank hatte er eine späte Influenza vorgeschützt, die echte Grippe, die es ihm erlaubte, bis nach Ostern in den Krankenstand zu gehen. Und schon im letzten Jahr, als die Dinge sich zuspitzten und er beschloss, ein neues Leben anzufangen, hatte er für April seinen Jahresurlaub eigereicht. Karibiktörn unter Segeln auf der »Sea Cloud II«, hatte er überall herumerzählt, sein Lebenstraum. Für fast zwei Monate würde ihn also niemand vermissen.

Seine Wohnung am Bürgerspital hatte er ohne Bedauern und ohne einen letzten Blick darauf verlassen. Der Dauerauftrag für die Miete lief weiter. Er hatte immer drei Gehälter auf einem Konto, es würde so aussehen, als hätte er vorgehabt, zurückzukehren. Alles, was er für die nächste Zeit brauchte, war in einem kleinen Handkoffer verstaut. Er würde mit leichtem Gepäck in sein neues Leben starten. Auf keinen Fall wollte er am Flughafen in Nassau am Gepäckband herumstehen und dabei riskieren, einem Bankkunden zu begegnen. Der Teufel schlief nie. Er würde das Gebäude zügig verlassen und sich sofort zu diesem Immobilienmakler begeben, mit dem er letzte Woche mehrmals telefoniert hatte. Der Bungalow, für den die Schlüssel bereits hinterlegt waren, bot nicht nur einen traumhaften Meerblick, sondern verfügte auch über eine Büroeinheit mit separatem Eingang. Kein Hotel, keine Kreditkartenabrechnung, sein letztes offizielles Lebenszeichen musste der Blick in die Augen des Ausweiskontrolleurs am Flughafen in Nassau sein. Danach würde sich seine Spur für immer verlieren.

Aber vor diesem Tag lag noch die Operation.

Als Adam, bequem in den Ledersitz seines Mercedes gelehnt, aus Salzburg hinausfuhr und die Autobahnauffahrt in Richtung Süden nahm, hatte er das Gefühl, als schlösse sich eine Tür hinter ihm. Erleichterung erfasste ihn. Die ganze letzte Zeit, in der die Angst vor Entdeckung auf seinen Schultern gelastet hatte, fiel von ihm ab. Der Mercedes glitt fast geräuschlos dahin. Adam fühlte sich völlig entspannt. Er hatte Musik eingelegt – Harry Belafonte, »Island in the Sun« – und summte die Melodie mit.

Auf seiner rechten Seite tauchte das Massiv des Untersbergs auf. Die untergehende Sonne zeichnete seine Scharten und Kanten gestochen scharf nach. Kleine Ortschaften säumten die Autobahn.

Nach den beiden Tunneln hinter Golling wurde die Landschaft schlagartig enger. Links und rechts wuchsen die Berge in den Himmel. An den Hängen lagen verstreut ein paar Bauernhöfe. In manchen Fenstern brannte bereits Licht.

Kurze Zeit später nahm Adam die Abfahrt, die ihm Dr. Todorovs Assistent Sebastian in der Wegbeschreibung extra rot angestrichen hatte. Er fuhr unter der Autobahn hindurch und bog in eine Landstraße ein, die sich zwischen Frühlingswiesen und vorbei an weiß getünchten Bauernhöfen mit blühenden Obstbäumen in ein lang gezogenes Tal schlängelte. Es war genau, wie Julia gesagt hatte.

Die Gehöfte wurden seltener, zu beiden Seiten der Fahrbahn wucherte Gestrüpp. Dann tauchten die ersten Tannen auf, und die Straße bog mit einer scharfen Rechtskurve in ein Waldstück ein. Ab jetzt wurde sie immer schmaler und stieg stetig an. Adam merkte, wie sein Rücken gegen die Lehne gedrückt wurde. Hatte er sich möglicherweise verirrt? Das konnte doch kaum die Zufahrt zu einer Schönheitsklinik sein. Doch inzwischen war die Straße nur noch einspurig und das Unterholz zu dicht, als dass er den Mercedes ohne Schaden an Lack oder Unterboden hätte wenden können.

»Verdammt«, zischte Adam und rollte langsam weiter.

Endlich wichen die Bäume links und rechts zurück, und der Wald lichtete sich. Adam stellte fest, dass jetzt nur noch eine enge, steil ansteigende Bergstraße vor ihm lag. Wie eine graue Schlange wand sie sich in Serpentinen an einer Felswand entlang, verschwand hinter einer Gesteinsnase, um hundert Meter weiter und fünfzig Meter höher wieder aufzutauchen. Auf der anderen Seite wuchs ein Meer aus Tannenwipfeln aus einer Schlucht, die von der Straße nur durch eine dünne Leitschiene getrennt war. Darunter lag der Abgrund.

Adam überlegte. Waren das nicht Steine und Geröll, die da immer wieder die Fahrbahn sprenkelten? Misstrauisch ließ er seinen Blick an der Bergwand hinaufwandern. Kleine Rinnsale schlängelten sich zwischen Flechten und Moos herab, vereinigten sich zu Bächen und stürzten in Wasserfällen zu Tal. Es war genügend Schmelzwasser, um bei plötzlich einsetzendem Frost große Gesteinsbrocken abzusprengen und die ganze Straße zu verlegen. Ohne schweres Bergegerät ging dann nichts mehr. Aber wenn Gefahr für einen Felssturz bestanden hätte, wäre die Straße bestimmt gesperrt worden. Und das war sie schließlich nicht. Entschlossen stieg Adam auf das Gaspedal.

Mit jedem gefahrenen Kilometer machte ihm die Fahrt mehr Spaß. Der starke Motor des Mercedes überwand die Steigung mühelos, und Adam lenkte den schweren Wagen geschickt durch jede Kurve. Er hatte sogar Zeit, hin und wieder einen Blick in die Schlucht zu werfen, die so tief war, dass er ihren Grund nicht erkennen konnte. Die Nadelbäume, die schief und krumm dem Himmel und dem Licht entgegenwuchsen, schienen sich mit ihren Wurzeln in den Felsen festzukrallen. Adam schätzte den Abgrund auf mindestens dreihundert Meter Tiefe. Wer hier abstürzte, hatte keine Chance, zu überleben. Und wenn er Pech hatte, dann wurden seine Leiche und das Autowrack erst nach Wochen gefunden. Trotzdem empfand Adam die nahe Gefahr so prickelnd wie den ersten Schluck eisgekühlten Champagners. Sein ganzes Leben bewegte sich zurzeit am Rand eines Abgrunds. Es war ihm jede Sekunde bewusst. Etwas mitleidig dachte er an Dr. Todorovs Patienten, die in dieser Umgebung die bevorstehende Operation bestimmt für das kleinere Risiko hielten.

Einige Zeit später lag ein Wendeplatz vor ihm, ein kleines Plateau, das die Schlucht überragte. Er beschloss, eine Pause einzulegen, stellte den Wagen ab und stieg aus.

Die Luft, die Adam entgegenschlug, war kalt und so klar, dass er seine Umgebung wie durch ein Fernglas in allen Einzelheiten erkennen konnte. Er befand sich knapp unter der Baumgrenze.

Vor seinen Füßen lag die Schlucht, und rundherum breiteten sich grüne Berghänge aus. Darüber erhoben sich graue Bergspitzen und Grate. Noch war kein Vieh auf den Weideflächen, auf denen rund geschliffene Findlinge lagen, als hätte ein Riese damit Murmeln gespielt, um sie dann achtlos liegen zu lassen. Zwei helle braune Flecke zogen über eine Wiese, und Adam dachte, dass es Gämsen sein könnten. Irgendwo pfiff ein Murmeltier. Hatte Julia nicht gesagt, die Klinik befinde sich in einem alten Jagdschloss? Sie hatte recht, es musste ein Traum sein, einen Besitz in dieser Lage zu haben.

Erst als die Kälte, die unter sein dünnes Jackett kroch, unerträglich wurde und seinen Rücken mit einer Gänsehaut überzog, riss sich Adam von dem grandiosen Anblick los. Er stieg wieder in den Wagen und setzte seinen Weg fort.

Zehn Minuten später passierte Adam einen verwitterten Grenzstein, und gleich dahinter teilte ihm ein Schild mit, dass er sich nun auf einem Privatweg befand.

Unbefugten war der Zutritt verboten.

Der Weg machte noch zwei Kurven, dann lag das Schlössl, umgeben von Wiesen, vor ihm. Oder besser gesagt, sein breites, verschnörkeltes Einfahrtstor. Adam ließ den Mercedes darauf zurollen. Ein rotes Licht fing an zu blinken, und er bemerkte eine Videokamera, die auf einer langen Stange befestigt war. Ihr schwarzes Auge beobachtete ihn ein paar Sekunden, dann öffnete sich das Tor wie von Zauberhand und ohne dass Adam seinen Namen vor der Gegensprechanlage hätte nennen müssen.

Im Schritttempo rumpelte der Wagen über einen kopfsteingepflasterten Vorplatz. Durch die Windschutzscheibe konnte Adam das Schloss sehen, einen weißen Bau mit rot-weiß bemalten Holzläden und schmiedeeisernen Gittern an den Fenstern. Über der doppelflügeligen Eingangstür hingen ein verwittertes Steinwappen und ein verblichenes Hirschgeweih. Seine Zeit als Jagdsitz hatte das Schloss mit Sicherheit schon einige Jahrzehnte hinter sich.

Zu Adams Linken befand sich ein lang gestrecktes Gebäude mit grünen Toren, über denen schmiedeeiserne Laternen hingen.

Ein paar rote Marmorstufen führten zu einer hellen Eingangstür. Man hatte wohl die ehemaligen Stallungen zu Garagen und Gästeapartments ausgebaut. Vielleicht war es das Kutscherhaus, von dem Julia gesprochen hatte und in dem ihre Tante und ihr Cousin wohnten.

Zwischen dem Gästehaus und dem Schloss befand sich eine Art Pavillon mit hohen Glastüren, hinter denen Adam ein Gewirr von Zweigen, Blättern und monströsen Blüten sehen konnte. Das war wohl die berühmte Orangerie mit den exotischen Pflanzen.

Auf der rechten Seite lag etwas erhöht eine kleine Kirche im gotischen Stil, die Adam ungewöhnlich groß für eine Schlosskapelle vorkam. Sie hatte keinen Glockenturm und hätte wie ein großes Haus ausgesehen, wären da nicht die spitzen Fenster zwischen den Streben aus rotem Klinker, die das Kirchenschiff zu stützen schienen, gewesen. Der grobe weiße Mauerputz war an mehreren Stellen feucht verfärbt. Die Tür bestand aus geschwärzten Eisenplatten, die sich überlappten, und sogar aus der Entfernung konnte Adam die klobigen Eisennägel erkennen, die sie zusammenhielten.

Neben der Kapelle lag ein kleiner Friedhof. Adam konnte eine Handvoll schmiedeeiserner Kreuze sehen. Dahinter begann der Wald. Über den Tannenspitzen hatte sich der Himmel grau verfärbt. Wolken schienen von Westen aufzuziehen und schlechtes Wetter anzukündigen.

Adam wollte schon weiterfahren, aber etwas an der kleinen Kirche fesselte ihn. Der Bau war auf alle Fälle älter als das Jagdschloss, das wohl aus dem 19. Jahrhundert stammte. Die entlegene Lage wunderte Adam, doch dann entsann er sich, dass viele christliche Andachtsstätten auf heidnischen Kultplätzen errichtet worden waren. Vielleicht verhielt es sich mit diesem Sakralbau ähnlich.

Jedenfalls schienen in der Kapelle zurzeit keine Gottesdienste abgehalten zu werden, denn über den unbefestigten Weg, der zum spitzgiebeligen Eingangsportal führte, spannte sich ein rot-weißes Absperrband. Wahrscheinlich wurde das alte Gemäuer saniert.

Adam gab Gas und fuhr an einer Wiese entlang weiter.

Direkt vor dem Schlossportal stellte er den Motor ab. Einer der Doppelflügel schwang in dem Augenblick auf, als das Geräusch erstarb. Ein hochgewachsener Mann in Kniebundhosen und grauer Strickjacke trat aus dem Haus und kam auf den Mercedes zu. Sein Gesicht war schmal und von tiefen Falten durchzogen und trotzdem straff, als hätte er sein Leben im Freien verbracht. Er war wohl an die achtzig und ging ein wenig gebeugt, doch seine Schritte waren sicher. Ohne Adam anzusehen, schritt er um die Kühlerhaube herum und öffnete die Fahrertür.

»Grüß Gott«, sagte er über das Autodach hinweg. »Willkommen im Schlössl, Herr Minkowitz. Hatten Sie eine gute Anreise?« Er leierte den Satz herunter, als hätte er ihn auswendig gelernt, und seine Sprache war stark vom Dialekt gefärbt, was die förmliche Anrede etwas seltsam erscheinen ließ.

»Ja, danke«, sagte Adam und stieg aus. Nach dem Stadtlärm war die Ruhe, die ihn umgab, eine Wohltat. Nur eine Amsel sang vom Dachfirst herab ihr Lied. »Schön haben Sie's hier«, fügte er hinzu und dachte, dass er sich jetzt auch so ein Schloss kaufen könnte. Hatte Julia nicht behauptet, ihre Seite der Familie hätte das Ganze erben sollen? Für einen Augenblick überkam Adam Wehmut. Sie hätten heiraten und hier leben können, glücklich bis ans Ende ihrer Tage. Vor allem hätte er in diesem repräsentativen Ambiente seinen Geschäften nachgehen können. Vielleicht waren die Bahamas doch nicht das Maß aller Dinge. Wenn die Operation erst vorbei war, würde er seine Zukunftspläne noch einmal überdenken.

Er hielt dem guten Mann die Autoschlüssel hin. »Übernehmen Sie den Wagen, Herr …?« Leopold? Rudolf?

»Steingruber mein Name«, sagte der Bedienstete und richtete den Blick über Adams Schulter auf die Kapelle am Waldrand. »Ich fahre den Wagen in die Remise und bringe dann Ihr Gepäck aufs Zimmer. Die Frau Direktor erwartet Sie schon.« Er deutete auf die Eingangstür. »Immer geradeaus.«

»Kann mich jemand zu ihr bringen?«

»Nein.«

Adam drückte Steingruber wortlos den Autoschlüssel in die Hand und sah seinem Wagen nach, bis er hinter dem ehemaligen

Stallgebäude verschwunden war. Hatte Julia diesen Steingruber nicht bei ihrem letzten gemeinsamen Abendessen erwähnt? Adam meinte sich zu erinnern, dass er der Gärtner war und sein ganzes Leben auf dem Schloss verbracht hatte. Bis auf ein paar Jahre, in denen er zur See gefahren war. Einen Seebären hatte sich Adam anders vorgestellt. Es war nett von Dr. Todorov, den schrulligen Alten weiterzubeschäftigen. Ein Aushängeschild war er nicht.

Adam wandte sich ab, stieg die zwei ausgetretenen Steinstufen zur Eingangstür hinauf und betrat eine hohe Halle. Als Reminiszenz an ihre herrschaftliche Vergangenheit war sie mit einem riesigen geschnitzten Schrank und zwei wuchtigen Truhen möbliert. Die moosgrün gestrichenen Wände waren mit vergilbten Stichen von Berglandschaften und Jagdszenen dekoriert. Darüber hingen alte Flinten und zu Gruppen arrangierte Geweihe. Der ausgestopfte Kopf eines mächtigen Keilers starrte mit glasigen Augen auf Adam herab. Seine spitzen Hauer schimmerten elfenbeinfarben.

Von der Decke hing ein Kronleuchter aus einem riesigen Eisenreifen, auf dem noch Wachsreste klebten. Jetzt war er mit Glühbirnen bestückt. Leise quietschend drehte er sich an einer schweren Kette in dem Luftzug, der durch die offene Tür hinter Adams Rücken in die Halle strich. Adam konnte ihm keine Aufmerksamkeit schenken, denn sein Blick wurde von dem einzigen Gemälde, einem lebensgroßen Porträt, das über einer der Truhen hing, wie magisch angezogen.

Das Bild zeigte eine junge Frau in einem hellbraunen Kleid, wie es zur Zeit des Ersten Weltkriegs modern gewesen war. Sie trug ihr dunkles Haar in einer schlichten Hochsteckfrisur, hielt die Hände locker verschränkt und blickte dem Betrachter aus porzellanblauen Augen, die zu Lebzeiten bestimmt immer ein wenig kalt gewirkt hatten, herablassend entgegen. An ihren Ohren hingen riesige böhmische Granate, und über ihrer rechten Schulter lag ein Fuchspelz mit baumelnden Pfoten. Der präparierte Kopf fletschte die Zähne, sodass es aussah, als ginge von dem toten Raubtier noch immer eine Gefahr aus.

Der Maler hatte sein Handwerk verstanden, denn Adam hatte

das unangenehme Gefühl, als starrte ihn Julia von ihrem Platz dort oben an. Das war also Großtante Valerie, die mit der bewegten Vergangenheit und dem unfreundlichen Testament. Die Ohrgehänge passten jedenfalls eher zu einem Abendkleid als zu dieser ländlich-sportlichen Aufmachung. Eine Dame hätte schlichte Perlen gewählt. Neureich und ohne Stil, schätzte Adam, eine Frau aus kleinen Verhältnissen, die es geschafft hatte und das auch zeigen wollte. Diese Sorte von Kundinnen war ihm mit ihrem anmaßenden Verhalten immer besonders auf die Nerven gegangen. Aber das war ja nun mit Hilfe von Frau Dr. Todorovs Kunstfertigkeit bald endgültig vorbei.

Hinter ihm ratterten die Rollen seines Koffers über das Kopfsteinpflaster, holperten über die Schwelle der Eingangstür und verhallten irgendwo im Haus.

Wo wartete jetzt diese Direktorin?

Zur Rechten führte eine üppig geschnitzte Holztreppe auf eine Galerie im ersten Stock. Schwere Samtvorhänge zu beiden Seiten stammten wohl noch aus der Zeit, als man sich vor dem Luftzug der ungeheizten Halle schützen musste. An der Balustrade prangte ein ausgestopfter Löwenkopf, dessen Bearbeitung dem Präparator sichtlich Schwierigkeiten gemacht hatte. Die Züge des Tieres erinnerten an das Gesicht eines alten Mannes, dessen zottelige Haare in einen mottenzerfressenen Bart übergingen. Unter dem Löwen, direkt vor Adam, befand sich eine geschlossene Tür, und zu seiner Linken lag hinter einem spitzen Torbogen ein schwach erleuchteter Gang, aus dem jetzt Steingruber auftauchte.

»Die Frau Laubenstein wartet auf Sie«, sagte er mit einem vorwurfsvollen Blick auf Adam, ging zu der Tür unter der Balustrade und öffnete sie. »Frau Direktor?« Er winkte Adam weiter, ließ ihn dann einfach stehen und verließ die Halle. Sekunden später fiel die Eingangstür ins Schloss.

»Herr Minkowitz!« Im Türrahmen stand eine hochgewachsene Frau um die fünfzig. Sie trug einen grünen Rollkragenpullover, einen karierten Faltenrock und die Sorte flacher Schnürschuhe, die Engländer als vernünftig bezeichnen, die Adam an einer Frau aber höchst unattraktiv fand. Ihre braunen Haare waren glatt und schulterlang, und um ihren Hals hing eine Brille an einer Hornkette. »Guten Abend und willkommen.« Ihr Lächeln wirkte verbindlich und professionell, doch ihr Blick war scharf. »Annabelle Laubenstein.« Sie reichte ihm die Hand. »Kommen Sie doch ins Kaminzimmer. Ich hoffe, Sie hatten eine gute Fahrt? Zum Glück liegt ja kein Schnee mehr. Im Winter haben wir da manchmal Probleme.«

Das hörte Adam nicht gern. Sollte er die Gesteinsbrocken auf der Straße erwähnen? Immerhin hatte er eine komplizierte Operation vor sich. Was passierte bei einem richtigen Felssturz oder einem späten Wintereinbruch? Wenn ein medizinischer Notfall eintrat? War die Klinik dafür überhaupt ausgerüstet?

»Was heißt das?«, fragte er.

»Die Straße ist eben recht schmal. Bei großen Schneemengen kommt der Schneepflug nicht bis zu uns durch«, erklärte sie. »Das ist dann aber auch immer sehr gemütlich. Winter in den Alpen, nicht wahr?«

Der Schnee in den Alpen kam im November und ging im April. »Was passiert dann?«, fragte Adam beherrscht.

Ihr Lächeln schien geübt. »Viele Gäste reisen mit dem eigenen Hubschrauber an«, sagte sie, und Adam meinte, ein wenig Herablassung in ihrer Stimme zu hören. So als wollte sie auf die Exklusivität ihrer Klientel hinweisen. »Wir können also unseren Landeplatz jederzeit für einen Rettungsflug nutzen. Aber das war bisher zum Glück noch nicht nötig.« Sie trat von der Tür zurück. »Treten Sie doch ein, Herr Minkowitz.«

Adam folgte ihr in einen luxuriösen Wohnraum, dessen eine Seite aus einer Front kleiner Fenster bestand. Vor einem Kamin mit heller Sandsteineinfassung standen ein kariertes Sofa, auf dem zwei Männer mit dem Rücken zu ihm saßen, zwei Ohrensessel und im Anschluss daran eine ausladende Sitzgarnitur, über die echte Pelzdecken drapiert waren. Die langen Vorhänge an den Fenstern waren aus grünem Leinen, über das weiße Ranken liefen. Es war der gleiche Stoff wie der Bezug des Kaminsofas. Zwischen den Fenstern hingen goldgerahmte Stiche, die die Wiener Ringstraße zeigten, offensichtlich Erbstücke aus dem Nachlass von Großtante Valerie.

Julia hatte erwähnt, dass das Haus zu gewissen Zeiten auch als Hotel geführt wurde, es handelte sich beim Kaminzimmer wohl um den Aufenthaltsraum für die Gäste.

Durch eine niedrige Tür auf der rechten Seite konnte Adam in eine Bibliothek mit dunklen Regalen und einem großen Orientteppich sehen. Hochlehnige, mit grünem Samt überzogene Sessel gruppierten sich um einen runden Tisch. In einem der Sessel saß ein Mann, der ganz in die Lektüre eines Buches vertieft schien. Der warme Schein einer Stehlampe umgab ihn, sodass es aussah, als befände er sich auf einer einsamen Insel aus Licht. Als er Adams Blick bemerkte, hob er den Kopf. Er hatte welliges, kupferrotes Haar und auffallend helle Augen. Gleich darauf schien das Interesse des Mannes erloschen, denn er widmete sich wieder seiner Lektüre. Adam schätzte ihn auf Anfang dreißig. Aber sicher war er sich nicht, denn vielleicht war dieses jugendliche Aussehen auch nur das Ergebnis von Dr. Todorovs Kunstfertigkeit.

Adam, der, wie er sich jetzt eingestand, doch etwas nervös gewesen war, begann sich zu entspannen. Bis jetzt fühlte sich sein Aufenthalt mehr wie die Wochenendeinladung zu Freunden auf dem Land an und keineswegs wie die Aufnahme in ein Krankenhaus. Es gefiel ihm so gut, dass er sogar in Erwägung zog, einmal ein paar freie Tage im Schlössl zu verbringen und die Ruhe und Abgeschiedenheit zu genießen.

Die beiden Männer auf dem Sofa erhoben sich und gaben den Blick auf einen niedrigen Tisch frei, auf dem Akten und Tabellen lagen. Sie hatten gearbeitet. Einen der beiden kannte Adam bereits. Es war Sebastian, Dr. Todorovs Assistent. Diesmal trug er keine weiße Kleidung, sondern Chinos und ein Jeanshemd, und an seinem Arm glänzte eine teure Schweizer Uhr. Adam schätzte das Stück auf einen Wert im fünfstelligen Bereich. Als Sebastian auf ihn zukam, war sein Gang so selbstbewusst, als wäre er der junge Hausherr. Lässig reichte er Adam die Hand.

»Hallo, Herr Minkowitz.«

Adam unterdrückte seinen Ärger über die saloppe Begrüßung. »Guten Abend, Sebastian«, sagte er kühl.

»Wie ich sehe, kennen Sie unseren Pflegedienstleiter, Herrn Michels, bereits«, sagte Frau Laubenstein mit einem maliziösen

Lächeln und wandte sich an den zweiten Mann. »Und das ist Dr. Fernau, er operiert mit Frau Dr. Todorov zusammen und wird sich um Ihre Nachsorge kümmern. Sie sind bei ihm in besten Händen. Clemens, Herr Minkowitz.«

Dr. Clemens Fernau sah Julia so ähnlich, als wären sie Geschwister. Brünett, blauäugig und nur ein paar Jahre älter. Sein Blick war genauso zielstrebig wie der seiner Cousine, ja fast schon aggressiv. Für einen kurzen Augenblick meinte Adam ein Zeichen des Erkennens in den Augen des jungen Mannes zu bemerken. Aber dann reichte ihm Clemens Fernau so gleichgültig die Hand, als entledigte er sich damit einer lästigen Pflicht, statt gerade seinen zukünftigen Patienten kennenzulernen. Wusste er von Adams Verhältnis mit Julia? Wahrscheinlich nicht, dafür war seine Miene zu desinteressiert. Gut so. Adam hatte beschlossen, mit der Trennung von seiner Geliebten bis nach der Operation zu warten. Bis dahin wollte er jeglichen Ärger vermeiden. Er setzte ein Lächeln auf.

»Dr. Fernau«, sagte er. Dann blickte er erwartungsvoll zu dem Mann in der Bibliothek hinüber, doch der war in seine Lektüre vertieft, und die Direktorin machte keine Anstalten, ihn vorzustellen.

»Na gut, Bella«, sagte Clemens Fernau, schob Ordner und Papiere auf dem kleinen Tisch zusammen und steckte den Stapel unter den Arm. Jetzt sah Adam, dass auf dem Tisch noch ein aufgedecktes Tarock-Spiel lag. Anscheinend hatte er die Runde beim abendlichen Kartenspiel unterbrochen. »Ich denke, für heute lassen wir's, ich gehe hinüber. Werde mal noch ein paar Patientenakten auf den neuesten Stand bringen.« Er wandte sich an Adam. »Morgen machen wir die letzten Untersuchungen, und wenn alles in Ordnung ist, können wir übermorgen operieren.« Sein Lächeln erinnerte Adam schmerzhaft an Julia. »In spätestens einer Woche sind Sie wieder zu Hause.« Clemens Fernau nickte ihnen zum Abschied zu und verließ den Raum.

»Herr Michels wird Ihnen Ihr Zimmer zeigen«, sagte Frau Laubenstein, »und Ihre Wünsche fürs Abendessen aufnehmen. Seien Sie nicht zu bescheiden – morgen Abend heißt es wahrscheinlich schon fasten.«

Sebastian führte Adam durch die Halle und in den langen, nur von ein paar Kandelabern erhellten Gang. Ihre Schritte hallten auf dem Granitboden, während sie an der an einer Wand aufgereihten Ansammlung von Truhen und geschnitzten Stühlen vorbeigingen. Getrocknete Hortensienköpfe zierten Zinnschalen, und ihre knochenfarbenen Blüten verbreiteten einen Hauch von Vergänglichkeit. Darüber hing ein ganzer Wald von Hirschgeweihen, deren lange Stangen ein Spinnennetz aus Schatten auf die Wände warfen. Als sie an einer zerbeulten Ritterrüstung vorbeikamen, die in einer Wandnische stand, bemerkte Adam, dass ihr Visier ein Stück geöffnet war. Als wollte jemand seine Ankunft verfolgen. War das nun ein gutes oder ein böses Omen?

»Ist die Rüstung echt?«, fragte er im Weitergehen.

Sebastian sah über die Schulter zurück. »Und ob«, sagte er. »Die Kapelle soll renoviert werden, und da ist der Blechhaufen hinter einer verputzten Tür aufgetaucht. Dimmi dachte, das Ding macht sich gut als Dekoration. So, und da wären wir schon.« Sebastian blieb vor einer schweren Holztür stehen, auf der sich weder eine Nummer noch ein Schild für den Patientennamen befand. Er öffnete sie, knipste das Licht an und ließ Adam den Vortritt. »Wir möchten, dass Sie sich bei uns wohlfühlen.« Es klang wie ein Standardsatz.

»Danke«, sagte Adam und trat über die Schwelle.

Wenn es einmal mit Antiquitäten ausgestattet gewesen war, so war von dem alten Mobiliar nichts übrig geblieben. Wohl aus Hygienegründen hatte man das Stabparkett, das noch das Kaminzimmer zierte, durch einen hellen Fliesenboden ersetzt. Mit terrakottafarbenem Stoff überzogene Sessel standen vor einem hell getünchten Kamin. Auf dem Sims reihten sich Kerzenleuchter aus Messing mit grünen Schleifen, und darüber hing ein geschnitzter Gamskopf. Auf einem niedrigen Tischchen stand eine Schale mit Osterglocken, daneben lagen aufgefächert internationale Zeitungen.

Das Zimmer hätte jedem Skihotel Ehre gemacht, aber ehe Adam darüber Erleichterung empfinden konnte, fiel sein Blick auf das erhöhte Bett, das sich an einer Seite des Raumes befand.

Es stand mit dem Kopf zur Wand, und obwohl es aus warmem Holz und nicht aus Metall war, sah es nach Krankenbett aus. Dies war eine Klinik und kein Hotel, sosehr man auch den Anschein zu erwecken versuchte.

Adam wurde ein wenig mulmig.

Der Salon in Dr. Todorovs Anifer Villa, das Schloss, das wie ein Hotel in den Bergen aussah, das alles war geeignet, über den wahren Grund seines Aufenthalts hinwegzutäuschen. Nichts sollte an den blutigen Zweck seines Aufenthalts erinnern. Aber in zwei Tagen würde die Ärztin seine Gesichtshaut vom Schädelknochen lösen, glatt ziehen und im Haaransatz neu vernähen. Dann würde sie einen Streifen aus seinen Lidern herausschneiden und eine neue Falte formen. Und natürlich würde sie seine Nase brechen. Mit einer Einschränkung der Atmungsfähigkeit werde für eine gewisse Zeit zu rechnen sein, hatte sie gesagt.

»Wir servieren ein leichtes dreigängiges Menü zum Abendessen«, sagte Sebastian. »Fleisch, Fisch oder vegetarisch? Heute gäbe es —«

»Nur eine klare Brühe, bitte«, sagte Adam.

»Gut, dann schicke ich Heidi damit zu Ihnen.« Sebastian ging zur Tür. »Möchten Sie ein Schlafmittel für die Nacht?«

»Das wird nicht nötig sein.«

Adam wartete, bis sich die Tür hinter Sebastian geschlossen hatte, dann trat er an einen der langen Vorhänge und zog ihn zurück. Inzwischen war es dunkel geworden. Die Wolken, die er bei seiner Ankunft über dem Wald bemerkt hatte, waren über den Himmel gequollen und verdeckten den vollen Mond, der tief über dem Wald hing, fast zur Gänze. Leichter Nieselregen hatte eingesetzt. Nur schwach waren die Wiese hinter dem Schloss und darauf ein kreisrund gemähtes Rasenstück zu erkennen. Der Hubschrauberlandeplatz?

Als Adam die Vorhänge wieder zuziehen wollte, bemerkte er ein Licht, das in einiger Entfernung hinter der Wiese brannte und einen warmen Schein durch die Regenschleier zu ihm sandte. Er kniff die Augen zusammen. Es war ein erleuchtetes Fenster, hoch und bogenförmig. Ein Kirchenfenster? Adam fiel die Kapelle ein, die er bei seiner Ankunft gesehen hatte, und wunderte sich, dass sie so spät noch besucht wurde, als ihn ein Schatten am Rand der Terrasse ablenkte.

Ein großer Hund trat auf die feuchte Wiese hinaus. Sein Fell, der lange buschige Schwanz und der schmale Kopf schimmerten grau. Plötzlich spitzte der Hund die Ohren und sah zu Adam hinüber. Ein schwarzes Dreieck, dessen Spitze genau auf die Stelle zwischen den leuchtenden Augen zeigte, saß auf seiner Stirn. Es war wohl ein Schäferhund, aber in dieser Umgebung sah er wie ein Wolf aus. Unbeweglich lauernd starrte er Adam an.

Das war unzweifelhaft ein schlechtes Omen.

Adam spürte, wie Gänsehaut über seinen Rücken kroch. »Geh weg«, flüsterte er. »Na los, hau ab.« Als wenn diese Worte etwas an seinem Schicksal hätten ändern können.

Ein Klopfen an der Tür ließ ihn herumfahren.

»Hier ist Heidi«, sagte eine gedämpfte Frauenstimme, »aus der Küche. Ich bringe Ihnen Ihre Suppe.«

»Ja, gut, kommen Sie herein«, sagte Adam.

Schnell wandte er sich zur Terrassentür, wollte noch einen Blick auf die Schimäre werfen. Wenn es ein Hund war und kein Wolf, würde alles gut werden. Aber das graue Tier war im Nachtdunkel verschwunden.

Das Licht in der Kapelle brannte noch immer.

DREI

Simon Becker drehte den Schlüssel in dem schweren Hängeschloss, das ihm Steingruber extra besorgt hatte, um ungebetene Besucher von der Krypta fernzuhalten, und entriegelte die Tür. Dann entzündete er eine der Baulampen, die neben dem Mauerdurchbruch in der Kapelle standen, und stieg die ausgetretene Steintreppe hinunter. Die Krypta befand sich in einem Gewölbe, das wesentlich älter als der sakrale Bau war. Es war aus dem Felsen herausgeschlagen worden und erinnerte eher an eine Höhle als an eine Gruft. Vielleicht hatte es sich bei diesem Ort ursprünglich um ein heidnisches Heiligtum gehandelt, das später vom Christentum annektiert und mit einem Gotteshaus überbaut worden war. Viele Kirchen standen auf derartigen Plätzen. Irgendwann war der Höhleneingang zugemauert und erst im Zuge der Renovierungsarbeiten an der Kapelle wiederentdeckt worden.

Simon hatte nach dem Abendessen seine Aufzeichnungen ordnen wollen, aber seine Gedanken waren immer wieder abgeschweift. Eine Stimme, die nur in seinem Kopf existierte, hatte ihn offenbar zu den Särgen unter dem Kirchenboden rufen wollen, und von Minute zu Minute war er unruhiger geworden. Endlich hatte er den Bleistift auf den Papierstapel geworfen, seine Wachsjacke angezogen und war durch den einsetzenden Regen zur Kapelle gestapft. Eine letzte Kontrolle konnte nicht schaden, und vielleicht wollte sein Unterbewusstsein ihm sagen, dass er etwas Wichtiges vergessen hatte.

Als Simon vor dem Sarkophag mit der Mumie stand, betrachtete er das blasse Gesicht mit der gebrochenen Nase, den zerbissenen Lippen und den eingesunkenen Augen. Die Lider wiesen Druckspuren auf. Jemand hatte der jungen Frau nach dem Tod die Augen geschlossen und ihren geschundenen Körper in den Sarg eines lange vor ihrer Zeit verstorbenen Mannes gelegt. Warum? Vielleicht, weil der Mann ein Priester gewesen war und dieser Jemand darauf vertraut hatte, dass er auf seiner Reise ins Jenseits auch eine arme Seele mitnehmen, sie sozusagen ins

Paradies schmuggeln würde. Weil der steinerne Deckel des Sarkophags nicht völlig abschloss, hatte die trockene, kalte Luft um den Körper zirkulieren und ihn vor der Zersetzung bewahren können.

Und das Blut?, flüsterte eine Stimme in Simons Kopf. *Wie erklärst du dir das flüssige Blut in ihren Adern?*

Auch wenn nur eine kleine Menge Blut aus dem Arm der Mumie geflossen war – Simon hatte den Versuch nicht wiederholen können. Es war eine einmalige Erscheinung gewesen, und er hatte beschlossen, das Phänomen für sich zu behalten, solange er keine Erklärung dafür gefunden hatte. Natürlich war da auch immer der Gedanke an die Habilitation in seinem Hinterkopf. Diese Tote war eine wissenschaftliche Sensation – eine Leiche, die blutete, das hatte etwas von religiösem Wunder und mittelalterlichem Gottesurteil. In der Literatur waren Fälle bezeugt, in denen ein Mordopfer noch Stunden nach dem Tod in Anwesenheit seines Mörders zu bluten begonnen und den Täter so überführt haben sollte. Auf keinen Fall durfte er seine Arbeit gefährden, indem er damit zu früh an die Öffentlichkeit ging. Die Wissenschaftler seiner Zunft würden sich wie Aaskrähen auf seinen Fund stürzen. Doch was bedeutete dieses Phänomen tatsächlich?

»Mara, was willst du mir sagen?«, flüsterte er.

Wie immer die junge Frau zu Lebzeiten geheißen hatte, für ihn galt bis jetzt nur der Arbeitsname, mit dem sie in die wissenschaftliche Literatur eingehen wurde. Er hatte die Tote Mara genannt, warum, das wusste er selbst nicht. Manchmal meinte er, diesen Namen in dem Wind, der ständig durch die Kapelle strich, gehört zu haben, manchmal fand er das Wort einfach nur kurz und einprägsam.

Ein Regentropfen sickerte aus Simons nassem Haar und lief über seine Stirn. Er wischte ihn weg und band seinen Schal fester. In der Krypta war es kühl, und er spürte, wie ein Schauer über seinen Rücken lief. Und da war auch dieses innere Frösteln, das ihn immer erfasste, wenn er dem gut erhaltenen Leichnam eines vor Jahrhunderten Verstorbenen gegenüberstand. Die Unmittelbarkeit, die durch das Vorhandensein des Weichgewebes, des Haares und der noch erkennbaren Gesichtszüge entstand, berührte ihn jedes Mal wieder aufs Neue. Es war, als wollte der Tote sagen: Sieh her, ich bin du – dein totes Spiegelbild. Auch dich wird dereinst das Leben fliehen. *Memento moriendum esse.* Denk daran, dass du sterben musst. Du kennst deinen Todestag nicht – aber er wird kommen.

Hin und wieder wurde Simon gefragt, was ihn an der Arbeit mit den Toten so faszinierte. Und immer antwortete er, dass es die Geheimnisse waren, die sie ihm über das Leben verrieten. Nicht nur über ihr eigenes, sondern auch über den Weg, den er und seine Zeitgenossen unausweichlich gehen mussten. Schon als Kind hatte er sich dem Prozess des Werdens und Vergehens nicht entziehen können.

Begonnen hatte alles mit einer Katze.

An einem brütend heißen Sommertag hatte sie unter dem Haselnussstrauch im Garten seines Elternhauses in Altaussee gelegen, halb verdeckt von belaubten Ästen und bestimmt seit Tagen verendet. Das Brummen dicker Fleischfliegen in der scheinbar stillstehenden Luft, die so zäh wie Sirup gewesen war, hatte ihn zu dem Kadaver geführt. Fasziniert hatte er gesehen, wie sich das zerrupfte Katzenfell hob und senkte, wie es darunter bebte und wimmelte. Insekten hatten ihre Eier in das verwesende Fleisch gelegt, aus denen Maden und wieder Insekten wurden. Leben aus dem Tod, ein ewiger Kreislauf, der, so verstand er schon mit neun Jahren, nicht nur das Schicksal der Katze war, sondern irgendwann auch sein eigenes sein würde.

Und da war auch dieser Geruch gewesen, der, wie er inzwischen wusste, entstand, wenn Mikroorganismen einen Leichnam zerlegten. Er hatte Simon an die Ausdünstungen von Benzin und Nagellackentferner erinnert und an den Gestank von verrottetem Kohl, jedoch vermischt mit dem angenehmen Duft von Kakao und Knoblauch. Diese chemische Verbindung namens Indol wurde von Parfümproduzenten und Schokoladenfabrikanten genutzt, aber an jenem fernen Hochsommertag wusste Simon das noch nicht.

Er hatte die Katze mit ins Haus genommen und dabei zweierlei festgestellt: erstens, dass ihm der Geruch und der Anblick des Todes nichts ausmachten, und zweitens, dass es den anderen Menschen nicht so ging. Nur sein Vater, ein Anwalt, hatte Verständnis für seine analytische Gedankenwelt und seine Suche nach dem Zusammenhang von Ursache und Wirkung gezeigt. In seinem Beruf sei es ähnlich, hatte er gesagt und seinem Sohn weitere Versuchsanordnungen erlaubt, unter der Auflage, dass sie in der Gartenhütte stattfänden und weder seine Mutter noch seine beiden kleinen Schwestern dadurch belästigt würden.

Die väterliche Sorge war unnötig gewesen. Auch wenn Emma und Marie nie in die Nähe von dem, was sie »Simons Leichen« nannten, kommen wollten, schallte doch immer wieder ihr Ruf durch Haus und Garten: *Simon, schau – ein Krabbeltier!* Und so sammelten sich in der Gartenhütte in Gläsern und Terrarien Maden, Larven und Käfer. Einmal war eine Raupe dabei gewesen, deren gepunkteter Panzer an das Fell eines Leoparden erinnert hatte. Als daraus ein prächtiger Schwalbenschwanz – *Papilio machaon* – geworden war, hatte er ihn zum Dank seinen Schwestern geschenkt.

Natürlich hatte sein Interesse in erster Linie den weniger attraktiven Exemplaren wie Schmeiß- und Käsefliegen oder Aas- und Totengräberkäfern gegolten, die sich ihrerseits von nekrophagen Insekten ernährten. Das Studium der forensischen Entomologie war somit für Simon vorbestimmt, und natürlich hatte er mit Auszeichnung promoviert. Sein nächstes Ziel war die Habilitation. Und dabei würde ihm Mara helfen. Diese Mumie war nicht nur für die Wissenschaft, sondern auch für seinen ganz persönlichen Lebensweg von unschätzbarem Wert.

Ein leichter Windhauch strich aus dem Kirchenschiff in die Krypta hinab. Auf einmal meinte Simon, ein Rascheln hinter sich zu hören, doch als er sich umdrehte und zum Treppenaufgang hinübersah, war da niemand. Er konnte sich ein Lächeln nicht verkneifen. Die wenigsten Menschen suchten des Nachts die Gesellschaft der Toten. Dass er nicht zu den Abergläubischen gehörte, erleichterte seine Arbeit ungemein. Trotzdem war es jetzt Zeit, zu gehen.

Simon nahm die Lampe, hob sie über den Kopf und warf noch einen letzten Blick auf das Skelett und die tote Frau.

Und da sah er es.

Etwas Glänzendes lag zwischen den Falten des fast vermoderten Leichentuchs. Simon stellte die Lampe wieder ab, zog ein paar Einweghandschuhe aus der Tasche und streifte sie über. Dann beugte er sich über den offenen Sarg und griff vorsichtig nach dem glänzenden Gegenstand. Es war ein fast blind gewordenes Glasfläschchen. Irritiert starrte er darauf, wusste nicht, wie er seinen Fund einordnen sollte. Weder bei der Sargöffnung noch bei allen weiteren Untersuchungen war ihm das Ding aufgefallen, ja hatte es überhaupt bei der Toten gelegen, da war er ganz sicher.

Simon musterte das Fläschchen.

Es war eher eine Phiole, einem modernen Teströhrchen, wie er es selbst im Labor verwendete, nicht unähnlich. Ihr Messingverschluss hatte das Licht der Baulampe eingefangen.

Hinter dem unebenen Glas konnte Simon eine braunrote Substanz erkennen. *Blut?* Er drehte die Phiole in den Händen. Nein, der Inhalt schien von fester Konsistenz zu sein. Der Verschluss war zusätzlich mit einer schwarzen Masse versiegelt. Die Finger, die sie einst festgedrückt hatten, hatten deutlich sichtbare Spuren hinterlassen. Auf einer Seite war ein schlichtes Kreuz, ähnlich dem im Altarraum der Kapelle, eingeritzt. Was enthielt das Fläschchen? Im Laufe der Jahrhunderte verfärbten Weihrauch? Möglicherweise.

Simon nahm einen der verschließbaren Plastikbeutel von seinem Arbeitstisch, steckte das Glasfläschchen hinein. Dann vermerkte er Datum, Zeit und Auffindungssituation und legte den Beutel zu seinen Arbeitsutensilien auf den Klapptisch. Er würde sich am nächsten Tag darüber Gedanken machen, heute war er zu müde dazu. Aber solche Überraschungen machten den Reiz seines Berufes für ihn aus.

Als er die grobe Holztür des Mauerdurchbruchs hinter sich schloss, drehte er diesmal den Schlüssel zweimal um, obwohl er die Krypta in seiner Abwesenheit ohnehin immer verschlossen hielt. Einen Poltergeist, der durch Wände ging und Glasfläschchen versteckte, würde das Hängeschloss ohnehin nicht aufhalten. Simon spürte, wie ihn der Gedanke zum Lachen reizte. Er wandte dem grob geschnitzten Christus am Kreuz, der nahezu unsichtbar im dunklen Altarraum hing, den Rücken zu und knipste seine Taschenlampe an. Dann folgte er ihrem Lichtkegel den langen Mittelgang zwischen den verstaubten Bankreihen entlang zum Portal.

Vor der Kapelle war aus dem Nieseln ein handfester Landregen geworden. Hart und eisig wie Hagel trommelte er auf Simons Schultern. Kälte und Feuchtigkeit krochen über seine Haut. Simon wickelte sich fester in die klamme Wachsjacke und setzte die Kapuze auf, während er einen Blick zum Gästehaus auf der anderen Seite des Schlosses warf. Für die Zeit seines Aufenthaltes hatte man ihm darin ein kleines Apartment zugewiesen. Nach einem langen Arbeitstag zwischen dem alten Gemäuer der Kapelle freute er sich auf eine heiße Dusche und sein Bett. Aber irgendetwas hinderte ihn daran, schnell über den Platz zu laufen und sich in sein gut geheiztes Zimmer zu flüchtete. Er hatte das beunruhigende Gefühl, etwas übersehen zu haben. Etwas war ihm in der Kapelle aufgefallen, das nicht dorthin gehörte. Sosehr er sich den Kopf zermarterte, er kam nicht drauf, war wohl schon zu müde für analytische Gedanken. Deprimiert starrte er zum Gästehaus hinüber.

Wie ein Gebirgsbach schoss das Regenwasser über das steile Dach die Lärchenschindeln hinab und spritzte von den roten Marmorstufen, die zur Haustür führten. Die weiß verputzten Mauern leuchteten gelblich im Licht der Stalllaterne über dem Eingang. An einem Spalier hingen verdorrte Hagebutten vom letzten Jahr. Es sah aus, als wären sie nicht verwelkt, sondern verbrannt, und so, als hätte das Feuer ihre Gestalt als Asche bewahrt und als würden sie bei der geringsten Berührung zerfallen. Simon fühlte sich an die verkohlten Leichen der Brandopfer erinnert, mit denen er es bei seinem letzten Auftrag zu tun gehabt hatte.

Hinter einem der kleinen Holzsprossenfenster im ersten Stock schimmerte warmes Licht. Clemens Fernau saß also noch am Schreibtisch in seinem Arbeitszimmer.

Simon hatte sich auf Anhieb mit Clemens verstanden. Aber seit ein paar Tagen schien er ihm aus dem Weg zu gehen. Bisher hatten sie am Abend meist am Kamin gesessen und diskutiert oder mit Clemens' Mutter Charlotte und Annabelle Laubenstein Karten gespielt. Nun verabschiedete sich Clemens ohne nähere Erklärung, sobald es ihm möglich war. Auch seine sonst so freundliche Art war verschwunden, er war gereizt und aufbrausend. Etwas schien ihn zu bedrücken.

Der Regen wurde stärker, trommelte auf Simons Schultern, überflutete die Pflastersteine und weichte seine leichten Lederschuhe auf.

Auf einmal öffnete sich das Fenster im ersten Stock. Clemens Fernau streckte die Arme heraus und griff nach den Fensterläden. Sein Blick fiel auf Simon, und er stutzte. Das Regenwasser rann über seine Ärmel, als er sekundenlang herabstarrte. Simon hob die Hand zum Gruß, doch Clemens zog einfach die Läden zu und verriegelte sie. Jetzt drang das Licht nur noch gedämpft durch die Spalten im Holz.

Etwas stupste an seine Hand, und er sah hinunter.

»Na, Lupo«, sagte er, »Abendspaziergang gemacht?«

Der Tschechische Wolfshund schüttelte sich. Für Sekunden hing ein Schleier aus Regentropfen in der Luft, schimmerte im Licht der Stalllaterne. Vor zwei Jahren hatte Simon die mumifizierten Leichen von Zwangsarbeitern aus dem Zweiten Weltkrieg in Böhmen untersucht und ihnen so ihre Namen zurückgeben können. Es waren die Söhne des Dorfes gewesen. Zum Dank und zum Abschied hatte ihm der Bürgermeister den Welpen geschenkt. Und einen Satz alter böhmischer Schnapsgläser aus der örtlichen Glasbläserei.

Eine Erinnerung regte sich in Simon, wurde klarer und nahm Gestalt an. Auf einmal wusste er, was ihn irritiert hatte. Das Glasfläschchen, das er in Maras Grab gefunden hatte, war mundgeblasen und, seiner Machart nach zu schließen, frühestens vor hundert Jahren hergestellt worden. In Böhmen. Genau wie seine Schnapsgläser. Aber die Toten in diesem unterirdischen Raum hatten jahrhundertelang vergessen in der Krypta geruht. Dem verwendeten Baumaterial nach zu urteilen, war die Krypta vermutlich im 18. Jahrhundert zugemauert worden. Wie war das Fläschchen also hinter Steine und Putz gelangt?

Eine nasskalte Windböe wirbelte aus dem Wald, fuhr unter Simons viel zu dünne Jacke und überzog seinen Rücken mit einer Gänsehaut. Die Tür zur Krypta war immer verschlossen. Steingruber hatte extra ein besonders schweres Schloss bei einem Dorfschmied anfertigen lassen. Auf Simons Frage, ob das denn nötig sei, hatte er nur grimmig genickt. Wie war das Fläschchen also in den Sarg gelangt? Und was, um Gottes willen, enthielt es?

»Du«, sagte Simon zu Lupo und schnippte gegen dessen Ohr, »wir müssen noch mal in die Kapelle, ich glaube …« Er brach ab und drehte sich um. Hatte er da wieder dieses Rascheln, das ihn in der Krypta irritiert hatte, gehört? Nein, das Prasseln des Regens und das Heulen des Windes in den Tannenwipfeln waren die einzigen Geräusche. »Los, komm.«

Seite an Seite liefen sie zur Kapelle hinüber, wobei Simon versuchte, den schwarzen Wasserlachen zwischen dem Kopfsteinpflaster auszuweichen, und der Hund unbeeindruckt neben ihm durch die Pfützen trabte.

Im Kirchenschiff befahl er Lupo, zurückzubleiben. Er lief zum Altarraum und zündete die beiden armdicken weißen Kerzen an. Ihre Flammen flackerten zu Christus am Kreuz hinauf, und ihr Licht umspielte seine Glieder, als stünde der Heiland auf einem brennenden Scheiterhaufen. Wie immer fühlte sich Simon vom Anblick der mittelalterlichen Holzfigur abgestoßen. Der Schnitzer hatte das Gesicht nicht nur mit groben Zügen versehen, sondern auch mit einem harten Ausdruck. Das Antlitz wirkte geisterhaft und vermittelte wenig christliche Nächstenliebe. Wie ein unbarmherziger Richter starrte die Figur auf den Betrachter herab. Als wäre in dieser Kapelle statt Gottes Sohn ein heidnischer Götze ans Kreuz geschlagen worden.

Als die Kerzen ruhig brannten, eilte Simon zum Mauerdurchbruch. Er schaltete die Baulampe ein und untersuchte das Hängeschloss. Es war unversehrt. Kein einziger Kratzer. Niemand hatte sich daran zu schaffen gemacht. Das erleichterte ihn keineswegs. Zum ersten Mal in seiner Berufslaufbahn ließ sich ein Phänomen nicht mit wissenschaftlichem Verstand erklären. Nachdenklich stieg er die ausgetretenen Steinstufen hinunter.

In der Krypta war es überraschend kühl.

Das war das Erste, was Simon auffiel. Ein kalter Hauch war

durch den unterirdischen Raum gezogen und hatte die seit Jahrhunderten stehende Luft verwirbelt.

Er drehte sich zum Mauerdurchbruch um. Die Tür war versperrt gewesen, das Schloss unversehrt. Gab es am Ende noch einen weiteren Zugang zu der Grabstätte? Er hob die Lampe über den Kopf und ging die Wände entlang, wobei er jeden Quadratzentimeter sorgfältig in Augenschein nahm. Nichts, keine Geheimtür und keine frischen Spuren im alten Putz. Wahrscheinlich rührte die Kälte in seinen Gliedern einfach von dem eisigen Regen und seiner Müdigkeit.

Simon ging zum Klapptisch mit den Aufzeichnungen, Tabellen und Stiften, um noch einen Blick auf das mysteriöse Glasfläschchen zu werfen. Doch kaum hatte er den Schein der Lampe auf seine Arbeitsutensilien gerichtet, als er erstarrte. Der Platz, an den er vor ein paar Minuten den verschlossenen Plastikbeutel gelegt hatte, war leer.

Das Glasfläschchen war weg.

VIER

Etwa zur selben Zeit, als Simon Becker in einer mittelalterlichen Krypta vor einem schier unlösbaren Rätsel stand, warf Dimitra Todorov noch einen letzten prüfenden Blick auf die Schalttafel der Alarmanlage ihrer Villa. Die stählernen Rollläden an Fenstern und Terrassentüren waren heruntergefahren und fest im Boden verankert, die Heizung programmiert. Im Fall eines späten Kälteeinbruchs würde sie sich von selbst einschalten. Die Haushälterin war über Ostern zu ihren Enkeln ins Lavanttal gefahren. Dimitra hatte ihr die bunt gefärbten und mit Speck überglänzten Eier, die die Frau nach Kärntner Brauch jedes Frühjahr überall dekorierte und die Dimitra niemals aß, erleichtert für die Kinder mitgegeben.

Draußen verdüsterte ein kalter Regen den Abend. Es war bereits nach zehn, denn Dimitra hatte wie immer vor ihrem Urlaub noch alle fälligen Büroarbeiten erledigt, um für die nächsten Wochen den Kopf frei zu haben. Sie spannte den Schirm auf, griff sich ihren silbernen Trolley und zog ihn den nassen Gartenweg hinunter zu ihrem wartenden Range Rover. Das große Gepäck mit ausgewählten Teilen der neuesten Cruise Collection ihres bevorzugten Designers war bereits vorausgeschickt worden.

Dimitra würde erst in drei Wochen nach Anif zurückkehren. Sie hasste das verregnete Frühjahr in Salzburg und verbrachte es lieber auf einem Kreuzfahrtschiff unter karibischer Sonne. Ein mit Palmkätzchen geschmückter Speisesaal beim Captain's Dinner und der Gesang des bordeigenen Shanty-Chors reichten ihr völlig aus, um Ostern in festlicher Stimmung zu begehen. Dieses Jahr sollte es zur Abwechslung Asien sein. Bali und die umliegende Inselgruppe standen auf dem Kreuzfahrtprogramm. Auf den Landausflug auf Komodo und zu den Waranen freute sie sich besonders. Noch fünf Tage und eine Gesichtsoperation, dann ging ihr Flug von Salzburg über Frankfurt nach Singapur. Clemens konnte sich um die nachoperative Behandlung von Adam Minkowitz kümmern.

Während sie den Range Rover auf der Tauernautobahn in Richtung Süden lenkte, ging Dimitra in Gedanken schnell die bevorstehenden Tage durch. Sie war seit längerer Zeit nicht mehr im Schlössl gewesen, verschiedene Dinge standen an. Annabelle Laubenstein hatte sie zwar immer auf dem Laufenden gehalten, Entscheidungen konnte aber natürlich nur sie selbst treffen.

Dimitra hatte das abgelegene Jagdschloss schon länger im Auge gehabt und der Eigentümerfamilie Fernau ein großzügiges Kaufangebot gemacht, das diese zu Dimitras Bedauern jedoch stets abgelehnt hatte. In den letzten Jahren hatte sich ihr Patientenstamm nämlich in eine neue Richtung entwickelt. Natürlich waren da in erster Linie die gut situierten Damen, die diskret und – wenn man ehrlich war – vergeblich ihre Jugend zurückhaben wollten. Dimitra ließ sich von ihnen duzen und küssen und pflegte ihren Nimbus als Freundin. Unter diesen Frauen war es schick, zu sagen, man gehe ins Schlössl oder einfach zu Dimmi.

Doch dann war vor drei Jahren ein Mann bei ihr aufgetaucht, der nicht jünger aussehen wollte, sondern einfach anders. Dimitra hatte keinen Augenblick gezögert, sondern den Auftrag als Herausforderung betrachtet. Der Patient war nicht nur mit dem Ergebnis hochzufrieden gewesen, sondern auch mit ihrer Diskretion. Sie hatte keine Fragen gestellt, und das hatte ihr in der Folge eine völlig neue Klientel beschert. Die Patienten hatten gängige Namen, keine Krankenversicherung, dafür Leibwächter, und sie zahlten Dimitras rasant steigende Honorare ohne mit der Wimper zu zucken in bar.

Dann war Charlotte Fernau überraschend auf sie zugekommen, hatte sich erkundigt, ob das Kaufangebot noch aufrecht war. Sie hatte angespannt und hektisch gewirkt. Der finanzielle Druck war ihr anzusehen gewesen. Dimitra hätte den Kaufpreis heruntergehandeln können. Doch das war nicht ihr Stil. Im Gegenteil, sie hatte den Fernaus mietfrei eine Wohnung im Gästehaus überlassen und Clemens Fernau als Assistenzarzt eingestellt. Wenn er seine chirurgische Fachausbildung abgeschlossen hatte, wollte sie ihn zum ärztlichen Leiter ernennen. Das würde einen guten Eindruck auf ihre Patienten machen. *Unser ärztlicher Leiter kümmert sich persönlich um Sie.* Natürlich würde sie Clemens' höheres Gehalt auf ihre Honorare aufschlagen. Dimitra spürte, wie sich ein Lächeln auf ihrem Gesicht ausbreitete. Dann wurde sie wieder ernst. Natürlich gab es auch Probleme.

Am besten löste sie die noch vor ihrem Urlaub.

Da war zum einen die Kapelle. Sie gehörte zum Schloss, stand unter Denkmalschutz und wurde gerade saniert. Wie Annabelle am Telefon gesagt hatte, war bei den Bauarbeiten der Zugang zu einer Krypta freigelegt worden. Einer der darin bestatteten Leichname war angeblich nicht verwest, sondern hatte sich in der kalten, trockenen Luft nahezu unversehrt erhalten. Nun kümmerte sich ein Sachverständiger, ein Archäologe oder so, um die Mumie. Leider hatte Annabelle angedeutet, dass es sich bei ihr um eine Märtyrerin handeln könnte. Dimitra seufzte. Wenn sie Pech hatte und sich die Vermutungen bestätigten, würde aus ihrer diskreten und lukrativen Klinik am Ende noch ein Wallfahrtsort werden. Bei dem Gedanken packte sie die kalte Wut. Waren Märtyrerinnen nicht immer rückstandslos von der Erdoberfläche getilgt worden?

Die hohen Kredite für den Umbau des Schlosses zu einem Krankenhaus liefen noch viele Jahre, die jährlichen Erhaltungskosten waren enorm. Wenn sie die Klinik schließen musste, war sie ruiniert. Die Entdeckung dieser Märtyrerin hätte überhaupt zu keinem ungünstigeren Zeitpunkt geschehen können. Ein Patient aus Abu Dhabi hatte das Schloss für den ganzen Juni und für zwei weitere Wochen im August gebucht, und das für zehn Personen. Wenn er mit seinem kosmetischen Eingriff zufrieden war, so hatte er ihr beim Erstgespräch angedeutet, konnte sie zur plastischen Chirurgin seiner weitverzweigten und vermögenden Familie werden.

Dimitra biss die Zähne zusammen, bis ihre Kiefergelenke schmerzten. Sie würde alles in ihrer Macht Stehende tun, um das Bekanntwerden des Fundes zu verhindern. Vielleicht war dieser Archäologe ja durchaus aufgeschlossen? Jeder Mensch hatte seinen Preis, und da nahm sie sich in Anbetracht ihres neuen Patientenmaterials keinesfalls aus. Es war Bestechung, ja, und wenn schon. In erster Linie war es eine Investition in ihre Klinik. Vielleicht konnte sie es sogar als Spende für ein Forschungsprojekt von der Steuer absetzen. Dimitras Laune hob sich schlagartig.

Und wenn er nicht annahm? Sie seufzte. Dann konnte sie noch immer einen ihrer dankbaren Patienten anrufen. Natürlich nur als allerletzten Ausweg.

Und schließlich war da noch Sebastian.

Dimitra hatte nie den Wunsch verspürt, zu heiraten oder ihr Leben überhaupt mit einem einzigen Mann zu verbringen. Sie war schön und großzügig und machte kein Hehl aus ihren Absichten. Immer hatte sie sich nach einer gewissen Zeit im Guten vom jeweiligen Liebhaber getrennt. Nur bei Sebastian hatte sie irgendwie den richtigen Zeitpunkt übersehen. Inzwischen bewegte er sich in ihrem Haus, als wäre es das seine, rief ständig auf ihrem Privathandy an und belästigte sie mit seinen Wünschen. Aus reiner Großzügigkeit hatte sie ihn zum Pflegedienstleiter ernannt, obwohl sie keinen brauchte und ihm damit sowieso nur die einzige Pflegekraft, Elisabeth, unterstand.

Jede diplomierte Krankenschwester wäre über diese Beförderung glücklich gewesen. Nicht so Sebastian. Er strebte die Position des Klinikleiters an. Dabei ging er schon jetzt allen auf die Nerven. Annabelle war natürlich viel zu diskret, um sich über sein anmaßendes Verhalten zu beschweren, Clemens Fernau jedoch lehnte ihn rundheraus ab. Anscheinend ließ sich Sebastian nichts von ihrem Assistenzarzt sagen und untergrub damit dessen Autorität vor dem medizinischen Personal. Stets beharrte er auf einer Entscheidung der Chefin. Womit er ihr enges Verhältnis und seine eingebildete Vorzugsstellung natürlich unnötig betonte. So ging es nicht weiter. In einem kleinen Team hatten persönliche Animositäten keinen Platz. Sie würde sich von einem der beiden trennen müssen.

Es war schon bald Mitternacht, und ein kräftiger Landregen hatte eingesetzt, als Dimitra durch das große Tor auf das Klinikgelände zufuhr. Ein Lichtschein zu ihrer Rechten irritierte sie.

Sie hielt den Range Rover an.

Ungeachtet der fortgeschrittenen Stunde stand die Tür zur Kapelle offen. Das Kirchenschiff war schwach erleuchtet, trotzdem schien es einen kalten Hauch auszusenden. Dimitra fröstelte unwillkürlich in ihrem gut geheizten Wagen. War der Archäologe etwa immer noch bei der Arbeit? Eine gute Gelegenheit für ein erstes Sondierungsgespräch.

Dimitra ließ das Fenster hinunter und rief den Weg zur Kapelle hinauf: »Hallo? Ist jemand da?«

Sie erhielt keine Antwort. Nur das rot-weiße Absperrband flatterte im Wind, als wollte es sie warnen. Bis hierher und nicht weiter, schien seine Botschaft zu lauten.

Dimitra stellte den Motor ab und stieg aus.

Sofort trieb ihr der kalte Wind Regentropfen ins Gesicht. Sie senkte den Kopf und rannte auf das Portal zu. Wieder rief sie, diesmal lauter: »Hallo?« Keine Antwort.

Dimitra trat über die Schwelle in den Kirchenraum und blickte sich um. Niemand war zu sehen. Es roch nach Staub und altem Wachs. Die einzige Bewegung waren die Äste der Bäume hinter den hohen Fenstern, die sich im Wind wiegten und Schattenspiele auf das schlierige alte Glas warfen.

Das schwache Licht kam von zwei dicken Kerzen, die auf dem leeren Altar brannten und ihren flackernden Schein in das Kreuzgewölbe über dem Altarraum sandten. Licht und Schatten zuckten über das große Kreuz dahinter, sodass es auf den ersten Blick aussah, als stünde es in Flammen.

Der Durchstieg, den die Bauarbeiter in die Wand neben dem Altar gebrochen hatten und der nur durch eine Sperrholztür gesichert war, stand offen. Dahinter musste die erst vor Kurzem freigelegte Krypta liegen. Aus dem unterirdischen Raum kam Licht.

Entschlossen ging Dimitra den Mittelgang hinunter. Ihre hohen Absätze klapperten auf den abgetretenen Steinplatten. Die Akustik des Kirchenschiffs verlieh dem vertrauten Geräusch einen ungewohnten Nachhall. Es klang nicht wie das Echo ihrer Schritte, sondern wie Worte, die von den Wänden auf sie einfielen. Auf einmal hatte Dimitra das Gefühl, als wäre sie von wispernden und plappernden Stimmen umgeben.

Entnervt blieb sie stehen und beschloss, umzudrehen. Das machte jetzt überhaupt keinen Sinn. Besser, sie teilte diesem Archäologen morgen in der Früh ihre Vorstellungen mit und unterbreitete ihm auch gleich ein Angebot.

Aus der Krypta waren hastige Schritte zu hören. Im nächsten Augenblick tauchte ein Mann in einer grünen Wachsjacke im Mauerdurchbruch auf. Sein Gesicht war schmal und sommersprossig unter einem roten Haarschopf. Die Flamme der Altarkerze ließ seine Brillengläser flackern.

»Die Kirche ist geschlossen«, rief er ungehalten.

Dimitra strich sich eine lose Haarsträhne hinter das Ohr. Der junge Mann war attraktiv, er gefiel ihr. Sie ging zu ihm hinüber. »Todorov«, sagte sie freundlich, aber mit der Autorität der Schlossherrin in der Stimme. »Guten Abend, die Tür war offen.«

Der Mann stieg aus dem Mauerloch und kam etwas unsicher und wie geblendet auf sie zu. Als er vor ihr stand, sah sie, dass seine Augen hellgrün waren. »Oh, Verzeihung«, sagte er. »*Dr.* Todorov?«

»Ja.« Dimitra hielt ihm die Hand hin. Er war jung, und sein Gesicht wirkte intelligent. Ganz anders als das von Sebastian. Da ließ sich durchaus eine Gesprächsbasis finden, sie war nicht kleinlich. »Ich nehme an, Sie sind der Archäologe, der sich um unsere Kapelle kümmert.«

»Simon Becker«, sagte er. »Ich bin der Kriminalbiologe.«

»Der *Kriminal*biologe?« Sie lächelte charmant. »Ich hoffe doch, es ist hier niemand ermordet worden?«

»Leider doch«, sagte Becker. »Aber nach dreihundert Jahren werden wir keinen Täter mehr finden. Das Opfer liegt jedenfalls in der Krypta.« Er wirkte etwas unkonzentriert.

Dimitra runzelte die Stirn. »Ich habe gehört, dass man in meiner Kapelle eine Mumie gefunden hat, ja.«

»Genau, eine junge Frau. Von den anderen Toten sind leider nur noch die Gebeine vorhanden.« Er sagte es, als verkünde er eine betrübliche Nachricht. »Aber der Körper der jungen Frau ist in sehr gutem Zustand. Sogar ihr Totenhemd ist noch erhalten.« Er deutete zu den Mauerschlitzen unter den Dachsparren hinauf. »Es liegt an dem Lüftungssystem. Die kalte Luft zirkuliert unablässig, trocknet den Körper aus und hindert ihn an der Zersetzung. Die Kapuzinergruft in Wien funktioniert auf die gleiche Weise.« Er klang so unbeteiligt wie ein Museumsführer, der seine eingelernten Sätze aufsagt. »Sie wollen sie bestimmt jetzt sehen?«

»Wen, bitte?«

»Die Mumie – wollen Sie einen Blick darauf werfen?«

»Ach so, ja, natürlich.« Dimitra hatte das Gefühl, als wären da wieder diese Stimmen, die von den Wänden auf sie einredeten. Sie hob das Gesicht zu den Lüftungsschlitzen. »Das zieht ganz schön. Man kann den Luftzug richtig hören.«

In seiner Miene war nichts zu lesen. »Wirklich?«

Die Stimmen wurden lauter. Dimitra schüttelte irritiert den Kopf, dieses Windgeräusch nervte sie unsäglich. Aber sie war Naturwissenschaftlerin und wusste, dass die Akustik in einer Kirche besonders war. Und außerdem waren dieser Becker und sie die einzigen menschlichen Wesen in der Kapelle. Wenn man einmal von der konservierten Toten und den ganzen Knochen in der Krypta absah. Zum ersten Mal kam ihr der Gedanke, dass sie sich von dem charmanten Schlössl und seiner abgelegenen Lage nicht hätte blenden lassen dürfen, sondern sich vor dem Kauf die Pläne besser hätte ansehen müssen. Aber weder bei der ersten Begehung noch bei allen weiteren Besichtigungen war ihr dieser Bau besonders aufgefallen. Vielleicht lag es daran, dass er keinen Kirchturm hatte. Und jetzt hatte sie einen Sakralbau, eine präsumtive Heilige und diesen übereifrigen Kriminalbiologen am Hals.

»Wie sind Sie eigentlich auf die Krypta aufmerksam geworden?«, fragte sie. »Soweit ich weiß, hatten die früheren Eigentümer keine Ahnung. Die Fernaus hätten mir bestimmt davon erzählt.« Und dann hätte sie ein anderes Objekt gesucht. Aber vielleicht hatte Charlotte Fernau ja genau das verhindern wollen.

»Wir haben einen Hinweis bekommen«, sagte Becker.

»Ach ja? Von wem denn?«

Becker zuckte die Schultern. »Wie das halt so geht. Jemand hat beim Landesarchiv angerufen, die haben das Denkmalamt informiert, und von dort bin ich zur Untersuchung der Toten hinzugezogen worden.« Er deutete zum Kreuzgewölbe hinauf. »Es sollen ja nicht nur die baulichen Besonderheiten erhalten, sondern auch die Geschichte und die Auffindungssituation der Bestatteten dokumentiert werden.«

Eine Dokumentation, womöglich ein Buch und jede Menge

Wissenschaftler, die auf ihrem Grund herumschnüffelten. Sie zwang sich zu einem Lächeln. »Werden die Ergebnisse denn veröffentlicht?«

»Selbstverständlich.«

»Verstehe.« Dimitra tat, als müsste sie überlegen. »Vielleicht ist es besser, diesen wertvollen Körper in ein Museum zu überführen – wäre das nicht sicherer?«, sagte sie schließlich. »Von meiner Seite gäbe es selbstverständlich keinerlei Einwände.«

Jetzt wirkte Becker geradezu erschrocken. »Das ist sehr großzügig«, sagte er hastig. »Aber dafür ist es noch viel zu früh, und ich finde, wir sollten die Totenruhe nicht mehr stören als nötig. Es ist doch immer noch ein Mensch, und der sollte nicht zur Schau gestellt werden.« Er schenkte Dimitra ein bemühtes Lächeln, und sie hatte das Gefühl, als entsprächen seine Worte nicht ganz der Wahrheit. »Sie werden sehen, der Ort hier wird noch richtig berühmt werden«, setzte er hinzu. »Und dann kommen noch genug Besucher.« In seiner Stimme lag eine Spur von Bitterkeit.

Dimitra nickte stumm. Märtyrerin, Wallfahrtsort, Selig- und womöglich Heiligsprechung. Es war eine Lawine, die da auf ihr Lebenswerk zurollte. Wieder erfasste sie Ärger.

Becker räusperte sich. »Dann gehe ich jetzt in die Krypta vor?«, fragte er. »Ich muss Sie allerdings warnen. Man hat die junge Frau vor ihrem Tod gefoltert. Das ist kein schöner Anblick.«

Gefoltert – natürlich, da hatte sie den Beweis für eine Märtyrerin unter ihrem Dach. »Nein danke«, sagte Dimitra gereizt, bemerkte aber sofort ihren Fehler und setzte in entschuldigendem Tonfall hinzu: »Ich habe für morgen eine Operation auf dem Plan und sollte heute noch die Patientenakte durchgehen. Aber ich komme in den nächsten Tagen auf Ihr Angebot zurück. Die Toten laufen uns ja nicht weg, oder?« Sie gestattete sich den Scherz.

Becker schien nicht gekränkt, im Gegenteil, er lächelte eigentümlich. »Die Toten und der Tod haben eine Gemeinsamkeit«, sagte er. »Sie warten auf uns. Ich werde ab jetzt den ganzen Tag hier sein.«

»Und die ganze Nacht, wie mir scheint, auch.« Der Gedanke schoss Dimitra durch den Kopf, dass die Mumie dadurch leider bewacht war. Unsinn, schalt sie sich sofort, niemand wollte der Toten etwas tun. Außerdem wäre das zu offensichtlich. Besser, sie blieb, wo sie war, und geriet für die nächsten Jahrhunderte wieder in Vergessenheit. »Gute Nacht«, sagte sie, »und schließen Sie gut ab.« Sie wandte sich zum Gehen, blieb aber nach ein paar Schritten stehen und wandte sich noch einmal um. »Woher kam denn die Information für das Landesarchiv?«

»Das weiß ich leider nicht«, sagte Becker. »Mir hat man gesagt, es sei ein anonymer Anruf gewesen.«

Dimitra starrte ihn an. »Mann oder Frau?«

»Da müsste man in der Zentrale des Landesarchivs nachfragen«, sagte er. »Ich bezweifle aber, dass sich noch jemand daran erinnert. Ist das wichtig?«

Natürlich war das wichtig. Wenn es um die Auferstehung einer verschwundenen Heiligen gegangen wäre, hätte der Anrufer nicht nur seinen Namen genannt, sondern auch gleich die Presse informiert. Er wäre auch stolz auf seine Information gewesen. Es musste also noch einen anderen Grund geben. Und der machte ihr Angst.

Dimitra zwang sich zu einem Lächeln. »Egal, wer der Anrufer war«, sagte sie, »Hauptsache, die Mumie ist gefunden worden, nicht?«

Damit wandte sie sich abrupt ab und ging den Mittelgang zwischen den verstaubten Bänken entlang. Ihre Absätze knallten auf die Steinfliesen. Sie hatte den Eingang schon fast erreicht, als sie ein Knurren hinter ihrem Rücken erstarren ließ. Sie fuhr herum.

Zwischen den Bankreihen stand ein Wolf.

Dimitra schloss die Augen. Jetzt wurde sie wirklich verrückt. Aber Angst war nicht ihre vorherrschende Eigenschaft, und als sie wieder auf die Stelle sah, an der der Wolf gewesen war, hatte sich das Tier in Luft aufgelöst.

Sie schüttelte den Kopf und ging weiter zum Kirchenportal, wobei sie auf den letzten Metern ihre Schritte beschleunigte. Jetzt waren das Schlagen ihrer Absätze und das Heulen des Windes draußen vor der Kapelle die einzigen Geräusche, die an ihr Ohr drangen. Das Knurren des Wolfes und die unheimlichen Stimmen waren zum Glück verstummt. Dafür beherrschte nun ein unheimlicher Gedanke ihren Geist, drehte sich wie in einem wilden Veitstanz in ihrem Kopf. Jemand versuchte ihr zu schaden. Konnte ihr ehrgeiziges Klinikprojekt zu Fall bringen. Irgendwo da draußen war ein Mann oder eine Frau, der oder die sie vernichten wollte. Dimitra Todorov, der Engel der Reichen und Schönen, hatte einen ernst zu nehmenden Feind.

»Ach was«, sagte sie laut. »Hol dich der Teufel.«

Die Antwort waren ein starker Luftzug und das Schlagen der groben Sperrholztür vor dem Eingang zur Krypta.

FÜNF

Das Klingeln des Telefons ging Adam auf die Nerven. Er wollte schon Julia bitten, endlich abzuheben, als ihm klar wurde, dass es der Apparat neben seinem Kopf sein musste, der diesen Höllenlärm veranstaltete.

Im Halbschlaf tappte er mit der Hand über den Nachttisch, bis er den Hörer ertastete, zog ihn von der Gabel und schleifte ihn übers Kissen ans Ohr.

»Ja …?«

»Einen schönen guten Morgen, Herr Minkowitz«, sagte eine muntere Frauenstimme. »Es ist sechs Uhr dreißig. Hier ist Elisabeth, darf ich Ihnen etwas zu trinken bringen?«

»Was?« Frohsinn zu früher Stunde war Adam verhasst. Er setzte sich im Bett auf, fuhr sich mit der Hand über die Augen und unterdrückte ein Gähnen. »Wie spät ist es?«

»Sechs Uhr dreißig«, sagte Elisabeth. »Dr. Fernau möchte heute Morgen mit Ihren Untersuchungen beginnen. Aber wenn Sie lieber im Esszimmer …«

»Nein, nein«, sagte Adam schnell. Jetzt war er wach, wusste wieder, wo er sich befand und dass er sein altes Gesicht so wenig wie möglich zeigen durfte. Gerade in einer Schönheitsklinik bestand die Gefahr, einer seiner älteren Kundinnen über den Weg zu laufen. Und dann? Knast statt Karibik. Bei dem Gedanken wurde ihm übel. Er räusperte sich und bemühte sich um einen normalen Ton. »Frühstück aufs Zimmer ist wunderbar. Schwarztee mit Zitrone, bitte, ein Fünf-Minuten-Ei, Toast, Marmelade – Marille, wenn das geht.«

»Heute Morgen leider nur etwas Tee, Herr Minkowitz«, sagte Elisabeth. »Anordnung von Dr. Fernau. Sie müssen für die Untersuchungen nüchtern sein. Wenn alle Ergebnisse in Ordnung sind, operieren wir heute Abend.«

»So bald schon?« Sollte dies sein letzter Tag mit dem alten Gesicht sein? Auf einmal ging ihm alles zu schnell. »Was sagt Frau Dr. Todorov dazu?«

»Dr. Todorov ist gestern Abend noch gekommen und hat Sie persönlich für heute auf den OP-Plan gesetzt.« Ihr Tonfall war höflich, aber bestimmt. »Bevorzugen Sie eine bestimmte Teesorte?«

»Äh, nein, eigentlich nicht ...«

»Dann bin ich in einer Viertelstunde bei Ihnen.« Ohne seine Antwort abzuwarten, beendete sie das Gespräch.

Adam stand auf, tappte im Schlafanzug zum Fenster und schob den Vorhang beiseite. Draußen regnete es jetzt stärker, und die Berge lagen hinter einer Nebelwand. Auf dem Hubschrauberlandeplatz standen Wasserlachen, über die der Wind kleine Wellen trieb. Die Kapelle war nur schemenhaft hinter den Regenschleiern zu sehen. Ihre gotischen Fenster waren nicht erleuchtet. Adam hatte das Gefühl, als blickten ihn dunkle Augenhöhlen unter hochgezogenen Brauen an.

Am Rand der Wiese stand, auf einen langen Stecken gestützt, ein Mann. Er trug einen schwarzen Regenumhang, der vor Nässe wie eine Aalhaut glänzte und dessen Falten im Wind flatterten wie Fledermausflügel, und sah zur Kapelle hinüber. Auf einmal schüttelte er den Kopf, drehte sich um und stapfte ungelenk auf das Schlössl zu. Es war der alte Gärtner, das Faktotum. *Das Schlossgespenst.* Adam lächelte über seinen humorvollen Geistesblitz. Wie hieß der gute Mann noch mal? Steinhauer? Steingruber? Den Namen musste man sich wohl nicht merken.

Als es an seine Tür klopfte, hatte er gerade noch Zeit, seinen seidenen Morgenmantel überzuwerfen. »Herein!«

Eine junge Frau in hellblauem Kittel betrat das Zimmer. Sie trug ein Tablett, auf dem ein mit Efeuranken bemaltes Teegeschirr stand. Augarten, dachte Adam beifällig, Wiener Manufaktur. Milchkännchen und Zuckerdose waren aus schwerem Silber und eindeutig aus England.

»Guten Morgen, Herr Minkowitz, mein Name ist Elisabeth«, sagte die Frau und stellte das Tablett auf das kleine Tischchen vor der Sitzgarnitur. »English Breakfast – ich hoffe, das ist in Ordnung.« Sie schob die Hände in die Kitteltaschen. Ihr dunkles Haar war straff nach hinten gekämmt und in einem Knoten zusammengefasst, und ihr rundes Gesicht war ungeschminkt. »Ich bin die Stationsschwester und in den nächsten Tagen für Ihr Wohlbefinden verantwortlich. Sie können jederzeit nach mir klingeln, natürlich auch nachts. Der Klingelknopf befindet sich am Kopfende Ihres Bettes. Kann ich jetzt noch etwas für Sie tun?«

Adam zeigte zum Fenster. »Mir ist die Kapelle auf dem Grundstück aufgefallen. Sie sieht gotisch aus.«

»Möglich.« Sie zuckte die Schultern. »Ich glaube, die steht schon immer hier.«

»Verstehe – und das Schloss?«

»Die Grundmauern gehörten zu einer mittelalterlichen Burg, und die ist irgendwann abgebrannt«, erklärte sie. »Aus derselben Zeit stammt wohl auch die Kapelle. Das Schlössl ist jedenfalls erst im 19. Jahrhundert auf der Brandruine gebaut worden.« Sie machte eine Pause. »Aber die Kapelle – soviel ich weiß, haben die Schlossleute die Kapelle nie genutzt.«

»Keine Taufen, Hochzeiten – Hubertusmessen?«

Elisabeth schüttelte den Kopf. »Solange ich mich erinnern kann, ist die Kapelle verschlossen.«

»Und früher?«

»Die Kapelle war nie sehr beliebt.«

»Letzte Nacht hat im Kirchenraum Licht gebrannt«, sagte Adam. »Vielleicht besucht ja doch jemand die Kapelle.«

Ein Lächeln erschien auf Elisabeths Gesicht. »Das wird der Herr Becker gewesen sein«, sagte sie. »Der kümmert sich um die Renovierung. Gläubige kommen nicht hierher. Die fürchten den Fluch.« Sie lachte ein wenig. »Sie wissen ja, wie die Leute sind.«

Adam wurde hellhörig. »Was für ein Fluch?« Davon hatte ihm natürlich vor seiner Operation niemand erzählt.

Elisabeth stellte sich bequemer hin, genoss den morgendlichen Schwatz sichtlich. »Haben Sie denn nie vom Fluch der Maria Gruberin gehört?«

»Äh, nein.« Von einem Fluch hörte er in seiner Lage ungern.

»Die Gruberin war eine Hexe«, sagte Elisabeth. »Eine aus der Bande vom Zauberer Jackl. Die war im Rathaus in Salzburg eingekerkert, und dort ist sie vergewaltigt und fast zu Tode gefoltert worden. Aber zugegeben hat sie nichts. Und dann ist sie geflohen, und die Leute haben gesagt, der Teufel habe ihr dabei geholfen. Das sei ein Zeichen, dass sie mit dem im Bunde ist, weil von Rechts wegen hätte sie ja verbrannt werden müssen.« Ihr Blick wurde mitleidig. »Die Maria war erst vierzehn und ist gleich nach Hause gelaufen, das dumme Mädel, um sich zu verstecken. Aber ein Teil der Dorfbewohner hatte Angst vor den Folterknechten vom Erzbischof, und der andere Teil hat sich vor der Hexe gefürchtet. Da haben sie die Maria aus dem Weg geräumt.«

»Sie haben das Mädchen hingerichtet?«

Sie beugte sich ein wenig zu Adam und sagte mit gesenkter Stimme, gerade so, als verriete sie ihm ein Geheimnis: »Die Maria ist zu Tode gelyncht worden.«

»Großer Gott«, sagte Adam schockiert.

Elisabeth nickte. »Es heißt, das Mädel war kaum totzukriegen. Steingruber sagt, dass ihre Schreie bei Sturm immer noch zu hören sind.« Sie schwieg ein paar Sekunden, ehe sie weitersprach, und Adam fragte sich, ob es sich bei dieser Stimme um ein Naturphänomen handelte und ob Elisabeth diese angeblichen Todesschreie jemals gehört hatte. Fragen wollte er nicht, vor seiner Operation trugen Geistergeschichten nicht zu seiner Beruhigung bei. Elisabeth fuhr fort: »Bevor die Maria endlich hat sterben können, hat sie das Dorf und die ganze Gegend hier noch verflucht.« Ihr Blick irrte zum Fenster. »Irgendwo da draußen soll der Mord passiert sein. Sie haben Marias Körper für die Wölfe liegen lassen, aber am nächsten Tag war die Leiche spurlos verschwunden. Und die Leute haben gesagt …«

»… der Teufel hat sie geholt«, sagte Adam. Das Dorf musste seine Gräueltat gerechtfertigt gesehen haben. »Aber natürlich ist nichts passiert, oder?«, fragte er in scherzhaftem Ton. Er war schließlich nicht abergläubisch.

»Oh doch.« Elisabeth nickte eifrig. »Das Wetter wurde schlechter, Missernten und Hungersnöte folgten. Fast alle kleinen Kinder im Dorf sind gestorben. Nur in der Familie von der Gruberin ist nichts geschehen.« Sie schenkte ihm ein Lächeln. »Aber Missernten hat es immer gegeben, und kleine Kinder sind ja damals auch schnell gestorben. Und jetzt ist ja auch schon lange nichts mehr passiert. Soll ich Ihnen vielleicht noch frischen Tee bringen?«

»Nein«, sagte Adam. »Nein danke.«

»Sie melden sich einfach, wenn Sie was brauchen«, sagte Elisabeth fröhlich. »Um elf holt Sie der Sebastian fürs Labor.« Sie nickte zum Abschied und verließ das Zimmer.

Adam kehrte zum Fenster zurück.

Der Wind trieb Regenschleier vorbei und lief in Wellen über das Gras. Es sah aus, als huschte ein unsichtbares Wesen darüber hin. Wo hatte man Maria umgebracht? Und wenn sie wirklich gelebt und der Kinderbande des Zauberers Jackl angehört hatte – wann war sie dann gestorben? Adam versuchte, sich an das zu erinnern, was er in der Schule gelernt hatte. Der Zauberer Jackl, der tatsächlich aus dieser Gegend stammte, war Ende des 17. Jahrhunderts Opfer einer der blutigsten Hexenkampagnen geworden. Um seiner habhaft zu werden, wurden immer mehr Kinder aus der Bettlerbande, die er anführte, verhaftet, gefoltert und hingerichtet. Die kleinsten Opfer waren, wenn er sich recht erinnerte, drei Jahre alt gewesen. Am Ende waren über zweihundert Menschen tot.

Adam schüttelte es innerlich bei dem Gedanken an diese Gräuel. Soweit er wusste, hatte man den Jackl nie gefunden. Deswegen hatte man ihm wohl auch die Gabe nachgesagt, sich in einen Werwolf verwandeln zu können, um so seiner Ergreifung zu entgehen. Kurz schoss Adam der Gedanke an den grauen Hund, den er am Vorabend gesehen hatte, durch den Kopf. Oder war das ein Wolf gewesen? Auf einmal fühlte er sich unwohl. Unsinn, schalt er sich selbst, du machst dich verrückt. Das ist nur die natürliche Angst vor einer großen Operation. Immerhin wusste er jetzt, dass dieses Mädchen seit über dreihundert Jahren tot sein musste.

Von den Fensterscheiben schien auf einmal ein kalter Hauch auszugehen. Adam fröstelte unwillkürlich und verbot sich jeden weiteren Gedanken an diese unerfreuliche Geschichte. Es waren eben schlimme Zeiten gewesen.

Adam drehte dem Fenster den Rücken zu.

Das graue Wetter machte das Zimmer dunkel und unfreundlich. Er knipste die Stehlampe neben der Sitzgarnitur an und goss ein wenig Tee in eine der Augarten-Tassen. Schon beim ersten Schluck verzog er den Mund. Der Tee war lauwarm und bitter. Angewidert stellte er die Tasse ab und sah sich um. Was sollte er jetzt tun? Sein nächster Termin war erst um elf.

Auf dem Nachttischchen lag der Reiseführer über die Bahamas. Das Titelbild mit den Palmen vor dem türkisblauen Meer hatte ihn in der Buchhandlung verzaubert. Jetzt schien es ihm künstlich und die Karibik weit weg und unerreichbar. Auf einmal hatte er das Gefühl, dass er die Landschaft seiner Träume niemals in der Wirklichkeit sehen würde. Deprimiert starrte er zum Fenster hinaus. Draußen hatte der Regen ein wenig nachgelassen. Vielleicht sollte er ein wenig vor die Tür gehen und zwischen zwei Schauern die frische Bergluft genießen. Wer wusste, wie lange er nach der Operation das Bett würde hüten müssen.

Adam zog seine leichte Daunenjacke über und verließ das Zimmer. Im Gang brannten die Wandlampen. Die Halle war leer, aber durch die geschlossene Eingangstür hörte er Stimmen. Eine davon gehörte dem Hausmeister. Adam konnte nicht verstehen, was er sagte, beschloss aber, ihn nach einer Empfehlung für einen kurzen Morgenspaziergang zu fragen.

Inzwischen war es halb neun, und die Luft war feucht und kalt wie Eiswasser. Die Umrisse der Kapelle zeichneten sich als schwarzer Scherenschnitt hinter dem Nieselregen ab. Hinter ihren gotischen Spitzfenstern brannte Licht.

Vor dem Haus parkte ein grüner Pick-up. Steingruber, in dicker Lodenjacke und Bundhosen, entriegelte gerade die Heckklappe. Er hatte seinen Regenumhang zurückgeschlagen, wohl um besser arbeiten zu können. Jetzt hingen die schweren Stofffalten über seinem Rücken und verliehen ihm das Aussehen einer gigantischen Fledermaus. Steingruber hob den oberen Teil der Heckklappe hoch und ließ den unteren geräuschvoll herabfallen.

Adam trat näher. »Guten Morgen, Herr Steingruber.« Zum Schutz vor dem Sprühregen stellte er sich unter das hochgeklappte Heckfenster. »Ziemlich kalt für April, was?« Den Morgenspaziergang hatte er schon abgeschrieben.

Steingruber starrte ihm ablehnend ins Gesicht, und Adam rechnete schon damit, dass er ihn wegschicken würde, aber er beugte sich nur über die Ladefläche und zog die erste von einem Stapel mit Plastikfolie abgedeckter Lebensmittelkisten zu sich heran. Er packte die Kiste mit beiden Händen und wollte sie wohl schon vom Wagen heben, als er innehielt und Adam ansah.

»Was tun Sie hier draußen?«, fragte er.

»Ich brauche ein wenig frische Luft.«

»Haben Sie keinen OP-Termin?«

»Anscheinend heute Abend.«

Steingruber hob die Kiste von der Ladefläche und stellte sie neben eines der großen Hinterräder. »Na, dann passen Sie auf, dass Sie sich nicht vorher erkälten.«

»So schnell rechne ich nicht mit dem Tod.«

»Das haben hier schon viele gesagt.« Steingruber ließ seinen Blick über ihn wandern, prüfend, als wollte er Adams Robustheit abschätzen. »Der Tod braucht keine Einladung.«

Der Regen klopfte leise auf die Heckscheibe über Adams Kopf, rann an den Seiten des Wagens herab und verlief sich in Rinnsalen zwischen den runden Steinen des Kopfsteinpflasters. Ein kalter Wind wehte um die Ecken des alten Jagdschlosses und strich über Adams Nacken.

»Sind jetzt viele Patienten da?«, fragte Adam, um vom Thema abzulenken und weil er außerdem erbärmlich fror, das aber jetzt nicht mehr zugeben konnte.

»Sie sind der einzige.«

»Dafür ist das ein ziemlich großer Einkauf, oder?«

»Wir erwarten eine Kaltfront.« Steingruber stellte eine weitere Kiste auf die erste. Weiß-grüner Lauch schimmerte durch die von Regentropfen gesprenkelte Folie.

»Etwa Schnee?«

»Starkregen«, sagte Steingruber und zog eine Palette in Folie eingeschweißter Fleischstücke zu sich heran.

»Na, dann ist es ja gut«, sagte Adam erleichtert.

Steingruber stieß einen verächtlichen Laut aus. »Wüsst nicht, was daran gut wär«, sagte er. »Der Regen und die Schneeschmelze – da gehen Muren ab. Wär nicht das erste Mal.«

»Bei meiner Anfahrt lagen Felsbrocken auf der Fahrbahn.«

»Sehen Sie?« Steingruber stellte das Fleisch neben die Gemüsekisten. »Deswegen lagern wir jetzt ein.«

»Soll das etwa ein Witz sein?« Entsetzt starrte Adam auf die Lebensmittelkisten, die sich noch auf der Ladefläche türmten. Sein Flug nach Nassau und das Hotel waren gebucht. »Wie lange kann das denn dauern?«

»Das wird an höherer Stelle entschieden.«

»Klar«, sagte Adam und ärgerte sich, sich überhaupt auf einen Wortwechsel mit einem Mann von derart schlichtem Gemüt eingelassen zu haben. Dabei fiel ihm die Unterhaltung mit Elisabeth ein, die sich in etwa auf dem gleichen Niveau bewegt hatte. Um das Gespräch mit etwas Small Talk abzuschließen, sagte er in leichtem Plauderton: »Das ist ja eine tolle Geschichte, das mit der Gruberin, was?« Es klang, als machte er eine Bemerkung über das gute Handicap eines Golffreundes.

»Wie?« Steingruber verharrte in der Bewegung, eine Kiste mit Mangos und Ananas schwebte in der Luft, wurde nass. »Wen meinen Sie?«

»Na, diese Hexe.«

»Hexe?«

Jetzt wurde Adam unsicher. »Elisabeth meinte heute ...«

»Das war eine *Heilige*, die Maria, und keine *Hexe*!«

»Ach so, verstehe«, sagte Adam, irritiert von der heftigen Reaktion, die seine Erwähnung dieser Maria Gruberin ausgelöst hatte. Hexe oder Heilige war ja im Grunde egal – und außerdem wie immer wohl eine Frage des Blickwinkels. »Aber es hat sie wirklich hier gegeben?«

»Ja, selbstverständlich!« Steingruber knallte die Obstkiste auf das Fleisch. »Das war eine Märtyrerin.«

»Na«, sagte Adam begütigend, »das freut mich doch zu hören. Immerhin lastet dann kein Fluch auf uns allen.« Er setzte ein Lächeln auf, um Steingruber zu zeigen, dass er scherzte und nicht abergläubisch war. Und auch ein wenig aus Erleichterung, dass es kein böses Omen gab.

Steingruber schüttelte den Kopf über so viel Unverstand. »Die Maria«, sagte er, »hat niemanden verflucht. Aber sie hat die Gabe der Weissagung gehabt.« Er sah Adam bedeutungsvoll an. »Wer ihre Totenruhe stört und das Unrecht, das ihr geschehen ist, nicht sühnt, der wird sterben. So lautet die Prophezeiung.«

Adam war nach Lachen zumute. Dieses Mädchen war seit über dreihundert Jahren tot. »Und?«, fragte er. »Ist schon jemand gestorben?«

»Bald ist es so weit.«

»Wie bitte?«

Steingruber deutete mit dem Kinn zur Kapelle hinüber. »Fragen Sie den Boandlkramer da drüben«, sagte er grimmig.

»Den, äh, wen?« Adam war verwirrt. Meinte dieser Mann den *Boandlkramer*, den Händler mit Gebeinen, den *Tod*? Er wandte das Gesicht zur Kapelle. Gerade ging der junge Mann, den er am Vorabend in der Bibliothek gesehen hatte, über den unbefestigten Weg zum Eingangsportal hinauf. Sein rotes Haar ringelte sich vor Nässe, und an seiner Seite lief ein großer Wolf. Nein, der Schäferhund, den Adam am ersten Abend von seinem Fenster aus gesehen hatte. Der Rothaarige und sein grauer Gefährte wirkten in dieser Umgebung wie die Figuren aus einem bösen Märchen.

»Wer ist denn das?«

»Der Dr. Becker«, sagte Steingruber und zog die nächste Kiste mit einem Ruck zu sich heran. »Unser Herr Kriminalbiologe.« Er betonte jede Silbe.

Eine glatte Holztür an einer Ecke des Schlössls, der Adam wegen ihrer Schlichtheit bisher keine Aufmerksamkeit geschenkt hatte, öffnete sich, und eine stämmige Frau in weißer Kittelschürze trat auf die Schwelle. Sie stützte die Hände auf die Hüften und schaute zum Pick-up hinüber.

Steingruber kniff die Augen zusammen. »Ich muss die Vorräte ins Schloss liefern«, sagte er, und Adam fiel auf, dass er »Schloss« und nicht »Schlössl« sagte. »Die Heidi wartet in der Küche schon drauf.«

Boandlkramer. »Was macht ein Kriminalbiologe hier?«

»Stöbert in der Krypta herum«, sagte Steingruber grimmig. »Stört die Totenruhe. Seit dreihundert Jahren war da kein Lebender mehr unten. Und so hätte es auch bleiben sollen.« Er hievte zwei Kisten auf einmal hoch. »Aber wie gesagt, ich hab zu tun.«

»Noch eine Frage.« Adam packte den Ärmel von Steingrubers dicker Lodenjacke. »Warum nennen Sie den Mann Boandlkramer, den Knochenhändler? Ist das nicht ein anderer Name für den Tod?«

»Und den Tod wird er uns ins Haus holen, der Dr. Becker. Sie werden schon sehen.«

Adam verdrängte den Gedanken an seine Operation. »Und warum sollte er das tun?«, fragte er betont ruhig.

Steingruber musterte ihn, und Adam meinte, Mitleid in seinem Blick zu lesen. »Weil er die Toten weckt«, sagte er. »Und über uns alle Unglück bringt. So, und wenn Sie das der Frau Doktor erzählen, bekomme ich Ärger.« Damit entwand er Adam den Jackenärmel und stapfte mit seiner Last zur Küche.

Adam starrte dem Alten hinterher. Diese Dorffolklore war ja ziemlich gruselig. Aber jede Region hatte eben ihre Schauermärchen.

Die Umrisse der Kapelle schienen durch den Regen.

Adam war seit seinem vierzehnten Lebensjahr nicht mehr in einer Kirche gewesen. Jetzt hatte er das Gefühl, als riefe ihn das alte Gotteshaus zu sich, als zöge es ihn geradezu magisch an. Er beschloss, in der Kapelle eine Kerze anzuzünden und ein Gebet zu sprechen. Nützte es nichts, so schadete es auch nicht. Und seine schlechten Vorahnungen beruhigte es allemal.

Den Kopf gesenkt und die Hände in den Taschen, stapfte er zur Kapelle hinüber. Die Tür stand einen Spalt offen, so als wollte ihn das alte Gebäude willkommen heißen. Das war nun eindeutig ein gutes Omen, fand Adam und trat über die Schwelle. Hinter ihm fiel die Tür mit einem trockenen Laut von selbst ins Schloss. Im Kirchenschiff herrschte Halbdunkel. Nur auf dem Altar brannten zwei weiße Kerzen. Es roch modrig wie in einer Gruft. Das lag wahrscheinlich an der offenen Sperrholztür, hinter der ein paar in den Felsen geschlagene Stufen in die Tiefe führten und aus der ein seltsamer und durchaus beunruhigender Hauch strömte.

Adam ging den Mittelgang entlang und setzte sich in die zweite Reihe. Er ließ sich auf die Knie nieder, faltete die Hände auf der Bank vor sich und sah zu Christus an seinem Kreuz hinauf. Er wollte beten, aber sosehr er auch nachdachte, es fiel ihm kein Gebet ein. Das Vaterunser? Er konnte sich nicht daran erinnern. Vielleicht ein paar reuige Worte über sein Leben, den Betrug, den er an seinen Kunden begangen hatte? Nein, das ging auch nicht. Es hätte zu sehr wie eine Beichte auf dem Totenbett gewirkt.

Adam erschrak.

Aus welchen Tiefen seines Gewissens war jetzt dieser verstörende Gedanke emporgestiegen? Er war doch in die Kapelle gekommen, um Frieden zu finden und für seine schnelle Genesung zu beten. Dann dachte er an Julia und an ihr letztes Treffen. Das Schloss hatte ihrer Familie gehört, sie hing daran, und der Gedanke, es verloren zu haben, machte sie unglücklich. Julias junges Gesicht tauchte vor seinem inneren Auge auf, der flehende Blick ihrer schönen Augen. Sie wusste nichts von seinen Trennungsgedanken, musste nie davon erfahren. Julia würde ihn glücklich machen. Und er sie. Sie würden heiraten und Kinder haben. Außerdem konnte er seine Geschäfte ohne Weiteres von hier aus betreiben. Ein Schloss hatte mehr Prestige als ein Bungalow auf den Bahamas, wirkte seriöser, und ein neuer Pass war schnell besorgt. Er ließ sich den Gedanken ein paar Minuten durch den Kopf gehen, dann fiel sein Entschluss.

»Ich schwöre«, sagte Adam laut in Richtung des Kreuzes, »dass ich meiner lieben Julia ihren Familiensitz zurückkaufe. Egal, was es kostet.« Seine Worte stiegen zum Himmel auf, erfüllten die Kapelle. »Nur bitte, lass mich die Operation gut überstehen.« Adam atmete tief durch. Er hatte alles getan, was in seiner Macht stand, war mit sich zufrieden. Von nun an lag sein Leben in Gottes Hand.

Etwas raschelte hinter einer Säule.

Adam fuhr herum, gerade noch rechtzeitig, um eine schmale Gestalt durch die Kirchentür in den Regen hinauszuhuschen zu sehen. Im nächsten Augenblick fiel sein Blick nur noch auf die geschmiedeten Eisenplatten unter dem steinernen Portal. Der heimliche Zuhörer war verschwunden, lediglich ein leichter Hauch von Feuchtigkeit und Moder hing noch in der Luft. Eine Gänsehaut kroch über Adams Rücken. Auf einen Schlag war sein innerer Frieden dahin. Die Angst war zurück. Er wandte sich wieder dem Altar zu.

»Jesus«, flüsterte er. »Rette mich.«

Gleichgültig schaute die Christusfigur am Kreuz auf ihn herab. Ihre Miene war kalt, ja im Licht der flackernden Kerzen kam sie Adam fast bösartig vor. Das war das schlechteste Omen von allen. Seine Bitte war nicht erhört worden. Mit entsetzlicher Klarheit wusste Adam, dass es für ihn keine Rettung mehr gab. Er ließ die Stirn auf seine gefalteten Hände sinken und fing an zu weinen.

SECHS

Dimitra Todorov stand am Fenster ihres Arbeitszimmers, das auf den Vorplatz hinausging, und trank einen Kaffee ohne Milch und Zucker. Sie hatte auch nur einen Salat zu Mittag gegessen, der Linie und der Liege in der ersten Reihe am Schiffspool wegen. Aber wenn sich das Wetter nicht besserte, würde ihr Kreuzfahrtschiff ohne sie in See stechen müssen. Warum hatte sie die Gesichtsoperation dieses Minkowitz überhaupt noch angenommen? Sie wusste doch, was Regen und Schneeschmelze für den Weg zum Schlössl bedeuteten.

Hinter Dimitra knisterte das Feuer in dem tonnenförmigen Kachelofen, dessen aufwendig verzierte Kacheln angenehme Wärme verbreiteten. Sie freute sich nicht darüber. Es war Anfang April, und der Winter wich nur unter Protest. Dimitra zog ihre Kaschmirjacke enger um sich und starrte gereizt in die Wassermassen hinaus. Das eintönige Rauschen zerrte genauso an ihren Nerven wie der trübe Tag und die deprimierende Aussicht. Die Berge waren hinter tief hängenden Wolken verborgen, die Wiesen schwammen vor Nässe, und der Umriss der Kapelle erhob sich wie ein drohender Schatten am Waldrand.

Der Pick-up des Schlosses parkte neben dem Kücheneingang. Steingruber hatte also die Vorräte aufgefüllt. Das war kein gutes Zeichen. Auf die Vorahnungen des alten Mannes war mehr Verlass als auf die Wettervorhersage. Sollte sie sofort abreisen und Adam Minkowitz Clemens Fernau überlassen? Nein, dafür war die Operation zu umfangreich und Clemens zu unerfahren. Wenn ein Kunstfehler passierte, dann war Minkowitz genau der Typ, der Schwierigkeiten machen und die Klinik verklagen und ruinieren würde.

Im Erdgeschoss des Gästehauses brannte Licht.

Charlotte Fernau war wie immer zu Hause. Manchmal fragte sich Dimitra, was sie den ganzen Tag so trieb und warum sie nicht aus dieser Einöde wegzog. Nachdem sie ihre Tante bis zu deren Tod gepflegt hatte, gab es nichts, was sie hier noch hielt.

Aber Charlotte schien am Schloss ihrer Vorfahren zu hängen. Vielleicht bildete sie sich sogar ein wenig ein, dass es noch immer ihr gehörte. Auf einmal war Dimitra der Gedanke, mit den alten Eigentümern quasi unter einem Dach zu wohnen, unangenehm. Als wenn sie dadurch nicht uneingeschränkte Herrin ihres Hauses wäre.

Zum Glück wurde sie durch die Ankunft eines Gastes von ihren unerfreulichen Gedanken abgelenkt.

Ein feuerroter Sportwagen, ein Alfa Spider älteren Baujahrs, passierte das Einfahrtstor und kam die Auffahrt herauf. Sehr schickes Auto, war Dimitras erster Gedanke. Ihr zweiter galt dem Fahrer. Abgesehen davon, dass es leichtsinnig war, mit diesem Auto die schlammige Straße heraufzufahren, erwartete das Schlössl keinen Besuch. Warum hatte Steingruber das Auto passieren lassen?

Der Alfa fuhr vor das Gästehaus und blieb direkt vor dem Eingang stehen. Er hatte ein deutsches Kennzeichen. Die Fahrertür öffnete sich. Eine Frau mit langen dunklen Haaren stieg aus, zog den Kopf vor dem Regen ein und schlug den Kragen ihres hellen Trenchcoats hoch.

Dimitra beugte sich vor, um besser sehen zu können.

Die Frau schaute mit missmutiger Miene zum Schloss hinüber, bemerkte Dimitra hinter dem Fenster jedoch nicht. Sie drehte sich um und lief schnell die Stufen zum Gästehaus hinauf. Im nächsten Augenblick war sie verschwunden.

Der kurze Blick hatte Dimitra gereicht. *Julia Gimborn.* Noch jemand aus dem Fernau-Clan. Das unangenehme Gefühl, das sie ein paar Minuten zuvor überfallen hatte, verstärkte sich. Dimitra beschloss, nach der Rückkehr von ihrer Reise die großzügige Regelung mit den Fernaus zu beenden. Mit Charlotte gab es nur eine mündliche Übereinkunft, sie konnte ihr jederzeit die Wohnung entziehen. Schließlich brauchte die Klinik immer Patientenzimmer. Clemens würde sie die Entscheidung, zu bleiben oder zu kündigen, freistellen.

Zufrieden mit ihrer Entscheidung durchquerte Dimitra ihr Arbeitszimmer und setzte sich an den schwarz gebeizten Schreibtisch, ein seltenes Art-déco-Stück. Sie hatte das Schloss samt Inventar gekauft, und auch wenn sie ihre Anifer Villa mit modernen Möbeln ausgestattet hatte, so liebte sie die wertvollen Antiquitäten, die Perserteppiche und die alten Stiche an den Wänden in dieser Umgebung und hatte nur die für den Klinikbetrieb nötigen Modernisierungen durchführen lassen. Immer wenn sie durch das große Einfahrtsportal auf den Schlosshof fuhr, hatte sie das Gefühl, in einer anderen Epoche anzukommen. Ihr war, als bliebe die Zeit mit einem Schlag stehen und als läge über dem ganzen Anwesen ein Hauch von Ewigkeit. Vielleicht hatte sie diese Atmosphäre dazu bewogen, gerade dieses Schloss zu kaufen. Immerhin bestand der Großteil ihrer Arbeit darin, die Zeit anzuhalten und ewige Jugend zu schenken.

Die englische Uhr auf dem Kaminsims schlug halb drei.

Dimitra klappte die grüne Akte mit der Aufschrift »Minkowitz, Adam« auf und vertiefte sich in die Laborergebnisse. Alles so weit in Ordnung, der Operation stand nichts im Wege. Zur Sicherheit würde sie morgen noch im Schlössl bleiben und ihren Patienten im Auge behalten, aber wenn nichts Unvorhergesehenes passierte, konnte sie am Nachmittag abreisen. Die Nachsorge würde Clemens übernehmen. Sie griff nach einem Stift und wollte gerade die Ergebnisse abzeichnen, als es an der Tür klopfte.

Dimitra sah auf. »Herein?«

Es war Clemens Fernau, der den Kopf ins Zimmer hereinsteckte. »Störe ich dich, Dimmi? Wir müssen reden.«

»Minkowitz' Laborwerte sehen gut aus.«

»Deswegen bin ich nicht hier«, sagte er, schloss die Tür hinter sich und kam zum Schreibtisch herüber. Das alte Fischgratparkett knarrte unter seinen Schritten.

Dimitra runzelte die Stirn. »Was gibt's?«

Clemens setzte sich auf einen der beiden Biedermeierstühle vor dem Schreibtisch und faltete die Hände im Schoß. »Bist du eigentlich mit meiner Arbeit zufrieden?«

»Willst du kündigen?«

Clemens schwieg, sah sie nur an.

»Sonst wärst du nicht hier«, sagte Dimitra. Wenn er jetzt, so kurz vor einer Operation und ihrem Urlaub, um sein Gehalt feilschen wollte, würde sie ihn gleich rausschmeißen. Diese Fernaus hatten etwas Erpresserisches. Dass ihr das erst jetzt auffiel, war ärgerlich, aber nicht zu spät. »Also, was willst du?« Die Kaminuhr schlug drei viertel drei, und Dimitra dachte daran, dass sie bis zu Minkowitz' Operation nur noch vier Stunden Zeit hatte.

Clemens räusperte sich. »Dimmi, in zwei Monaten bin ich mit meiner Facharztausbildung fertig«, sagte er. »Dann muss ich mich entscheiden, was ich in Zukunft mache.«

Dimitra lehnte sich zurück und verschränkte die Arme vor der Brust. »Ich höre.«

Er sah ihr gerade ins Gesicht. »Ich bin hier aufgewachsen, und du weißt, wie dankbar meine Mutter und ich dir sind. Dafür, dass wir bleiben konnten.« Er zögerte. »Aber ich brauche eine berufliche Perspektive.«

»Ich mache dich zum ärztlichen Leiter.«

Clemens seufzte. »Dimmi, ganz ehrlich – wie lange kannst du diese Klinik halten?«

»*Was?*« Dimitra warf den Stift auf die Laborwerte von Adam Minkowitz. »Wir sind bis ins nächste Jahr ausgebucht.«

»Ja, noch«, sagte Clemens. »Aber denk an die Kapelle.«

Dimitra kniff wortlos den Mund zusammen.

»Wenn der Rummel wegen dieser blödsinnigen Mumie losgeht«, sagte er, »haben wir die ganze Pressemeute hier oben. Und unser Patientenstamm ist doch etwas – sagen wir mal – heikel. Einer nach dem anderen wird sich verabschieden und seine Bekannten gleich mitnehmen. Das weißt du so gut wie ich. Dimmi ist nicht mehr sicher, wird es heißen.«

»Und?« Ihre Miene war undurchdringlich.

»Ich werde mein Leben nicht auf Faltenunterspritzungen und Silikonimplantate verschwenden«, sagte er. »Abgesehen davon, dass die alten Weiber nicht genug einbringen, um den Klinikbetrieb zu garantieren und die Bank ruhig zu halten. Was machen wir, wenn die Kredite fällig gestellt werden? Dann müssen wir alle von heute auf morgen einpacken.« Sein Gesichtsausdruck wurde hart. »Ich habe keine Lust, mein Zuhause und meine Arbeit auf einen Schlag zu verlieren. Und ich habe das Gefühl, dass du bei der Auswahl unserer Patienten nicht mehr die nötige Sorgfalt walten lässt.«

»Wir können die Mumie schließlich nicht verschwinden lassen«, sagte Dimitra. »Oder den netten Herrn Becker. Und es sind noch immer *meine* Patienten.«

Clemens sah zum Fenster hinüber. Der Regen hatte noch einmal an Stärke zugelegt, und ein undurchdringlicher Vorhang aus Wasser hing hinter den Scheiben.

»Wir müssen etwas unternehmen«, sagte er. »Sonst ...«

Das Läuten des Telefons unterbrach ihn.

Ohne Clemens aus den Augen zu lassen, beugte sich Dimitra vor und nahm den Hörer ab. »Ja?« Sie hörte zu. »Was, ab *jetzt?*« Ihre Augen verengten sich, aber als sie wieder sprach, war ihre Stimme ruhig und geschäftsmäßig. »Danke, Steingruber, da lässt sich eben nichts machen. Sagen Sie mir Bescheid, wenn die Aufräumungsarbeiten beginnen, und dann schicken Sie den Leuten etwas Warmes aus der Küche – ja, so wie immer.« Sie warf den Hörer auf die Gabel. »Unsere Zufahrt ist bis auf Weiteres gesperrt«, sagte sie. »Eine Mure oberhalb der Straße. Und damit nicht genug – sie hat auch einen Felssturz ausgelöst. Niemand weiß, wie lange es diesmal dauert.«

Clemens starrte sie an. »Scheiße.«

»Steingruber hat die Vorräte aufgefüllt«, sagte Dimitra. »Aber ich werde meinen Urlaub absagen müssen.« Sie schlug die Krankenakte zu. »Na gut, ich rede mit Becker. Es muss eine Lösung geben.« Wie leicht hätte dieser verdammte Kriminalbiologe auf der Zufahrtsstraße sein können, als der Felssturz ... Sie verbot sich den Gedanken und setzte stattdessen ein Lächeln auf. »Wir haben ja jetzt Zeit.« Es war Galgenhumor.

Clemens nickte etwas abwesend.

»Noch etwas?« Ihre Geduld war durchaus enden wollend.

»Dieser Typ, den wir heute Abend unter dem Messer haben«, antwortete Clemens. »Die Gesichts-OP.«

»Der Patient heißt Adam Minkowitz.«

»Er schnüffelt herum.«

Dimitra verschränkte die Finger auf dem Schreibtisch. »Minkowitz zahlt bar«, sagte sie. Der Mann war vielleicht ein Kleinkrimineller und damit eigentlich nicht ihr Niveau, aber die Operation war aufwendig und teuer.

»Ich habe ihn mit Steingruber reden sehen«, sagte Clemens. »Danach war er in der Kapelle, und anschließend ist er durch das Gelände gestreift und hat fotografiert. Der ist nicht nur wegen der OP hier.«

»Ab morgen liegt er im Bett«, sagte sie. Sie machte eine Pause, dann fügte sie resigniert hinzu: »Außerdem bringen wir ihn hier nicht weg. Du hast doch gehört – die Straße ist gesperrt.«

»Was weißt du eigentlich über ihn?«, fragte Clemens.

Sie zuckte die Schultern. »Investmentbanker«, sagte sie. »Vielleicht mit nicht ganz sauberen Händen. Aber das weiß ich nicht, und das interessiert mich auch nicht.«

»Was, wenn er das Schlössl kaufen will?«

Sie lachte. »Das haben schon ganz andere versucht.« Immer wieder fragten reiche Patienten danach, das Schloss als diskreten Privatsitz kaufen zu können. Sie hatte nicht einmal darüber nachgedacht. Wie lange würde sie derartige Angebote noch ablehnen können?

Als hätte Clemens ihre Gedanken gelesen, sagte er: »Wenn die Klinik in Zahlungsschwierigkeiten gerät, dann weiß ein Banker, wie er den Immobilienbesitz günstig übernehmen kann. Minkowitz ist kein Ausländer und hat keine Probleme mit dem Grundverkehr.« Er sah auf seine Hände hinunter. »Und selbst wenn das nicht seine Absicht ist: Hast du mal daran gedacht, dass er sich hier umsieht, um sich bei nächster Gelegenheit an unsere anderen Patienten heranzumachen und ihnen seine Anlagen anzubieten? Geld stinkt bekanntlich nicht.«

Sie starrte ihn an. »Um Gottes willen.«

»Du hättest ihn nie herbringen dürfen.«

Dimitra stand auf und fing an, im Zimmer herumzuwandern. »Er ist auf Empfehlung von Julia Gimborn gekommen«, sagte sie. »Der vertraue ich natürlich.« Sie blieb stehen und sah auf ihn hinunter. »Sie ist übrigens vor einer Viertelstunde eingetroffen.«

»*Meine Cousine?*« Clemens klang fassungslos. »Und sie hat ihn geschickt? Da hast du's! Der muss weg, jetzt, gleich, sofort. Lass dir was einfallen!«

Dimitra wanderte zum Fenster weiter. Der rote Alfa parkte noch immer vor dem Gästehaus. Bis die Straße irgendwann wieder passierbar war, würde er dort auch stehen bleiben. »Mit welchem Grund? Und ohne Zufahrt?«

Er legte den Kopf in den Nacken und starrte zur Decke. »Scheiße, es muss einen Weg geben.«

»Natürlich.« Dimitra drehte sich zu ihm um. »Wir operieren ihn heute Abend wie geplant. Dann hat er Bettruhe, und die Nachsorge halten wir so kurz wie möglich. Minkowitz wird mit niemandem mehr in Kontakt kommen.« Sie kehrte zum Schreibtisch zurück und setzte sich wieder auf ihren Stuhl. »So, und wenn du gestattest – jetzt habe ich vor der OP noch einiges zu tun. Wir sehen uns um halb sieben.«

Clemens stand auf und sah aus, als wollte er noch einen Einwand erheben, aber dann murmelte er nur einen Abschiedsgruß und verließ das Zimmer.

Dimitra hörte zu, wie seine Schritte draußen auf den Marmortreppen verklangen, dann klappte sie die Krankenakte wieder auf. Aber die Worte und Zahlen verschwammen vor ihren Augen, und sie konnte ihnen keinen Sinn entnehmen. Das Gespräch mit Clemens Fernau beschäftigte sie anscheinend mehr, als sie das wollte. Sie schlug die Akte zu. Um den Kopf für die Arbeit wieder frei zu kriegen, war es besser, den Stier gleich bei den Hörnern zu packen. Sie musste mit Charlotte reden und ein paar Dinge klarstellen.

Dimitra ging in die Halle hinunter und schnappte sich den schwarzen Schirm mit dem Bambusgriff, der neben der Eingangstür lehnte, den sie mit dem Schloss zusammen gekauft hatte und den alle Bewohner benutzten.

Während sie durch den Regen hastete und den Pfützen zwischen dem brüchigen Kopfsteinpflaster auswich, dachte sie daran, dass der ganze Vorplatz irgendwann asphaltiert werden musste. Unter dem Aspekt dieser neuen Kosten war es sogar besser, wenn sie Charlotte Fernau so bald wie möglich loswerden und deren Wohnung zu weiteren Krankenzimmern umbauen konnte. Noch lief die Klinik ausgezeichnet, und sie musste die gute Geschäftslage für eine Erweiterung nutzen. Natürlich nur, setzte sie in Gedanken grimmig hinzu, wenn sich das Problem mit der Mumie diskret lösen ließ.

Dimitra stieg die vor Nässe glatten Marmorstufen – der Steinmetz würde sie vor dem Einzug der Patienten aufrauen müssen – hinauf. Die schwere Eingangstür war nicht verschlossen, und im dunklen Hausflur roch es nach Backtag. Dimitra schüttelte den Schirm aus, stellte ihn in eine Ecke und machte sich auf den Weg in die Küche.

Charlotte Fernau stand, eine schneeweiße Schürze vorgebunden, an dem großen Holztisch in der Mitte der Küche und füllte Rührteig aus einer Schüssel auf ein Kuchenblech. Auf einem Brett lagen rote Äpfel, ein Berg geschälter Apfelspalten und ein schweres Küchenmesser. In dem Kamin hinter ihr brannte ein Feuer, dessen Schein eine Sammlung gusseiserner Kannen auf dem Sims beleuchtete und sich in den Kupfertöpfen, die von der Decke baumelten, spiegelte. An der Wand über dem Kamin hing ein riesiges, schon etwas vergilbtes Gemälde. Es zeigte zwei braun-weiße Jagdhunde neben erlegten Fasanen und Hasen.

Dimitra trat ein und schloss die Tür hinter sich.

Beim Schnappen des Schlosses hob Charlotte Fernau den Kopf. Genau wie ihr Sohn Clemens war sie groß und schlank, und ihre Bewegungen waren ruhig und sicher. Sie hatte ihre Lesebrille auf den Kopf geschoben, sodass sie das kinnlange weiße Haar zurückhielt, und war ungeschminkt. Die antiken böhmischen Granatohrringe, die wie Blutstropfen an ihren Ohren hingen, waren ihr einziger Schmuck.

»Grüß dich, Dimmi«, sagte sie überrascht. »Du kommst gerade zur rechten Zeit, in einer halben Stunde gibt's Tee und Kuchen.« Sie stellte die Schüssel beiseite und fing an, den Teig mit einem Schaber auf dem Blech zu verstreichen.

»Danke, Charlotte«, sagte Dimitra und trat näher. »Ich habe heute noch eine Operation und nicht so viel Zeit.«

Charlotte Fernau nahm eine Handvoll Apfelspalten und legte eine exakte Reihe auf den Teig. »Worum geht's dann?«

»Clemens war gerade bei mir.«

Charlotte blickte auf, schob sich einen Apfelschnitz in den Mund und wartete Dimitras weitere Worte ab.

»Es scheint, dass er sich um den Klinikbetrieb Sorgen macht«, sagte Dimitra. »Und vielleicht hat er ja recht.«

Charlotte gab keine Antwort, sondern setzte ihre Arbeit schweigend fort. Als sie den ganzen Teig mit ordentlichen Reihen Apfelspalten belegt hatte, hob sie das Backblech auf und trug es quer durch die Küche zu dem alten Ofen. Sie öffnete die Ofenklappe, schob das Blech in das schwarze Loch und knallte die Klappe wieder zu. Lauter als nötig, wie Dimitra fand.

Charlotte wischte sich die Hände an ihrer makellosen Schürze ab und sagte: »Lass uns einen Kaffee trinken, so viel Zeit wirst du ja haben.« Ohne Dimitras Antwort abzuwarten, nahm sie zwei Porzellantassen mit Goldrand aus dem Küchenschrank, ging zur Kaffeemaschine und ließ Kaffee hineinlaufen. »Milch? Zucker?«

»Ich bin auf Diät.«

»Wir gehen in den Salon«, sagte Charlotte und reichte Dimitra eine Tasse. »Im ersten Stock.«

Ganz Hausherrin, führte sie Dimitra die Treppe hinauf und durch eine geschnitzte Doppelflügeltür in eine Zimmerflucht, gerade so, als gehörte ihr die Wohnung noch.

Der Salon war großzügig geschnitten, hatte eine stuckverzierte Decke und einen glänzenden Parkettboden. In einer Ecke knisterte ein aufwendig verzierter Kachelofen, an der gegenüberliegenden Wand gruppierten sich ein Biedermeiersofa und drei Stühle mit grün-weiß gestreiften Bezügen um einen runden Tisch. Hohe Fenster gingen zur Kapelle hinaus und waren von gelben Seidengardinen umrahmt. An schönen Tagen musste der Raum lichtdurchflutet und von einer schwebenden Atmosphäre sein.

Dimitra beschloss sofort, ihre Entscheidung für Krankenzimmer noch einmal zu überdenken. Schließlich konnte sie nicht für alle Zeiten im Schlössl neben ihren Angestellten und Patienten wohnen. Das Gästehaus war nicht nur elegant, es bot vor allem Privatsphäre. Hier konnte man diskreten Besuch empfangen, ohne der sozialen Kontrolle seiner Mitarbeiter ausgesetzt zu sein. Sie betrachtete das große Gemälde über dem Sofa, eine italienische Landschaft mit Blick auf die Reste römischer Säulen und Zypressen. Gehörte das Bild zu dem miterworbenen Inventar?

»Gefällt es dir bei mir?«, fragte Charlotte, als hätte sie Dimitras Gedanken gelesen.

Dimitra wandte sich um und nickte höflich. Sie wollte nicht zu viel Interesse zeigen. Das würde den Widerstand der Fernaus nur verstärken, zu endlosen Diskussionen und am Ende womöglich zu einem langwierigen Rechtsstreit führen. »Sehr gemütlich«, sagte sie. »Vielleicht ein wenig einsam.«

Charlotte lächelte – wissend, wie Dimitra fand – und wies ihr den Platz auf dem Biedermeiersofa zu. Sie stellte die Tassen auf das Tischchen und setzte sich auf einen der Stühle. Jetzt saß sie in erhöhter Position.

»Geht es um den Mumienfund?«, fragte Charlotte und nippte an ihrem Kaffee. »Der macht dir Sorgen, was?«

Dimitra drehte ihre unberührte Tasse auf dem Tisch ein wenig. »Die Arbeiten in der Kapelle«, sagte sie, »zwingen mich, den derzeitigen Betrieb im Schlössl zu überdenken.« Sie hielt einen Moment inne, dann setzte sie hinzu: »Wir werden alle den Preis dafür zahlen müssen.«

Charlotte stellte die Tasse ab und verschränkte die Arme vor der Brust. »Damit meinst du vor allem Clemens und mich?« Ihre Stimme war kalt.

»Nun ja, ich frage mich, ob dir das Leben hier oben nicht langweilig ist«, sagte Dimitra freundlich. »So ganz ohne Beschäftigung.« Sie setzte ein Lächeln auf. »Dass du deine Tante bis zu ihrem Tod gepflegt hast, war ganz großartig.« Aber nicht ganz uneigennützig, fügte sie in Gedanken hinzu. Immerhin hatte ihr die gute Alte im Gegenzug das Schloss vermacht. Wenn Charlotte zu untüchtig war, ihr Erbe zu erhalten, dann war das nicht Dimitras Problem. »Du brauchst eine neue Aufgabe.«

»Es war meine Großtante, und ich bin zweiundsechzig.«

»Hier hast du nicht mal ein kulturelles Angebot«, sagte Dimitra. »Vielleicht wird es Zeit, sich nach etwas anderem umzusehen. Eine schöne Wohnung in Salzburg zum Beispiel. Ich würde dir bei der Suche helfen und dich finanziell unterstützen.« Das war sehr großzügig, wie Dimitra genau wusste, denn die Fernaus hatten kein Wohnrecht. »Was meinst du?« Sie setzte ein Lächeln auf.

»Ich wohne schon mein ganzes Leben auf dem Schloss«, sagte Charlotte. »Und ich gedenke nicht, das ohne Not zu ändern. Du hast uns diese Wohnung angeboten.«

Charlottes Blick war kalt und erinnerte Dimitra an das Familienporträt in der Halle. Schon Valerie hatte sich ihre nicht näher bezeichneten Dienste großzügig mit diesem Anwesen entgelten lassen. Keine Frage, bei den Fernaus war nichts umsonst. Die Familie hatte immer den eigenen Vorteil im Auge gehabt, kämpfte mit Zähnen und Klauen um ihre Privilegien. Aber dies war nicht das 19. Jahrhundert, und Dimitra war nicht der Kaiser, der Steuern erpressen und verschleudern konnte. Ihr Geld war hart erarbeitet.

»Mein Angebot für Clemens steht«, sagte sie. »Nach seiner Facharztprüfung kann er jederzeit ärztlicher Leiter im Schlössl werden. Ich schätze ihn als Kollegen und Chirurgen sehr.« Dimitra verdrängte das fordernde Gesicht des jungen Mannes, so wie sie es vor einer Stunde in ihrem Arbeitszimmer gesehen hatte. Er war ein guter Operateur, und sie hatte keinen Grund, ihn zu entlassen. Außer – es passierte ihm ein Kunstfehler, einer, den sie noch vertuschen konnten, der es ihm aber nicht erlauben würde, zu bleiben. Mit Bedacht setzte sie hinzu: »Natürlich sind wir nur eine kleine Klinik mit einem sehr eingeschränkten Arbeitsbereich, und wenn Clemens seine Zukunft in einer großen Krankenanstalt sieht, habe ich dafür auch Verständnis.«

»Du willst uns also loswerden.«

»Natürlich nicht«, protestierte Dimitra. »Wir müssen den Tatsachen nur ins Auge sehen.«

Im Kachelofen fielen die Holzscheite krachend zusammen, und eine Windböe trieb den Regen gegen die Fensterscheiben.

»Wie wär's mit Oktober?«, schlug Dimitra vor. »Dann hast du genügend Zeit, dich nach etwas anderem umzusehen, und mein Architekt kann hier in Ruhe planen.« Sie stand auf, ihre Botschaft war überbracht und angekommen. »So, und jetzt habe ich noch Arbeit.«

Charlotte wandte ihr wieder das Gesicht zu. »Du weißt, wen du da heute Abend operierst, ja?«

Dimitra, schon halb im Gehen, drehte sich um. »Herrn Minkowitz«, sagte sie. »Deine Nichte hat ihn uns vermittelt.« Das war eine gute Gelegenheit, ihrer Position noch einmal Nachdruck zu verleihen, und so setzte sie hinzu: »Wie ich gesehen habe, ist Julia vor einer Stunde hier angekommen. Hast du nicht überlegt, mich über ihren Besuch zu informieren?« Natürlich konnte Charlotte einladen, wen sie wollte, aber Julia war genau genommen eine Fernau, und Dimitra wollte nicht, dass ihr Gästehaus still und leise zum Feriendomizil umfunktioniert wurde.

»Ich habe kaum Kontakt zu Julia und ihrem Vater«, sagte Charlotte, und die Härte in ihrer Stimme überraschte Dimitra. »Du kannst sie also gerne rausschmeißen.«

»Die Straße ist mal wieder dicht.«

Charlotte zwinkerte. »Das kann nicht sein«, sagte sie, als hätte sie sagen wollen, das dürfe nicht sein.

»Ein Felssturz«, sagte Dimitra. »Ich hoffe, diesmal kriegen sie die Straße schneller frei.« Dann fiel ihr noch etwas ein. »Was wolltest du mir über Minkowitz sagen?«

Charlotte hob das Kinn. »Wenn du ihn operierst, wirst du ihn nicht mehr los«, sagte sie. »Er stöbert herum und wird uns allen Schwierigkeiten machen. Schick ihn weg.«

»Und unter welchem Vorwand?« Dimitra schüttelte den Kopf. »Außerdem kann bei dem Nebel nicht einmal ein Hubschrauber landen. Ich operiere heute Abend wie geplant.«

»Dann haben wir ihn weitere zehn Tage hier.«

Jetzt riss Dimitra der Geduldsfaden. »Wenn dein Clemens keinen Fehler macht, geht alles so glatt wie immer«, sagte sie, wobei ihr der Gedanke durch den Kopf schoss, dass einmal immer das erste Mal war. Das Schlössl war nur ein Belegkrankenhaus. Wenn es einen Operationszwischenfall gab und sie Minkowitz wegen der Wetterverhältnisse nicht in eine größere Klinik verlegen konnte, trug sie die Verantwortung. Dann konnten ihr alle Mumien dieser Welt egal sein, denn dann hatte sie sich selbst ruiniert. Um ihrem aufgestauten Ärger Luft zu verschaffen, sagte sie wütend: »Ich weiß nicht, woher du Minkowitz kennst, aber wenn du nichts Verdächtigeres vorzubringen hast, als dass mein Patient auf meinem Klinikgelände spazieren geht, dann spar dir deine Worte.« Damit drehte sie sich um und verließ das Zimmer.

Vor dem Gästehaus parkte noch immer der rote Alfa. Auf dem Cabriodach hatten sich Wasserlachen gebildet, die der Regen peitschte. Dimitra nahm sich vor, in den nächsten Tagen ein klärendes Gespräch mit Julia über die neuen Eigentumsverhältnisse und die daraus resultierenden Nutzungsrechte an dem Schloss zu führen. Trotz der Fehde der Fernaus und der Gimborns schienen beide Familien ihr verlorenes Erbe noch immer als ihr Zuhause anzusehen.

Während Dimitra, den Schirm gegen die anbrandenden Regenwellen gestemmt, zum Schloss zurücklief, dachte sie über das Gespräch mit Charlotte Fernau nach. Entgegen der Abfuhr, die sie Charlotte erteilt hatte, machte die Abneigung, die Charlotte und ihr Sohn Clemens gegen Adam Minkowitz an den Tag legten, Dimitra argwöhnisch. Hinter den Intrigen gegen ihren Patienten mussten persönliche Motive stecken.

Dimitra hatte nur noch wenige Meter zur Eingangstür zu gehen, als sie eine Bewegung hinter einem der Fenster im ersten Stock bemerkte. Clemens stand halb verborgen hinter dem Vorhang und sah zur Kapelle hinüber. Irritiert blieb Dimitra stehen und folgte seinem Blick.

Unter dem steinernen Türsturz stand Adam Minkowitz und kritzelte auf ein Stück Papier. Immer wieder fuhr er mit dem Stift herum, als ginge er eine Namensliste oder eine Zahlenreihe durch. Eine Welle des Misstrauens durchlief Dimitra. Der Mann war vielleicht wirklich kein harmloser Patient. Möglicherweise war er sogar der anonyme Anrufer, der die Klinik ruinieren und den Preis für das Anwesen drücken wollte. Nie hatte Dimitra sich Sorgen darüber gemacht, wie ihre reichen Patienten zu ihren Vermögen gekommen waren oder weshalb sie ohne Leibwächter nicht einmal in eine diskrete Schönheitsklinik eincheckten. Sie war Ärztin, einzig dem Wohl ihrer Patienten verpflichtet, und keine Anklägerin. Aber das Verhalten dieses Minkowitz rührte an ihre verdrängten Bedenken. Die Fernaus, mit ihrem untrüglichen Instinkt für den eigenen Vorteil, hatten recht. Sie musste mit allen Mitteln dafür sorgen, dass Minkowitz keine unerwünschten Informationen in die Welt trug.

Dimitra beschleunigte ihre Schritte.

In der Halle schüttelte sie den Schirm aus und wollte ihn gerade wieder in die Ecke neben der Tür stellen, als sie Sebastian die Treppe von der Galerie herunterkommen sah. Jetzt winkte er, bedeutete ihr, auf ihn zu warten. Hatte er sie etwa abgepasst? Für einen Moment schloss sie die Augen, zwang sich zur Ruhe. Normalerweise zog sie sich in den Stunden vor einer Operation zurück, schlief oder ging spazieren. Dieser Tag war anders verlaufen, hatte Stress und Sorgen gebracht. Der Gedanke schoss ihr durch den Kopf, dass sie den Termin verschieben sollte. Irgendwie hatte sie kein gutes Gefühl.

»Dimmi?«, rief Sebastian. »Ich muss mit dir reden.«

Dimitra lehnte den Schirm gegen die Wand. »Wir operieren um neunzehn Uhr«, sagte sie. »Ab zehn kann Herr Minkowitz voraussichtlich auf Station.« Sie machte eine kurze Pause, dann setzte sie hinzu: »Du hast Nachtdienst.« Es wurde Zeit, ihr Arbeitsverhältnis geradezurücken.

Sebastian stand vor ihr. »Ich mache die Übernahme, aber ich habe Elisabeth schon für die Nachtschicht eingeteilt«, sagte er lächelnd. Er hob die Hand, wollte ihr wohl eine Haarsträhne aus dem Gesicht streichen, aber sie wich zurück. »Was ist los? Hey, wir haben uns lange nicht gesehen.«

Dimitra spürte kalte Wut in sich aufsteigen. In der Öffentlichkeit hatte er sie noch nie angefasst. Geschweige denn am Arbeitsplatz. »Den Dienstplan erstelle immer noch ich«, sagte sie scharf, so als hätte sie seine Frechheit gar nicht gehört. »Elisabeth bereitet den Patienten vor und gibt das Beruhigungsmittel, du bringst ihn in den OP und übernimmst nachher für die Nacht.« Sie wandte sich ab, wollte ihn stehen lassen, als er sie zurückhielt.

»Dimmi, warte«, sagte er. »Was ist denn passiert?«

Dimitra drehte sich langsam um. »Ich brauche Ruhe.«

»So können wir nicht weitermachen«, sagte er.

»Da hast du ausnahmsweise recht.«

Er beugte sich vor, schnappte ihre rechte Hand und hielt sie fest. »Dimmi, ich liebe dich«, sagte er. »Lass uns für immer zusammenbleiben.«

Damit hatte Dimitra nicht gerechnet. »Was?«, fragte sie überrumpelt und entriss ihm ihre Hand. »Wie meinst du das?«

»Heirate mich.« Er strahlte wie ein Honigkuchenpferd.

Dimitra fuhr sich über die Stirn. Das hatte ihr an diesem

verdammten Tag noch gefehlt. Natürlich hatte sie die Zeichen erkennen und der Entwicklung Einhalt gebieten müssen. Die ständigen Anrufe auf ihrem Privathandy, der vertraute Ton, der sich in letzter Zeit in ihre Gespräche eingeschlichen hatte, aber auch seine Launenhaftigkeit, die er ihr gegenüber nicht mehr zu verbergen suchte. Sie begegnete seinem hoffungsvollen Blick. Er war zwanzig Jahre jünger als sie, wusste über ihre Herkunft und ihre Familie genauso wenig wie sie über seine. Dimitra hatte ihn nie gefragt. Es interessierte sie einfach nicht. Die ganze Situation war lächerlich. Und Dimitra fing wirklich an zu lachen.

»*Hey.*« Er packte sie an der Schulter, rüttelte sie. »Was gibt's da zu lachen? Hör auf damit!«

Aber sie konnte nicht anders, lachte und lachte.

Langsam ließ Sebastian seine Hand sinken, starrte Dimitra nur noch stumm an. Er schien wirklich gekränkt.

Dimitra holte tief Luft, unterdrückte einen weiteren Lachkrampf. »Pass auf«, japste sie. »Wir vergessen das, ja?«

»Aber ...«

»Nein.« Jetzt war sie ernst. »Ich weiß nicht, wie du auf die Idee gekommen bist, dass ich dich heiraten könnte.«

»Wir sind seit fast einem Jahr zusammen.«

War es schon ein Jahr? Wahrscheinlich hatte er recht, wie unbedacht von ihr. »Heirat stand nie zur Debatte.«

»Dimmi«, sagte er beschwörend. »Wir verstehen uns so gut, und wir könnten hier gemeinsam so viel bewirken.«

Das war es also, es ging um ihre Klinik. »Du bist ein netter Junge«, sagte Dimitra kühl. »Und wir hatten eine schöne Zeit – also mach's nicht kaputt.«

Seine Augen verengten sich. »Was heißt hatten?«

»Es ist vorbei«, sagte sie. Wo, zum Teufel, sollte sie so schnell einen neuen Pflegedienstleiter herbekommen? »Bitte, sei nicht gekränkt und lass uns auf beruflicher Ebene weitermachen wie bisher. Da läuft's doch gut.«

Sebastian nickte bedächtig. »Und sonst läuft's nicht?«, fragte er. »Zumindest nicht mit mir, was? Hast wohl schon einen Neuen im Auge?« Sein Blick gefiel Dimitra nicht. Es lag etwas Heimtückisches, ja Gefährliches darin.

»Ich suche keinen Mann fürs Leben«, sagte sie abschließend. »Das solltest du doch wissen. Und soweit ich mich erinnere, hast du durchaus deine Vorteile aus dieser Beziehung gehabt. Ich war nie geizig, oder?« Wenn er jetzt keine Zicken machte, würde sie das BMW-Cabrio aus dem Leasingvertrag herauskaufen und ihm zum Abschied schenken.

Aber die Ablehnung in Sebastians Miene war zu blankem Hass geworden. »Ich hab dich in der Hand«, zischte er. »Und wenn ich will, kann ich dich ruinieren. Ein anonymer Anruf bei der Polizei, und das war's hier oben. Ein medizinischer Skandal in deiner schönen Klinik, und kein Provinzkrankenhaus nimmt dich mehr.«

»Du drohst mir?«, fragte Dimitra eisig. Rache aus verschmähter Liebe war etwas für Kitschromane und hatte in ihrem Leben keinen Platz. »Denk lieber daran, dass ich es bin, die dein Arbeitszeugnis ausstellt.«

Sebastian beugte sich zu Dimitra herunter. »Viel Glück heute Abend«, raunte er. »Wirst es brauchen.« Damit drehte er sich um und marschierte zur Eingangstür.

Dimitra sah ihm nach, wie er in den Regen hinauslief. Sie hatte ihn und sein kindisches Verhalten einfach satt. Es wurde wirklich Zeit für eine Beziehung auf Augenhöhe. Ob dieser Becker wohl eine Frau hatte? Vielleicht spielte er ja Tarock. Beschwingt machte sie sich in ihr Büro auf.

SIEBEN

Annabelle Laubenstein saß in der Schlossbibliothek beim Fünf-Uhr-Tee und ging im Licht einer Stehlampe die Gästeliste für die nächsten drei Monate durch. Sie waren gut gebucht, das konnte sie als Direktorin mit Fug und Recht sagen. Wenn erst einmal die Schneeschmelze vorbei war, bunte Wiesenblumen die Hänge sprenkelten und ein milder Wind von den Bergen herabstrich, dann legte sich über das Schloss eine Stimmung von altmodischer Sommerfrische. Steigende Besucherzahlen zeigten, dass die Gäste die Ruhe und die gute Luft – im Gegensatz zur aufgeheizten Atmosphäre in der Stadt – zunehmend schätzten. Dann nutzten sie gerne den Frühsommer, um den einen oder anderen Eingriff vornehmen zu lassen, und die Zeit ihrer Rekonvaleszenz, um einen Urlaub anzuhängen. Wenn sie bei den Salzburger Festspielen wieder unter Leute gingen, hatten sie sich einfach wunderbar erholt und konnten der Frage, ob sie etwas hätten machen lassen, mit nachsichtiger Milde begegnen.

Annabelle hob den Blick von ihren Listen und sah zum Fenster hinüber. Draußen wurde es bereits dunkel, und die Regentropfen auf den Scheiben reflektierten das Licht der Stehlampe, sodass es schien, als wäre das Glas mit glitzernden Diamanten gesprenkelt. Ja, im Augenblick sah es so aus, als würde über der Klinik ein Geldregen niedergehen. Warum war sie dann in der letzten Zeit so nervös? Sie schlief schlecht, und wenn sie am Morgen schweißgebadet erwachte, erinnerte sie sich dunkel an einen Alptraum, konnte seinen Inhalt aber nicht mehr nachvollziehen. Mehr als einmal hatte sie sich dabei ertappt, wie sie den Angestellten gegenüber einen scharfen Ton anschlug, was unprofessionell und schlicht unverzeihlich war.

Der Gedanke an die Hotelmitarbeiter erinnerte Annabelle wieder an ihre Aufgaben, und sie blätterte noch einmal durch ihre Liste. Da war die Buchung für Juni, und – sie nahm sich die Bankauszüge vor – das Geld war bereits auf dem Geschäftskonto eingegangen. Der Patient aus Abu Dhabi hatte die ganze Klinik für einen Monat gebucht, mit der Option auf eine Verlängerungswoche, und er hatte auch schon für zwei Wochen im August während der Festspielzeit bezahlt. Die Reservierung galt für ihn, seine Begleiterin, vier Leibwächter, eine Assistentin, einen Fahrer und zwei Piloten. Zehn Personen mit Vollpension, das war wie ein Lottogewinn, und bei den noch fälligen Umbauten konnten sie ihn weiß Gott gebrauchen. Annabelle konnte sich ein Lächeln nicht verkneifen. Dimmi hatte sich wie immer nicht aus der Ruhe bringen lassen und dem Mann den doppelten Preis verrechnet, weil sie Operationstermine hatte absagen müssen. Der Patient aus den Emiraten mochte die ruhige Lage, das gemäßigte Klima und sogar den häufigen Regen. Für die Piloten wollte er einen Billardtisch, für seine Begleiterin eine Maschine auf Abruf am Salzburger Flughafen für spontane Shopping-Trips nach London und Paris, und natürlich wünschte er für seine ganze Entourage das Catering eines Haubenlokals. Das war alles kein Problem.

Annabelle lehnte den Kopf zurück, lauschte dem Rauschen der Wassermassen und fragte sich, wie lange sie diesmal wohl festsitzen würden. Selbst wenn sie, wie mit Dimmi angedacht, eines Tages einen eigenen Hubschrauber hätten, würde es ihr Problem nicht lösen. Die gebirgige Lage und die um diese Jahreszeit tief hängenden Wolken machten Flüge unmöglich. Energisches Klopfen am Türrahmen unterbrach ihre Gedanken.

»Bella?« Es war Charlotte Fernau. »Störe ich?«

Annabelle klappte die Bankunterlagen zu. »Nein, nein«, sagte sie. »Komm rein.« Sie machte eine einladende Handbewegung, behielt ihren Stift aber in der Hand, um anzudeuten, dass Charlotte sie eben doch störte und sie zu arbeiten hatte. »Was gibt's denn?« Sie mochte die Fernaus nicht, konnte aber nicht sagen, woran das lag.

Charlotte Fernau verschränkte die Arme vor der Brust und lehnte sich mit der Schulter gegen den Türsturz. »Ich habe gehört«, sagte sie, »dass dieser Minkowitz über eine Woche im Schlössl bleiben soll.« Ihr Ton war vorwurfsvoll.

»Das hängt von Dimmi ab«, sagte Annabelle. »Und vom Genesungsverlauf.« Auch wenn Clemens Fernau Assistenzarzt war, so ging der Klinikbetrieb seine Mutter nichts an. »Kennst du Herrn Minkowitz?«

»Er ist ein Hochstapler, nehmt euch in Acht.«

Annabelle hob die Brauen. »Herr Minkowitz hat die Operation bereits bezahlt«, sagte sie kühl. »Bar.«

Charlotte schnaubte. »Das ist klar.«

Annabelle warf einen Blick auf ihre Unterlagen. »Und als Referenz ist Frau Julia Gimborn angeführt.« Sie unterdrückte ein zufriedenes Lächeln. »Das ist doch deine Nichte, oder? Soweit ich weiß, ist sie heute angereist.« Dimmi hatte sich ziemlich darüber aufgeregt.

Charlotte Fernau sah aus, als lägen ihr ein paar scharfe Worte zu ihrer Nichte auf den Lippen, aber dann schüttelte sie den Kopf und sagte: »Ich kenne Minkowitz.«

Annabelle zog die Brauen hoch. »Soll heißen?«

»Er war Anlageberater bei meiner Hausbank.«

Annabelle sagte nichts, wartete ab.

»Ich habe gehört«, fuhr Charlotte Fernau fort, »dass er eine Menge Leute um ihr Geld gebracht und ruiniert hat.«

»Woher willst du das wissen?«

»Ich kenne ein Opfer.«

Annabelle runzelte die Stirn. »Woher das Geld unserer Patienten stammt, geht uns nichts an«, sagte sie. Natürlich hatte sie sich manchmal über Dimmis Klientel mit den gängigen Namen gewundert. Aber sie war die Hoteldirektorin, und die Privatsphäre ihrer Gäste war ihr heilig. »Ich will nicht, dass Gerüchte unter dem Personal die Runde machen.«

»Minkowitz scheint sich für das Schloss zu interessieren«, sagte Charlotte Fernau. »Wenn er es sich unter den Nagel reißen will? Dem ist alles zuzutrauen.«

Annabelle lachte verblüfft. »Was?«, fragte sie. »Das ist doch verrückt. Dimmi ist die Eigentümerin der Klinik.«

»Ja, aber wie lange noch?«

»Wenn du damit auf den Mumienfund anspielst …«

»Wer, glaubst du, hat diesen Becker raufgeschickt?«

Annabelle runzelte die Stirn. »Das Denkmalamt.«

»Seit Jahrhunderten schert sich niemand um die alten Knochen in der Kapelle«, sagte Charlotte grimmig. »Und auf einmal rückt die Behörde hier an. Wenn das Schloss ein Wallfahrtsort wird – Gott behüte –, dann ist nicht nur der Klinikbetrieb am Ende, dann kommt das Schloss in die Konkursmasse, und dann wird es verschleudert.« Sie hatte sich in Rage geredet, musste nach Luft schnappen. »Bella, verstehst du? Wir müssen was unternehmen.«

»Woher sollte Minkowitz von der Krypta gewusst haben?«, fragte Annabelle, jetzt doch etwas verunsichert. »Der kann das Denkmalamt gar nicht informiert haben.«

»Nein – aber er kennt unsere gute Julia, und die hat oft genug ihre Ferien hier verbracht.« Charlotte sah Annabelle bedeutungsvoll an. »Vielleicht hat sie dabei eine Entdeckung gemacht, und jetzt ist ihr eingefallen, wie sie die nutzen kann. Ihr Vater wollte sich das Schloss immer unter den Nagel reißen. Aber ich habe meine Großtante bis zu ihrem Tod gepflegt, und Clemens hat sie ärztlich betreut. Und nicht mein Bruder.«

Annabelle ließ sich die Worte durch den Kopf gehen, dann sagte sie: »Wenn Minkowitz das Schloss aus einer, nehmen wir nur mal an, Konkursmasse kauft ...«

»Stehen wir alle auf der Straße.« In Charlottes Worten schwang der Triumph des Überbringers schlechter Nachrichten.

Annabelle stieß einen leisen Pfiff aus. Auch wenn sie Charlotte Fernau nicht besonders mochte, so war ihre Argumentation nicht von der Hand zu weisen, und es war ein Zeichen des Vertrauens, dass sie sie vorinformiert hatte. In ihrem Alter standen die Aussichten auf einen neuen Hoteldirektorsposten für Annabelle nicht gerade günstig, noch dazu zu ihrem gegenwärtigen Gehalt.

Charlotte Fernau hatte sie nicht aus den Augen gelassen. »Da ist noch etwas«, sagte sie jetzt bedächtig. »Hast du von Steingrubers Warnung gehört? Er ist überzeugt davon, dass etwas Furchtbares passieren wird. Wenn Minkowitz für das Auftauchen der Mumie verantwortlich und doch etwas an diesem Fluch dran sein sollte ...«

»Das reicht«, sagte Annabelle scharf. Natürlich hatte sie von diesen wilden Prophezeiungen gehört, wollte aber mit Charlotte nicht darüber sprechen. Es war besser, Gerüchte im Keim zu ersticken. »Steingruber ist ein alter Mann«, setzte sie daher hinzu, »und seinen Aufgaben kaum noch gewachsen. Wenn er jetzt auch noch das Personal beunruhigt, kann er sich gleich seine Papiere holen.« Sie klopfte mit ihrem Stift auf den Aktenordner. »Dimmi operiert heute Abend, der Termin steht fest. Bei dem Wetter könnten wir Minkowitz sowieso nicht wegschicken. Selbst wenn wir einen Grund finden würden, die Operation abzusagen oder zu verschieben.«

»Es *muss* einen Weg geben.«

»Zu spät«, sagte Annabelle. »Du kennst doch Dimmi.«

Charlotte warf den Kopf in den Nacken, sodass ihre Granatohrringe tanzten. »Na gut«, sagte sie. »Ich hab's versucht. Mehr kann ich nicht tun.« Sie warf einen Blick auf ihre Armbanduhr. »Oje, hoffentlich hat Clemens nicht meinen ganzen Apfelkuchen gegessen – ich wollte Herrn Becker etwas davon vorbeibringen. Mal hören, ob er unsere liebe Julia schon kennt.« Sie stieß sich vom Türrahmen ab und wandte sich zum Gehen. Kurz darauf schlug die Tür des Kaminzimmers zu.

Annabelle blieb nachdenklich zurück. Was hatte Charlotte wirklich von ihr gewollt? Stritt sie etwa immer noch mit ihrem Bruder um das Erbe? Charlotte konnte wohl kaum annehmen, dass Dimmi einen Patienten aufgrund kryptischer Andeutungen oder wegen eines abergläubischen Gärtners nicht operierte. Annabelle hatte das ungute Gefühl, als hätte sie etwas überhört und als wäre ihr etwas entgangen. Entschlossen verbannte sie die Fragen aus ihrem Kopf. Wenn Charlotte ein Geheimnis mit sich herumtrug, dann war das schließlich nicht Annabelles Problem.

Ihr Blick fiel auf ein dickes Buch im Ledereinband, das ein wenig aus seiner Reihe hervorstand. Dimitra hatte die Schlossbibliothek mit den alten Beständen gekauft. Niemand las die Bücher, aber die abgegriffenen Lederrücken waren sehr dekorativ. Als Hoteldirektorin war Annabelle es gewohnt, jede Unregelmäßigkeit, die ihr auffiel, sofort zu beseitigen und nicht erst zu warten, bis sich einer der Angestellten dazu bequemte. Sie stand auf und versuchte, das Buch zurückzuschieben. Es gelang ihr nicht. Also zog sie es hervor und drückte die anderen Bände auseinander, um Platz zu schaffen. Ein vergilbter Zettel glitt aus dem Buch in ihrer Hand und segelte zu Boden. Sie hob ihn hoch und warf einen Blick darauf. Es war ein unliniertes Blatt, bedeckt mit ein paar handschriftlichen Zeilen. Die Kurrentschrift lief schräg und eilig über das Papier. Annabelle versuchte, ein paar Worte zu entziffern, aber es gelang ihr nicht. Sie hatte Kurrent nicht gelernt. Bei dem Gedanken, dass jemand vor Jahrzehnten diesen Notizzettel als Lesezeichen in das Buch – es war Tolstois »Anna Karenina« – gesteckt hatte, wurde sie ein wenig wehmütig. Gerührt legte sie das Blatt zwischen die Buchseiten zurück und schob den Band an seinen Platz im Regal. Kurz schoss ihr die Idee durch den Kopf, dass jemand den Zettel gefunden und bereits gelesen haben könnte. Warum sonst hatte das Buch nicht an seiner Stelle gestanden? Aber sie verfolgte den Gedanken nicht weiter, sie hatte Wichtigeres zu tun.

Annabelle kehrte zu ihrem Sessel zurück und schlug die Bankunterlagen wieder auf. Sie konnte sich jedoch nicht richtig auf die Zahlen konzentrieren, und ihr Blick wanderte erneut zum Fenster hinüber. Hinter den Scheiben schüttete es wie aus Kübeln, und der Wind trieb weiße Wasserschleier vorbei. Es sah aus, als tanzten Geister um das Haus.

Annabelle fröstelte. Anscheinend hatten Charlottes Worte sie doch mehr beunruhigt, als sie wahrhaben wollte. Und sie hatte das Gefühl, manipuliert worden zu sein.

Ihre Gedanken wanderten zu der Krypta und zu der Frau, deren unnatürlich gut erhaltener Körper dort im Büßerhemd liegen sollte. Sie hatte die Mumie noch nicht mit eigenen Augen gesehen, aber Steingruber hatte in der Küche behauptet, es könnte sich dabei um Maria Gruberin handeln, die von den Toten zu den Lebenden zurückgekehrt war und nun Gerechtigkeit forderte. Die Erinnerung an seine Worte fraß sich in ihrem Kopf fest. Sie passte zu der nervösen Stimmung, unter der sie seit Tagen litt und die durch Charlottes Auftritt nicht besser geworden war. Vielleicht sollte sie später am Abend wieder einmal ihr Tarot legen. Aber in Wirklichkeit hatte sie Angst vor der Prophezeiung, die sie in den Karten lesen würde.

Obwohl im Kachelofen das Feuer prasselte, fror Annabelle. Das Gespräch mit Charlotte hatte sie beunruhigt. Aber noch mehr verstörte sie der Gedanke an Steingrubers düstere Prophezeiung. Wenn er recht hatte, dann war der Fund der Mumie erst der Anfang einer Entwicklung, deren Ende für das Schloss und seine Bewohner den Untergang bedeuten konnte. Auf einmal wurde ihr die Ausweglosigkeit ihrer Lage bewusst. Sie saß fest, und das auf unbestimmte Zeit.

Annabelle ballte die Fäuste auf den Unterlagen. Dies war nicht die erste Krise, die sie als Hoteldirektorin zu meistern hatte, und sie konnte es schaffen. Entschlossen wandte sie sich wieder ihren Berechnungen zu.

ACHT

Als Adam erwachte, war das Rauschen des Regens das einzige Geräusch im Zimmer. Mit geschlossenen Augen und noch halb im Dämmerschlaf tastete er mit den Händen über die Matratze und stieß sofort an kalte Metallstäbe.

Panik ergriff ihn, er war eingesperrt.

Doch dann setzte sein Verstand ein. Sie hatten Gitter an den Seiten des Bettes angebracht. Er war also operiert worden, und man wollte vermeiden, dass er unter der Nachwirkung der Narkose aus dem Bett fiel. Eine warme Welle der Erleichterung durchlief ihn. Der Eingriff war überstanden, er lebte, und alles war gut gegangen. Ihm war nicht einmal übel, so wie nach seiner Blinddarmoperation. Nur in seinem Kopf waberten noch Nebel, und seine Glieder waren schwer und ein wenig gefühllos. Unter Aufbietung seiner ganzen Willenskraft schaffte er es, die rechte Hand zu heben und vorsichtig an seine Wange zu fassen. Seine Fingerspitzen berührten klebriges, mit einer Salbe getränktes Verbandsmaterial. Kreuz und quer lief es über sein Gesicht. Jetzt fiel ihm auf, dass er die Augen nur einen Spalt öffnen konnte. Natürlich, die Lidstraffung. Adam ließ die Hand wieder sinken und überließ sich dem angenehmen Gefühl völliger Entspannung und Schmerzfreiheit.

Es war geschehen, die Umwandlung war vollzogen. Der Kokon war aufgebrochen, und aus der hässlichen Raupe war ein Schmetterling geworden. Das lange Warten hatte sich gelohnt. Sein zweites Leben lag vor ihm. Glücklich schloss er die frisch operierten Augen und dämmerte davon.

Adam wusste nicht, wie lange er geschlafen hatte, als ihn ein Geräusch weckte. Jemand hatte das Zimmer betreten und die Tür ins Schloss gedrückt. Leise und verstohlen. Wohl um ihn nicht zu wecken. Adam spürte, wie er unter der Maske aus Verbandsstoff lächelte. Er fühlte sich gut aufgehoben und umsorgt, wartete darauf, dass man ihn gleich nach seinem Befinden und seinen Wünschen fragte. Am Vorabend der Operation hatte man ihm nichts mehr zu trinken gegeben, jetzt merkte er, wie durstig er war. Wie spät war es? Es musste schon Morgen sein. Man brachte das Frühstück, diesmal mit seiner geliebten Marillenmarmelade, und den Tee.

Leichte Schritte waren zu hören, etwas huschte durch den Raum. Ein muffiger Geruch breitete sich aus. Der Vorhang raschelte, wurde wohl beiseitegezogen. Schwester Elisabeth? Oder Dr. Todorov persönlich? Nein, die Ärztin benutzte ein schweres Parfüm, das er von einer gewissen weiblichen Klientel her kannte. Hieß es nicht Opium? Um seinem Besucher zu zeigen, dass er wach war, hob Adam die rechte Hand ein paar Zentimeter über die Matratze.

Die Schritte näherten sich seinem Bett.

Adam versuchte, trotz des straffen Verbandes zu sprechen. »Schwester?«, flüsterte er.

Das Geräusch der Schritte verstummte.

»Ich habe Durst«, sagte Adam etwas lauter.

Niemand antwortete ihm.

Der Regen prasselte gegen die Fensterscheiben, überdeckte wohl jeden Atemlaut seines Besuchers. Aber er war noch da. Adam spürte seine Anwesenheit, hatte das Gefühl, aus dem Dunkel heraus beobachtet zu werden.

»Wer ist da?«, fragte er.

Wieder erhielt er keine Antwort.

Angst überfiel ihn. Auf einmal wusste er mit erschreckender Klarheit, dass kein freundliches Personal gekommen war, um ihn nach seinen Bedürfnissen zu fragen. Wer immer neben seinem Bett stand, wollte ihm Böses. Adams Mund wurde trocken und der Durst fast übermächtig.

»Wer sind Sie?«, krächzte er. »Ich kann Sie hören.«

Stoff raschelte, und der muffige Geruch strich wieder durchs Zimmer, legte sich über sein Gesicht. Adam musste husten, hob den Kopf, spürte trotz der Betäubung einen schneidenden Schmerz auf der verletzten Haut. Schwer atmend ließ er sich wieder auf das Kissen zurückfallen. Seine Finger krochen über die Matratze, wollten sich festkrallen, Halt und Schutz suchen. Der Klingelzug fiel ihm ein, mit dem er Hilfe rufen konnte. Er hing an dem Galgen über dem Bett. Verzweifelt versuchte er, den rechten Arm zu heben, die Klingel zu erhaschen, aber seine Kraft war zu wenig, die immer noch halb betäubten Muskeln gehorchten ihm nicht.

»Gehen Sie«, flüsterte Adam. »Lassen Sie mich in Ruhe.«

Nichts, keine Antwort.

Adam bog den Kopf in den Nacken, versuchte, unter den frisch operierten Lidern hervor einen Blick auf seinen schweigsamen Besucher zu erhaschen.

Die Vorhänge waren jetzt ein Stück aufgezogen, die Möbel graue und schwarze Schatten, über die bereits die Morgendämmerung kroch. Der Gedanke schoss durch Adams Kopf, dass der neue Tag begonnen hatte und Mörder nur in der Nacht kamen. Alles war in Ordnung. Fast hätte er hysterisch gelacht. Da bemerkte er eine Bewegung aus dem Augenwinkel.

Ein paar Meter vor dem Bett stand eine Gestalt.

Adam zwinkerte, spürte dabei die geschwollenen Lider.

Es war ein Mensch, eingehüllt in eine weiße Decke. Sein Gesicht war im Halbdunkel nicht zu erkennen. Völlig reglos verharrte er dort, schien nicht einmal zu atmen.

In diesem Augenblick fand Adam die Lösung, und die Erleichterung, die ihn ergriff, war nicht in Worte zu fassen. Die Erscheinung war nicht real, sondern eine Halluzination, die natürliche Nachwirkung seiner Narkose.

»Gott, bin ich blöd«, sagte er.

Die Gestalt setzte sich in Bewegung, kam näher.

Panik erfasste ihn. »Das reicht«, keuchte er.

Der Verhüllte blieb neben dem Bett stehen und schaute auf ihn herunter. Der Hauch, der aus dem Laken kroch und in Adams Nase stieg, verpestete die Luft. Auf einmal roch es nach Staub und Erde und Moder, und Adam meinte, sich an ihn zu erinnern. Doch er wusste nicht mehr, woher er den Geruch kannte. Das Bild der Kapelle stieg vor seinem inneren Auge auf. Der rothaarige Mann. Die Krypta.

Adam rang nach Atem.

Eine Hand schob sich aus den Stofffalten und griff nach seinem nackten Arm. Sie war so eisig und feucht und weich und knochenlos, dass Adam meinte, den Verstand zu verlieren. Im nächsten Augenblick spürte er das Brennen. Die Kälte versengte seine Haut. Er wollte schreien, aber sofort legte sich etwas Weiches über sein Gesicht und verschloss gnadenlos die wenigen freien Stellen, die ihm der Verband zum Atmen ließ. Adam versuchte, das Ding abzuschütteln, dem Druck auszuweichen. Er bekam keine Luft mehr, seine Lungen brannten, und hinter seinen Lidern drehten sich blutrote Kreise. Mit allerletzter Kraft bäumte er sich auf. Er ruderte mit den Armen, bekam ein Stück groben Stoffs zu fassen, krallte die Finger hinein, ließ es nicht mehr los, klammerte sich daran wie an eine Rettungsleine.

Auf einmal ließ der Druck auf Adams zerstörtes Gesicht nach. Reflexartig schnappte er nach Luft. Aber da legte sich eine Hand auf seinen Hals. Schlanke, knochige Finger umklammerten seine Kehle und drückten unbarmherzig zu.

Irgendwann ließ Adams Widerstand nach. Er sackte in sich zusammen, sein Kopf sank zur Seite, und sein Blick wurde unscharf. Er konnte nur noch vor sich hin starren.

Schwärze und Kälte umfingen ihn für immer.

NEUN

Elisabeth gähnte ausgiebig, konnte sich jedoch keine Hand vor den Mund halten, weil sie gerade mit einem Medikamententablett aus der Hausapotheke kam. Natürlich wusste sie, dass so ein Verhalten im Dienst für die Schwester einer angesehenen Privatklinik unangemessen war. Sie hatte stets wach zu sein, aufmerksam und kompetent. Das war sie normalerweise auch.

Aber die Operation von Herrn Minkowitz hatte länger gedauert als geplant, und sie hatte die Übernahme auf die Station dokumentieren müssen. Es wäre reine Routine gewesen, wenn nicht der Pflegedienstleiter, der überraschend zum Nachtdienst erschienen war, mit dem Assistenzarzt gestritten und damit den Ablauf unnötig verzögert hätte. Jede Anweisung zur Nachsorge hatte er in Frage gestellt und damit nicht nur Dr. Fernau gegen sich aufgebracht. Am Ende hatte Frau Dr. Todorov ein Machtwort gesprochen und die beiden Streithähne getrennt. Die Stimmung war ungewöhnlich eisig gewesen, aber natürlich ging sie das nichts an. Sie selbst kam mit Sebastian Michels gut aus, und es war auch nett von ihm gewesen, dass er den Rest der Nachtschicht selbst übernommen hatte, um persönlich die Aufwachphase zu beaufsichtigen. Auf diese Weise hatte sie sogar noch zwei Folgen ihrer Lieblingsserie sehen können. Jeder im Schloss wusste, dass Sebastian mit der Chefin schlief, aber selbstverständlich betraf die allumfassende Diskretion auch das Privatleben von Frau Dr. Todorov.

Als Elisabeth in den langen Gang einbog, der zu den Patientenzimmern führte, musste sie feststellen, dass noch immer nur das schwache Nachtlicht brannte. Angesichts des dämmerigen Morgens und des glatten Steinbodens, auf dem die Kreppsohlen ihrer Schuhe immer unangenehm quietschten, war das eine gefährliche Nachlässigkeit. Es war Steingrubers Aufgabe, für das Verschließen der Türen, die richtige Beleuchtung und die allgemeine Sicherheit im Schloss zu sorgen, eine Arbeit, der er normalerweise gewissenhaft nachging. Aber Steingruber war bereits über achtzig und der Betreuung eines ganzen Schlosses wohl nicht mehr gewachsen.

Elisabeth beschloss, bei nächster Gelegenheit Frau Dr. Todorov auf diesen Umstand aufmerksam zu machen, und drückte mit dem rechten Ellenbogen auf den alten Messinglichtschalter. Sofort flammten die Wandlampen auf und tauchten den düsteren Gang in ein warmes Licht. Kurze Zeit später stand sie vor Herrn Minkowitz' Zimmer.

Vorsichtig stellte Elisabeth das Tablett auf einer der geschnitzten Truhen ab und klopfte kurz. Als sie keine Antwort erhielt, öffnete sie die Tür und trat ein.

Im Zimmer war es eiskalt. Und es roch muffig, obwohl eine Terrassentür einen Spalt offen stand. Ihr Patient schien noch zu schlafen. Schnell ging sie zu den Terrassentüren und zog die Vorhänge auf, wobei ihr auffiel, dass die Verdunkelung nicht ganz geschlossen war. Sie wunderte sich kurz darüber, sagte sich dann aber, dass der Lichtstrahl den Frischoperierten kaum gestört haben dürfte. Nach einer Lidstraffung waren seine Augen ohnehin abgedeckt. Sie drehte sich um und sah zum Krankenbett hinüber.

»Guten Morgen, Herr Minkowitz«, sagte sie freundlich. »Sind Sie schon wach?« War er etwa aufgestanden und hatte unter Einfluss eines Restes seiner Narkose die Terrassentür geöffnet? Wann hatte der Pflegedienstleiter seinen letzten Kontrollgang gemacht? »Wie geht es Ihnen heute?« Herr Minkowitz antwortete nicht, lag noch in tiefem Schlaf. Das war einerseits gut, andererseits musste sie Fieber messen und seine Blutdruckwerte in die Tabelle eintragen. »Möchten Sie etwas trinken? Ich habe Ihnen Zitronenstäbchen und frischen Tee mitgebracht.«

Herr Minkowitz rührte sich nicht.

Erst jetzt bemerkte Elisabeth die Stille im Zimmer. Nicht einmal der Atem des Patienten war zu hören. Ihr Herzschlag beschleunigte sich. »Herr Minkowitz?«

Der Patient zeigte keine Reaktion. Sein Kopf war zur Seite geneigt, und die Bettdecke, die bis unter sein Kinn hochgezogen war, hob und senkte sich nicht. Der Körper wirkte so leblos wie der eines Toten.

Elisabeth wurde nervös.

Was, um Gottes willen, war passiert? Sebastian hatte die Nachtwache gehalten und bestimmt in regelmäßigen Abständen nach seinem Patienten gesehen und dessen Funktionen überprüft. Wenn er zu irgendeinem Zeitpunkt nicht ansprechbar gewesen wäre, hätte Sebastian umgehend einen Arzt alarmiert. Soweit Elisabeth wusste, hatte es in der Klinik noch nie einen Narkosezwischenfall gegeben – oder überhaupt eine Komplikation.

Mit schnellen Schritten durchquerte sie das Krankenzimmer. Vielleicht war es ja für Hilfe noch nicht zu spät. Sie trat ans Bett und schaltete die Neonleuchte am Kopfende ein. Flackernd sprang das blaue Licht an. Ein kalter Schein fiel auf den dick verbundenen Kopf und die winzigen Löcher vor Augen, Nase und Mund. In seiner Reglosigkeit erinnerte er an die Maske einer mit Binden umwickelten ägyptischen Mumie. Wenn da nicht der dicke Strom eingetrockneten Blutes gewesen wäre, der aus der Mundhöhle gequollen war und sich über den Kiefer ergossen hatte. Darunter war das Kopfkissen von einem Blutsee gezeichnet.

Fassungslos ließ Elisabeth ihren Blick weiterwandern.

Herrn Minkowitz' Arme lagen so ordentlich neben dem Körper, als hätte man ihren Besitzer bereits aufgebahrt. Die linke Hand war zur Faust geballt, und der Handrücken war dort, wo gestern noch der Infusionszugang gelegen hatte, bläulich verfärbt. Etwas Weißes ragte zwischen den verkrampften Fingern hervor. Auf dem rechten Unterarm zeichneten sich ein paar runde helle Flecke ab.

In ihrem Beruf als Krankenschwester hatte Elisabeth schon viele Tote gesehen. Alte, kranke und auch junge Menschen, die ein schrecklicher Unfall aus dem Leben gerissen hatte. Immer war ihr der Tod als etwas Natürliches erschienen, etwas, das mit dem Leben zu tun hatte. Bedauerlich, aber unausweichlich und akzeptabel. Der Anblick der vermummten Leiche aber erschreckte und entsetzte sie. Noch vor wenigen Stunden hatte sie ihren Patienten wohlauf gesehen. Es war ein Routineeingriff gewesen. Er war erfolgreich verlaufen. Niemand hatte mit dem Ableben des Patienten gerechnet. Was bedeutete dann das Blut?

Und vor allem – woher kam dieser ekelerregende Geruch, der das Krankenzimmer verpestete?

Elisabeth kämpfte gegen den Brechreiz. Als sie sich wieder gefangen hatte, zog sie ihr Handy aus der Kitteltasche und drückte auf die Eins. Es läutete zweimal, dann wurde abgenommen.

»Todorov?« Die Stimme klang sachlich und bestimmt.

»Frau Doktor, hier ist Elisabeth«, flüsterte sie. Zum ersten Mal im Leben sprach sie in Gegenwart eines Toten so leise. »Ich glaube, der Herr Minkowitz – ist tot.« Sie wartete die Antwort nicht ab, sondern drückte die Austaste. Dann stürzte sie ins Bad und übergab sich.

ZEHN

Der Morgen war wolkenverhangen und nass, und diesmal wehte dazu ein eiskalter Wind. In der Luft lag eine neue Schärfe, und als Simon Becker mit gesenktem Kopf zur Kapelle hastete, sammelten sich weiche weiße Flocken auf seine Wimpern. Auf den Wiesen neben dem abgesperrten Weg lag ein grauer Schleier, und auf dem Dach über dem ungeheizten Kirchenschiff hatte sich bereits eine dünne Schneedecke gebildet. Simon kniff die Augen gegen die schmelzenden Eiskristalle zusammen und beschleunigte seine Schritte.

»*Herr Becker!*«, tönte Steingrubers Stimme hinter ihm.

Simon drehte sich um und sah den alten Gärtner bedächtig durch den Schneeregen auf sich zukommen. Am Halsband hielt er den breit hechelnden Lupo. Der Wetterfleck des alten Mannes hing in schweren Falten herunter, und das Fell des Hundes klebte an dessen langen Knochen. Das Tier sah aus, als gehörte es zum Tross von Dürers apokalyptischen Reitern. Mann und Hund waren offensichtlich schon länger im Regen unterwegs. Er schien ihnen nichts auszumachen.

Becker steckte die Hände in die Jackentaschen und zog den Kopf tiefer in den Jackenkragen. »Lupo, komm her!«

»Herr Becker, Sie müssen besser auf Ihren Hund aufpassen«, rief Steingruber und ließ Lupo los.

Der Hund sprintete sofort voraus und sprang begeistert an seinem Herrn hoch. Als hätte er ihn eine Ewigkeit nicht gesehen und nicht die ganze Nacht am Fußende des Bettes geschlafen. Am Anfang ihres gemeinsamen Lebens hatte Simon ein paar halbherzige Erziehungsversuche gemacht, denen Lupo, ohne nachtragend zu sein, jedoch widerstanden hatte. Man hatte ihm den Tschechischen Wolfshund mit dem Hinweis überreicht, es handle sich bei der Rasse um eine Kreuzung aus Schäferhund und Wolf. Es war eben das Wolfsblut, das nach Freiheit strebte, sagte sich Simon stets mit Erleichterung und mit schlechtem Gewissen zugleich.

»Was hast du wieder angestellt?«, fragte Simon den Hund streng, mehr um Steingruber seine Kooperationsbereitschaft zu signalisieren als um Lupo zu tadeln. Der Hund gab keine Antwort, setzte sich brav und machte eine Dienstmiene.

»Die Frau Fernau hat mich gerufen«, sagte Steingruber und blieb in ein paar Metern Entfernung stehen. »Der Hund war in ihrer Küche.«

Simon schwante nichts Gutes. »Ach ja?« Er hakte einen Finger in den Ring an Lupos Halsband. Der Hund winselte und zog zur Kapellentür. Anscheinend wurde ihm jetzt doch kalt.

Steingruber grinste. »Die Fernaus haben keinen Schinken zum Frühstück mehr«, sagte er. »Ist ja eigentlich egal.« Aber dann wurde er ernst und fügte hinzu: »Die Straße ist gesperrt, und bei dem Wetter kann kein Hubschrauber landen. Wäre besser, wenn Ihr Hund nicht auch noch unsere Vorräte fressen würde. Das macht die Leute nervös.«

»Wann wird die Straße denn wieder befahrbar sein?«, erkundigte sich Simon und bemühte sich, den Hund zu halten, der gerade versuchte, aus seinem Halsband zu schlüpfen.

»Kommt drauf an, wie viel Fels abgegangen ist«, sagte Steingruber und zeigte zum grauen Himmel hinauf. »Und natürlich aufs Wetter. Also das sieht mir doch schwer nach Schnee aus.« Er bemerkte Simons Miene. »Ein später Wintereinbruch ist nichts Ungewöhnliches hier.«

»Schön, aber wie lange kann das dauern?«

Steingruber zuckte die Schultern. »Eine Woche? Zwei?«

»So lange habe ich auf alle Fälle hier Arbeit«, sagte Simon erleichtert. »Ich passe besser auf Lupo auf.« Wie auf ein Stichwort riss Lupo sich los, sprang auf die Kapellentür zu und kratzte wie verrückt an den alten Eisenplatten.

Steingruber sah aus, als wollte er etwas dazu sagen, aber dann nickte er nur und wandte sich zum Gehen.

Simon stürzte hinter Lupo her, ehe der Hund die mittelalterliche Türverkleidung nachhaltig beschädigen konnte, und zog ihn am Halsband zurück.

»Du kommst an die Kette«, zischte er, fischte den schweren schmiedeeisernen Schlüssel aus der Tasche und drehte ihn zweimal im Schloss. »Deine eigene Schuld.« Er stieß die Tür ein Stück auf und gab Lupo einen Schubs.

Der Hund machte Anstalten, über die Schwelle zu springen, doch dann verharrte er mitten in der Bewegung. Ein tiefes Grollen stieg aus seiner Kehle auf.

»Übertreib's nicht«, sagte Simon. »Los, geh weiter.«

Der Hund duckte sich und sträubte das Nackenfell. Mit witternder Nase starrte er abwechselnd in die Kapelle und hinter Steingruber her, dessen Gestalt sich durch den Regen in einem eigenartig schwankenden Gang entfernte. Offenbar wollte er nun doch lieber mit dem alten Mann mitlaufen, als den Vormittag unter einer Kirchenbank zu verbringen.

»Geh weiter«, sagte Simon und stieß die Kapellentür zur Gänze auf. Lupo knurrte und fletschte die Zähne, rührte sich nicht. »Voran, habe ich ...« Er brach ab.

Während die Bankreihen wie immer im Dunkeln lagen, war der Altarraum erleuchtet. Die beiden armdicken weißen Kerzen auf dem Altar brannten, und ihr Flackern warf zuckende Lichter bis in das Deckengewölbe hinauf. Das grobschlächtige Gesicht des ans Kreuz genagelten Christus blickte auf einen kleinen Gegenstand hinab, der zwischen den Kerzen auf einer Spitzendecke lag. Zum ersten Mal, seit Simon die Figur gesehen hatte, wirkte sie voller Leben.

»Was ist denn das?«, flüsterte Simon.

Lupo setzte sich und hob die Schnauze zum Himmel. Sein Wolfsgeheul hallte schauerlich durch das Kirchenschiff, verbreitete sich zwischen den Bänken und wurde von den grob verputzen Wänden zurückgeworfen.

Simon schenkte dem Hund keine Beachtung mehr. Langsam und wie magisch angezogen folgte er dem Mittelgang zwischen den staubigen Bänken. Die Kerzen flackerten im Luftzug, der durch die noch immer offene Kapellentür strich. Vor dem Altar blieb er stehen. Der Geruch nach heißem Wachs und verbranntem Staub stieg ihm in die Nase.

Auf der Altardecke, mit Spitzen besetzt und makellos weiß, ruhte ein kleiner glitzernder Gegenstand. Er war nicht länger als ein Finger und aus Glas. Vom warmen Kerzenschein angestrahlt, leuchtete sein Messingverschluss wie pures Gold. Es war das Fläschchen, das Simon zwischen den Falten des Leichentuches gefunden hatte und das aus der verschlossenen Krypta verschwunden war. Simon zwinkerte, als könnte er damit den unwirklichen Anblick vertreiben.

Lupo fing an zu bellen.

Simon trat vor und nahm das Fläschchen in die Hand. Kein Zweifel, es war die Phiole, die er vorletzte Nacht bei der Mumie gefunden hatte. Er erkannte es an dem groben Klumpen Siegellack, der es dicht verschloss. Der feste Inhalt schimmerte im Kerzenschein. Bräunlich? Nein, eher rötlich. Vorsichtig schüttelte Simon das Fläschchen – und da geschah es. Die Masse bewegte sich, verflüssigte sich, zog blutige Schlieren über das alte Glas. Vor Schreck hätte Simon das Fläschchen fast fallen lassen. Er wollte es zurücklegen, aber seine Glieder waren wie eingefroren.

Die Kapellentür wurde ganz aufgestoßen, ein kalter Luftzug wehte durchs Kirchenschiff, und schwere Schritte näherten sich polternd auf dem Mittelgang.

»Wieso steht die Tür offen?«, rief Steingruber. »Das Wasser läuft schon über die Platten und ...« Er brach ab.

Simon drehte sich um und hielt das Fläschchen hoch.

Steingruber starrte auf Simons Hand, und seine Augen weiteten sich. »Heilige Maria«, flüsterte er und bekreuzigte sich hastig. »Ein Wunder ist geschehen.« Er fiel auf die Knie, senkte den Kopf auf die gefalteten Hände und fing an, vor sich hin zu murmeln. Seine Schultern bebten, und seine Stimme stieg hinauf und erfüllte den Altarraum.

Simon dagegen hatte seinen ersten Schreck überwunden. Er war weder religiös noch abergläubisch, und bisher hatte ihn seine Berufserfahrung gelehrt, dass jede noch so mysteriöse Erscheinung am Ende mit wissenschaftlichen Methoden zu erklären war. Vielmehr beunruhigte ihn die Tatsache, dass jemand Zugang zur Kapelle und zur Krypta zu haben schien und dort sein Unwesen trieb.

»Kennen Sie dieses Fläschchen?«, fragte Simon.

Steingruber hob das Gesicht von den Händen, murmelte

noch ein paar Worte und öffnete dann die zusammengepressten Augen. »Das ist ein Blutwunder«, flüsterte er.

»Ein Blutwunder?«

»Das Blut von der Maria Gruberin«, sagte der Alte und erhob sich mühsam von den Steinplatten. »Das ist da drin.« Er wirkte erschöpft und glücklich zugleich.

»Und wer ist Maria Gruberin?«

Der Blick des Alten wurde mitleidig. »Sie haben das Mädel doch selbst gefunden«, sagte er und zeigte auf die Sperrholztür, die den Eingang zur Krypta verschloss. »Da unten liegt sie, ermordet von einem ungläubigen Pöbel.«

»Etwa die Mumie?«, fragte Simon. Die Folterspuren fielen ihm ein, die alten und die frischen Wunden. »Sie meinen, die Frau ist – von einem Mob erschlagen worden?« Das passte zu den Verletzungen.

Steingruber nickte grimmig. »Hingerichtet, heißt es in den alten Aufzeichnungen«, sagte er. »Und dass man Blut von ihr aufbewahrt hat. War damals üblich.«

»Ich weiß«, sagte Simon. Gliedmaßen, Fett und Knochen von Hingerichteten hatte der Henker oft zu Heilzwecken verkauft. Genauso wie man ihn bei Verletzungen lieber in Anspruch genommen hatte als einen der studierten Kurpfuscher. Wer sachgerecht folterte und die Delinquenten im Anschluss wieder gesund zu pflegen hatte, verfügte über anatomische Kenntnisse und konnte nicht nur Brüche wieder einrichten.

Simon hob das Glas in Augenhöhe, schwenkte es und beobachtete, wie das Blut darin schwappte. Es war eingetrocknet gewesen. So weit, so natürlich. Als er das Fläschchen gefunden hatte, war das Blut fest gewesen. Erst in seinen Händen hatte es sich wieder verflüssigt. Dafür gab es keine Erklärung. Aber er hatte den Vorgang mit eigenen Augen beobachtet. *Und warum blutet ein seit Jahrhunderten toter Mensch?* Simon spürte, wie sein Mund trocken wurde. »Wann ist diese Maria denn gestorben?«

»Sie war eine von der Kinderbande vom Zauberer Jackl.«

»Also vor gut dreihundert Jahren.«

Steingruber nickte stumm.

Auch das passte auf den angenommenen Todeszeitpunkt und

die Art ihres Totenhemdes. Simon ließ das Glas sinken. »Ich werde das hier ins Labor schicken«, sagte er. »Wenn die Straße wieder frei ist.«

Steingruber ballte die Fäuste. »Das ist eine Reliquie«, brüllte er. »Die bleibt in der Kirche, du *Boandlkramer*, du!«

»Wie bitte?«

»Du *Knochenkramer* – es ist ein Blutwunder geschehen!«

»Die Substanz hat sich vor meinen Augen verflüssigt«, sagte Simon, »und ich muss wissen, warum.« *Und warum eine Tote blutet.* Aber von diesem Phänomen schien Steingruber nichts zu wissen, und Simon hatte auch nicht vor, seine Entdeckung an die große Glocke zu hängen. »Lassen Sie mich einfach meine Arbeit machen.«

Steingruber reckte den Kopf vor. »Das ist Frevel.«

Simon ignorierte den Einwand. »Gibt es irgendwo noch Aufzeichnungen über den Fall?«, fragte er.

Steingruber hatte anscheinend nicht zugehört. Mit zusammengepresstem Mund starrte er auf den Christus am Kreuz und nickte mehrmals, gerade so, als hielte er Zwiesprache mit seinem Heiland und wollte ihm ein Versprechen geben.

Simon verlor die Geduld. »Ich behalte das hier vorerst«, sagte er und hielt das Fläschchen hoch.

Steingruber wandte ihm das Gesicht zu. »Das Blut bleibt in der Kapelle«, sagte er böse. »Bei der Heiligen.«

»Nein, tut mir leid, ich muss es sicherstellen.«

Steingrubers Miene verdüsterte sich. »Machen Sie, was Sie wollen«, sagte er. »Es wird nichts ändern. Die Maria ist zurück und verlangt Gerechtigkeit. Wir werden alle sterben.«

Lupo, der sich zunächst unter einer Bank verkrochen hatte, stand jetzt neben der Tür und bellte in den Regen hinaus.

»Das ist doch Aberglaube«, sagte Simon genervt.

»Wenn die Maria von den Toten aufersteht«, sagte Steingruber so sachlich, als verkündete er eine allgemein bekannte Tatsache, »geht statt ihrer ein anderer ins Grab.« Er nickte, als wollte er seinen Worten Nachdruck verleihen.

Ein Geräusch an der Tür lenkte Simon von dem Disput ab, und als er sich umdrehte, sah er, dass Dr. Todorov gekommen war und gerade ihren Schirm ausschüttelte und an den Türstock lehnte. Sie trug einen weißen Wollmantel und ein buntes Seidenkopftuch und wirkte in dieser Dorfkapelle wie vom Himmel gefallen. Ungeachtet der laut geäußerten Proteste Steingrubers ließ Simon das Fläschchen in die Jackentasche gleiten und ging ihr entgegen.

»Guten Morgen, Frau Doktor«, sagte er.

Sie nickte, und Simon bemerkte, wie blass sie war. Ihre dunklen Augen waren wie schwarze Löcher in dem bleichen Gesicht, und ihr Mund war zu einem Strich zusammengekniffen. Ehe sie seinen Gruß erwidern konnte, drängte sich Steingruber an Simon vorbei und stürmte mit wehenden Mantelfalten aus der Kirche. Mit einem dumpfen Knall schlug die metallbeschlagene Tür hinter ihm zu.

Frau Todorov sah ihm irritiert nach, dann erfasste ihr Blick Simon und die brennenden Kerzen auf dem Altar. »Feiern Sie etwa schon die Totenmesse?«, fragte sie entgeistert.

»Die Kerzen brannten schon bei meiner Ankunft«, sagte Simon. »Und wieso Totenmesse?«

Dimitra Todorov ging zur ersten Bankreihe und ließ sich schwerfällig auf den schmalen Holzsitz fallen. Zum ersten Mal fragte sich Simon, wie alt sie eigentlich war. Bei ihrem ersten Zusammentreffen war sie ihm jugendlich und agil vorgekommen. Jetzt wirkte sie wie eine alte Frau.

»Es ist etwas passiert«, sagte sie und riss sich das Seidentuch vom Kopf. »Wir haben einen Toten.«

Simon brauchte ein paar Sekunden, bis er den Inhalt ihrer Worte begriff. »Hat es einen Unfall gegeben?«

Sie legte den Kopf in den Nacken und richtete den Blick auf den ans Kreuz geschlagenen Christus. »Ich weiß nicht«, sagte sie leise. »Es gibt keine Erklärung.«

Simon spürte ein Kratzen im Hals. *Wenn die Maria von den Toten aufersteht, geht statt ihrer ein anderer ins Grab.* Das Fläschchen mit dem Blut wog schwer in seiner Tasche. Er räusperte sich und fragte: »Was ist denn passiert?«

Dimitra Todorov wandte ihm ihr Gesicht zu. »Ein Patient von mir«, sagte sie. »Ich habe ihn gestern Abend operiert, ein

Routineeingriff.« Sie holte tief Luft. »Heute Morgen hat ihn die Schwester tot in seinem Bett gefunden.«

Das Fläschchen war heiß, schien Löcher in Simons Jacke zu brennen. Er verdrängte den Gedanken an seine Anwesenheit. Steingrubers Worte hatten ihn irritiert. »Könnte das nicht eine Folge der Operation sein?«, fragte er in sachlichem Ton.

»Keinerlei Komplikationen, alle Werte in Ordnung.«

Simon zuckte die Schultern. »Ich bin kein Arzt.«

»Ärzte gibt es hier oben genug«, sagte sie. »Was wir brauchen, ist ein Kriminologe.«

»Wie bitte?«

»Adam Minkowitz ist möglicherweise erstickt worden.«

Simon konnte sie nur anstarren.

»Ich habe ihn untersucht«, sagte Dimitra Todorov. »Die Einblutungen an den entsprechenden Stellen sind unübersehbar. Verstehen Sie? Jemand könnte meinen Patienten ermordet haben.«

»Haben Sie schon die Polizei gerufen?«

Dimitra Todorov verzog den Mund. »Nein, und das habe ich auch nicht vor.« Sie zögerte, dann setzte sie hinzu: »Ich würde die Sache gerne intern klären, bevor ich die Pferde scheu mache. Vielleicht täusche ich mich ja auch.« Ihr Tonfall sagte jedoch, dass sie das für unwahrscheinlich hielt.

Simon traute seinen Ohren nicht. »Sie wollen einen Mord – wenn es denn einer ist – nicht zur Anzeige bringen?«

»Doch, selbstverständlich«, erwiderte sie hastig. »So bald wie möglich! Aber im Augenblick sind mir die Hände eben gebunden. Wir sind nicht erreichbar, und ich werde den Ruf meiner Klinik nicht leichtfertig aufs Spiel setzen. Erst muss ich alle Fakten kennen. Und bis dahin werden wir alle, die wir hier oben sind, Stillschweigen bewahren.« Sie sah ihn eindringlich an. »Verstanden?«

»Aber ...«

»Das war keine Frage«, sagte sie. »Ich verlange, dass bis auf Weiteres keine Informationen nach außen dringen. Kein Handyanruf bei Polizei oder Presse, keine Internetnachricht.«

»Das ist doch Wahnsinn!«

Sie musterte ihn eine Weile, und als sie zu sprechen fortfuhr, schwang eine unterschwellige Drohung in ihrer Stimme mit: »Sie wollen doch hier ungestört arbeiten – und Ihren wissenschaftlichen Ruhm vermehren, oder? Um nichts anderes geht es Ihnen doch hier.«

Simon kniff den Mund zusammen. Er hatte sie keine Sekunde täuschen können, natürlich hatte sie seine Motive durchschaut. Auch sie war Wissenschaftlerin und würde eine neue Operationsmethode nicht ohne Weiteres preisgeben. So wie er alle Informationen zu Mara bis zum Abschluss seiner Forschungen für sich behalten wollte. Sein Stillschweigen über einen Mord war jedoch ein zu hoher Preis. *Und was ist mit der blutenden Mumie? Und deiner Habilitation, du Idiot?*

Simon fuhr sich mit der Hand durchs Haar. Machte es denn wirklich so einen großen Unterschied, ob die Polizei ein paar Tage früher oder später ihre Untersuchungen aufnahm? Schließlich saßen sie alle hier oben fest – und unter ihnen auch der Täter. Fluchtgefahr bestand also nicht. Wenn es denn überhaupt einen Mord gegeben hatte. Dr. Todorov schien da gar nicht so sicher zu sein.

Simon räusperte sich. »Was wollen Sie?«

Auf Dimitra Todorovs Gesicht erschien ein herablassendes Lächeln. Sie hatte seine Gedanken gelesen. »Sie haben doch ohnehin mit der Untersuchung eines Tötungsdeliktes zu tun.« Sie deutete mit dem Kinn auf den Mauerdurchbruch zur Krypta. »Dieser – mögliche – Mord ist nur jüngeren Datums. Vielleicht könnten Sie es einfach als Erweiterung Ihres Auftrags betrachten? Natürlich gegen ein entsprechend großzügiges Honorar. Ich versichere Ihnen, Sie werden zufrieden sein – ich bin nicht kleinlich.« Seine ablehnende Miene musste wohl Bände sprechen, denn sie setzte kühl hinzu: »Natürlich erhalten Sie weiter uneingeschränkten Zugang zu der Mumie.«

»Ich arbeite im öffentlichen Auftrag.«

»Keine Frage«, sagte Dimitra Todorov. »Aber Sie wissen ja, wie das mit dem Aberglauben in so einer abgeschiedenen Gegend ist. Niemand will eine Hexe in seiner Umgebung. Was, wenn jemand den Körper zerstört – oder entwendet und auf unserem

Friedhof bestattet?« Sie ließ die Worte auf ihn wirken. »Sie verstehen meine Bedenken um die Sicherheit der Mumie, nicht?«

Simon brauchte ein paar Augenblicke, um sich von dem Schreck zu erholen und den Ärger über ihre Erpressung zu unterdrücken. Ein paar Stunden im feuchten Erdreich genügten, um die Mumie und damit seinen wertvollen Beitrag zur Wissenschaft zu zerstören. Eine Ärztin wusste das ganz genau. »Ich bin Kriminal*biologe*«, sagte er schließlich in einem letzten Versuch, ihr Ansinnen abzuwehren.

»Wollen Sie mit einem Mörder unter einem Dach leben?«

»Nein, natürlich nicht.«

»Wollen Sie für ein weiteres Verbrechen verantwortlich sein? Wer weiß, was dieser Irre noch im Sinn hat?« Sie wedelte mit ihrem Seidentuch. »Jemand will mich ruinieren! Wenn wir der Polizei den Mörder übergeben können, geht das Ganze vielleicht ohne großes Aufsehen ab.«

»Ich denke darüber nach.« Aber Simon wusste, dass er es tun würde. »Vielleicht war es ja gar kein Mord.« Dann brauchte er auch kein schlechtes Gewissen wegen seines vorläufigen Schweigens zu haben. Wenn er es recht bedachte, war der von Dr. Todorov vorgeschlagene Weg der unter diesen Umständen einzig richtige. »Na gut, ich versuche mein Bestes. Aber ich kann für nichts garantieren.«

»Mehr kann ich nicht verlangen.« Dimitra Todorov nickte zufrieden, wandte sich wieder dem grob geschnitzten Christus zu. Eine Weile war nichts zu hören als das Rauschen des Regens hinter den Kirchenfenstern und das Knistern der Kerzendochte. Endlich räusperte sie sich und sagte leise: »Wissen Sie, was ich mich frage?« Sie wartete seine Antwort nicht ab, sondern fuhr fort: »Ich kenne alle Bewohner hier schon lange. Bella, Charlie, Clemens, Steingruber und all die anderen. Für jeden hätte ich bis gestern die Hand ins Feuer gelegt.« Sie sah ihm direkt ins Gesicht. »Nur von Ihnen weiß ich nichts.«

Ein Scharren war auf den Steinplatten zu hören. Lupo war aufgestanden und kam den Mittelgang entlanggetrottet. Er setzte sich neben seinen Herrn und schnüffelte an der Tasche mit dem Glasfläschchen. Anscheinend konnte er das Blut durch den dicken Wachsstoff riechen. Der Gedanke schoss Simon durch den Kopf, dass der Wolfshund ihn schützen würde. Egal, wer – oder was – es auf ihn abgesehen haben könnte. Und die anderen Schlossbewohner? Dimitra Todorov hatte recht. Wenn ihr Patient wirklich ermordet worden war – woran Simon durchaus Zweifel hatte –, dann war sein Mörder unter den Menschen im Schloss zu suchen. Die nach Steingrubers Wetterprognose noch mindestens eine Woche festsaßen und keinen Ausweg hatten. Nun gehörte auch er zu ihrer Schicksalsgemeinschaft.

Simon zog das Fläschchen aus der Tasche und hielt es in das Licht der Altarkerzen. Rotbraune Schlieren klebten darauf. Er schüttelte es ein wenig, und sofort liefen blutige Tränen über das Glas.

»Was ist das?«, fragte Dimitra Todorov argwöhnisch.

»Das Fläschchen lag bei der Mumie«, sagte Simon. »Anscheinend enthält es das Blut der Toten.«

»Unsinn«, sagte sie. »Dann wäre es eingetrocknet.«

»Als ich die Flasche gefunden habe«, sagte Simon nachdenklich, »war es das auch. Aber auf einmal hat sich das Blut verflüssigt.« Er ließ das Fläschchen sinken. »Gibt es dafür eine natürliche – eine *medizinische* Erklärung?«

Dimitra Todorov schüttelte den Kopf. »Selbstverständlich nicht«, sagte sie. »Da spielt Ihnen jemand einen Streich.«

Simon betrachtete die unversehrte schwarze Masse auf dem Messingverschluss, das kleine eingeritzte Kreuz. Unmöglich, dass jemand das Fläschchen geöffnet und seinen Inhalt ausgetauscht hatte. »Die Flasche ist versiegelt«, sagte er resigniert. »Ihr Herr Steingruber scheint recht zu haben – es ist ein Blutwunder geschehen.« Solange er keine wissenschaftliche Erklärung für das Phänomen gefunden hatte, musste er diese These erst einmal so stehen lassen. *Du Boandlkramer, du.* Machte der Alte ihn etwa dafür verantwortlich, dass der Tod auf dem Schloss Einzug gehalten hatte? *Boandlkramer* – lächerlich.

»Dies ist eine Klinik«, sagte Dimitra Todorov scharf und stand auf. »Hier ist kein Platz für Aberglauben und Hokuspokus. Wir haben einen Toten, und ich wäre Ihnen sehr verbunden, wenn Sie mir einen Vorschlag zur weiteren Vorgehensweise machen würden.« Sie warf sich ihr Seidentuch über den Kopf und verknotete es unter dem Kinn. Die energische und abschließende Geste stand in Widerspruch zu ihrer sorgenvollen Miene.

Simon holte Luft, dann sagte er: »Gut, ich werde mir Ihren Toten ansehen – aber versprechen Sie sich nicht zu viel davon. Ich bin kein Rechtsmediziner, Frau Doktor.«

»Mehr kann ich nicht verlangen«, sagte sie sachlich. »Danke.« Ein trauriges Lächeln huschte über ihr Gesicht. »Noch etwas – lassen wir doch das Frau Doktor. Einfach Dimitra, bitte. Wir sitzen ja jetzt im selben Boot.« Damit drehte sie sich um und ging zwischen den Bankreihen zur Tür.

Simon sah ihr nach.

Dimitra hielt sich sehr gerade, ihre Absätze knallten auf den Marmorplatten wie Pistolenschüsse. Mit dem erhobenen Kopf und den gestrafften Schultern erinnerte sie Simon an einen General, der in die Schlacht zieht. Ihr Mut und ihre Entschlossenheit, den Kampf gegen einen Mörder in ihren Reihen aufzunehmen, beschämten ihn. Fast hätte er ihr ihre schamlose Erpressung nachgesehen. Aber eben nur fast. Denn ihre Kälte und Rücksichtslosigkeit gaben ihm auch zu denken. Was, wenn tatsächlich ein Mord stattgefunden hatte und sie sein Stillschweigen und seine Mitarbeit verlangt hatte, um jeden Verdacht von sich selbst abzulenken?

»Lupo«, sagte Simon in Gedanken eher zu sich als zu seinem Hund. »Ich glaube, wir müssen ab jetzt sehr aufpassen. Auf uns und auch auf Mara.« Er sah zu Lupo hinunter. »Oder was meinst du?«

Lupo hörte ihm aufmerksam zu. Seine Ohren waren gespitzt, über das eisengraue Fell zuckten Licht und Schatten, und in seinen gelben Augen spiegelten sich die Flammen der Altarkerzen. Nie hatte er Simon mehr an den bösen Wolf aus dem Märchen erinnert.

ELF

Das Erste, was Simon im Krankenzimmer auffiel, war der Geruch. Diese Mischung aus Staub, feuchten Fasern und Verwesung. Dick und klebrig überlagerte sie alle für ein Krankenhaus typischen Gerüche. Man hatte wohl die Fenster eine Zeit lang geöffnet, denn es war kalt, und Sebastian, der neben dem Krankenbett stand, trug eine Daunenweste über seiner weißen Dienstkleidung. Als Simon und Dimitra das Zimmer betraten, hob er den Kopf und blickte ihnen entgegen. Seine Hände lagen auf dem Metallgitter, das die Seiten des Bettes sicherte. Dahinter wölbte sich die Bettdecke. Auf dem Nachttisch neben dem Kopfende stand eine Metallschale, auf der sich gebrauchtes Verbandsmaterial türmte, verklebte Gaze und Mulltupfer. Anscheinend war dem Toten der Gesichtsverband zur Untersuchung bereits abgenommen worden.

»Ich nehme an, du kennst unseren Pflegedienstleiter Sebastian Michels«, sagte Dimitra zu Simon. »Schwester Elisabeth hat den Toten gefunden, sie ist nervlich aber sehr mitgenommen. Ich habe ihr ein Beruhigungsmittel gegeben.«

Simon selbst Sebastian vorzustellen, hielt sie anscheinend nicht für nötig. Eine Unhöflichkeit, die Simon auffiel.

In Sebastians Miene spiegelte sich Überraschung. Sein Blick huschte zwischen Dimitra und Simon hin und her. Ob er sich fragte, warum seine Chefin den Mumienspezialisten beigezogen hatte, oder wunderte, dass sie ihn duzte, war nicht ersichtlich.

»Grüß Gott, Herr Becker«, sagte er förmlich und stellte damit seine Beziehung zu Simon klar.

»Halten Sie hier Wache?«, fragte Simon.

»Sozusagen.«

»Seit wann?«

»Ich wurde gegen halb acht alarmiert.«

Simon nickte. Jetzt war es fast neun. Dimitra hatte also keine Zeit verloren, sich an ihn zu wenden und ihn um Hilfe zu bitten – als wäre diese Vorgehensweise der nächste Schritt in einem

Plan gewesen. Er verdrängte den verstörenden Gedanken. Was hätte sie sonst tun sollen? Jeder andere Schlossbewohner kam als Mörder in Frage.

»War in der Zwischenzeit jemand hier?«, fragte Simon.

Sebastian warf Dimitra einen Blick zu. »Nur Dimmi.«

Dimmi, dachte Simon, *verstehe*. Er ging zum Kopfende des Bettes und nahm den Toten mit dem gleichen beruflichen Interesse in Augenschein, mit dem er die vor langer Zeit Verstorbenen, mit denen er täglich zu tun hatte, ansah. Man hatte die Bettdecke bis zur Brust hinuntergezogen, sodass die mit einem hellblauen Krankenhausnachthemd bedeckten Schultern, der Hals und der leicht zur Seite geneigte Kopf des Toten frei lagen.

»Wer ist das?«, fragte Simon.

»Adam Minkowitz«, sagte Dimitra. »Investmentbanker.«

Im Geist notierte sich Simon diesen Beruf. Wer mit dem Geld anderer Leute hantierte, machte sich leicht Feinde. Die Frage war nur, ob Adam Minkowitz das einzige Opfer dieser Attacke war. Oder ob dieser Mord einen ganz anderen Sinn hatte. *Wenn die Maria von den Toten aufersteht, geht statt ihrer ein anderer ins Grab.*

Simon verdrängte den verstörenden Gedanken und beugte sich zu dem Verstorbenen hinunter. Minkowitz' Gesicht war leicht gerötet, was ihm einen unheimlichen Anschein von Leben gab. Seine Nase war geschwollen, genau wie seine Augenlider. Die halb geöffneten Augen glitzerten, ohne erkennbare Pupille und rot wie die eines Albinos. Ein Strom von Blut hatte sich aus seinem Mund ergossen und das Kissen getränkt. Simon ließ seinen Blick weiter hinunterwandern. Der Hals, der aus dem hellblauen Nachthemd ragte, war von einem Ring blauer Flecke gezeichnet. Würgemale. Der Mörder musste viel Kraft aufgewendet haben, wenn das plötzliche Abschneiden der Luft derart massive Einblutungen im Auge verursacht hatte.

Simon richtete sich langsam auf. Dieser Tote verursachte bei ihm das gleiche Gefühl des Mitleids und des Entsetzens, das ihn in Gegenwart der jungen Frau in der Krypta überkommen hatte. Er würde sich nie an den Anblick des gewaltsamen Todes gewöhnen und an den Gedanken, was Menschen anderen Menschen antaten. Doch anders als bei der Mumie in der Krypta hatte er es hier nicht nur mit einem Mord zu tun, sondern auch mit einem sehr lebendigen Mörder. Einem, der unter den Schlossbewohnern zu suchen und ihm vielleicht heute schon begegnet war. Und dessen weitere Pläne er instinktiv fürchtete.

Simon wandte sich an Dimitra und stellte ihr, um seine aufgewühlte Gemütsverfassung zu verbergen, eine sachliche Frage. »Wann war die Operation?«

»Gestern Abend, um neunzehn Uhr«, sagte sie.

»Danach wurde er gleich hierhergebracht?«

Sebastian setzte zum Sprechen an, aber Dimitra schnitt ihm das Wort ab. »Wir haben einen Aufwachraum«, erklärte sie. »Herr Minkowitz war nach einer Stunde voll ansprechbar. Daraufhin wurde er auf sein Zimmer verlegt. Das ist so üblich, und das ist auch dokumentiert.«

Simon rechnete nach. »Ab einundzwanzig Uhr war er also hier«, sagte er. »Allein?«

»Der Nachtdienst sieht in regelmäßigen Abständen nach meinen Patienten«, sagte Dimitra. »Und natürlich hätte Herr Minkowitz auch jederzeit um Hilfe klingeln können. Soweit man mir berichtet hat, ist das nicht geschehen.«

Simon ließ den Blick über den Galgen wandern, der über dem Kopfende hing. »Der Klingelknopf ist da«, sagte er.

Dimitra runzelte die Stirn. »Natürlich ist er das.«

»Kann man den Alarm überhören?«, fragte Simon.

Sebastian zögerte. »Schon möglich«, sagte er dann.

Dimitra fuhr zu ihm herum. »Was soll das heißen? Meine Patienten müssen lückenlos überwacht werden. Du hattest persönlich die Verantwortung«, fauchte sie. »So kann ich nicht arbeiten. Das ist grob fahrlässig und unprofessionell. Du bist entlassen.«

Sebastians Miene wurde ausdruckslos. Nur ein Muskel, der auf seiner Wange zuckte, verriet seine Gefühle. Er trat vom Bett zurück, verschränkte die Arme hinter dem Rücken und starrte wortlos auf ein Bild im Goldrahmen an der gegenüberliegenden Wand, das eine Berglandschaft unter dräuenden Gewitterwolken zeigte. Simon schien die Reaktion der Klinikleiterin überzogen. Er hatte das Gefühl, als hinge etwas Unausgesprochenes im Raum und als wäre das noch nicht das Ende der Diskussion.

Die Schwingungen und Strömungen, die sich unter der glatten Oberfläche des Schlosses bewegten, irritierten ihn zunehmend.

»Gestern Abend um einundzwanzig Uhr«, sagte er zu Sebastian, »gab es also keinen Anlass zur Sorge?«

Sebastian nickte schweigend und ohne Simon anzusehen.

»Wann haben Sie die letzte Kontrolle gemacht?«

Sebastian zögerte. »Gegen vier Uhr«, sagte er.

»Und da war ebenfalls noch alles in Ordnung?«

»Denke schon.«

Dimitra stieß einen verächtlichen Laut aus. »Meiner Temperaturmessung nach«, sagte sie, »ist der Tod zwischen vier und sechs eingetreten. Genauer kann ich es nicht sagen, weil das Fenster einen Spalt offen stand und der Leichnam dadurch natürlich schneller ausgekühlt ist.« Sie blickte auf den Toten. »Und die Bettdecke war zurückgeschlagen.«

»Verstehe«, sagte Simon.

Es war eine stürmische und regnerische Nacht gewesen, mit einem Temperatursturz in den frühen Morgenstunden. Wer das Fenster mit Absicht offen gelassen hatte, um den Zeitpunkt seiner Anwesenheit zu verschleiern, hatte zumindest grundlegende medizinische Kenntnisse. Was in einer Klinik wohl auf die meisten Mitarbeiter zutraf. Vielleicht hatte der Mörder seine Tat sogar mit der Wettervorhersage abgestimmt. Und zu der hatte jeder Zugang.

»Was ist mit der Spurensicherung?«, fragte Sebastian.

»Wir sind abgeschnitten«, erwiderte Dimitra.

»Dann muss die Polizei mit dem Hubschrauber kommen.«

»Sieh mal aus dem Fenster«, sagte sie grimmig, aber Simon hatte das Gefühl, als käme ihr der Schlechtwettereinbruch gar nicht so ungelegen. Immerhin konnte sie jetzt die diskreten Nachforschungen anstellen lassen, an denen ihr so sehr gelegen war.

Simon wandte sich zu den Terrassentüren um. Der feine Graupelschauer, der ihn am Morgen vor der Kapelle hatte frösteln lassen, war in dichten Schneefall übergegangen. Eine weiße Wand lag hinter den Scheiben, umgab das Schloss, schottete es nun auch optisch von der Welt ab.

»Zehn Tage«, sagte Dimitra. »Mindestens.«
Simons Professionalität bekam die Oberhand. »So lange kann die Leiche unmöglich hier im Zimmer bleiben«, sagte er. »Bei der Temperatur verwest sie sehr schnell, vom Fliegen- und Madenbefall mal ganz abgesehen.«

»Wir sind doch keine Rechtsmedizin«, sagte Dimitra. »Natürlich gibt es hier keine Kühlfächer für Leichen.«

Sebastian räusperte sich. »Was ist mit der Krypta?«

»Was?« Simon traute seinen Ohren nicht. »Unmöglich.«

»Es ist der kühlste Platz«, sagte Sebastian. »Und Sie haben selbst gesagt, dass die Toten sich dort gut halten.« Die Befriedigung, sich gegen Simon auf dessen eigenem Terrain durchgesetzt zu haben, war unüberhörbar. Er hatte seine Position als Autorität im Haus behauptet.

Dimitra nickte. »So machen wir das«, sagte sie in abschließendem Ton. »Sebastian, geh und hol Steingruber. Den habe ich heute Morgen noch gar nicht gesehen.«

»Steingruber kommt heute gegen zehn«, sagte Sebastian.

Sie starrte ihn an. »Sein Dienstantritt ist um sieben.«

»Ich habe den Alten heute Morgen beim Frühstück in der Küche gesehen«, sagte Sebastian. »Er war völlig durch den Wind. Hat behauptet, er habe ein Gespenst gesehen, als er die Schlossbeleuchtung einschalten wollte. Eine Frau.« Er deutete mit dem Kinn zur Tür. »Draußen im Gang. Die Erscheinung hat ihn so erschreckt, dass er alles hat stehen und liegen lassen. Wenn du meine Meinung hören willst – der Mann ist zu alt für diese Arbeit. Wir brauchen einen neuen Hausmeister.«

Dimitra schüttelte den Kopf. »Darüber reden wir, wenn das alles hier vorbei ist«, sagte sie. »Steingruber übernimmt jedenfalls mit dir zusammen den Abtransport des Leichnams.« Sie wandte sich an Simon. »Wo können wir den Körper in der Krypta lagern?«

Simon resignierte. »Am besten auf einer der Marmorabdeckungen«, sagte er. »Die sind relativ kühl. Zusammen mit der trockenen Luft sollte das den Verwesungsprozess zumindest verlangsamen.«

Dimitra nickte Sebastian zu, und der verließ das Totenzimmer.

Sie wartete, bis sich die Tür hinter ihm geschlossen hatte, dann wandte sie sich an Simon. »Das war eine ausgezeichnete Idee – so können wir die Sache ohne großes Aufheben abwickeln. Natürlich werde ich alle Bewohner mit der gebotenen Pietät über diesen Todesfall informieren. Was wird bloß Julia dazu sagen?« Sie seufzte.

»Wer ist Julia?«

»Die Nichte von Charlotte Gimborn«, sagte Dimitra und runzelte die Stirn. »Und eine Freundin von Minkowitz. Mich wundert eigentlich, dass sie noch nicht aufgetaucht ist.«

Simon seinerseits wunderte sich über Dimitras sachlichen Umgang mit dieser Tragödie. Der Tod ihres Patienten schien ihr nicht besonders nahezugehen, zumindest hatte sie den Anfangsschock überraschend schnell überwunden. Wenn der Gedanke nicht absurd gewesen wäre, so hätte man fast meinen können, sie wäre erleichtert.

»Ich werde mit allen Bewohnern reden müssen«, sagte er.

Dimitra strich sich eine Haarsträhne aus dem Gesicht. »Darüber habe ich bereits nachgedacht«, sagte sie. »Wir sollten auch die Nachforschungen möglichst diskret angehen.« Sie überlegte. »Spielst du Tarock?«

»Ja, warum?«

»Wir treffen uns immer nach dem Abendessen im Kaminzimmer zu einer Kartenrunde«, sagte sie. »Komm doch heute dazu, und vielleicht fällt im Gespräch bereits ein nützlicher Hinweis. Abgemacht?«

»Ich habe lange nicht mehr gespielt«, sagte Simon. Nichts gab ihm das Recht, die Schlossbewohner einem Verhör zu unterziehen. Aber es war unumgänglich. Dabei würde es von seinem Geschick abhängen, ob er den Mörder finden konnte, ehe noch etwas geschah. »Ich werde mein Bestes geben.«

»Gut.« Dimitra sah auf die Uhr. »Dann rufe ich jetzt mal Bella an, damit sie das Personal informieren kann. Bevor Steingrubers abstruse Gerüchte noch die Runde machen.« Sie zog ihr Handy aus der Tasche, tippte eine Kurzwahl und hielt sich den Apparat ans Ohr.

Um sie nicht zu stören, drehte ihr Simon den Rücken zu und

ließ seinen Blick noch einmal über den Leichnam wandern. Und da sah er es. Ein kleines Stück Stoff leuchtete hell zwischen den verkrampften Fingern des Toten hervor. Adam Minkowitz musste es von der Kleidung seines Mörders abgerissen haben, während er um sein Leben kämpfte. Stammte es von einem Krankenhauskittel? Einer weißen Bluse? Einem Oberhemd? Simon beugte sich über die linke Hand des Verstorbenen, befreite das Stoffstück aus den leichenstarren Fingern und nahm es in Augenschein. Es war nicht gebleicht und glatt wie moderne Textilien. Sondern eher hellgrau und von Hand grob gewebt. Simon erkannte die Machart auf den ersten Blick. Und den modrigen Geruch, der ihm in die Nase stieg.

Dieses Stoffstück war vor Jahrhunderten von Hand gewebt worden. Und das Kleidungsstück, von dem es abgerissen worden war, lag nicht weit entfernt – in der Krypta.

Es war das Büßerhemd der Maria Gruberin.

ZWÖLF

Bis zum Abend hatte der Schneefall laufend an Heftigkeit zugenommen, und um halb zehn tobte ein wahrer Blizzard um das Schloss. Das Kaminzimmer, in dem sich die Tarock-Runde nach dem Abendessen versammelt hatte, wurde von ein paar im Raum verteilten Lampen erhellt. Im Kamin loderte ein kräftiges Feuer. Immer wieder zerbarsten die schweren Holzscheite krachend in seiner Hitze. Der Laut mischte sich in das eintönige Heulen des Windes hinter den zugezogenen Vorhängen der Terrassentüren.

Auf dem kleinen Tisch vor dem Kamin waren die Kerzen eines fünfarmigen Silberkandelabers entzündet worden. Ihr Schein fiel auf einen Teller mit Gebäck, eine Rotweinflasche und eine Wasserkaraffe und spiegelte sich in den langstieligen Gläsern. Zwei Kartenspiele waren Simon bei seinem Eintritt aufgefallen. Eines davon hatte Annabelle Laubenstein ohne nähere Erklärung in die Tasche gesteckt, das andere war ein Tarock-Spiel mit Jagdmotiven auf der Rückseite.

Zu dieser späten Abendstunde hatten sich außer Simon und Annabelle Laubenstein noch Dimitra Todorov und Clemens Fernau vor dem Kaminfeuer eingefunden. Charlotte Fernau war den ganzen Tag nicht aufgetaucht. Ihr Sohn hatte ihre Abwesenheit mit der Wetterfühligkeit seiner Mutter und einer heftigen Migräneattacke erklärt. Ob der Auslöser der plötzliche Kälteeinbruch oder der ungeklärte Todesfall war, ließ er offen.

Annabelle Laubenstein wurde durch Ziehen einer Karte zur Geberin erkoren. Sie mischte das Spiel routiniert und ließ Dimitra, die ihr gegenübersaß, abheben. Dann gab sie die Karten gegen den Uhrzeigersinn aus. Simon zählte sechs Karten für jeden, drei plus drei Karten in den Talon, und dann wieder sechs Karten für die Spieler. Er ertappte sich dabei, dass er sich trotz der Umstände freute.

»Ihre Vorhand, Herr Becker«, sagte Annabelle Laubenstein zu Simon, der zu ihrer Rechten saß. »Wir spielen keinen einfachen Rufer. Dafür hat jeder Spieler einen Solorufer vor Mitternacht und einen nach Mitternacht, ausgenommen den mit dem vierten König.« Sie lächelte wie um Entschuldigung bittend. »Schlossregeln.«

Simon nickte, warf einen Blick auf den Talon und musterte dann sein Blatt. Beim Tarock war es üblich, dass spezielle Regeln vereinbart wurden, besonders dann, wenn die Runde öfter zusammen spielte.

»Ich rufe«, sagte er. Niemand sagte: »Weiter«, alle entschieden sich fürs Spielen. »Dann rufe ich den Pik-König.«

Annabelle Laubenstein deckte den Talon langsam in zwei Dreiergruppen auf. Alle starrten auf den Tisch. Der Pik-König. Simon würde keinen stillen Partner in der Runde haben, sondern allein spielen. Es erschien ihm fast symbolisch. Er nahm den Stapel mit dem König und legte selbst drei Karten beiseite.

»Einer gegen alle«, sagte Clemens Fernau freundlich, und es klang so, als wenn er nicht nur das Spiel meinte.

»Du solltest Simon dankbar sein«, sagte Dimitra und sortierte ihre Karten um. »Immerhin hat er sich bereit erklärt, unseren Patienten vorübergehend in der Krypta aufzunehmen. Vielleicht hätte ich sonst wirklich die Polizei rufen müssen. Wäre dir das angenehm gewesen?«

»Was willst du damit sagen?«

»Dass du es warst, der Minkowitz auf die Station übergeben hat«, antwortete sie. »Dass der Zustand des Patienten unbedenklich war, kannst also nur du bezeugen. Ich habe Minkowitz nach der letzten Untersuchung nicht mehr gesehen, sondern dir vertraut.« Sie hob den Blick von ihren Karten. »Simon, dein Spiel.«

Simon legte die erste Karte auf den Tisch, alle gaben zu, und der erste Stich ging an ihn.

»Du behauptest doch jetzt nicht, dass ich etwas mit seinem Tod zu tun habe, oder?« Clemens Fernau funkelte Dimitra wütend an. »Ich komme meiner ärztlichen Sorgfaltspflicht immer nach.« Er warf eine Karte auf den Tisch.

»Adam Minkowitz war Banker«, sagte Dimitra.

»Und?«

Dimitra sammelte den Stich ein. »Der geht an mich«, sagte sie und legte die gewonnenen Karten vor sich hin. »Ich bin heute

Nachmittag noch einmal alle möglichen Unterlagen durchgegangen. Nur, um nichts zu übersehen. Wart ihr, du und deine Mutter, nicht Kunden seiner Bank?«

»Ich weiß nicht einmal, dass Minkowitz bei einer Bank gearbeitet hat«, sagte Clemens Fernau und ließ damit die Frage unbeantwortet. Er spielte aus, und die anderen gaben zu. »Ich dachte, er ist der Lover meiner Cousine und deswegen haben wir ihn zur OP hier gehabt. Wo ist sie übrigens?«

Annabelle Laubenstein nahm einen Schluck Wein und sah Dimitra an. »Frau Gimborn ist kein Gast von uns«, sagte sie, womit sie klarstellte, dass ihre Verantwortung als Hoteldirektorin an der Tür des Schlössls endete.

Dimitra betrachtete ihre Karten und überlegte. »Natürlich nicht«, sagte sie. »Das wäre ja noch schöner.« Sie warf eine Karte auf den Tisch. »Letzte Runde.«

Ein Windstoß fuhr um das Schloss, und die Lampen fingen an zu flackern. Annabelle Laubenstein zog die Brauen zusammen und sah sich um. »Ich habe Steingruber heute Morgen gebeten, neue Glühbirnen einzusetzen«, sagte sie hörbar verärgert. »Wahrscheinlich hat er es wieder vergessen.«

Simon legte eine Karte auf den Tisch und fragte sich, ob der alte Gärtner eigentlich der einzige Schlossbewohner war, den Minkowitz' Tod erschütterte. »Hat er schon immer auf dem Schloss gelebt?«, fragte er. »Steingruber, meine ich.«

Es war Clemens, der antwortete. »Ich glaube, sein Vater war Verwalter bei Tante Wally«, sagte er, »und Steingruber ist hier aufgewachsen. Aber ich habe ihn erst kennengelernt, als er vor ein paar Jahren wieder aufgetaucht ist. Es heißt, er ist sein Leben lang zur See gefahren.« Er sortierte zwei Karten in seiner Hand um und sang leise: »Meine Heimat ist das Meer, meine Freunde sind die Sterne ...« Er brach ab und zwinkerte Simon zu. »Wahrscheinlich hatte er zwischen Hamburg und Shanghai in jedem Hafen einen Schatz. Oder alles ist nur Dorfklatsch.«

Simon musste über Clemens' Scherz lachen, so absurd klang er im Zusammenhang mit dem Alten. Aber dann dachte er an Steingrubers eigentümlich schwankenden Gang, und die Geschichte kam ihm nicht mehr so unwahrscheinlich vor. »Warum ist er zurückgekommen?« Er legte eine Karte zu den anderen auf den Tisch.

Clemens zuckte die Schultern. »Die ganze Familie stammt aus der Gegend«, sagte er. »Und Steingruber ist ja mittlerweile auch zu betagt für die christliche Seefahrt. Ich glaube, er wollte einfach zurück zu seinen Wurzeln.« Er grinste. »Oder er ist doch nicht so seefest. Jedenfalls ist er ein alter Spinner.«

Simon sah, dass er die Runde gewonnen hatte, und sammelte die Karten ein. Dann nahm er sein Weinglas und ließ sich in den Sessel zurücksinken. »Er behauptet, heute in den frühen Morgenstunden eine Frau gesehen zu haben«, sagte er und schwenkte das Glas ein wenig. Das Feuer spiegelte sich in dem Wein und ließ ihn rot aufleuchten. »In dem Gang, der zu den Patientenzimmern führt.«

Dimitra schüttelte den Kopf. »Mit über achtzig sind die Augen nicht mehr so gut«, sagte sie. »Steingruber sieht Gespenster. Und er quält uns ständig mit seinem Aberglauben, stimmt's, Bella?«

Annabelle Laubenstein schenkte Rotwein nach, drehte die Flasche routiniert und stellte sie wieder ab. »Er steckt mein ganzes Personal an«, sagte sie. »Jetzt meint Heidi, sie hätte bei Dienstbeginn eine helle Erscheinung beim Gästehaus gesehen, und Elisabeth hat angeblich Grabesluft gerochen.« Sie griff nach ihrem Glas und trank einen Schluck Wein. »Ich wäre froh, wenn die Vorgänge im Schloss aufgeklärt wären, alles sich wieder beruhigt und wir zur Tagesordnung übergehen können.« Sie sah Dimitra an. »Du weißt, wie schwer es ist, für hier oben Personal zu bekommen, Dimmi. Diese Spukgeschichten erleichtern die Suche nicht.«

Dimitra nickte. »Das ganze Theater hat mit dem Fund der Mumie begonnen«, sagte sie grimmig. »Simon, du gibst.«

Simon nahm die Karten, mischte sie und schob sie Dimitra zum Abheben hin. Dann fing er an, auszuteilen. Er war gerade mit der ersten Runde fertig und hatte drei Karten in den Talon gelegt, als alle Lampen auf einen Schlag erloschen. Jetzt brannten nur noch die Kerzen des Kandelabers auf dem Sofatisch.

»Ist das etwa ein Stromausfall?« Dimitras Augen funkelten im

Kerzenschein. »Verdammtes Wetter! Clemens, wieso springt das Notstromaggregat nicht an?«

Clemens stand auf. »Ich sehe mal in der Halle nach«, sagte er. »Wir müssten gleich wieder Licht haben.«

»Bestimmt hat Steingruber vergessen, die Glühbirnen –«

»Da«, rief Annabelle Laubenstein und zeigte auf den Kandelaber. »Schaut nur!«

Alle starrten auf die Kerzen, deren Dochte jetzt einer nach dem anderen in sich zusammensanken und erloschen. Das Kaminfeuer warf rote und schwarze Lichter auf die Gesichter der Anwesenden. Keiner rührte sich. Draußen in der Halle knallte eine Tür. Dann hörte man Steingrubers wütende Stimme.

»Das gibt's ja nicht«, brüllte er. »Verdammte marode Leitungen.« Der Rest seiner Schimpftirade ging in Türenknallen unter. Schwere Schritte polterten die Treppe zur Galerie hinauf.

»Die Leitungen sind neu«, flüsterte Dimitra.

Clemens Fernau sah Simon an. »Scheiße«, zischte er, stürzte zur Tür und riss sie auf.

Simon sprang auf, lief hinterher und spähte über seine Schulter. Auch in der Halle war das elektrische Licht ausgefallen, nur eine dicke Kerze in einem Holzleuchter flackerte auf dem Treppenabsatz. Anscheinend hatte Steingruber sie als Lichtquelle mitgenommen und dort abgestellt.

Clemens trat in die Halle. »Steingruber?«

»Jetzt reicht es mir!« Energisch drängte sich Dimitra an Simon vorbei. »Steingruber, was soll das heißen? Wieso haben Sie die Glühbirnen nicht ausgetauscht? Morgen früh erwarte ich Sie in meinem Büro, und dann werden wir über ihre Dienstauffassung …« Sie blieb mitten in der Halle stehen und starrte die Treppe hinauf.

Clemens Fernau lief zu ihr hinüber und Simon folgte ihm. Steingruber war nur zur Hälfte die Treppe hinaufgestiegen. Jetzt stand er dort, umklammerte mit beiden Händen den Treppenlauf, und starrte zu Dimitra hinunter. Auf seinem Gesicht spiegelte sich Triumph, während Dimitra fassungslos immer wieder den Kopf schüttelte. Es sah aus, als hielten die beiden stumme Zwiesprache.

»Was ist los?«, fragte Simon. »Stromausfall?«

Dimitra schien ihn gar nicht zu hören, doch Clemens Fernau beugte sich zu Simon und raunte: »Da oben, auf der Galerie, aber mach kein Theater, sonst drehen hier noch alle durch.« Er sah Simon beschwörend an.

Simon nickte unmerklich und sah die Treppe hinauf.

Die Galerie, nur von der einzigen Kerze angeleuchtet, lag im Halbschatten. Die schweren Vorhänge waren zur Hälfte aufgezogen, und die Samtfalten umflossen die Umrisse einer kleinen Gestalt. Reglos stand sie dort oben, drohend und unheimlich schien sie die Menschen in der Halle zu überblicken. Als suchte sie jemanden. Oder als träfe sie eine Auswahl. Simon hatte das Gefühl, als stellten sich ihm die Nackenhaare gegen jedes Naturgesetz auf. War das ein Spiel von Licht und Schatten? Oder stand dort oben wirklich jemand?

Ehe sich noch einer der Anwesenden aus seiner Erstarrung lösen konnte, erlosch auch die Kerze auf dem Treppenabsatz und tauchte die Halle in Finsternis.

Niemand rührte sich, niemand sagte etwas. Bis auf die Atemgeräusche war nichts zu hören.

Es kam Simon wie eine Ewigkeit vor, bis auf einmal Annabelle Laubensteins Stimme aus dem Kaminzimmer drang. »Ich habe das Feuerzeug«, rief sie, und im nächsten Augenblick schwebte ihr Gesicht, von einem kleinen Flämmchen von unten erleuchtet, im Türrahmen. Erstaunt ließ sie ihren Blick über die erstarrten Menschen in der Halle wandern. »Was, um Gottes willen, ist denn passiert?«

»Die Maria war da!«, brüllte Steingruber von der Galerie herab. »Und alle haben sie gesehen!« Triumphierend schüttelte er den Vorhang auseinander. »Sie ist aus dem Grab gestiegen, und jetzt holt sie sich den Nächsten!« Er ließ die Stoffbahnen fahren, rannte die Treppe hinunter und stürzte aus der Halle.

Kurz darauf gingen die Lichter im Schloss wieder an.

Clemens Fernaus und Simons Blicke trafen sich. »Ich hoffe, das war ein schlechter Scherz«, sagte Clemens leise, »und deine verblichene Heilige ist noch da, wo sie hingehört.«

»Da kannst du Gift drauf nehmen«, sagte Simon und erschrak

im nächsten Augenblick über seine eigene Wortwahl. Aber Clemens Fernau hatte seine Antwort wohl gar nicht mehr gehört, sondern ging bereits zu Annabelle hinüber, die alle Anwesenden ins Kaminzimmer zurückdirigierte. Nachdenklich schloss sich Simon der Gruppe an.

DREIZEHN

Als Simon am nächsten Morgen noch wie zerschlagen von einer unruhigen Nacht sein Zimmerfenster öffnete, schlug ihm eiskalte Luft entgegen. Die Sonne schien, und vor ihm lag eine gleißende Winterlandschaft. Über Nacht war ein Meter Schnee gefallen. Er lag dick auf dem Fensterbrett und türmte sich zu beiden Seiten des Weges, den Steingruber bereits freigeschaufelt hatte. Die weiße Pracht glitzerte auf dem Dach des Schlosses und verwischte die dunklen Umrisse der Kapelle, als wollte sie deren Geheimnisse verbergen.

Im strahlenden Sonnenschein kamen ihm die Ereignisse der letzten Nacht nur noch wie ein böser Traum vor. Der ungeklärte Todesfall, die stürmische Winternacht und dazu der Stromausfall hatten die Nerven der Kartenspieler bis zum Zerreißen strapaziert. Kein Wunder, dass ihnen das Kerzenlicht und ein nachlässig zugezogener Vorhang ein übernatürliches Phänomen vorgegaukelt hatten. Sie waren nur zu bereit gewesen, Steingrubers Aberglauben zu verfallen. Im Licht des wiedergekehrten Stromes hatten Simon und Clemens Fernau die Galerie untersucht, aber nichts gefunden, was auf eine unheimliche Anwesenheit schließen ließ. Doch gehörte es nicht zum Wesen von Geistern, keine Spuren zu hinterlassen?

Simon holte tief Luft. Nach den Tagen ständigen Regens war dieser Morgen eine Erholung. Sein Blick fiel auf das kleine Cabrio, das seit zwei Tagen vor dem Gästehaus stand. Eine junge Frau in Daunenjacke und Pudelmütze war gerade dabei, das Dach von seiner Schneelast zu befreien. Geradezu verbissen fegte sie den Schnee hinunter. Dass sie damit den freigelegten Weg wieder verschüttete, kümmerte sie offensichtlich nicht. Sie schien zur Abreise entschlossen. War die Straße wieder passierbar?

Simon beugte sich vor. »Guten Morgen«, rief er.

Die junge Frau unterbrach ihre Tätigkeit und blickte zu ihm herauf. Sie war auffallend blass, und ihre Augen waren rot und geschwollen, was ihr einen geisterhaften Ausdruck verlieh. Aber am meisten erschreckten Simon ihre Gesichtszüge. Die Frau sah dem Porträt in der Schlosshalle so ähnlich, dass er einen unwirklichen Augenblick das Gefühl hatte, die Verstorbene wäre zurückgekehrt. Es konnte sich nur um diese Julia Gimborn, die Verwandte der Fernaus, handeln. Die Frau wedelte kurz mit ihrem Schneebesen in seine Richtung und setzte dann ihre Arbeit fort.

»Ist die Straße wieder frei?«, rief Simon hoffnungsvoll. Das würde alle seine Probleme lösen. Polizei, Spurensicherung und Rechtsmedizin konnten ihre Arbeit aufnehmen, und er konnte sich wieder seiner eigentlichen Aufgabe, der Untersuchung der Mumie, widmen. »Reisen Sie ab?«

Die Frau unterbrach ihre Tätigkeit und sah wieder zu ihm herauf. »Da liegt ein Felsen«, rief sie.

»Was?«

»Ein Felssturz! Auf der Zufahrt!«

Simons Herz sank. Wenn die Räumungsarbeiten schon unter normalen Umständen einige Zeit in Anspruch nahmen, so hatte der plötzliche Wintereinbruch die Freigabe der Straße bestimmt noch weiter verschoben. Wie um seine düsteren Gedanken zu bestätigen, hörte er den Schnee unter schweren Schuhen knirschen. Steingruber, in dicker Lodenjacke und mit einem Zollstock in der Hand, kam auf das Gästehaus zugestapft. Er nickte Julia im Vorbeigehen zu und blickte dann zu Simons Fenster herauf.

»Sie sollten sich nicht so weit rauslehnen«, rief er.

»Wie bitte?«

Steingruber deutete mit dem Zollstock über Simons Kopf. »Eine Dachlawine – wenn's jetzt taut, geht die ab.«

Simon wagte einen vorsichtigen Blick nach oben. Wie eine weiße Zunge leckte der Schnee direkt über ihm. Dicke Eisbrocken, groß genug, um ihm den Schädel einzuschlagen, glitzerten gefährlich. Schnell zog er sich unter den Fenstersturz zurück. »Großer Gott«, sagte er. »Danke.«

Steingruber nickte. »Ich muss aufs Dach«, sagte er. »Schneelast prüfen.« Im nächsten Augenblick war er im Gästehaus verschwunden.

Simon wunderte sich kurz über die Worte des Alten, denn so viel hatte es nun doch nicht geschneit, dass das Dach in Gefahr war. Außerdem stand das Gästehaus seit Jahrhunderten und hatte sicher härtere Winter erlebt. Aber Steingruber, seit Kindheit im Schloss, wusste bestimmt, was er tat.

»Wer sind Sie?«, rief die Frau gerade. »Ich bin Julia!«

»Simon Becker«, antwortete er und zeigte zur Kapelle hinüber. »Der Kriminalbiologe.« Auf einmal wurde ihm die absurde Situation bewusst. Was war das für eine Konversation über ein ganzes Stockwerk hinweg? Außerdem konnte er die Gelegenheit, dieser Julia ein paar Fragen zu stellen, gleich beim Schopf packen. »Haben Sie schon gefrühstückt?«

Über diese Frage musste Julia erst nachdenken. Endlich warf sie den Schneebesen neben das Auto, zeigte auf die Eingangstür und rief: »Gehen wir in die Küche!« Und damit stapfte sie auch schon die Stufen hinauf.

Simon schloss das Fenster und drehte sich zu Lupo um, der wie tot auf dem roten Teppich vor dem Fußende des Himmelbettes lag. »Aufstehen, Faulpelz«, sagte er.

Lupo öffnete ein Auge, klopfte höflich mit dem Schwanz auf den Boden und versank wieder in tiefen Hundeschlaf.

»Dann eben nicht«, sagte Simon und ging ins Bad.

Zehn Minuten später verschloss er, frisch rasiert, aber noch mit nassen Haaren, die Zimmertür. Lupo schätzte es nicht, vom Reinigungspersonal in seinem Morgenschlaf überrascht zu werden. Dann lief er die Treppen hinunter und betrat die große Küche des Gästehauses. Im Kamin brannte bereits ein Feuer, und auf dem langen Esstisch war wie jeden Tag das Frühstück für ihn hergerichtet. Auch der Teller mit frischem Obst fehlte nicht. Nicht einmal ein Mordfall schien Heidi von der Erfüllung ihrer Pflichten als Köchin und Haushälterin abhalten zu können.

Julia lehnte, eine Kaffeetasse in der Hand, an der Messingstange, die um den altertümlichen Herd herumlief. Sie trug einen grauen Rollkragenpullover, Jeans und an den Füßen dicke Socken, war demonstrativ ganz zu Hause. Als Kontrapunkt zu ihrer legeren Aufmachung hatte sie sich eine antike Brosche angesteckt. Große Opale schillerten im Schein des Kamins, und

Diamanten versprühten ein kaltes Feuer. Wenn die Brosche kein Erbstück war, musste sie einen fünfstelligen Betrag gekostet haben. Vielleicht war es dieses Detail, das in Simon wieder die Erinnerung an das Porträt wachrief.

»Sie sind Julia Gimborn, stimmt's?«, fragte Simon. »Die Ähnlichkeit mit dem Gemälde in der Halle ist frappierend.« Erst jetzt fiel ihm auf, dass der Tisch nur für eine Person gedeckt war. »Haben Sie schon gegessen?«

Julias Augen bekamen den kalten Blick ihrer Vorfahrin. »Meine Anwesenheit wird hier nicht zur Kenntnis genommen«, sagte sie. »Zumindest nicht von Charlie und Clemens.«

Simon setzte sich und schenkte Kaffee in eine Tasse. »Dimitra sagt, dass Sie Herrn Minkowitz nahestanden«, sagte er so beiläufig wie möglich. »Wollten Sie ihn besuchen?« Er griff nach einer Semmel und schnitt sie auf.

»Natürlich«, sagte sie. »Wir waren verlobt.«

Soweit sich Simon erinnern konnte, war davon gestern keine Rede gewesen. »Mein Beileid«, sagte er. »Hat Herr Minkowitz besorgt gewirkt, als Sie ihn zuletzt gesehen haben? Ich meine, abgesehen von den normalen Ängsten vor einer Operation.«

Julia schwieg, nippte an ihrer Kaffeetasse.

»Ist Ihnen etwas aufgefallen?«, beharrte Simon.

»Keine Ahnung, ich habe ihn gar nicht gesehen«, sagte Julia schroff. »Ich wollte ihn nach der Operation mit meinem Besuch überraschen.« Sie hob das Kinn, sah ihn herausfordernd an, und Simon fühlte, dass sie log. »Ihnen macht so ein Mord wahrscheinlich nichts aus, was?«, fragte sie. »Wo Sie immer mit Toten zu tun haben.«

»Das ist etwas anderes«, sagte er.

War es das? Nur weil der gewaltsame Tod von Maria Gruberin schon über drei Jahrhunderte zurücklag, so war sie doch genauso ein Opfer wie Adam Minkowitz. Der Gedanke an das Stück ihres Grabtuches zwischen den starren Fingern schoss ihm durch den Kopf. Was, zum Teufel, war in dieser Mordnacht geschehen? Auf einmal hatte er den unbezwingbaren Drang, in die Krypta zu laufen und sich zu vergewissern, dass der Körper der Frau noch an Ort und Stelle lag. Er verdrängte den verstörenden Gedanken und häufte Erdbeermarmelade auf eine Hälfte seiner Semmel. Rot glitzerten die Früchte auf dem knochenfarbenen Gebäck. Simon legte es auf den Teller und schob das Ganze von sich weg. »Warum sind Sie nicht erst nach der Operation gekommen?« Soweit er sich erinnerte, stand der rote Alfa bereits seit zwei Tagen vor dem Gästehaus.

»Was soll die Frage?« Julia wirkte ungehalten. »Adam hatte mich darum gebeten. Ich habe ihm die Klinik empfohlen, und er wollte mich dabeihaben – wir wollten den Rest unseres Lebens miteinander verbringen!« Sie kniff den Mund zusammen, musste sich wohl erst wieder fassen. Dann setzte sie hinzu: »Außerdem ist dies auch mein Zuhause. Und solange Charlie hier wohnen darf, kann ich kommen und gehen, wie ich will. Schließlich bin ich ihre Nichte.«

»Dimitra wusste nicht, dass Herr Minkowitz Besuch erwartete«, sagte Simon ruhig. »Und das Pflegepersonal anscheinend auch nicht. Warum?«

Julia stieß sich vom Herd ab, kam zum Tisch herüber und stellte ihre Tasse ab. Dann setzte sie sich Simon gegenüber. »Adam hat seine Privatangelegenheiten nie mit fremden Leuten besprochen«, sagte sie. »Diskretion war ihm wichtig.« Sie pflückte eine blaue Traube vom Obstteller und steckte sie in den Mund. Kauend fügte sie hinzu: »Er wollte jedenfalls, dass ich bis zu seiner Abreise bei ihm bleibe. Ob er sich Sorgen um seine Sicherheit gemacht hat?« Sie zuckte mit den Schultern. »In seinem Beruf macht man sich auch Feinde.«

Simon nahm einen Schluck Kaffee, um seine Irritation zu überspielen. Für die trauernde Verlobte eines eben Ermordeten wirkte diese Julia erstaunlich gefasst. Vielleicht war die Beziehung nicht so gut gewesen, wie sie ihn glauben machen wollte. Sie war sehr attraktiv, und er schätzte sie auf kaum älter als zwanzig. Wie alt war Minkowitz gewesen? Mitte fünfzig? Immerhin schien er vermögend gewesen zu sein. Wenn es einen Deal zwischen den beiden gegeben hatte, ging ihn das selbstverständlich nichts an. Nur eine Frage stellte sich dann doch.

»Hat Herr Minkowitz Familie?«, erkundigte er sich.

»Wieso?« Julia klang misstrauisch.

»Wenn er Kinder hatte, müsste man sie doch benachrichtigen«, sagte er. »Und seinen Notar oder Anwalt.«

»Adam hatte keine Kinder«, sagte sie gereizt. »Und wenn Sie auf sein Testament anspielen, dann können Sie sich das sparen. Es gibt sowieso nur eine Erbin, und das bin ich.«

Simon nahm eine Birne und zerteilte sie so sorgfältig mit seinem Messer, wie er sonst mit dem Skalpell Mumienbinden zerschnitt. Er hielt Julia einen Schnitz hin. »Sie kennen seine letztwillige Verfügung?«, fragte er.

Julia nahm das Birnenstück. »Na ja«, sagte sie zögernd. »Gelesen habe ich das Testament natürlich nicht. Aber Adam hat mir sein Vermögen versprochen. Schließlich hatte er niemanden außer mir.« Sie aß die Birne. »Ich habe ihn geliebt, ich wollte ihm in dieser schweren Zeit beistehen, und ich wollte mit ihm meine Zukunft verbringen. Wir haben sogar überlegt, das Schloss zu kaufen und hier Pferde zu züchten. Das war der Plan.«

»Die Klinik steht zum Verkauf?«

»Offiziell natürlich nicht, aber jeder hat seinen Preis, hat Adam immer gesagt.« Sie ließ ihren Blick über sein Gesicht wandern. »Jetzt, wo die Mumie gefunden worden ist, wird es einen Ansturm von Neugierigen hier oben geben. Wie passt das zu einer Schönheitsklinik?«

»Schwierig, nehme ich an.«

»Die Todorov *wird* verkaufen müssen«, sagte sie.

Simon dachte an den anonymen Anruf, der ihn an diesen einsamen Ort geführt hatte. Vielleicht hatte er zu einem Plan gehört. Dem Plan, das Schloss günstig erwerben zu können. Das Verbrechen an Adam Minkowitz passte allerdings nicht ins Schema. Wer wollte schon in einem Mordhaus wohnen? Simon hatte das Gefühl, als gäbe es in diesem Schloss eine Menge sich entgegenstehender Interessen. Als bewegten sich unter der glatten Oberfläche dunkle Strömungen. Es war nur die Frage, welche am Ende die stärkste war. Und Julia? Sie war Minkowitz' Alleinerbin und hatte, soweit er das zu diesem Zeitpunkt beurteilen konnte, das stärkste Motiv. Aber seine Berufserfahrung hatte ihn gelehrt, unter dem Offensichtlichen nach dem Eigentlichen zu suchen. Vielleicht verfolgte diese junge Frau ganz eigene Ziele, die ursprünglich nichts mit Adam Minkowitz zu tun gehabt hatten. Und die sie natürlich spontan geändert haben konnte. Was sie dann wieder als Mörderin in den Fokus rückte. Er unterdrückte einen Seufzer.

»Was haben Sie eigentlich in der Zeit gemacht, in der Sie schon hier sind?«, fragte er. »Zwei Tage sind lang.«

»Das geht Sie überhaupt nichts an.«

»Natürlich nicht, Dimitra hat mich nur gebeten, mich ein wenig umzuhören«, sagte er, »solange das Schloss von der Umwelt abgeschnitten ist und wir die Polizei nicht rufen können. Beunruhigt Sie der Gedanke nicht, dass unter den Bewohnern des Schlosses ein Mörder sein könnte?«

Julia musterte ihn, gab keine Antwort.

Das Kaminfeuer knisterte und warf Lichter auf das große Gemälde, das über dem Sims an der Wand hing. Zwei braun-weiß gesprenkelte Jagdhunde, wohl Pointer, saßen unter einem Baum in einer weiten Landschaft. Tote Fasane lagen vor ihren Pfoten, das zarte Gefieder blutgesprenkelt, die Köpfe schmerzhaft verdreht und die Augen gebrochen. Es war ein wunderbares Bild, das da in einer Küche hing.

»Wollen Sie den Mörder Ihres Verlobten nicht finden?«

Julia lehnte sich zurück und verschränkte die Arme vor der Brust. Die Brosche, die an ihrem Pullover steckte, funkelte. »Das macht Adam auch nicht mehr lebendig«, sagte sie kühl. »Und um Ihre Frage zu beantworten: Nachdem mich niemand zu Adam vorgelassen hatte, habe ich mich selbst im Schloss umgesehen. Ich hatte meine Gründe.«

Warum betonte sie, dass sie nicht bei Minkowitz gewesen war? Auch wenn man ihr den Zutritt zu ihm verboten hatte – sie war Minkowitz' Verlobte. Zweifellos hätte er sie selbst ins Zimmer lassen können. Er kannte sie und vertraute ihr. Und Steingruber behauptete, er habe eine Frau im Schloss gesehen. *Eine Erscheinung.* Vielleicht war ja die gute Julia nach der Operation als Weiße Frau unterwegs gewesen. Ein heller Bademantel und Steingrubers vom Alter getrübten Augen konnten ausreichen, diese Illusion zu erzeugen.

»Sie haben Herrn Minkowitz also nicht getroffen?«

»Sagte ich doch.«

»Sie waren nicht einmal in der Nähe seines Zimmers?«

»Das weiß ich nicht«, sagte sie. »Ja, kann sein, dass ich mal dort war. Ich habe mich eben umgesehen.«

»Weshalb haben Sie sich umgesehen?«

»Sagen wir, ich hatte einen Verdacht.«

»Wer der Mörder sein könnte?«

Julia gab einen verächtlichen Laut von sich. »Natürlich nicht«, sagte sie. »Woher hätte ich wissen sollen, dass irgendwer Adam umbringt? Nein, es betrifft das Schloss selbst, es ...« Sie unterbrach sich, und ihr Blick irrte ab. »Da geht was nicht mit rechten Dingen zu.« Auf einmal war ihre zur Schau getragene Selbstsicherheit verschwunden, hatte Verunsicherung Platz gemacht. Jetzt wurde deutlich, wie jung sie war und dass sie Angst hatte.

»Haben Sie auch das Schlossgespenst gesehen?«, versuchte er zu scherzen. »Wie der alte Steingruber?«

Sie starrte ihn an. »Wen hat der gesehen?«

Er zuckte die Schultern. »Eine Weiße Frau oder so«, sagte er. »Was für Nachforschungen haben Sie angestellt?«

Julias Augen verengten sich. »Ich will nicht darüber reden«, sagte sie. »Dafür ist es noch zu früh. Nur so viel: Charlie wird sich wundern, das ist ihr Ende. Und das von ihrem geliebten Clemens auch. Ich habe den Beweis gefunden. Natürlich habe ich ihn gut versteckt.« Kühl fügte sie hinzu: »Die Todorov hätte sich eben erkundigen müssen, mit wem sie sich da einlässt.«

Im Treppenhaus trampelte jemand die Stufen hinab. Steingruber war wohl mit seiner Inspektion fertig. Gleich darauf klappte die Eingangstür.

»Wofür haben Sie Beweise gefunden?«, fragte Simon.

Julia stellte ihre Tasse ab. »Das hat nichts mit dem Mord zu tun«, sagte sie. »Eine reine Familienangelegenheit.« Sie sah ihn an. »So, und jetzt sollte ich eigentlich telefonieren. Schließlich geht es um ein großes Erbe!«

Simon wartete, bis Julia die Küche verlassen hatte, dann schenkte er sich noch eine Tasse Kaffee ein. In diesem Haus gab es Verbindungen, die ihm nicht geheuer waren. Er hatte das Gefühl, als wäre der Mord an Adam Minkowitz erst der Anfang einer ganzen Reihe schrecklicher Ereignisse.

Auf einmal schmeckte der Kaffee bitter. Er ließ die Tasse stehen und machte sich auf den Weg zu seinem Zimmer, um seine Arbeitskleidung zu holen. Er musste die Mumie vorsichtig aus ihrem Sarg holen, um ihr Totenhemd zu untersuchen. Aber auch so wusste er, dass das Stoffstück zwischen Adam Minkowitz' Fingern aus der Krypta stammte.

Als Simon die Tür zu seinem Zimmer aufschloss, schlug ihm ein eiskalter Wind entgegen. Das Fenster stand sperrangelweit offen, und die geblümten Leinenvorhänge flatterten im Luftzug. Auf der Fensterbank hatte sich eine dünne Schneeschicht gebildet. Er erstarrte, war sicher, das Fenster wieder verschlossen zu haben. Und wo war der Hund?

»Lupo?«

Ein Winseln antwortete ihm. Der graue Wolfshund kroch unter dem Bett hervor, robbte auf allen vieren zu Simon und presste sich zitternd gegen dessen Beine. Noch nie hatte Simon gesehen, dass Lupo vor irgendetwas Angst gezeigt hatte. Er strich dem Hund über den Kopf, ging rasch zum Fenster, schlug die Flügel zu und verriegelte sie. Er drehte sich um, ließ den Blick durch das Zimmer wandern.

Auf dem alten Orientteppich schmolzen Schneekristalle. Waren sie bei seinem Eintritt ins Zimmer geweht? Er konnte sich nicht daran erinnern. Das Himmelbett mit den gedrechselten Pfosten an den Ecken war noch nicht gemacht worden. Seine Kleidung vom Vortag lag auf dem roten Sessel in einer Zimmerecke. Lupos Wassernapf stand unangerührt auf einem Handtuch neben der Badezimmertür. Seine Wachsjacke hing an der Garderobe. Darunter standen die dicken Stiefel. Auch sein Nachttisch schien unberührt. Bücher stapelten sich neben dem Schreibblock, den er immer griffbereit hatte. Heidi war noch nicht zum Putzen da gewesen. Natürlich nicht – er hatte die Tür ja extra verschlossen.

Da fiel sein Blick auf das Kästchen mit Intarsien, das auf einer Biedermeierkommode stand. Auf seinem geschlossenen Deckel glitzerten Wassertropfen. Simons Herzschlag beschleunigte sich.

»Verdammt«, zischte er. »Nein, bitte nicht.«

Er lief, ja rannte fast zu der Kommode und klappte das Kästchen auf. Sein Inneres gähnte ihm leer entgegen. Simon schloss die Augen. Das Fläschchen mit dem braunroten Inhalt, das darin gelegen hatte, war verschwunden. Das war unmöglich. Sein Zimmer war verschlossen gewesen. Er selbst hatte die Tür vor ein paar Minuten erst wieder mit seinem Schlüssel geöffnet. Aber irgendwer *war* in seinem Zimmer gewesen, hatte das Fenster geöffnet. Von innen? Oder von außen? Er befand sich im ersten Stock. Simon wurde nervös.

Er sah zum Fenster hinüber.

Fenster, die sich von selbst öffneten?

Verschlossene Türen, die niemanden aufhielten?

Natürlich hätte jeder der Schlossbewohner, der im Besitz eines Zweitschlüssels war, in sein Zimmer eindringen können. Aber wäre es dann nicht sicherer gewesen, das Fläschchen heimlich und ohne Spuren zu hinterlassen zu entwenden? Er hätte das Fehlen der Phiole erst nach Tagen bemerkt, zu spät, um noch einen Täter ausfindig zu machen. Nein, es war das offene Fenster, das ihm zu denken gab, weil er es mit seinem logischen Verstand nicht erklären konnte. Es beunruhigte ihn zutiefst. Wenn ihn jemand so spektakulär erschrecken wollte oder ihm gar drohte, dann hatte er einen ernst zu nehmenden Feind. Oder gab es tatsächlich eine Erklärung, die sich allen Naturgesetzen entzog? Simon spürte ein Kribbeln im Nacken.

Wer – *oder was* – hatte sein Zimmer heimgesucht?

VIERZEHN

»Dass er nicht verweset war, dadurch ward sein Meineid klar.«

Simon überflog den Text des Kahlbutz-Liedes auf dem Display seines Tablets. Er saß seit Stunden in der Schlossbibliothek, alte Bücher aufgeschlagen vor sich auf dem Mahagonitisch und sein Tablet auf den Knien. Recherche war ein wichtiger Teil seiner Arbeit. Auch nicht konservierte und trotzdem nicht verweste Tote – und davon gab es gar nicht so wenige – hatten ihren Niederschlag in der Fachliteratur gefunden. Allerdings handelte es sich dabei nicht immer um Heilige, sondern oftmals um Verbrecher, die ihre Taten zu Lebzeiten nicht gesühnt hatten.

So verhielt es sich anscheinend auch mit dem Ritter Christian Friedrich von Kahlbutz, dessen Grab im Jahr 1794 geöffnet worden war. Der Elende hatte nicht nur versucht, die Tochter eines Schäfers zu verführen, sondern auch deren Verlobten erschlagen, was ihm jedoch vor einem weltlichen Gericht nicht nachzuweisen gewesen war. Als Strafe Gottes, so der Volksglaube, musste nun nicht nur Kahlbutz' Seele für immer auf der Erde bleiben, sondern auch sein Körper.

Simon betrachtete das Foto des mit Haut überzogenen Skelettes, sein auf die Brust gesunkenes Kinn und die fromm im Schoß gefalteten Hände. Hier, das sah der Fachmann auf den ersten Blick, handelte es sich keinesfalls um eine Mumifizierung, sondern um eine reine Austrocknung. Die Hauthülle, durch die sich Totenschädel und Gebeine drückten, erweckte nur den Anschein eines intakten Körpers.

Ganz anders bei der jungen Frau in der Kapelle.

Ihre Gesichtszüge waren noch deutlich erkennbar, genau wie die Spuren der Folterung. Warum war ihr Körper nicht verfallen, wie die der anderen Toten in der Krypta?

Simon hob den Blick von seinem Tablet.

War Maria Gruberin eine Heilige, wie Steingruber behauptete? Oder hatte sie ein dunkles Geheimnis mit ins Grab genommen – wie der verbrecherische Ritter? Und stand ihr Tod in irgendeinem Zusammenhang mit den Geschehnissen im Schloss? Simons wissenschaftlicher Verstand kämpfte schwer gegen die Versuchung, dem Aberglauben einen Platz in seiner Vorstellung einzuräumen. Andererseits – war nicht alles, was heute bewiesen werden konnte, einst verteufelt worden? Stand er am Ende vor der Entdeckung einer neuen Dimension?

Stimmen aus dem Kaminzimmer rissen Simon aus seinen Gedanken. Es waren zwei Frauen, die in eine Diskussion verwickelt waren. Dimitra und Charlotte Fernau.

»Ich habe heute Morgen mit dem Architekten telefoniert«, sagte Dimitra gerade, »und komme nachher ins Gästehaus hinüber. Die Türen im ersten Stock machen mir ein wenig Sorgen. Unsere Krankenbetten haben Überbreite.« Eine Pause entstand. »Und wegen der Bäder werden wir wahrscheinlich immer zwei Zimmer zusammenlegen müssen. Meint zumindest der Architekt.« Sie seufzte vernehmlich.

»Du willst das Gästehaus also wirklich umbauen«, sagte Charlotte Fernau. Ihr Tonfall lag zwischen Wut und Verachtung. »Und wo sollen Clemens und ich hinziehen?«

»Für euch werden wir schon was finden«, sagte Dimitra. »Aber deine Nichte will ich hier nicht mehr sehen. Meine Klinik ist keine Sommerfrische. Sag ihr das.«

»Ich bin nicht ihr Kindermädchen«, antwortete Charlotte Fernau hörbar gereizt. »Sprich selbst mit ihr.«

»Das habe ich schon versucht«, sagte Dimitra, »aber ihr Telefon war ja den ganzen Abend besetzt.«

»Woher hast du ihre Handynummer?«

»Ich rufe seit gestern Abend auf der Hausanlage an«, sagte Dimitra. »Wenn deine Nichte die Telefonrechnung nicht zahlt, verrechne ich den Betrag mit Clemens' Honorar.«

Wieder entstand eine Pause. Dann sagte Charlotte Fernau: »Ich habe heute Nacht Geräusche gehört.«

»Natürlich, sie hat pausenlos telefoniert.«

»Eben nicht«, sagte Charlotte Fernau. »Es war eher so ein Poltern. Du weißt ja, mein Schlafzimmer ist direkt über ihrem. Jedenfalls dachte ich, dass sie mitten in der Nacht Möbel umräumt oder Schubladen aufzieht oder so. Sie schnüffelt ja seit

Tagen hier herum. Deswegen bin ich zu ihr hinunter und hab geklopft. Als sie nicht geantwortet hat, habe ich die Tür aufgemacht. Sie war nicht verschlossen.« Sie verzog den Mund. »Im Zimmer herrschte das übliche Chaos. Alles wie immer.«

Simon hatte genug gehört. Er wollte nicht stiller Zeuge von Familienstreitigkeiten werden, und es interessierte ihn auch nicht, wo oder mit wem Julia die Nacht verbracht hatte. Er räusperte sich vernehmlich und raschelte mit dem Papier in seiner Hand. Das Gespräch im Kaminzimmer verstummte. Dann näherten sich schnelle Schritte, und im nächsten Augenblick stand Dimitra in der Tür.

»Simon«, sagte sie ohne Umschweife. »Weißt du, wo diese Julia steckt? Hast du sie heute Morgen schon gesehen?«

Er schüttelte den Kopf. »Ich bin ziemlich früh aufgestanden und habe eine Morgenrunde mit Lupo gemacht.«

Charlotte Fernau erschien in der Tür. Sie lehnte sich mit der Schulter an den Türsturz und verschränkte die Arme vor der Brust. »Vielleicht fragst du mal deinen Sebastian, Dimmi«, sagte sie. »Ich habe die beiden gestern zusammen hier in der Bibliothek gesehen. Als ich reingekommen bin, haben sie sofort aufgehört zu reden. Jetzt, wo Minkowitz tot ist, wird sie sich neu orientieren. Möglicherweise hat sie das ja schon vor dem Mord getan.«

»Wie meinst du das?«, fragte Dimitra kalt.

»Ach, hör doch auf.« Charlotte Fernaus Stimme war voller Verachtung. »Jeder hier weiß, wie du zu Sebastian stehst. Und das Mädchen liegt mir ständig in den Ohren, dass ich es um ihr Erbe gebracht habe. Jetzt sucht es sich eben einen anderen Weg, um zu Geld zu kommen. Julia zockt Minkowitz ab und Sebastian dich. Vielleicht haben die beiden gemeinsame Pläne. Würde mich jedenfalls nicht wundern.«

Dimitra starrte Charlotte Fernau wortlos an.

Simon stand auf und legte das Tablet auf den Tisch. »Ich finde, wir sollten keine Spekulationen anstellen, sondern lieber nach Julia sehen.« Er wollte sich seine Unruhe nicht anmerken lassen. »Irgendwo muss sie ja sein. Hoffentlich ist nichts passiert.«

Dimitra wandte sich an Simon. »Danke, das ist sehr nett von dir. Vielleicht hat sie ja nur einen Spaziergang gemacht.« Ihr

Blick irrte kurz zum Fenster, hinter dem ein trüber Tag begann. »Richte Julia bitte aus, dass ich sie umgehend sprechen muss. Und was dich betrifft, Charlie, wäre es mir recht, wenn du nicht mehr in meiner Klinik herumlaufen würdest. Genieß lieber deine schöne Wohnung im Gästehaus. Solange du sie noch hast.« Damit drehte sie sich um und verließ die Bibliothek.

Charlotte Fernau sah ihr hinterher. »Wenn der Mord hier publik wird«, sagte sie, »und das wird er irgendwann, dann ist das das Ende vom großen Geschäft. Welche Patienten wollen sich denn in einer Klinik operieren lassen, in der ein Mann ermordet worden ist? Ich gebe der guten Dimmi keine drei Monate mehr.« Ihre Befriedigung war nicht zu überhören.

»Sehen wir doch erst mal nach Julia«, schlug Simon vor. »Haben Sie einen Schlüssel zu ihrem Zimmer?«

»Die jungen Leute schließen nicht ab.«

Es war ein grauer, kalter Morgen. In der Nacht hatte es wieder geschneit, aber die Temperatur lag über dem Gefrierpunkt, und so hing über dem Vorplatz zäher Nebel, der sich wie Watte auf Simons Gesicht legte und ihm das Atmen erschwerte. Nach wenigen Schritten war das Schloss hinter Simon und Charlotte Fernau im Dunst verschwunden, die Kapelle verbarg sich ganz hinter grauen Schleiern. Der Schnee dämpfte ihre Schritte, als sie schweigend Seite an Seite zum Gästehaus marschierten. Kein Laut war zu hören. Simon war, als läge eine Glocke aus Milchglas über dem ganzen Plateau. Schwer vorstellbar, dass das nächste Gehöft nur eine Viertelstunde Fahrtzeit entfernt lag.

Der rote Alfa parkte nach wie vor neben dem Gästehaus. Auf seinem Verdeck saß eine neue Schneehaube, und rund um das Auto breitete sich eine makellose weiße Fläche aus. Der Wagen war nicht bewegt worden. Auch wenn das in Anbetracht des Wetters keine Überraschung war, versetzte der Anblick Simon doch einen Stich. Gestern hatte Julia das Cabriodach noch verbissen von seiner Last befreit. Jetzt vermittelte der Alfa einen Eindruck von Verlassenheit. Wie ein Hund, dessen Herr ihn im Stich gelassen hatte.

Simon verdrängte das ungute Gefühl, das ihn in den letzten Sekunden überkommen hatte, und folgte Charlotte Fernau die ausgetretenen Marmorstufen hinauf. Im Haus ging sie direkt zur Küchentür.

»Hoffentlich ist das Fräulein jetzt wach«, sagte sie.

Aber die Küche lag so sauber und leer vor ihnen, als wäre sie nie benutzt worden. Heidi hatte das schmutzige Frühstücksgeschirr, das Simon hinterlassen hatte, abgeholt. Der lange Holztisch glänzte und verströmte den Geruch von Zitronenpolitur. Die Kaffeemaschine war ausgeschaltet. Die Kupfertöpfe, die von der Decke hingen, klirrten leise im Lufthauch, der durch die offene Tür strich.

Charlotte Fernau drehte sich zu Simon um. »Vielleicht wollte sie zu Fuß ins nächste Dorf gehen«, sagte sie. »Dann hätte sie von dort aber wohl angerufen.« Sie zuckte die Schultern. »Wenn sie allerdings gestern losgegangen und bis heute Morgen nicht ...« Sie ließ den Satz unvollendet.

Simon dachte an Julia, ihre Entschlossenheit, ihre Wut. Gut möglich, dass sie sich einfach auf den Weg gemacht hatte. Der Schneefall hatte bereits am frühen Abend eingesetzt, und die Bergstraße war abschüssig und nicht beleuchtet. Wenn Julia einen Unfall gehabt hatte, kam jede Hilfe zu spät. Eine Nacht bei Temperaturen unter dem Gefrierpunkt hätte sie kaum überlebt. Und war die Straße nicht überhaupt durch einen Felssturz verlegt?

»Ich glaube nicht, dass sie das Gelände verlassen hat«, sagte er. »Wann haben Sie Julia zuletzt gesehen?«

»Am späten Nachmittag«, sagte Charlotte Fernau. »Ich habe einen Topfenstrudel gebacken, für die Tarock-Runde. Sie hat sich zwei Stück genommen und ist verschwunden. Dabei hat sie eine Essstörung. Intoleranz nennt sie das.«

»Hat sie gesagt, für wen der Kuchen sein sollte?«

Charlotte Fernau schüttelte den Kopf. »Wir reden nur das Allernötigste«, sagte sie. »Sie hat behauptet, dass sie eine wichtige Besprechung habe, und ich würde schon sehen. Solche Andeutungen macht sie ständig.«

Charlie wird sich wundern, das ist ihr Ende. Und das von ihrem geliebten Clemens auch.

»Wo ist eigentlich Clemens?«, fragte Simon.

»Der sitzt den ganzen Tag über seinen Büchern und lernt für

die Facharztprüfung«, sagte sie und ließ einen letzten Blick über die Küche wandern. »Also hier ist sie nicht. Wollen wir noch in ihr Zimmer schauen?«

»Natürlich«, sagte Simon, obwohl er das Gefühl hatte, dass Julia auch dort nicht zu finden sein würde.

Julia bewohnte ein kleines Zimmer direkt über der Küche. Ein Himmelbett mit gedrechselten Säulen beherrschte den Raum. Auf dem zerwühlten Bettzeug lag ein Durcheinander von Pullovern, zerknüllten Seidenblusen und Spitzenunterwäsche. Über das Fußende war ein Bademantel geworfen, und in einer Zimmerecke stapelte sich eine Unmenge an Schuhen in allen Farben. Sogar Simon erkannte, dass sie teuer gewesen sein mussten.

»Jetzt sehen Sie sich *das* an«, sagte Charlotte Fernau grimmig. »Mein Bruder hat das Mädel zu sehr verwöhnt.«

»Immerhin wissen wir, dass Julia das Zimmer in diesem Zustand verlassen hat«, sagte Simon. Das Chaos sah nicht so aus, als wären Julias Sachen durchsucht worden. »Und sie scheint einen längeren Aufenthalt im Schloss geplant zu haben.« Er deutete auf einen kleinen Sekretär, der vor einem der Fenster stand. Daneben reihten sich mehrere Gepäckstücke mit Logo-Aufdruck. Simon zählte einen Koffer, einen Trolley und zwei Reisetaschen. Offensichtlich war Julia nicht nur fürs Wochenende angereist. Dann fiel ihm noch etwas auf.

Auf dem Sekretär stand ein riesiges grün-goldenes Ei. Es stammte wohl von einer Gans und war kunstvoll im Stil von Fabergé bemalt. Neben dem Ei lag ein Fernglas. Die Schutzkappen waren entfernt, als hätte es jemand gerade aus der Hand gelegt. Das Glas war offensichtlich in Gebrauch.

Simon bahnte sich einen Weg durch das Chaos.

Die Fenster gingen auf den Vorplatz hinaus. Von hier hatte man sowohl das Schloss als auch die Kapelle im Blick. Und jede Bewegung der Bewohner. Jetzt gerade tobte Lupo durch den Schnee, angefeuert von Steingruber, der mit einem Reisigbesen herumfuchtelte und den Hund so immer wieder aufs Neue über den Platz scheuchte. Die beiden schienen ihr Spiel aus vollem Herzen zu genießen, und Simon fiel auf, dass er den mürrischen Alten zum ersten Mal lachen sah. Er nahm das Fernglas und sah hindurch. Überrascht stellte er fest, welch hohe Auflösung es hatte. Durch den sich lichtenden Morgennebel konnte er bis zur Kapelle sehen, ja sogar die sich überlappenden Eisenplatten und die geschmiedeten Eisennägel auf der Tür waren zu erkennen.

Nachdenklich ließ er das Glas wieder sinken.

Hatte Julia dieses Zimmer mit Absicht gewählt? Nach allem, was er über sie gehört hatte, verfolgte die junge Frau mit ihrem Aufenthalt ganz eigene Pläne.

Simon stellte das Glas an seinen Platz zurück und machte eine Runde durch das Zimmer. Neben dem Kopfende des Bettes stand ein Nachttisch. Darauf lagen Modezeitschriften und ein paar bekritzelte Zettel. Neben einer Jugendstillampe stand ein altmodischer Telefonapparat. Simon hob den Hörer ab und hielt ihn sich ans Ohr. Kein Freizeichen. Nichts. Die Leitung war tot. Er wandte sich an Charlotte Fernau.

»Ist der Apparat nur zur Zierde da?«, fragte er.

»Nein, das ist das Haustelefon«, erwiderte sie. »Das Schloss und das Gästehaus sind mit einer zentralen Leitung verbunden.« Sie machte eine Pause, dann setzte sie hinzu: »Dimmi will hier irgendwann einmal Krankenzimmer einbauen.«

Simon dachte an das Gespräch, dessen unfreiwilliger Zeuge er geworden war. »Dimitra hat versucht, Julia anzurufen«, sagte er. »Hat sie ihre Handynummer?«

»Wohl kaum.« Charlotte Fernau klang verächtlich.

»Dann hat sie es hier versucht«, sagte er und drückte ein paarmal auf die Gabel. Das Telefon blieb tot.

Simon zog den Nachttisch ein Stück von der Wand weg, um zu sehen, ob der Apparat richtig eingesteckt war. Der Stecker steckte in der Dose. Die mit schwarzem Stoff umwickelte Schnur schlängelte sich die Wand hinunter, lief ein Stück über den Boden und – endete in einem Bündel aus Fasern. Als Simon an der Telefonschnur zog, die aus dem Apparat ragte, hatte er sofort das andere Ende in der Hand. Ihm wurde kalt. Langsam richtete er sich wieder auf.

»Jemand hat das Kabel durchgeschnitten«, sagte er zu Charlotte Fernau.

»Das sieht ihr ähnlich«, sagte sie grimmig.

»Sie meinen, das war Julia selbst?«

»Natürlich«, sagte Charlotte. »Die schleicht seit Tagen im Schloss herum und will nicht gestört werden. Wenn Dimmi das sieht, schmeißt sie sie auf der Stelle raus.« Sie runzelte die Stirn. »Clemens und ich haben ein paarmal versucht, Julia auf dem Handy anzurufen. Immer war nur die Mailbox dran. Anscheinend hat sie es ausgeschaltet.«

»Macht sie das öfter?«

Charlotte gab einen verächtlichen Laut von sich. »Natürlich nicht«, sagte sie. »Sie kennen doch die jungen Dinger. Ohne Handy können die gar nicht leben.«

Simon ließ die zerstörte Schnur fallen. Inzwischen glaubte auch er nicht mehr, dass Julia nur gekommen war, um ihrem Verlobten in einer schwierigen Situation beizustehen. Und sie hatte einen reichlich theatralischen Eindruck auf ihn gemacht. Die Telefonleitung lahmzulegen war ihr auf alle Fälle zuzutrauen. Aber hätte es nicht gereicht, einfach den Stecker zu ziehen? Simons ungutes Gefühl verstärkte sich.

Er warf einen Blick auf die Garderobe neben der Tür. Die gleichen Messinghaken gab es in seinem Zimmer. Doch während dort Regenjacke, Daunenweste und Hundegeschirr hingen, waren die Kleiderhaken hier leer. Simon meinte sich zu erinnern, dass Julia eine Steppjacke getragen hatte, als er sie beim Freischaufeln ihres Autos gesehen hatte. Und wo war die Pudelmütze?

»Vielleicht ist sie wirklich einfach spazieren gegangen«, sagte Simon, verspürte aber keine Erleichterung bei seinen Worten. Was, wenn sie irgendwo im Wald lag? »Wir müssen sie suchen.«

Charlotte Fernau starrte mit gerunzelter Stirn auf das Chaos im Zimmer. »Die lässt ihre Sachen, die Koffer und die Schuhe doch nicht einfach so zurück«, sagte sie langsam, und Simon hatte das Gefühl, als wollte sie sich über etwas klar werden. »Wie's aussieht, ist das dumme Mädel einfach weggegangen, ohne Bescheid zu sagen. Julia war schon als kleines Kind rücksichtslos. Aber immerhin ist sie jetzt erwachsen. Wenn sie zurück ist, werde ich ihr die Leviten lesen. Es tut mir leid, dass wir Sie beunruhigt haben.«

Draußen bellte Lupo, laut, herausfordernd.

Simon war nicht überzeugt. »Ich werde Steingruber bitten,

sich umzusehen«, sagte er. »Er kennt die Umgebung hier am besten.«

»Meine Nichte ist eine passionierte Reiterin«, sagte Charlotte Fernau. »Julia braucht Bewegung und frische Luft. Sie wird ziemlich ungehalten sein, wenn wir wegen eines Spaziergangs so ein Aufheben machen.« Sie setzte ein Lächeln auf, das wohl verständnisvoll wirken sollte. Simon erinnerte es eher an die zufriedene Miene einer Katze, die eine Maus gefressen hat. »Ich bin sicher«, fuhr sie fort, »dass unsere liebe Julia zum Mittagessen wieder auftauchen wird. Und zwar mit einem Bärenhunger.« Damit schien das Thema für sie beendet, denn sie verließ das Zimmer und wartete auf dem Gang, dass Simon ihr folgte.

Vor dem Gästehaus blies ein kalter Wind, der Simon unter die Jacke fuhr und ihm eine Gänsehaut über den Rücken trieb. Von Steingruber und Lupo war nichts mehr zu sehen. Simon hatte seinen Hund schon öfter aus der Schlossküche kommen sehen. Wahrscheinlich wärmten sich die beiden gerade bei einem zweiten Frühstück bei Heidi auf. Er schlug den Jackenkragen hoch und warf einen Blick auf die Uhr. Bald elf. Wenn Julia wirklich nur einen Morgenspaziergang unternahm, dann hatte er den halben Vormittag sinnlos vergeudet. Und in der Bibliothek wartete noch eine Menge Arbeit auf ihn.

Verärgert steckte Simon die Hände in die Taschen und hatte bereits ein paar Schritte in Richtung des Schlosses gemacht, als sein Blick auf die Kapelle fiel. Überrascht blieb er stehen und kniff die Augen zusammen, um schärfer sehen zu können.

Die Tür zur Kapelle stand einen Spalt offen.

Simon zwinkerte. Noch vor wenigen Minuten hatte er durch Julias Fernglas das Portal und die Metallplatten betrachtet. Er war eigentlich sicher, dass die Tür geschlossen gewesen war. Oder doch nicht? Jetzt klaffte sie wie ein halb geöffneter Mund, erinnerte an das Maul eines gefräßigen Raubtiers, das nur darauf wartete, zuzuschnappen. Das war natürlich Unsinn. Entweder war Steingruber mit Arbeiten in der Kapelle beschäftigt, dann sollte er ihn von Lupo befreien – oder Julia saß in einer der Bankreihen und ersann neue Ungelegenheiten für die verhasste

Tante. Natürlich scherte sie sich keinen Deut darum, was ihre Abwesenheit auslöste.

Simon schlug den Weg zur Kapelle ein.

Der Boden war von Besenspuren, schweren Profilsohlen und den Abdrücken von Hundepfoten gezeichnet. Steingruber hatte wohl den frisch gefallenen Schnee beiseitefegen wollen und war dabei von Lupo gestört worden. Fast sah es so aus, als wäre die Kapelle wieder besucht und der Kirchgang erst vor Kurzem beendet worden.

Keine Minute später stieß Simon die Tür auf und betrat den Kirchenraum. Niemand war zu sehen. Die Bankreihen waren leer, und durch das gotische Fenster im Altarraum fiel trübes Licht auf die Christusfigur am Kreuz. Der graue Morgen ließ das grobe Gesicht aschfahl wirken. Jetzt erinnerte es wirklich an einen unter Martern Verstorbenen. Simon schoss der Gedanke durch den Kopf, dass der Holzschnitzer das wechselnde Tageslicht absichtlich für die verschiedenen Stimmungen seines Christus genutzt hatte. Er ließ seinen Blick weiterwandern – und erstarrte. Die Holztür, die den Abgang zur Krypta verbarg, stand sperrangelweit offen. Er meinte sogar, einen muffigen Hauch aus den Tiefen unter der Kapelle zu spüren. Jemand war in die Krypta eingebrochen, machte sich vielleicht gerade an der Mumie zu schaffen.

Simon fühlte, wie sich eine kalte Hand auf sein Herz legte. Er selbst hatte diese Tür am Vorabend mit dem schweren Hängeschloss gesichert. Niemand außer ihm hatte einen Schlüssel. Nicht einmal Dimitra, die Hausherrin. Aber jemand war in den letzten Stunden in die Krypta eingedrungen. Eine Stimme in seinem Kopf meldete sich: eingedrungen – *oder ausgebrochen?* Simon schüttelte sich. Die düsteren Prophezeiungen des alten Steingruber machten alle irre, ihn eingeschlossen. Er war Wissenschaftler und als solcher für die Sicherung der Funde in der Krypta verantwortlich.

Energisch schritt er den Mittelgang entlang, vermied dabei den Blick auf den leichenhaften Christus und nahm die Sperrholztür in Augenschein.

Das Hängeschloss hing offen in seinem Metallring.

Aber nur ich habe einen Schlüssel, dachte Simon. Vorsichtig stieg er die Stufen hinab, immer auf der Hut vor dem, was ihn erwarten mochte. Der Einbrecher konnte noch immer irgendwo da unten lauern. Er würde wenig darauf erpicht sein, bei seinem Tun gestört zu werden.

Simon hätte sich keine Gedanken machen müssen. Die Krypta war menschenleer, wenn man von den Gebeinen in ihren Särgen absah. Die Umrisse von Minkowitz' Körper zeichneten sich unter dem Leintuch ab, das seine Leiche bedeckte. Alles schien wie immer. Doch dann stutzte Simon.

Irgendetwas war anders.

Er brauchte ein paar Sekunden, bis ihm klar wurde, was das war. Der Geruch in der Krypta hatte sich verändert. Es roch noch immer nach Staub und Moder. Doch darüber lag eine eigenartige Parfümnote. Simon fühlte sich an einen heißen Sommertag in Italien erinnert, an den Duft von Zypressen und Zitronenhainen. Trotz der Wärme des unterirdischen Raumes wurde ihm kalt.

Schritt für Schritt, wie magisch angezogen, folgte er dem verlockenden Duft. Er ging an den halb verrotteten Holzsärgen vorbei, die unversehrt an den Wänden standen.

Und dann sah er es und – schrie auf.

Jemand hatte den Sarg, in dem die Mumie lag, wieder mit seinem Deckel verschlossen und ein weißes Leintuch darübergebreitet. Seine Falten standen steif und wie aus Marmor gemeißelt auf dem festgetretenen Lehmboden, erinnerten an eine Altardecke. Und auf diesem heidnischen Altar lag, aufgebahrt und mit auf der Brust gefalteten Händen, eine junge Frau. Sie trug ein weißes Totenhemd, und um den Kopf mit dem langen braunen Haar war ein Kranz aus Zitronenblüten gewunden. Ihr Gesicht war leichenblass, und die geschlossenen Lider schimmerten bläulich. Zwischen den schlanken Fingern lugte ein kleines Fläschchen hervor. Sein Inhalt hatte blutrote Schlieren auf dem Glas gezogen.

Simons Knie wurden weich. Er fing an zu würgen, presste die Hand auf den Mund, wollte den Brechreiz unterdrücken.

Diese Frau lebte nicht mehr.

Es war Julia.

FÜNFZEHN

Am späten Nachmittag saß Simon in einem der tiefen, mit grünem Samt bezogenen Sessel in der Bibliothek und wartete auf die anderen Schlossbewohner. Die Stehlampen brannten, und in dem runden Kachelofen in der Ecke knisterte das Feuer. Hinter den Fenstern trieb der Wind Schnee vorbei, und sein Heulen erzeugte einen einförmig klagenden Ton. Es klang, als sammelte sich im vergehenden Tageslicht ein Rudel Wölfe um das Schloss.

Simon hatte kein Ohr für dieses Naturphänomen. Er hatte beschlossen, jeden einzelnen der Schlossbewohner zu fragen, was er in den Stunden, seit Julia vermisst wurde, getan hatte. Die Nachricht von ihrem Tod war wie eine Bombe eingeschlagen. Dimitra hatte Julias Körper untersucht und keine sichtbaren Verletzungen feststellen können, weshalb sofort einschlägige Vermutungen und Verdächtigungen die Runde gemacht hatten. War es Selbstmord gewesen? Und wenn ja – galt er dann als Schuldeingeständnis? Und natürlich hatte Steingruber wieder seine Schauergeschichten verbreitet. Die Gruberin gehe um. Natürlich, was sonst?

Und wenn es kein Selbstmord war?

Die heimtückische Stimme schlich sich in Simons Kopf, breitete sich aus – und mit ihr ein verstörender Gedanke. Er hatte Dimitra versprochen, über Minkowitz' Tod vorerst Stillschweigen zu bewahren. Weil sie gedroht hatte, ihm die Mumie, sein Forschungsobjekt und Mittel zum wissenschaftlichen Ruhm, zu nehmen. Es ist immer einer, der's tut, und einer, der's tun lässt, hatte sein Vater gesagt, wenn Simon sich als Kind über andere beklagt hatte. Er, Simon, hatte Dimitra nachgegeben – aus Angst um eine unwiederbringliche Rarität und, so gestand er sich ein, aus Eitelkeit und Selbstsucht. Wäre er standhaft geblieben, hätte Julias Tod vielleicht verhindert werden können.

Eine eisige Hand legte sich um Simons Herz, presste es zusammen. Was, wenn sich unter seinen Mitbewohnern tatsächlich ein Mörder befand? Das Bild seines durchsuchten Zimmers tauchte am Horizont seiner Gedanken auf. Das offen stehende Fenster und die Schneespuren auf dem Teppich. Wenn es kein Geist gewesen war, der die Phiole so demonstrativ entwendet hatte – und davon ging er aus –, dann hatte auch ihn jemand im Visier. Jemand, der sich die Mühe theatralischer Inszenierungen machte. Um ihn zu erschrecken. Oder um ihn von seinen Nachforschungen abzuhalten. Wie weit würde diese Person gehen?

Simon spürte, wie sich seine Nackenmuskeln verhärteten.

Ab jetzt musste er vorsichtiger sein. Viel vorsichtiger. Und vor allem musste er sich bei seiner Untersuchung beeilen. Ehe noch mehr Schreckliches geschah. Entschlossen verdrängte Simon alle verstörenden Gedanken aus seinem Kopf und spürte, wie sich eine neue Ruhe und Kälte in ihm ausbreitete. Jetzt galt es zu handeln, und zwar schnell. Nach Julias Tod würde ihn nichts mehr davon abhalten.

Vor ihm lag auf dem runden Mahagonitisch ein aufgeschlagenes Buch, und daneben schimmerte das Fläschchen mit dem braunroten Inhalt. In den letzten beiden Stunden hatte er es nicht bewegt. Jetzt nahm er es vorsichtig in die Hand, hielt es sich vor die Augen und drehte es ein wenig. Der Inhalt war fest, wirkte wie eingetrocknet. Simon prägte sich den Anblick ein. Dann schüttelte er das Fläschchen so stark, als wollte er eine Emulsion herstellen. Die Substanz wurde weich, verflüssigte sich, lief über das Glas und hinterließ blutrote Schlieren. Simon ließ das Fläschchen sinken und schüttelte den Kopf.

»Idiot«, sagte er leise zu sich selbst.

Durch die geschlossene Bibliothekstür waren Stimmen aus dem Kaminzimmer zu hören. Simon steckte das Fläschchen in die Tasche seines Tweedjacketts und schlug das Buch auf dem Tisch zu, sodass der Titel nicht zu erkennen war. Im nächsten Augenblick öffnete sich die Tür.

Dimitra war die Erste, die die Bibliothek betrat. Sie hatte ein großes Kaschmirtuch um sich geschlagen, was ihr ein elegantes und legeres Aussehen zugleich gab. Aber die Art, wie sie die Schultern hochzog, vermittelte Simon den Eindruck, als brauchte sie die Wärme und den Schutz des dicken Stoffes. Sie ließ sich ihm direkt gegenüber in einen der tiefen Sessel sinken.

Ihre Miene war gefasst, aber unter ihren dunklen Augen lagen Schatten.

Annabelle Laubenstein wirkte im grauen Kostüm so professionell wie immer, ein Eindruck, zu dem das schwere Schlüsselbund in ihrer Hand noch beitrug. Der Gedanke an das Hängeschloss vor der Kryptatür ging Simon durch den Kopf. Steingruber hatte ihm einen Schlüssel ausgehändigt. Hatte die Direktorin etwa einen zweiten? Durchaus möglich. Und wer hatte dann noch Zugang dazu? Sie sah so aus, als hätte man sie nur kurz von ihrer Arbeit als Hoteldirektorin geholt. Was wahrscheinlich auch zutraf. In ihrem Beruf war sie es gewohnt, mit Katastrophen fertigzuwerden. Ihre Miene war gefasst, aber angespannt. Sie setzte sich neben Dimitra, legte die Schlüssel offen und unbefangen auf den Tisch und hob kurz die Brauen, als ihr Blick auf das Buch fiel. Simon hatte das Gefühl, als wäre es ihr bekannt. Er beschloss, sich diese Tatsache zu merken.

Steingruber kam, sich nach allen Seiten umsehend, herein, blieb aber dann mit auf dem Rücken verschränkten Händen an der Tür stehen. Offensichtlich betrat er die Bibliothek normalerweise nicht und fühlte sich in dieser Umgebung unwohl. Sein Gesichtsausdruck spiegelte Genugtuung, ja musste fast als triumphierend bezeichnet werden. Er hob das Kinn und ließ den Blick abschätzend über die Anwesenden wandern. *Ich hab's euch ja gesagt*, schien er zu bedeuten.

Charlotte und Clemens Fernau kamen gemeinsam und setzten sich auf das Sofa, das mit dem Rücken zu der großen Bücherwand stand. Sie schlugen die Beine über und wandten Simon die Gesichter zu. Mutter und Sohn vermittelten einen Eindruck der Solidarität, waren wie ein Bollwerk gegen alles, was in den nächsten Stunden in der Bibliothek gesagt werden oder geschehen sollte. Trotzdem bemerkte Simon, dass Charlotte Fernau ein wenig hin und her rutschte und dass ihre Lippen sich im stummen Selbstgespräch bewegten, als wollte sie etwas sagen. Immerhin war die junge Frau, deren Leiche jetzt zugedeckt auf einer Marmorplatte in der kalten Krypta lag, ihre Verwandte. War ihrer Tante etwas Wichtiges eingefallen? Machte sie sich Selbstvorwürfe?

Elisabeth und Heidi drängten sich an Steingruber vorbei und setzten sich neben den Kachelofen. Sie wirkten fast aufgekratzt. Mit ihrem Abstand zu den übrigen Bewohnern schienen sie auch deutlich machen zu wollen, dass sie die Vorgänge auf dem Schloss aus der Position von Angestellten und damit von Außenstehenden betrachteten. Als ginge sie das alles nichts an oder als handle es sich um eine Krimi-Inszenierung für zahlende Gäste. Sie sahen ihre Sicherheit offensichtlich nicht als gefährdet an. Eine Einschätzung, die Simon nicht teilte.

Sebastian Michels erschien als Letzter und mit einiger Verspätung. Er trug eine teure Daunenjacke, auf der Schneeflocken schmolzen, und Wildlederstiefel. Sein blondes Haar stand wirr und nass vom Kopf ab. Die kalte Luft, die er von draußen mitgebracht hatte, verbreitete sich im Raum. Dimitra zog den Kaschmirschal enger um sich. Sebastian schloss die Tür hinter sich, blieb neben Steingruber stehen und richtete seinen Blick auf Simon, wobei er alle anderen Anwesenden ignorierte. Er war ganz der Hausherr, der von wichtigen Dingen abgerufen worden, aber pflichtbewusst bereit war, diesem Schauspiel zumindest für kurze Zeit beizuwohnen. Simon fiel auf, dass alle beim Schnappen des Türschlosses zu ihm hinübersahen. Bis auf Dimitra, die nur kurz den Mund verzog.

»Danke, dass Sie alle gekommen sind«, begann Simon. »Wie Frau Dr. Todorov Ihnen heute mitgeteilt hat, gibt es einen weiteren Todesfall im Schloss.« Eine kurze Unruhe entstand. Heidi flüsterte Elisabeth etwas zu, und Charlotte Fernau räusperte sich. Simon wartete, bis wieder Ruhe eingekehrt war, dann fuhr er fort: »Julia Gimborn, die Nichte von Frau Fernau, ist tot.« Simon hatte Dimitra bei der Untersuchung von Julias Leiche assistiert. Die Todesursache war nicht offensichtlich.

Dimitra nickte. »Ich denke, es war Selbstmord«, sagte sie. »Zumindest sind keine Verletzungen mit bloßem Auge zu erkennen. Die toxikologische Untersuchung ist Sache der Gerichtsmedizin.«

»Die kann da nicht helfen«, brummte Steingruber.

Dimitra ignorierte den Einwurf und nickte Simon zu, zum Zeichen, dass er weitersprechen sollte.

»Wie es aussieht«, sagte Simon, »war Julia Gimborn mit Adam Minkowitz liiert und wollte ihn hier besuchen.«

»Das hat sie aber nicht getan«, meldete sich Elisabeth. »Sie hätte nur zu mir ins Schwesternzimmer kommen müssen.«

»Das stimmt«, sagte Sebastian. »Julia war nie auf der Station.« Simon fiel auf, dass Sebastian wie selbstverständlich den Vornamen verwendete und dass Dimitra ihm daraufhin einen scharfen Blick zuwarf.

»Trotzdem – sie hat Minkowitz ermordet«, sagte Clemens Fernau. »Wer hätte es sonst tun sollen? Keiner von uns kannte ihn.«

Charlotte Fernau räusperte sich. »Julia hat endlich akzeptieren müssen, dass ihr Vater das Schloss nicht bekommen hat«, sagte sie. »Und dass ich es verkauft habe. Also hat sie versucht, an ein anderes großes Erbe zu gelangen.« Sie sah sich in der Runde um. »Es liegt doch auf der Hand, oder?« Ihre Miene war resigniert.

Charlie wird sich wundern, das ist ihr Ende. Und das von ihrem geliebten Clemens auch. Ich habe den Beweis gefunden. Natürlich habe ich ihn gut versteckt.

Was hatte Julia gefunden? Wenn sie keine Schlaftabletten genommen hatte – hatte sie die Fernaus am Ende mit ihrem Wissen erpresst? Natürlich konnte das Mädchen auch jemandem erzählt haben, was es wusste, und damit den Mörder auf die Idee gebracht haben, es zu töten und die Fernaus selbst unter Druck zu setzen. Vielleicht hatte das ganze Gerede um eine Wiedergängerin den Täter erst auf die Idee dieser makabren Inszenierung gebracht. Auf jeden Fall befand er sich in diesem Raum. Und möglicherweise umfasste der Kreis der Verdächtigen ja nicht nur die zerstrittene Verwandtschaft.

Simon hatte das Gefühl, als wahrten die Angestellten eine geradezu provozierende Distanz. *Julia war nie auf der Station.* Weshalb hatte Sebastian Michels diese Tatsache so betont? Weil er wusste, dass Julia auf Adam Minkowitz' Erbe spekulierte und ihn umgebracht hatte? Um das Geld später mit dem wesentlich jüngeren Sebastian zu teilen? Dafür sprach, dass ihr jemand Zutritt zum Krankenzimmer verschafft haben musste. Vielleicht hatte er sie angestiftet. Oder ihr bei der Tat sogar geholfen. Was, wenn

Julia keine Tatbeteiligung nachzuweisen war und sie auf einmal beschlossen hatte, zur Polizei zu gehen, um ihr Erbe antreten zu können? Sebastian hätte sich ihrer entledigen müssen. Und er hatte Zugang zu toxischen Stoffen.

Sebastian also. Oder – Elisabeth?

Simon blickte zu der Krankenschwester hinüber. Sie tuschelte mit Heidi. Nein, wenn, dann passte so ein Vorgehen eher zu dem Pflegedienstleiter. Er hatte Elisabeth noch dazu überraschend vom Rest ihres Nachtdienstes befreit. Was wieder für die Theorie sprach, dass der Pflegedienstleiter an der Tat beteiligt gewesen war.

Steingrubers harte Stimme riss ihn aus seinen Gedanken. »Das ist alles Unfug«, sagte er. »Die Maria ist aus dem Grab gestiegen und holt sich alle Frevelhaften. Ihr Körper ist nicht verwest, was der Beweis für ihre Heiligkeit ist. Und da ist noch etwas.« Er ließ seinen Blick bedeutungsvoll über die Anwesenden wandern. »Es hat ein Blutwunder gegeben!«

Elisabeth schrie auf, hielt sich aber gleich die Hand vor den Mund. Sebastian verdrehte die Augen. Aber die anderen starrten den Alten begierig an, hatten von diesem neuen Phänomen offensichtlich noch nichts gehört.

Dimitra hob die Hände voller Abwehr. »Es reicht«, sagte sie scharf. »Die Situation ist, weiß Gott, furchtbar genug. Um weiteren absurden Spekulationen zuvorzukommen, teile ich hiermit allen Anwesenden Folgendes mit: Wer ab jetzt diesen Aberglauben weiterverbreitet, den werde ich zur Rechenschaft ziehen. Jeden finanziellen Schaden, der der Klinik durch diese üble Nachrede entsteht, werde ich einklagen.«

Steingruber verschränkte die Arme vor der Brust. »Da hilft kein weltliches Gericht«, sagte er trotzig. »Das Blutwunder ist geschehen. Amen.«

»Das ist doch Schwachsinn«, fauchte Dimitra.

»Na ja«, sagte Simon und zog das Fläschchen aus der Jackentasche. »Es hat zumindest den Anschein.« Er schwenkte das Glas, sodass die rote Flüssigkeit herumschwappte. Alle starrten auf seine Hand. Worte des Unglaubens und des Abscheus wurden laut. »Dieses Gefäß habe ich bei der Mumie gefunden.« Er machte eine Pause. »Seltsamerweise ist es gleich darauf verschwunden.« Dass dies durch eine verschlossene Tür hindurch geschehen war, verschwieg er lieber. »Heute Morgen ist es wiederaufgetaucht.« Wie die Flasche in Julias Besitz hatte gelangen können, war eines der Dinge, die ihm Kopfzerbrechen bereiteten.

Elisabeth sah aus, als wollte sie sich übergeben.

Annabelle Laubenstein zog die Brauen hoch. »Ist das Blut?«, fragte sie interessiert und auffallend sachlich.

»Heiligenblut«, bestätigte Steingruber.

»Nein«, sagte Simon. »Das ist es keineswegs. Ich hätte es schon früher herausfinden können, aber wie gesagt: Die Ampulle war verschwunden. Und zwar aus gutem Grund, wie ich annehme. Wenn es einen Mörder gibt, muss er Angst gehabt haben, dass ich ihm auf die Schliche komme. Ein Geist hätte sich nicht die Mühe machen müssen – wenn es sich wirklich um ein Blutwunder handelt.« Er drehte das Fläschchen wieder ein wenig und beobachtete die Bewegungen des Inhalts. »Als ich das hier gefunden habe, war die Masse darin fest. Wie Sie sehen, ist der Verschluss sogar versiegelt. Keine Chance für mich, einfach mal einen Blick hineinzuwerfen und eine Probe zu entnehmen, ohne das schöne Arrangement zu zerstören. Der Täter hat sich sogar die Mühe gemacht, ein kleines Kreuz einzuritzen.«

»Der Täter?«, fragte Clemens Fernau. Er wirkte nicht so überrascht und entsetzt wie die anderen. Sein Gesicht spiegelte wissenschaftliches Interesse.

In Simon entstand der Verdacht, dass der junge Arzt möglicherweise wusste, wie der Trick funktionierte. Und natürlich war ihm auch bekannt, dass Kälte die exakte Ermittlung eines Todeszeitpunktes unmöglich machen konnte – indem man zum Beispiel das Fenster im Sterbezimmer in einer Nacht mit Temperaturen unter dem Gefrierpunkt öffnete.

Simon ließ das Fläschchen sinken. »Das Blutwunder von Neapel«, sagte er. »Haben Sie davon schon gehört?«

»Natürlich nicht«, sagte Dimitra stellvertretend für die anderen, die alle die Köpfe schüttelten.

»Dann erzähle ich Ihnen jetzt davon«, fuhr Simon fort. »Angeblich verflüssigt sich in Neapel seit 1389 dreimal im Jahr das

Blut des heiligen Januarius – eine rötlich braune Substanz in zwei gut verschlossenen Fläschchen. Die Verflüssigung ist weder ein Vertauschungstrick noch eine Wahrnehmungsstörung. Das Blutwunder geschieht am helllichten Tag unter den Augen Hunderter Beobachter.«

»Verstehe«, sagte Clemens Fernau und grinste.

»Im Labor kann man das Wunder nachmachen«, sagte Simon.

»Frevel!«, rief Steingruber, aber Sebastian packte ihn am Arm und brachte ihn so zum Schweigen.

»Man braucht Kalk«, sagte Simon, »Wasser und Eisen(III)-chlorid. Ein stark ätzendes Mittel, das Sie auch für Reinigungsarbeiten benutzen können. Ein daraus gemischtes Gel geht durch Schütteln ziemlich schnell in einen flüssigen Zustand über.« Er warf einen Blick in die Runde. »In Neapel wird die Figur des heiligen Januarius auf den Schultern durch die Stadt getragen.«

»Und die ganze Rüttelei verflüssigt das sogenannte Blut«, sagte Clemens Fernau. »Sehr clever von den Patres. Im Notfall wird einfach etwas nachgeschüttelt, was?«

Simon nickte und legte das Fläschchen auf den Tisch. »Unser Täter muss also chemische Kenntnisse besitzen oder mit diesem Mittel schon zu tun gehabt haben.«

Dimitra zog den Schal noch fester um sich. »Danke für die Vorführung«, sagte sie. »Sie beruhigt mich ungemein.« Sie bemerkte die Blicke der anderen. »Immerhin haben wir hier keine übersinnliche Manifestation, nicht wahr?«

»Ich fürchte, für Entwarnung besteht kein Grund«, sagte Simon. »Wir haben es zwar nicht mit Geistern oder Heiligenerscheinungen zu tun. Aber es ist viel gefährlicher.« Er ließ seinen Blick durch die Runde wandern. »Dieser Mörder meint es ernst, und – er ist einer von uns.«

Alle sahen sich an. Das Unerhörte, über das sie seit Adam Minkowitz' Tod nachdachten, war ausgesprochen worden. Jetzt war es keine Spekulation mehr, sondern stand als Tatsache im Raum. Simon bemerkte, wie die Blicke einander auswichen und sich verlegenes Lächeln auf den Gesichtern breitmachte. Wer war der Mörder? Wer war in Gefahr? Angst und Misstrauen schienen zum Greifen nah.

Dimitra meldete sich als Erste wieder zu Wort. »Julia und Adam Minkowitz waren liiert«, sagte sie. »Das ist die einzige Verbindung zwischen den beiden. Wer von uns sollte ein Interesse daran haben, erst einen meiner Patienten und dann seine Freundin umzubringen? Niemand von uns kennt beide gut genug für so eine Tat. Es gibt keinen Zusammenhang.«

»Du hast recht«, sagte Simon langsam, wählte seine folgenden Worte mit Bedacht. »Den gibt es nicht. Deshalb glaube ich auch nicht, dass ein Mörder unter uns ist.« Er machte eine Pause, dann setzte er hinzu: »Es sind mehrere.«

In der Stille, die seinen Worten folgte, hätte man eine Stecknadel zu Boden fallen hören können.

SECHZEHN

Es war schon gegen Mitternacht, als Simon noch einmal ins Schloss zurückkehrte. Nach dem beklemmenden Nachmittag in der Bibliothek war die abendliche Kartenrunde in stillschweigendem Einvernehmen ausgefallen, und so hatte er in seinem Zimmer vergeblich versucht, sich auf das Studium von Fachliteratur zu konzentrieren. Auch an Schlaf war nicht zu denken gewesen. Endlich hatte er beschlossen, sich etwas Bettlektüre zu besorgen. Die Schlossbibliothek war zwar hauptsächlich mit leichter Literatur für Hotelgäste und Patienten bestückt, aber er meinte, am Nachmittag auch eine alte Gesamtausgabe von Tolstoi gesehen zu haben.

Als er die Halle betrat, waren die Kerzen in dem eisernen Kronleuchter für die Nacht heruntergedimmt. Die Jagdszenen auf den Bildern verschwammen zu unkenntlichen grauen Mustern. Der Löwe und der Keiler starrten von den Wänden herab. Das diffuse Licht gab ihren Glasaugen eine neue Tiefe und ließ sie im Halbdunkel glühen. Simon hatte das unangenehme Gefühl, als beobachteten sie ihn aus dem Halbdunkel.

Die einzige Lichtinsel war das lebensgroße Porträt der ehemaligen Schlossherrin. Es wurde von einer schmalen Bilderlampe beleuchtet und strahlte ihn an. Der Maler hatte sein Handwerk verstanden, denn die junge Frau im hellbraunen Kleid sah aus, als stünde sie dort für immer in der Erwartung, ihre Gäste willkommen zu heißen. Aus kalten Augen blickte sie Simon entgegen. Der Fuchspelz über ihrer Schulter entsprach der Eleganz der Zeit, aber die schweren Ohrgehänge wirkten wie ein Fremdkörper in der harmonischen Komposition. Vielleicht hatte das Modell darauf bestanden, sie zu tragen. Die ungeschickte Wahl verlieh Valerie eine Aura von zur Schau gestelltem Besitz, verriet den frisch erworbenen Reichtum. Und hatte sie das Schloss nicht als Bezahlung erhalten? Ihre Miene wirkte selbstbewusst, ja überheblich. Valerie hatte es geschafft, hatte bekommen, wonach sie begehrt hatte, und war bereit gewesen, den Preis dafür zu zahlen. Der Gedanke an Julia schoss Simon durch den Kopf, deren Leiche nun neben der ihres Liebhabers in der Krypta lag. Zum Zeitpunkt ihres Todes war sie jünger als ihre Vorfahrin auf dem Bild gewesen. Sie hatte von ihr wohl nicht nur die Gesichtszüge, sondern auch den Willen zum Nutzen des eigenen Vorteils geerbt. Zwei Goldgräberinnen, durch ein halbes Jahrhundert getrennt.

Simon löste seinen Blick von dem Porträt, durchquerte die Halle und betrat das Kaminzimmer. Erstaunt stellte er fest, dass im Kamin noch immer ein Feuer brannte. Die Stehlampe neben einem der Ohrensessel war eingeschaltet, und auf dem Tischchen lag neben einem halb leeren Rotweinglas ein Stapel Karten. Aber es war niemand zu sehen.

In der Bibliothek fand Simon sofort, was er gesucht hatte. Eine Reihe in Leder gebundener Bücher stand auf einem der unteren Regalbretter. Und er hatte sich richtig erinnert – es war das Gesamtwerk von Tolstoi. Vielleicht unter dem Eindruck der stummen Zwiesprache mit Valerie Gimborn entschied er sich für »Anna Karenina«, ein Frauenschicksal um die Jahrhundertwende. Er hatte den Band gerade aus dem Regal genommen, als im Kaminzimmer die Tür klappte. Schritte erklangen und verstummten abrupt. Wer immer im Nebenraum war, musste sich durch das Licht, das durch die Bibliothekstür fiel, erschrocken haben.

»Guten Abend«, rief Simon und ging, das Buch in der Hand, zur Tür. »Ich bin's, Simon Becker.« Es war Annabelle Laubenstein, die wie angewurzelt mitten im Zimmer stand. Sie trug Jeans und einen dicken Rollkragenpullover, eine legere Aufmachung, die wohl anzeigte, dass sie ausnahmsweise nicht im Dienst war. »Ich habe etwas Bettlektüre gesucht.« Er hielt das Buch hoch.

»Ach so, ja klar.« Annabelle Laubenstein klang erleichtert, aber ihr Gesicht war auffallend blass und ihr Blick unstet. Sie ging zu dem Ohrensessel und ließ sich hineinfallen. Dann griff sie zu dem Rotweinglas und nahm einen tiefen Schluck, wobei sie Simon nicht aus den Augen ließ. »Wie sind Sie hereingekommen?«

»Die Tür zur Halle war offen«, sagte er etwas erstaunt.

Sie zog die Brauen zusammen. »Steingruber ist mit seinen

Aufgaben wirklich überfordert«, sagte sie. »Die Tür sollte in der Nacht natürlich verschlossen sein, gerade jetzt.« Sie biss sich auf die Unterlippe.

Simon durchquerte den Raum und ging zu der Sitzgruppe vor dem Kamin. Das alte Parkett knarrte unter seinen Schritten, und das Feuer prasselte. In der Stille der Nacht klangen selbst die alltäglichen Geräusche eigenartig.

»Ich habe mir ein Buch ausgeliehen«, sagte er und hielt den ledergebundenen Band hoch. »Tolstoi, ›Anna Karenina‹, ich hoffe, das ist in Ordnung.«

»Selbstverständlich«, sagte sie. »Scheint ja eine begehrte Lektüre unter jungen Leuten zu sein.«

»Tatsächlich?«

»Zuletzt habe ich Julia mit dem Buch in der Hand gesehen«, sagte Annabelle Laubenstein. »Ich glaube, sie hat es sogar unserem Pflegedienstleiter empfohlen. Aber sie hat es dann wohl doch nicht mitgenommen.«

Simon setzte sich auf das Sofa neben ihrem Sessel. »Julia war eine Leseratte?«

Sie zuckte die Schultern. »Das weiß ich nicht«, sagte sie. »Das Mädchen ist mir nur in der Bibliothek aufgefallen, weil eigentlich niemand diesen Raum nutzt. Außer zum Teetrinken, meine ich. Die Bücher gehören zum Inventar.« Sie griff nach ihrem Weinglas, nahm einen Schluck und stellte es dann neben den mehrarmigen Kandelaber, der wie immer auf dem Tisch stand. Seine Kerzen waren rot, ihre Dochte weiß.

»Die Kerzen sind neu«, sagte Simon und dachte an den Abend, als die Tarock-Runde sich vor dem Kamin eingefunden hatte und die Kerzen im Leuchter eine nach der anderen erloschen waren. Sie hatten kaum eine Stunde gebrannt. »Warum sind die weißen Kerzen ausgetauscht worden?«

Annabelle blickte auf den Kandelaber. »Wir benutzen ein paar der herabgebrannten Kerzen als Reserve bei einem Stromausfall«, sagte sie. »Den Rest können sich die Angestellten nehmen. Keine Angst, wir werfen sie nicht weg.«

Simon fiel ihre angespannte Stimme auf. »Ist alles in Ordnung mit Ihnen?« Er musterte ihr blasses Gesicht.

Ihre Mundwinkel zuckten. »Sie meinen, nach zwei Morden?«, fragte sie sarkastisch.

Simon dachte an die Mumie der Marie Gruberin in der Krypta. Er hatte das Gefühl, als hingen ihr gewaltsamer Tod und die ungeklärten Todesfälle der letzten Tage zusammen. So unwahrscheinlich das bei näherer Betrachtung auch sein mochte. »Es sind drei«, sagte er.

Ein Lächeln spielte um ihren Mund. »Sie sind ein mitfühlender Mensch, und von der Sorte gibt es wenige im Schloss«, sagte sie. »Und wer steckt hinter den Morden?«

»Ich fürchte – jemand, der noch mehr vorhat.«

»Ja, das denke ich auch.«

»Es ist jedenfalls kein Geist.«

»Meinen Sie?« Annabelle Laubenstein griff nach den Karten, die vor ihr auf dem Tisch lagen, und fing an, damit zu spielen. »Glauben Sie an Besessenheit?«

»Sie meinen, daran, dass ein Geist die Kontrolle über einen Menschen übernimmt?« Er zögerte. Ihre Frage klang abwegig. Aber alles, was seit der Öffnung der Krypta und dem Fund der Mumie passiert war, war nicht natürlich. Konnte es eine Macht geben – eine böse Macht –, die Geist und Körper annahm, sich materialisierte und ihre Taten verübte? Das Kaminfeuer brannte langsam herab. Es knisterte und wisperte, als wollte es ihm etwas mitteilen. Er räusperte sich. »Nein.«

Sie beobachtete ihn. »Soll ich Ihnen die Karten legen?«

Die Situation, mitten in der Nacht in einem abgelegenen Schloss vor einem flackernden Feuer zu sitzen und zu wissen, dass kaum hundert Meter entfernt drei Tote lagen und auf ihn warteten, und wohl auch das Bewusstsein seiner eigenen Hilflosigkeit gaben den Ausschlag. »Ja, gern«, sagte er.

Annabelle Laubenstein mischte die Karten, schnell und geübt. Simon sah, dass es das Tarot-Spiel war, das ihm vor ein paar Tagen aufgefallen war und das sie so unauffällig eingesteckt hatte. Jetzt wirkte sie ruhig und konzentriert.

»Woher können Sie Karten legen?«, fragte er.

Sie stapelte das Spiel auf den Tisch, hob mehrmals ab und schob dann alle Karten wieder zusammen. »Das hat in meiner

Familie Tradition«, sagte sie etwas unbestimmt. »Ich habe es von meiner Mutter gelernt.«

»Wahrsagen?«

»Ich bin keine Wahrsagerin«, erwiderte sie und begann, die Karten aufzulegen. »Die Reihenfolge der Karten ergibt sich aus der Fragestellung. Die Antwort, die wir daraus lesen, ist bereits in unserem Unterbewusstsein vorhanden. Die Karten bringen sie nur an die Oberfläche und verschaffen uns Klarheit.« Sie sprach so ruhig, als erklärte sie ein wissenschaftliches Experiment. »Alles ist vorherbestimmt, alles hängt zusammen. Sie sind doch Wissenschaftler. In der Natur gibt es keine Zufälle, sondern nur Gesetzmäßigkeiten.«

Simon räusperte sich. »Ja, das stimmt.«

Die Holzscheite im Kamin fielen krachend zusammen, Funken sprühten auf die Marmorplatte vor dem Feuerloch. Für einen kurzen Moment lebten sie rot glühend weiter. Dann erloschen sie und wurden zu schwarzen Punkten.

Annabelle Laubensteins Hände mit den Karten schwebten über dem Tisch. Sie warf Simon einen Seitenblick zu, als wollte sie sich davon überzeugen, dass er immer noch zu diesem Experiment bereit war. Simon nickte, und sie legte die Karten aufgedeckt in Form eines Sternes auf und darüber noch quer ein einzelnes Blatt. Dann stützte sie den Ellenbogen auf das rechte Knie und legte das Kinn in die Hand. Schweigend betrachtete sie die Karten.

Simon, der ein Tarot-Spiel vor Jahren bei einer mittelalterlichen Ausgrabung gesehen und es sich hatte erklären lassen, erkannte das Gericht und den Teufel, die Liebenden und die Enthaltsamkeit. Den Gehenkten und den Tod. Über allen anderen Karten lag der Gaukler, das Schicksal. Für einen Moment wurde er unruhig. Sie hatte die Karten gemischt und willkürlich aufgeschlagen. Aber die zentrale Frage war trotzdem aufgetaucht: Wessen Schicksal lag vor ihm?

Annabelle nickte, als läse sie das, was sie erwartet hatte. »Sie waren ein freiheitsliebendes Kind«, sagte sie. »Ich sehe eine rothaarige Frau. Ihre Mutter? Sie hat sie früh verlassen, aber unter dem Einfluss eines dunkelhaarigen Mannes konnten Sie Ihren

Weg gehen, der Sie am Ende hier heraufgeführt hat. Sie sind in Gefahr, mein Freund, in großer Gefahr. Vertrauen Sie einem wahren Freund, der aus der Fremde kommt, aber hüten Sie sich vor – *dem Mann, der über das Wasser geht.*« Sie hob den Blick von den Karten und starrte über seine Schulter ins Leere. Ihre Augen nahmen einen entrückten Ausdruck an.

Simon war enttäuscht und ärgerlich. Was hatte er von derlei Hokuspokus erwartet? Für einen Augenblick hatte er das Gefühl gehabt, als könnte ein Blick auf das Schicksal möglich sein. Aber für die Weissagung, dass seine Mutter rothaarig gewesen war und dass sein dunkelhaariger Vater ihn bei seiner Studienwahl unterstützt hatte, dafür bestand immerhin eine fünfzigprozentige Chance. Die zentrale Frage, was die Mörder auf diesem Schloss antrieb, hatten die Karten, hatte Annabelle Laubenstein nicht beantwortet.

»Erfüllt von Rachsucht und Begierde«, flüsterte sie.

Simon fuhr hoch. »Was?« Trotz der Floskeln, die sie bis eben verwendet hatte, hatte sie seine Gedanken gelesen. Er beugte sich vor. »Wen meinen Sie?«

Annabelle Laubenstein antwortete nicht.

Eine Rauchschlange kroch aus der Feuerstelle des Kamins und wand sich um Simons Beine. Jetzt brannte nur noch ein einzelner Holzklotz. Simon hatte das Gefühl, als wäre es auf einen Schlag kälter im Zimmer geworden.

»Wiederholen Sie bitte Ihre Worte«, drängte Simon.

Annabelle Laubenstein zwinkerte, als kehre sie aus dem Dunkel zurück und das Licht der Stehlampe blendete sie. »Wie bitte? Habe ich etwas gesagt?« Sie schüttelte den Kopf. »Ich glaube, wir sollten es für heute dabei belassen. Es ist kein guter Zeitpunkt, ich bin zu unkonzentriert.« Mit flatternden Fingern schob sie die Karten zusammen.

»Nein, nein«, sagte Simon. »Warten Sie. Sie haben etwas von Rache gesagt und von Begierde.«

»Wirklich?« Annabelle Laubenstein zog die Brauen zusammen. »Ich kann mich nicht erinnern. Da war ein Bild, das …« Sie stockte, brach ab. Auf einmal fuhr sie flüsternd fort: »Die Frau ist ein Mann.«

»Welche Frau?«, drängte Simon.

»Alle glauben, es ist eine Frau«, sagte sie verwundert.

»Wer? Maria Gruberin?«

Annabelle schüttelte heftig den Kopf, zog eine Karte und warf einen schnellen Blick darauf. Dann schleuderte sie sie, als hätte sie sich daran verbrannt, auf den Tisch. Simon erkannte einen Ritter auf einem weißen Pferd, der eine schwarze Standarte vor sich hertrug. Darüber stand eine römische Dreizehn.

»Der Tod«, keuchte Annabelle. »Der Abschied kommt – die Dreizehn ist der Tod.«

»Der Tod?« Verständnislos starrte Simon auf das bunte Blatt. Vielleicht meinte Annabelle tatsächlich den Mörder. »Was steht in den Karten? Wer ist der Tod?«

Sie sah ihn mitleidig an. »Sie natürlich.«

»Ich soll der Tod sein?« Irgendwann in den letzten Minuten musste sich Annabelle Laubensteins Verstand verwirrt haben. War sie am Ende die Mörderin, die er suchte, und narrte sie ihn mit kryptischen Weissagungen, wollte ihn damit auf eine falsche Spur locken? Ohne ein mit dem Verstand zu erfassendes Motiv war sie jedoch kaum zu überführen.

Sie nickte. »Ihretwegen geht der Tod ja um«, sagte sie. »Mit Ihnen hat alles angefangen.«

Das letzte Holzscheit zerbrach krachend im Kamin.

Simons Mund war trocken. Er schluckte. »*Warum* – geht der Tod denn um?«, fragte er.

Annabelle Laubenstein gab darauf keine Antwort, nahm nur die Karte mit dem Ritter und betrachtete sie. »Es ist die Karte des Abschieds«, erklärte sie versonnen. »Sie bedeutet das Ende einer Arbeit, eines Projektes oder Abschnitts.« Jetzt richtete sie ihren Blick auf ihn, wirkte nachdenklich. »Oder einer Berufslaufbahn.« Sie steckte die Karte zwischen die anderen, schob den Stapel mit dem Zeigefinger auseinander und verteilte ihn vor sich auf dem Tisch, schnell und geschickt.

Simon blickte auf die in seinen Augen so sinnlosen Figuren. Da waren der Mond und die Sterne, Engel, Teufel, Skelette und Fabeltiere. Und der Hofnarr. Ihm kam der Gedanke, dass dies die Karte war, die seine Rolle im Schloss wohl am besten verkörperte. Der Narr, der nicht dazugehörte, aber dafür die Wahrheit sagen durfte, ohne dafür eine Strafe befürchten zu müssen. Hoffentlich, dachte Simon. *Hokuspokus. Aberglaube. Gefährlicher Unsinn.* Trotzdem hatte Annabelle Laubenstein, wenn sie ihn nicht absichtlich in die Irre hatte führen wollen, seine Gedanken gelesen. Sie hatte sich in ihn hineinversetzt und seine Frage beantwortet. Nur dass er die Antwort nicht hatte deuten können.

Hinter den Fenstern des Kaminzimmers trieb der Wind den Schnee vorbei. Die Lüftungsklappe über der Feuerstelle schlug auf und zu und verbreitete mit jedem Schlag den Geruch nach kalter Asche im Raum.

Simon beugte sich vor. »Von wem geht die Gefahr aus?«

Annabelle Laubenstein blickte von den bunten Bildern hoch. »Wie meinen Sie?«, fragte sie freundlich und wieder mit normaler Stimme. »Ach, ich fürchte, die Karten geben heute nichts her. Das tut mir leid, ich hätte Ihnen gerne geholfen.« Sie griff nach ihrem Glas und schwenkte den Rest Rotwein darin herum. »Möchten Sie einen Schlaftrunk?« Ihr Lächeln schien ihm betont harmlos.

Hörte Simon in ihrer Stimme einen lauernden Unterton, oder spielten ihm seine überreizten Nerven einen Streich? Er erhob sich und sagte: »Nein danke, es war ein furchtbarer Tag, und ich bin zum Umfallen müde. Der Schneesturm wird auch nicht besser. Am besten schlage ich mich jetzt zum Gästehaus durch.« Er nahm das ledergebundene Buch, das er aus der Bibliothek mitgenommen hatte, und steckte es sich unter den Arm. »Tolstoi wird mir den Schlummertrunk ersetzen.«

Annabelle Laubenstein musterte ihn über den Rand ihres Glases hinweg. »Passen Sie gut auf sich auf«, sagte sie, und er hatte nicht das Gefühl, dass sie das Wetter meinte.

»Das gilt wohl für uns alle«, sagte er. »Gute Nacht.«

Während er unter dem kalten Blick von Valerie Gimborn die Halle durchquerte, fröstelte er. Die vergangenen Stunden hatten seine Sicht auf die Dinge von Grund auf verändert. Den Aberglauben, von dem es in diesem Schloss zu viel gab, konnte er mit seinem Verstand abtun. Aber für Annabelle Laubensteins

Fähigkeit, seine Gedanken zu lesen, hatte er keine Erklärung. Er wusste jedoch, dass er eine Warnung erhalten hatte. Wovor – und vor allem vor wem –, hatte er nicht verstanden. Nur dass die Gefahr, die dem Schloss und ihren Bewohnern drohte, noch gewachsen war, daran hatte er keinen Zweifel.

Als Simon die Eingangstür öffnete, wehte ihm der Wind Schneeflocken ins Gesicht. Brennend schmolzen sie auf seiner Haut. Er steckte das Buch zum Schutz des alten Leders unter seine Jacke, zog das Kinn in den Kragen und hastete durch den weichen Schnee über den Vorplatz.

Noch ganz in Gedanken bei Annabelle und ihren kryptischen Weissagungen drückte Simon die Eingangstür des Gästehauses auf und trat ins Treppenhaus.

Dann blieb er irritiert stehen.

Etwas war anders als sonst. Die Wandlampen brannten wie jeden Abend, alles war still. Trotzdem hatte sich die Atmosphäre im Haus verändert. Auf einmal fühlte sich Simon in seine Kindheit zurückversetzt. Er stand in der Hütte im Garten seines Elternhauses. Und vor ihm auf dem Pflanztisch lag eine tote Krähe. Simon erkannte den spezifischen Geruch sofort, das modernde Horn der Federschäfte, das verrottende Fleisch, diese Mischung aus Nagellackentferner, Benzin, Knoblauch und – Kakao. Unwillkürlich warf er einen Blick zur Küche hinüber. Unter der Tür schimmerte kein Licht.

Aber der Geruch war da. Und er schien aus dem ersten Stock zu kommen. Langsam ging Simon zur Treppe, stieg die Stufen eine nach der anderen hinauf, folgte schnuppernd der Duftspur. Mit jedem Schritt wurde sie breiter, intensiver, eindeutiger. Jedes Lebewesen entwickelte im Zerfall einen eigenen Geruch. Dies war ein Vogel. War er vor der Kälte ins Innere geflüchtet, und war das Gästehaus für ihn zur Todesfalle geworden? Hätten die Fernaus seine Schreie und sein Flattern nicht hören müssen?

Auf dem Treppenabsatz blieb Simon stehen. Die Wohnungstür der Fernaus war geschlossen. Am Türstock lehnte ein schwarzer Regenschirm. Clemens war also auch schon von der Schlossklinik herübergekommen. Wieso hatte er nichts bemerkt?

Der Geruch wies ihm den Weg nach rechts – zu seinem Zimmer.

Auf einmal hatte er das Gefühl, als sträubten sich ihm gegen jedes Naturgesetz die Nackenhaare. Simon hatte Lupo früher am Abend dort eingesperrt. Er stürzte los, rannte zu seiner Zimmertür und – blieb wie angewurzelt stehen. Da war sie, die Quelle des Geruchs. Simon zwinkerte ungläubig. Für einen irren Moment hielt er den Anblick für eine optische Täuschung. Doch der Geruch war wirklich.

An seiner Tür hing in Augenhöhe ein Kadaver.

Es war ein großer weißer Vogel. Seine Schwingen waren ausgebreitet und mit dicken Nägeln auf das Holz des Türblatts genagelt, sodass er wie eine blasphemische Darstellung des Gekreuzigten in der Kapelle aussah. Es war eine Eule. Ihr Kopf mit dem weißen Gesicht und der braunen Zeichnung, die an ein Witwenhäubchen erinnerte, hing unnatürlich tief auf die seidig schimmernde Brust herab. Die Fänge mit den messerscharfen Krallen hatten sich im Tode zusammengekrampft.

»*Tyto alba*«, flüsterte Simon erschüttert. Es war eine Schleiereule. Jemand hatte dem seltenen Tier das Genick gebrochen und den Kadaver an seine Tür genagelt.

Das Buch entglitt seinem Griff, fiel polternd zu Boden. Sofort setzte wütendes Hundegebell hinter der Tür ein, wurde immer lauter, überschlug sich, stürzte auf ihn ein, bis er die Hände an die Ohren riss und zu brüllen begann. Er schrie und schrie, brüllte sich die Schrecken der letzten Tage und die aufgestauten Gefühle aus dem Leib, konnte nicht mehr aufhören. Als er endlich verstummte, fühlte er sich erschöpft, aber befreit.

Eine Tür fiel zu, aufgeregte Stimmen waren zu hören und rennende Schritte.

»Simon, um Gottes willen! Verdammt, was ist los?«

Auf einmal stand Clemens vor ihm, packte seine Schultern, schüttelte ihn. Seine besorgte Miene schwebte vor Simons Gesicht. Simon starrte ihn an. Lupo bellte weiter hinter der Tür. An der eine tote Eule hing. Der man den Hals umgedreht hatte. Als Warnung, dass man das mit ihm, Simon, auch tun konnte, wollte, würde.

»Clemens«, krächzte er. »Hinter dir ...«

Jetzt kam Charlotte Fernau ins Bild. Sie trug einen grünen Morgenmantel aus Samt, den sie mit einer goldenen Kordel in der Taille zusammengezurrt hatte. Ihr weißes Haar stand wirr von ihrem Kopf ab, aber die Brille hing wie immer an der Kette von ihrem Hals herab, was dem unwirklichen Augenblick einen fast surrealen Anstrich von Normalität gab.

»Was ist denn passiert?«, fragte sie.

»Ach du Scheiße«, sagte Clemens, der die Eule entdeckt hatte. »Sieh dir das an, Mutter.«

Charlotte starrte auf das tote Tier. Alle Farbe wich aus ihrem Gesicht. »Wer macht denn so was?«, flüsterte sie.

Simon hatte sich wieder so weit gefangen, dass er die Eule in Augenschein nehmen konnte. Er trat an die Tür, legte vorsichtig einen Finger unter den spitzen Schnabel und hob den Vogelkopf hoch. Das Tier war sicher schon ein paar Tage tot, die Augen eingefallen und die Lider schwarz verfärbt. Und jetzt bemerkte Simon auch, dass ein Flügel verletzt war, Bissspuren eines Tieres aufwies. Wahrscheinlich ein Opfer der Kälte oder eines kleinen Raubtieres, das jemand gefunden und aufgelesen hatte. Simon ließ den Vogelkopf los, der pendelnd auf die Brust herabfiel.

»Gibt es hier im Haus eine Kneifzange?«, fragte er.

»Keine Ahnung«, sagte Clemens, »aber ich habe ein paar chirurgische Instrumente in der Wohnung. Ich hole schnell eine Fasszange.« Damit drehte er sich um und lief den Gang hinunter, kurz darauf war er verschwunden.

Charlotte fasste nach Simons Hand. »Geht's wieder?«, erkundigte sie sich. »Oh Gott, ist das ein Gestank. Ich mache Ihnen gleich einen Tee, ja?« Ihre Miene sollte wohl Zuversicht ausdrücken, aber Simon konnte sehen, wie verstört sie war. »Mögen Sie Zitronenmelisse? Oder lieber Käsepappel? Der beruhigt auch gleichzeitig den Magen.«

Simon, dem sein Zusammenbruch inzwischen höchst unangenehm war, wollte sich gerade bedanken, da kam Clemens schon wieder zurück. In der einen Hand hielt er einen schmalen Metallgegenstand, in der anderen einen blauen Müllbeutel.

»Hier«, rief er. »Weg mit dem Unglücksbringer.«

»Dem was?«, fragte Simon.

Charlotte warf ihrem Sohn einen tadelnden Blick zu. »Alles nur Aberglaube«, sagte sie. »Eulenrufe sollen Unglück bringen, da aber dieser Vogel hier schon tot ist ...«

»Es ist ein Abwehrzauber«, sagte Clemens und schüttelte den blauen Müllsack auf. »Früher hat man Eulen und Krähen an die Scheunentüren genagelt – allerdings lebend.« Charlotte verzog den Mund. »Um das Böse fernzuhalten.« Er grinste Simon an, hatte seinen schwarzen Chirurgenhumor schon wiedergefunden. »Da hält dich jemand für den Gottseibeiuns und will dich loswerden.« Er warf den Müllsack auf den Boden. »So, und jetzt weg damit. Mutter, hol bitte Lysoform oder so etwas.«

Charlotte drehte sich ohne ein weiteres Wort um und ging zu ihrer Wohnung. Ob sie Desinfektionsmittel holen wollte oder lieber Tee kochen, war nicht klar.

Die Fasszange war viel zu zart und nahezu unbrauchbar, aber mit vereinten Kräften und unter Ausnutzung der Hebelwirkung schafften sie es, die Nägel aus dem Türblatt zu ziehen, ohne dass der Kadaver auseinanderriss und Stücke von ihm zurückblieben. Nur ein paar Federn segelten zu Boden. Simon steckte die tote Eule und die Federn in den Müllsack, warf die Nägel hinterher und verknotete die Plastikenden.

Clemens streckte die Hand aus. »Gib her«, sagte er. »Ich nehme den ganzen Schlamassel morgen früh mit zum Schloss rüber. Steingruber soll ihn verbrennen.«

Simon reichte ihm den Sack. »Danke dir und deiner Mutter.«

»Die ganze letzte Zeit war ein Wahnsinn«, sagte Clemens grimmig. »Wenn wir das alles hier überleben, schmeiße ich den Job hin. So viel steht fest. Hab mich in den letzten Tagen schon ein wenig umgehört.«

»Weiß Dimitra das?«

Clemens schnaubte verächtlich. »Die will uns sowieso loswerden«, sagte er. »Und Mitwisser von den Vorgängen in der Schlossklinik kann die auch nicht gebrauchen.«

Simon musterte seinen Freund nachdenklich. So hatte er das noch gar nicht gesehen. Natürlich wäre es für Dimitra günstiger, wenn er nicht nur für eine Weile den Mund hielt – sondern am besten für immer. Er räusperte sich und fragte: »Wo willst du denn hin?«

Clemens zögerte, doch dann rückte er heraus: »Nur zu dir gesagt – ich gehe zu ›Ärzte ohne Grenzen‹. Wollte ich schon immer. Vielleicht ist all das, was hier passiert ist, ein Zeichen dafür, dass ich nicht den Rest meines Lebens Falten aufspritzen soll, sondern dass ich woanders gebraucht werde.« Ein schiefes Lächeln erschien auf seinem Gesicht, als wären ihm die letzten Worte herausgerutscht und irgendwie peinlich. »Na ja, kein Grund für Pathos. Schätze mal, du willst keinen Tee, oder? Ich halte Mutter auf, sonst kriegst du auch noch irgendeinen homöopathischen Hokuspokus. Diese verdammten Zuckerkügelchen kann ich ihr einfach nicht austreiben.«

»Danke«, sagte Simon, »ich gehe schlafen.«

»Ja klar, also – gute Nacht.« Clemens hob die Hand zum Abschied, drehte sich um und schritt den Gang zur Fernau'schen Wohnung hinunter. Der blaue Müllsack baumelte an seiner Hand, und Simon wunderte sich kurz, wie ruhig Clemens mit der ungewöhnlichen Situation umgegangen war. Als Chirurg brauchte man gute Nerven. Wo er wohl die tote Eule über Nacht lagern wollte?

Aber Simon war zu erschöpft, um irgendwelche Schlüsse zu ziehen. Er hob das Buch auf, und als er die Zimmertür aufschloss, stürzte ihm Lupo entgegen und vertrieb jeden weiteren Gedanken. Das graue Rückenfell des Wolfshundes war gesträubt, sah aus wie gebürsteter Stahl, und seine gelben Augen waren zu Schlitzen zusammengezogen. Was hatte der Hund gehört? Oder gerochen? Simon beschloss, in den nächsten Tagen besonders auf die Reaktionen des Hundes zu achten.

Mit einem Mal fühlte er sich zu Tode erschöpft – als hätten die vergangene Stunde mit dem Tarot und der Vorfall mit der Eule die letzte Kraft aus seinem Körper gesogen.

Simon legte den Roman auf den Nachttisch, wickelte sich auf einer Seite des Bettes in die Decke und rollte sich zusammen. Ehe er das Licht löschte, fiel sein Blick noch einmal auf das Buch. Ein Stück gelben Papiers ragte ein wenig zwischen den Seiten hervor. Ein Lesezeichen? Simon war zu müde, um den Gedanken weiterzuverfolgen. Er drückte auf den Schalter der Lampe, und das schwache Licht erlosch.

Er spürte noch, wie Lupo sich an seine Seite schmiegte, und die tröstliche Wärme des Hundekörpers übertrug sich auf ihn und entspannte seine verkrampften Muskeln. Simon fiel in einen tiefen Alptraum, in dem sich die Kapellentür öffnete und eine Eule herausstrich und über den Tannenwipfeln in Richtung der Berge verschwand. Maria Gruberin stieg, das Gesicht verhüllt, aus der Gruft und wandelte über ein Meer von Tarot-Karten, über das Nebel flossen. Als ihr Fuß die Schicksalskarte berührte, blieb sie stehen, ließ den Schleier fallen und sah ihn an. Erstaunt bemerkte Simon, dass ihr Gesicht geheilt und nicht mehr das einer Frau, sondern das eines Mannes war. Aber durch den Nebel konnte er die harten Züge nicht erkennen.

SIEBZEHN

Am nächsten Morgen strahlte die Aprilsonne von einem wolkenlosen Himmel. Die Temperatur war merklich angestiegen, von den Dächern tropfte das Tauwasser, und in den Bäumen sangen die Vögel. Es sah aus, als hätte der Frühling endlich den Kampf gegen den Winter für sich entschieden.

Gegen neun Uhr trat Simon, in dicker Jacke und bereit zum Spaziergang mit Lupo, blinzelnd vor die Tür des Gästehauses. Als er zur Kapelle hinübersah, fiel ihm sein Traum der vergangenen Nacht wieder ein, und zum ersten Mal überkam ihn ein fast unbezwingbarer Widerwille gegen seine Arbeit. Zum Glück gab es jetzt nichts mehr für ihn zu tun. Die Krypta war mit dem schweren Vorhängeschloss fest verriegelt, den Schlüssel trug Simon stets bei sich. Es wäre ihm ohnehin unmöglich gewesen, an diesem Morgen, an dem die Natur und das Leben wieder erwachten, zu den Toten in die staubige Gruft, in der nun auch die Leichen von Adam Minkowitz und Julia Gimborn lagen, hinunterzusteigen. Die nächsten Menschen, die sie zu Gesicht bekommen würden, waren Polizisten und Gerichtsmediziner. Als Lupo daher mit der Schnauze gegen seine Hand stupste, um ihn zum Weitergehen zu ermuntern, beschloss Simon, einen freien Tag vom Schloss und seinen Bewohnern zu nehmen. Die frische Luft würde seinen Kopf wieder klar machen und es ihm ermöglichen, in Ruhe über die letzten Tage nachzudenken und einen Plan zu machen.

»Weißt du was, Lupo?«, sagte er leise. »Diese ganzen Prophezeiungen von Unheil und Tod sind ein Wahnsinn. Hat dein Freund Steingruber auch nur die leiseste Ahnung, was er da anrichtet? Vielleicht hat jemand bloß die Gelegenheit ergriffen und seine Vorhersagen in die Tat umgesetzt.« Er dachte an die tote Eule an seiner Tür und schauderte.

Lupo knurrte eine Antwort.

»Da hast du auch wieder recht«, sagte Simon. »Na komm, mal sehen, ob die Straße schon wieder frei ist.« Dann würde er nach Salzburg fahren, die Polizei informieren und den Schrecken der letzten Tage vergessen. Minuten später verließ er das Schlossgelände.

Hinter dem großen schmiedeeisernen Tor begann ein tief verschneiter Weg, zu dessen beiden Seiten sich hohe Wechten türmten. Irgendwo weiter talabwärts musste er auf die Zufahrtsstraße münden. Simon hatte zwar keine Ahnung, wie schwer der Felssturz gewesen war, von dem alle im Schloss sprachen, aber dass ein Auto nicht daran vorbeikam, hieß ja nicht, dass es ein Fußgänger nicht schaffen konnte.

Simon war dem Weg nicht einmal hundert Meter gefolgt, als ihm klar wurde, dass seine Hoffnung vergebens gewesen war. Durch diese Schneemengen würde er die Straße vielleicht erreichen, aber wenn er den Felsen nicht passieren konnte, würde ihm die Kraft für den steilen Rückweg fehlen. Aber noch war er nicht zur Umkehr bereit, und die Bewegung tat ihm gut. Er fühlte sich wie ein Hase, der dem Jäger entkommen war und nun im Kreis rannte, um die Stresshormone abzubauen.

Mit zusammengebissenen Zähnen setzte Simon seinen Weg fort, weg vom Schloss, weg von seinen Bewohnern und weg von dieser unseligen Kapelle mit ihren finsteren Geheimnissen.

Während Lupo übermütig durch die Wechten sprang, kämpfte sich Simon durch knietiefen Schnee. Seine knöchelhohen Schnürstiefel waren völlig ungeeignet für einen Winterspaziergang. Immer wieder strauchelte er über Felsbrocken und Baumwurzeln, die sich unter der Schneedecke verbargen. Die körperliche Anstrengung ließ seine Beine schwer werden.

Nach kaum zwanzig Minuten war sein Hemd schweißgetränkt. Außerdem hatte er schon nach wenigen Biegungen des Pfades, der ohne erkennbares System bergauf und bergab führte, mal schmaler und mal breiter wurde und sich ständig verzweigte, jede Orientierung verloren. Er wusste nicht einmal, ob er sich noch immer auf dem eingeschlagenen Weg befand. Rundherum standen Tannen, deren Zweige sich unter der Schneelast bogen und die alle gleich aussahen.

»Lupo«, sagte Simon. »Wir drehen um.« In seiner Stimme schwang die Hoffnung, dass der Hund den Rückweg schon finden würde. »Du gehst voran.«

Lupo blieb unschlüssig stehen.

Auf einmal hörte Simon ein Rascheln. Etwas versteckte sich hinter einer riesigen Schneewehe, die sich vor der schwarzen Silhouette einer Tanne auftürmte. Dann raschelte es wieder. Einmal, zweimal, und wieder war es still.

Gänsehaut breitete sich auf Simons Rücken aus, und eine kalte Welle des Entsetzens überflutete ihn. Er war nicht allein. Jemand war ihm gefolgt, hatte ihn beobachtet und verbarg sich jetzt hinter der Tanne. War er wahnsinnig gewesen, die relative Sicherheit des Schlosses zu verlassen? Unter den aufmerksamen Blicken seiner Bewohner war es nicht so einfach, ihn aus dem Weg zu räumen. Aber hier war weit und breit niemand, der ihm zu Hilfe kommen konnte. Und er kannte sich in diesem Gelände nicht aus. Ein Schubs würde genügen, ihn über eine Felskante in die Tiefe zu befördern. Seine Leiche würde tagelang zerschmettert am Grunde einer Schlucht liegen. Und es wäre der perfekte Mord. Ein Bergunfall, würde es heißen. Beim Spaziergang mit seinem Hund abgestürzt. Kein Wunder bei dem vielen Schnee, der typische Leichtsinn eines Stadtbewohners. Simon sah sich nach Lupo um, wohl wissend, dass ihm der Hund kaum würde helfen können. Wenn sein Angreifer eine Waffe hatte, würde er Lupo zuerst töten.

Ein leises Knurren drang an Simons Ohr.

Ein paar Meter vor ihm stand Lupo wie angewurzelt. Witternd hob er die Schnauze in den Wind. Sein Nackenfell sträubte sich, und ein tiefes Grollen stieg aus seiner Brust. Im nächsten Augenblick machte er einen weiten Satz und verschwand zwischen den verschneiten Tannen.

Simon duckte sich in den Schnee, wollte seinem Verfolger kein Ziel bieten. Das hatte alles keinen Sinn. Er musste im Schloss anrufen. Steingruber, grantig und voller Vorwürfe, würde ihn holen und ihm helfen, den Hund wieder einzufangen. Er zog sein Handy aus der Tasche und warf einen Blick auf das Display. Kein Empfang. Natürlich nicht – mitten im Bergwald.

Die Minuten vergingen. Als er eine Weile nichts mehr gehört hatte, beschloss er, einen Versuch zu wagen, und richtete sich vorsichtig auf. Niemand war zu sehen. Vielleicht hatte er sich getäuscht, und seine überreizten Nerven hatten ihm einen

Streich gespielt. Oder es war ein Reh gewesen, dem Lupo jetzt hinterherhetzte. Der Gedanke beruhigte ihn. Er musste aufpassen, dass er nicht paranoid wurde.

»*Lupo!*«

Entferntes Bellen antwortete ihm. Dann hörte er ein Keuchen und eine Männerstimme. Ein Verfolger hätte sich damit verraten. Simon wandte sich in die Richtung der Geräusche und stapfte hastig darauf zu.

Seine Zähigkeit wurde belohnt.

Nach einer gefühlten Ewigkeit lichtete sich der Wald. Neben einem Stapel schneebedeckter Baumstämme stand ein Mann. Er trug eine rote Daunenjacke und eine Pudelmütze und spielte mit Lupo, der übermütig um ihn herumsprang. Mehr als dieser Anblick überraschte Simon, dass der Mann keine Angst vor dem wolfsähnlichen Hund hatte, der da zwischen den Tannen aufgetaucht war. Er schien den Umgang mit Tieren gewohnt zu sein. Wenn der Mann heraufgekommen war, musste es auch eine Möglichkeit geben, ins Tal abzusteigen.

Simon stapfte weiter. »Guten Morgen«, rief er, als er sich in Hörweite befand. »Lupo, komm her, schnell.«

Lupo ignorierte die Stimme seines Herrn und sprang an dem Mann hoch. Der wandte sich lachend ab und antwortete Simon: »Ihr Hund?«

»Ja.« Simon ging weiter auf ihn zu. »Haben Sie sich verlaufen?« Als wenn er Hilfe anbieten könnte.

Der Mann schüttelte Lupo ab, und der setzte sich brav neben ihn. »Ich will zum Schlössl, und ich glaube, ich habe den Weg verloren«, sagte er und warf einen Blick über die Schulter zurück. »Es liegt so verdammt viel Schnee. Ich habe versucht, den markierten Wanderweg zu finden, aber das ist völlig aussichtslos. Mein Auto steht unten im Tal. Die Straße ist behördlich gesperrt. Da liegt ein ganzer Steinhaufen.«

»Es hat einen Felssturz gegeben«, sagte Simon. »Ich bringe Sie zum Schloss, wenn Sie wollen.«

»Im Dorfwirtshaus war von einer Mure die Rede«, sagte der Mann. »Und dass jederzeit der Berg herunterkommen kann. Aber ich muss unbedingt ins Schlössl hinauf.« Er zog einen

Handschuh aus und kam mit ausgestreckter Hand auf Simon zu. Er hatte ein schmales Gesicht mit hohen Wangenknochen und schräge hellblaue Augen. Unter seiner Mütze schaute eine blonde Strähne hervor. »Sven Löwenstrom«, sagte er. »Ein Glück, dass ich Sie getroffen habe. Hab keine Lust, mich noch mal an den Felsbrocken vorbeizudrücken. Das ist ja lebensgefährlich. Wohnen Sie auch im Schlössl?«

»Ja.«

Der Mann strahlte. »Ich bin ein Freund von Julia.«

»Becker«, sagte Simon, schüttelte die Hand und fügte dann etwas zögernd hinzu: »Ich arbeite im Schloss.«

»Prima, dann können wir ja zusammen hinaufgehen.« Die Erleichterung war Löwenstrom anzuhören. »Julia hat immer solche Schnapsideen.«

Simon dachte an die tote Julia, die wie eine aufgebahrte Märtyrerin in der Krypta lag, und der ganze Schrecken der vergangenen Tage überfiel ihn wieder. Mit diesem Spaziergang hatte er sich vielleicht eine Stunde Freiheit erkauft, aber dafür stand ihm nun die Aufgabe bevor, Sven Löwenstrom über den Tod seiner Freundin zu informieren.

»Hat Julia Sie denn erwartet?«, fragte er.

Löwenstrom sah ihn erstaunt an. »Ja klar.«

»Wann haben Sie zuletzt mit ihr gesprochen?«

»Sie hat mich angerufen«, sagte Löwenstrom. »Vor zwei Tagen war das.« Er runzelte die Stirn. »Aber was soll die Frage? Ist was mit Julia?«

Ein Schneeschleier stäubte von einer Tanne. Sekundenlang hing er wie ein weißes Tuch in der Luft. Simon hatte das Gefühl, als versengten die gleißenden Kristalle seine Netzhaut. Er rieb sich die schmerzenden Augen. Endlich holte er tief Luft und sagte: »Ich fürchte, ich habe eine schlechte Nachricht. Julia Gimborn ist gestern verstorben.«

Löwenstrom starrte ihn an. »Was heißt verstorben?«

»Julia ist tot, die Todesursache ist noch unklar.«

Lupo sah zu Löwenstrom auf und winselte, als wollte er die Worte seines Herrn bestätigen und gleichzeitig sein Mitgefühl ausdrücken.

»Wir haben doch gerade noch telefoniert«, sagte Löwenstrom verständnislos. »Julia wollte unbedingt, dass ich komme. Deswegen hab ich mich ja überhaupt erst auf diesen selbstmörderischen Trip eingelassen. Es war ihr so wichtig und … Oh mein Gott!« Er kniff die Augen zusammen.

Simon machte ein paar Schritte nach vorn und legte ihm die Hand auf die Schulter. »Es tut mir so leid«, sagte er leise. »Kann ich Ihnen irgendwie helfen?«

Löwenstrom reagierte nicht. Er wirkte wie betäubt.

»Können Sie mit mir weiter hinaufsteigen?«

Löwenstrom riss die Augen auf. »Ich verstehe das nicht – hatte Julia einen Unfall?«

Simon blickte den Weg hinauf. Seine Schuhe hatten tiefe Abdrücke hinterlassen. Es sollte kein Problem sein, den Rückweg zu finden. »Am besten, Sie kommen erst einmal mit«, sagte er. Den Gedanken, dass es verantwortungslos war, einen Nichtsahnenden unter diesen Umständen ins Schloss mitzunehmen, schob er beiseite. »Alles Weitere wird sich finden.« Er hörte, wie rau seine Stimme klang, hatte das unwirkliche Gefühl, als spräche ein Fremder aus ihm. Als wollte jemand – oder etwas – einen weiteren Menschen zu sich locken. Abrupt wandte er sich um und stapfte, ohne sich davon zu überzeugen, ob Löwenstrom ihm folgte, in Richtung auf das Schloss zu.

Nach ein paar Minuten hörte er Atem hinter sich, und als er sich umdrehte, stand Löwenstrom hinter ihm. Seine Augen waren halb zusammengekniffen, und auf seiner Wange zuckte ein Muskel. »Ich komme mit«, sagte er, und Simon wunderte sich über die Kälte in seiner Stimme. »Julia hat mir von dieser Sache mit ihrem Banker erzählt. Was ist mit dem passiert?«

»Mit Herrn Minkowitz?«

»Ja«, sagte Löwenstrom. »Julia hatte seit zwei Jahren ein Verhältnis mit ihm. War ein ganzes Stück älter als sie.« Er brach ab, stapfte ein paar Minuten schweigend neben Simon durch den Schnee. Dann sagte er: »Bei unserem ersten Telefongespräch hat Julia behauptet, dass ihr Verlobter ermordet worden ist. Ich habe gedacht, das ist nur eine von ihren Spinnereien. Sie hatte so einen Hang zur Dramatik.«

Der Weg machte eine letzte Biegung. Lupo stürmte durch den aufstiebenden Schnee.

»Es stimmt«, sagte Simon ruhig. »Herr Minkowitz ist möglicherweise getötet worden. Aber das muss die Rechtsmedizin klären.« Er hörte, wie Löwenstrom scharf die Luft einzog.

»Ich hab sie angefleht, sie soll sofort nach Salzburg zurückkommen«, sagte er grimmig. »Da war die Straße auch noch frei. Aber Julia wollte unbedingt bleiben. Sie hat gesagt, sie müsse sich jetzt um das Testament und ihr Erbe kümmern. Und dass sie einen Notar anrufen will.«

»Es ging um das Erbe von Herrn Minkowitz?«

Löwenstrom nickte. »Wir wollten einen Reiterhof führen, hatten auch schon ein Gestüt in Bayern an der Hand.« Er seufzte. »Eigentlich sollte ihr Alter das nötige Kapital zur Verfügung stellen. Aber der wollte nicht. Hat nur gesagt, er setzt sie dafür als Alleinerbin in seinem Testament ein.«

Simon blieb stehen. »Woher wissen Sie das?«

»Von Julia natürlich.«

Der Weg wurde schmaler, und Simon ging voran. Eine Weile waren nur ihr Atem und das Knirschen des Schnees unter ihren Schuhen zu hören. Dann tauchte das schmiedeeiserne Schlosstor vor ihnen auf. Lupo fing an zu bellen und rannte los. Kurz darauf war er auf dem Gelände verschwunden.

»Sie haben von einem ersten Telefonat gesprochen«, sagte Simon. »Gab es denn noch ein weiteres?«

»Ja, vor zwei Tagen«, antwortete Löwenstrom. »Julia hat am Telefon geflüstert. Sie konnte wohl nicht reden. Nur so viel: Sie habe jetzt alles gefunden, und ich solle so schnell wie möglich kommen. Der Reiterhof sei gesichert. Ich hab mich gleich auf den Weg gemacht.«

»Herr Minkowitz hatte sein Testament mitgebracht?« Simon konnte es nicht glauben. »Zu einer *Schönheits-OP*?« Der Mann hatte anscheinend mit allem gerechnet.

Löwenstrom zuckte die Schultern. »Scheint so.«

»Klang Julia irgendwie ängstlich?«

Löwenstrom dachte nach. »Nein, sie war – total wütend.«

»Obwohl sie die Alleinerbin von Herrn Minkowitz war?«

»Ich kapier's ja auch nicht.«

Sie passierten das Tor.

Löwenstrom blieb auf dem Vorplatz stehen und schaute sich um. Dann pfiff er leise durch die Zähne. »Jetzt verstehe ich, was sie gemeint hat. Das sieht ja wirklich prächtig aus.« Sein Blick fiel auf die Kapelle. Steingruber stand vor dem gotischen Portal und wehrte mit einem Reisigbesen Lupo ab, der immer wieder an ihm hochsprang. »Und da ist ja auch diese Kirche. Wahnsinn! Ja, die liegt gut zwischen den Wiesen.«

Simon war, als könnte er durch die groben Mauern hindurch die aufgebahrten Leichname sehen. »Ich bringe Sie am besten zu Frau Dr. Todorov, der gehört das Schloss«, sagte er.

»Todorov?« Löwenstrom drehte sich zu ihm um. »Julia hat gesagt, es gehört ihrer Familie.«

»Im entferntesten Sinne«, sagte Simon. »Ihre Tante hat es geerbt, aber dann verkauft.«

Löwenstrom schüttelte den Kopf. »Nein«, sagte er. »Das glaube ich nicht.« Er schaute zu Steingruber hinüber, der jetzt wild mit den Armen fuchtelte, als ob er ihnen ein Zeichen geben wollte. »Nein, ihr Vater hat es geerbt. Deswegen ist Julia ja eigentlich hergefahren. Julia hatte gemeint, hier oben könne man einen Reit- und Country-Club eröffnen. Hotelzimmer im Schloss«, sein Blick wanderte zum Gästehaus hinüber, »und Stallungen seien schon vorhanden. Eine Reithalle müsse man neu bauen – und zwar einfach an der Stelle der Kapelle. Weiden für den Freigang sind auch da. Sehr schöne Lage, perfekt. Da lassen sich sicher Finanziers finden.« Löwenstrom hatte immer schneller und lauter gesprochen, erwärmte sich hörbar für das Projekt. Dass seine Freundin und Mäzenin nicht mehr am Leben war, hatte er anscheinend bereits vergessen. Mit leuchtenden Augen sah er Simon an. »Was halten Sie davon?«

Für einen Moment war Simon versucht, den jungen Mann einfach in die Kapelle zu führen und ihm die Leichen von Adam Minkowitz und Julia Gimborn zu zeigen. Er hätte es wohl getan, wenn es ihm nicht als frevelhafte Störung ihrer Totenruhe erschienen wäre. Deswegen sagte er nur: »Das Schloss ist bereits eine Schönheitsklinik.«

»*Herr Becker*«, schrie Steingruber und winkte hektisch. »Herr Becker, kommen Sie, bitte, schnell – *sehen Sie nur*!«

»Entschuldigen Sie mich«, sagte Simon, ließ Löwenstrom stehen und schlug den Weg zur Kapelle ein. Mit jedem Schritt, den er sich von dem jungen Mann entfernte, fühlte er sich besser. »Was gibt's denn so Dringendes?« Er sah Steingruber an und erschrak. Sein Gesicht war aschfahl, seine Augen flackerten.

»Da«, flüsterte er und zeigte mit der Rechten, die in einem grob gestrickten grauen Handschuh steckte, auf eine Stelle zu seinen Füßen. »Sie ist zurück.«

Simon ließ seinen Blick über den schneebedeckten Boden wandern. Abdrücke von Schuhen und von Hundepfoten waren alles, was er entdecken konnte. »Ich sehe nichts Besonderes«, sagte er verständnislos.

Steingruber beugte sich vor. »Hier«, sagte er. »Sie ist aus der Kapelle gekommen.«

»Wer?«

»Die Gruberin«, flüsterte Steingruber. »Es ist so weit. Jetzt ist sie wieder unter uns. Da, schauen Sie.«

Vor Überraschung hätte Simon fast gelacht, aber das Gesicht des alten Mannes war ein Bild des Grauens. Um ihn nicht zu kränken, beugte auch er sich vor und untersuchte eingehend den zertretenen Schnee. Tatsächlich schien sich dort eine zarte Spur abzuzeichnen. Nicht der Abdruck eines Schuhes, sondern der eines nackten Fußes – Ferse und Zehen waren deutlich zu erkennen. Jemand war mit bloßen Füßen über den gefrorenen Boden gegangen. Nach ein paar Metern wurden die Spuren undeutlicher, bis sie sich schließlich im Schnee ganz verloren.

Simon spürte, wie sich seine Nackenmuskeln verhärteten. Schnell richtete er sich auf und verfolgte den Weg der Abdrücke in die andere Richtung. Die Fußspuren führten tatsächlich aus der Kapelle heraus. Die Frau mit den nackten Füßen war sogar auf der Schwelle stehen geblieben. Hatte sie sich erst orientieren müssen? Und dann bemerkte Simon noch etwas, und er spürte, wie sich sein Magen hob.

Es gab keine Abdrücke, die in die Kapelle führten.

ACHTZEHN

»Das ist doch alles Unsinn«, sagte Charlotte Fernau und schlug auf den Brotteig ein. »Diese ganzen Spukgeschichten. Wir sind hier immer ohne jeden Zauber ausgekommen. Und auf einmal soll es Gespenster geben und Wiedergänger? Die Gimborns sind eine bodenständige Familie. Mein Sohn ist Arzt – Naturwissenschaftler!«

Simon nippte an seinem Tee und zog seine Füße unter Lupo, der unter dem Tisch schlief, hervor. Es ging schon auf Mittag zu, und auf dem Herd dampfte eine Rindsuppe und verbreitete ihren tröstlichen Duft in der Küche des Gästehauses. Inzwischen hatte sich Simon von dem gespenstischen Anblick der Fußabdrücke vor der Kapelle erholt. Ob sie tatsächlich dort gewesen waren oder ob er einer optischen Täuschung aufgesessen war, ließ sich nicht mehr feststellen. Steingruber hatte unter Flüchen und Gebeten wie ein Verrückter mit seinem Reisigbesen über die Spuren gewischt. Als könnte er ein übernatürliches Phänomen – denn dafür hielt er sie ja anscheinend – mit ein paar Besenstrichen aus der Welt schaffen.

»Da muss ich Ihnen leider widersprechen«, sagte Simon und verdrängte den Gedanken an die Fußspuren. »Dieses Schloss ist voller Aberglauben.« Er zeigte auf eine Stelle über der Küchentür. In das alte Holz war ein kaum noch kenntliches Zeichen eingeritzt. »Ein Hexenkreuz, sehen Sie?« Die tote Eule erwähnte er absichtlich nicht. Er hatte auch im Schloss nicht darüber gesprochen, wollte dem Täter gegenüber keine Nerven zeigen, sondern Stärke demonstrieren. Dieser kindische Zauber beeindruckte ihn nicht, hieß die Botschaft.

Charlotte warf einen kurzen Blick auf den Türsturz. »Hier waren früher die Pferde untergebracht«, sagte sie. »So was finden Sie heute noch in jedem Schweinestall. Das Jahr über sollten sie die Tiere gesund halten, und in den Raunächten ist man halt mit Weihrauch und Gebeten durchgegangen. Tun die Leute übrigens heute noch.«

»Ist das nicht auch in gewisser Weise Zauber?«

Sie beugte sich vor und fixierte ihn über das Holzbrett mit dem Brotteig hinweg. »Nein«, sagte sie. »Das ist ein christlicher Brauch.« Sie nahm den Teig, riss ihn in zwei Stücke und fing an, einen davon energisch zu kneten.

»Frau Laubenstein legt Karten«, sagte Simon. »Am ersten Tarock-Abend habe ich gesehen, wie sie ein Tarot-Spiel eingesteckt hat.« Von der Nacht im Kaminzimmer und Annabelle Laubensteins Vorhersagen wollte er lieber nichts erzählen. Es waren die einzigen Momente, seit er im Schloss angekommen war, in denen ihn etwas wie eine Gegenwart gestreift hatte, die er sich nicht erklären konnte, und die seinen Glauben an die Wissenschaft in den Grundfesten erschüttert hatten.

»Das höre ich zum ersten Mal«, sagte Charlotte Fernau.

»Tarot-Karten sollen das Unterbewusste ans Licht bringen«, sagte Simon. »Es ist eine Form der Meditation.«

»Ich spiele nur Tarock.« Sie wischte sich die Hände an der Schürze ab, ging zum Ofen und holte ein Backblech. Dann verteilte sie großzügig Mehl darauf, legte die rohen Brotlaibe darauf und deckte sie mit einem Küchenhandtuch ab. Schließlich stützte sie die Hände in die Hüften und sah ihn an. »Ich habe einen Tafelspitz im Topf, wollen Sie mit Clemens und mir zu Mittag essen?«

»Danke, aber ich glaube, Heidi hat mich bereits eingeplant«, sagte Simon, obwohl er keinen Appetit auf ein dreigängiges Menü verspürte. Und er wollte auch nicht ohne Weiteres das Thema wechseln. »Erinnern Sie sich an die Nacht, in der Minkowitz starb?«

»Nein«, antwortete sie. »Da habe ich geschlafen.«

»Steingruber behauptet, er habe eine Frau im Gang zu den Patientenzimmern gesehen«, sagte Simon und schenkte sich Tee nach. Inzwischen war er fast kalt geworden, und auf der dunkelgoldenen Oberfläche trieb eine matte Haut. »Können Sie sich vorstellen, wer das gewesen sein könnte?«

»Na, jedenfalls nicht die Seele der Gruberin.«

Simon verkniff sich ein Lächeln. »Das ist klar«, sagte er. »Aber wer dann? Schwester Elisabeth? Dr. Todorov? Sie müssen ja beide nichts mit seinem Tod zu tun haben. Aber warum sagen sie dann nicht einfach, dass sie nach ihrem Patienten gesehen haben?«

Charlotte Fernau zog das Handtuch weg, packte das Backblech mit beiden Händen und brachte es zum Ofen hinüber. »Ehrlich gesagt, glaube ich, dass es Julia war«, sagte sie über die Schulter zu Simon. »Es hätte ihr ähnlichgesehen, nachts durchs Schloss zu ihrem Freund zu schleichen.« Sie öffnete die Ofenklappe, schob das Blech hinein und schlug die Klappe wieder zu. »In unserer Familie gibt es keine Mörder. Vielleicht war er schon tot.«

»Und Julia?«

Charlotte Fernau kam zurück, stützte sich mit den Händen auf den Tisch und sah auf ihn herunter. »Was soll mit Julia gewesen sein?«, fragte sie. »Kein Beruf, keine Perspektive und der Mann, der sie hätte durchfüttern sollen, tot. Wenn sie ihn umgebracht hat – was ich, wie gesagt, nicht glaube –, ist ihr die Schuld vielleicht zu viel geworden.« Sie richtete sich wieder auf. »Oder er hat ihr doch nicht alles vermacht, oder sie hat sich nur eingebildet, die Alleinerbin zu sein. So wie hier im Schloss.«

»Also Selbstmord als Schuldeingeständnis?«

Sie überlegte. »Das ist eine gute Erklärung.«

»Ich weiß nicht«, sagte Simon nachdenklich. Die Julia, die er kennengelernt hatte, war voller Tatendrang und großer Pläne gewesen. Ein Selbstmord passte einfach nicht in das Bild, das er von ihr hatte. Andererseits war da die Auffindungssituation. Die Tote war – oder hatte sich – als Märtyrerin inszeniert. Simon schob die Tasse mit dem kalten Tee von sich weg und stand auf. »Hat Julia irgendwelche Medikamente genommen?«

»Sie meinen, ob sie es mit Schlaftabletten gemacht hat?« Charlotte Fernau schüttelte den Kopf. »So was brauchen die jungen Dinger nicht. Aber möglich ist natürlich alles. Und mein Bruder ist Arzt. Da kann das Mädchen sich in der Ordination auch am Giftschrank bedient haben. Nicht zu vergessen – der Verschreibungsblock.«

»Hat Julia Drogen genommen?«

Charlotte Fernau zögerte, dachte nach. Einen Augenblick sah es so aus, als wollte sie nicken, aber dann sagte sie nur: »Clemens vermisst eine Spritze.«

Simon wurde hellhörig. »Seit wann?«

Sie zuckte die Schultern. »Er hat einen Notfallkoffer in der Wohnung«, sagte sie. »Und als er letzte Nacht die Fasszange ...« Sie brach ab und warf Simon einen schnellen Blick zu. Der nickte nur. »Na, jedenfalls ist ihm da aufgefallen, dass eine Spritze fehlt.«

»Julia könnte sie also genommen haben?«

»Möglich. Aber mehr kann ich dazu nicht sagen, wir haben fast keinen Kontakt gehabt.« Damit drehte sie sich um und ging zum Herd hinüber, auf dem der Tafelspitz in der Rindsuppe vor sich hin simmerte. Sie nahm eine Kelle und begann, Schaum von der Suppe abzuschöpfen. Es war klar, dass sie keine weiteren Fragen beantworten würde.

Simon warf einen Blick auf die Uhr.

Halb zwölf, zu früh für das Mittagessen im Schloss. Er hatte Sven Löwenstrom zu Dimitra gebracht, die über dessen leichtsinnigen Aufstieg zum Schloss entsetzt gewesen war und ihm in Hinblick auf die Lawinengefahr jeden Gedanken an einen Abstieg vor Freigabe der Straße untersagt hatte. Wo Löwenstrom untergebracht war, wusste Simon nicht. Er nahm an, dass Dimitra gerade keine Zeit für die Beantwortung seiner Fragen zu Suchtmitteln hatte. Er beschloss, endlich einen Blick in »Anna Karenina« zu werfen. Beim Lesen kamen ihm immer die besten Gedanken.

»Na gut«, sagte Simon. »Ich habe noch zu arbeiten.« Er stupste Lupo mit der Schuhspitze an, aber der Hund brummte nur und schlief einfach weiter.

Charlotte Fernau schien ihn nicht gehört zu haben.

Als Simon in sein Zimmer trat, blickte er sich schnell um. Das tat er jetzt immer, wenn er zurückkam, es war ihm geradezu zur Gewohnheit geworden. Auch wenn sich seit jenem Tag, an dem das Fenster offen gestanden hatte und das Fläschchen aus dem verschlossenen Raum verschwunden war, nichts ereignet hatte, was Assoziationen mit übernatürlichen Erscheinungen erweckte. Auch jetzt herrschte die penible Ordnung, die er schätzte und die er für seine Kopfarbeit brauchte. Draußen hatten sich Wolken vor die trügerische Frühlingssonne geschoben, und das Zimmer war schummerig und warm und sehr gemütlich.

Simon ging zu dem großen Himmelbett, holte Tolstois Roman, der neben dem Kopfende lag, und setzte sich damit an den Schreibtisch. Dann knipste er die Leselampe an und schlug das Buch auf. Es öffnete sich wie von selbst an der Stelle, an der das Lesezeichen, das ihm schon einmal aufgefallen war, fest zwischen den Seiten steckte. Simon zog es heraus. Dabei stellte er fest, dass es kein Lesezeichen war, sondern ein zusammengefaltetes Stück Papier. Es sah wie ein alter Brief aus. Er kämpfte kurz mit sich, aber dann siegte wie immer die Neugier, und er faltete das Papier auseinander.

Das Blatt war unliniert und mit einer kleinen, altmodischen Handschrift bedeckt. Es war Kurrent – als wäre der Schreiber in der Eile zu seiner in der Kindheit erlernten Schrift zurückgekehrt. Der Brief war auf den ersten Weihnachtstag datiert, die Jahreszahl war verwischt und unleserlich.

Um die schon etwas schwachen Bleistiftzeilen besser entziffern zu können, schob Simon den Brief weiter in den Lichtkreis der Tischlampe.

Letzter Wille von Valérie Marie Auguste Gimborn.

Hiermit bestimme ich meinen Neffen Heinrich Albert Gimborn zu meinem Alleinerben. Meinen ganzen Schmuck soll seine Tochter Julia Valerie erhalten, genauso soll sie unter Porzellan und Möbeln für ihre Aussteuer wählen. Die Zeit reicht nicht für mehr, denn Charlotte Stephanie überwacht all mein Tun, und ich fürchte um mein Leben. Im Angesicht des nahen Todes schwöre ich, dass ich diese Zeilen bei vollem Bewusstsein und in geistiger Klarheit geschrieben habe. Ich lege das Testament in dieses Buch und bete zu unserem Herrgott, dass mein Neffe es nach meinem Ableben dort finden wird und meine Peiniger ihrer gerechten Strafe zugeführt werden. Ich höre sie kommen. Behaltet mich in Euren Herzen und lebt wohl. Möge Gott Euch behüten.

V. M. A. Gimborn

Simon hob den Blick von dem Blatt und starrte aus dem Fenster. Julia hatte mit ihrer Behauptung, ihr Familienzweig hätte das Schloss nach Valerie Gimborn erben sollen, also recht gehabt. Was hatte Annabelle Laubenstein in jener seltsamen Nacht am Kamin gesagt? Sie habe das Buch zuletzt in Julias Hand gesehen. Die es dann doch nicht als Lektüre mitgenommen hatte. Und Julia? Sie hatte behauptet, im Besitz von Beweisen gegen ihre Tante zu sein. Und sie hatte ein Versteck erwähnt. Zweifellos war Julia auf das Testament gestoßen und hatte es sicherheitshalber an seinem Platz gelassen. Hatte sie ihrer Tante gedroht? Sie erpresst?

Simon fröstelte.

Aber vielleicht lagen die Dinge auch ganz anders. Denn ungeachtet dieser berührenden Zeilen stellten sich einige Fragen. Wann war das Testament überhaupt verfasst worden? Die Jahreszahl war nicht mehr leserlich, und es konnte natürlich ein jüngeres Vermächtnis geben, in dem Charlotte Fernau als Erbin eingesetzt war. Andererseits ließ Valerie durchklingen, dass sie sich unter ungewollter Aufsicht ihrer Verwandtschaft befand – und sie fürchtete. Sollte er Charlotte Fernau nicht das Schreiben übergeben? Es wäre korrekt, denn das Testament ihrer Tante gehörte ihr. Doch eine innere Stimme riet Simon, nichts zu übereilen. Valeries Vermächtnis hatte seit Jahren in der Bibliothek gelegen. Auf ein paar weitere Tage kam es bestimmt nicht an.

Ein Gedanke schoss Simon durch den Kopf.

Dieses Testament betraf auch Dimitra. Immerhin hatte sie das Schloss möglicherweise nicht von den rechtmäßigen Erben erworben. Er beschloss, sich mit Dimitra zu beraten, ehe er sich in eine Konfrontation – denn das würde es werden – mit den Fernaus begab.

Simon faltete das Papier wieder zusammen und schob es in die Tasche seiner Tweedjacke. Dann klappte er das Buch zu und löschte die Tischlampe. Schnell verließ er sein Zimmer und lief die Treppe hinunter.

Über den Vorplatz wehte jetzt ein eisiger Wind. Heftige Böen trieben den überfrorenen Schnee vor sich her. Zum Schutz vor den Eiskristallen, die wie mit Nadeln in seine Haut stachen, zog

Simon den Kopf in den Kragen und rannte los. Kurz darauf stieß er die Schlosstür auf und rettete sich in die hell erleuchtete Halle. Der aus mehreren Eisenringen bestehende Kronleuchter drehte sich im Luftzug quietschend an seiner Kette. Sein Licht huschte über die Wände, warf Schatten auf die ausgestopften Tiere und verlieh dem Ölgemälde der Valerie Gimborn einen eigenartigen Glanz.

Simon ging zur Treppe, denn er wusste, dass Dimitras Arbeitszimmer im ersten Stock lag. Auf dem Treppenabsatz drehte er sich noch einmal um und warf einen Blick auf das Bild der Frau, die es am Ende ihres Lebens für nötig gehalten hatte, ihr Testament in einem Buch zu verstecken. Erst jetzt fiel Simon auf, dass der Maler einen Trick angewendet hatte. Wo immer sich der Betrachter befand, der Blick der Porträtierten schien ihm zu folgen. Valerie Gimborns Augen waren kalt und ausdruckslos, sandten ihm keine Nachricht. Nur das alte Papier knisterte in seiner Jackentasche, als wollte es ihm etwas zuflüstern.

Schnell lief Simon die Stufen hinauf.

Auf der Galerie brannten die Wandlampen und beleuchteten die beiden Samtvorhänge. Die Enden ihrer schweren Bahnen stießen auf den Boden, und ihre Stofffalten standen – anders als sonst – akkurat wie Orgelpfeifen. Das Parkett glänzte wie frisch poliert. Jemand musste erst vor Kurzem hier geputzt und die Vorhänge neu geordnet haben. Für einen Augenblick dachte Simon an die Frau, die in jener Nacht von dieser Stelle auf die Schlossbewohner in der Halle herabgeblickt hatte. Steingruber war gleich die Treppe hinaufgelaufen, aber da war die Gestalt bereits verschwunden gewesen. Gab es im Schloss versteckte Türen? Simon beschloss, in der Bibliothek nach alten Bauplänen Ausschau zu halten. Geheimgänge konnten einige der Erscheinungen erklären.

Unter der Doppelflügeltür, die zu Dimitras Büro führte, floss warmes Licht hervor. Simon hatte Glück. Die Schlossherrin war bei der Arbeit. Er klopfte an.

»Ja bitte?«

Simon drückte die Messingklinke, die sich fast in seiner Augenhöhe befand, herunter. »Dimitra, störe ich dich?«, fragte er. »Ich muss mit dir reden.«

Sie saß an ihrem Schreibtisch, Unterlagen ausgebreitet vor sich und ein kleines Diktiergerät in der Hand. Jetzt legte sie es höflich beiseite und winkte ihn herein. »Komm nur«, sagte sie. »Ich mache gerade Steingrubers Papiere fertig. Was kann ich für dich tun?« Ihre Worte klangen freundlich, aber ihr Blick war prüfend.

Simon ließ sich auf einen der beiden Biedermeierstühle sinken, die vor ihrem Schreibtisch standen. »Was ist mit Steingrubers Papieren?«

»Ich werde ihn entlassen«, sagte Dimitra und deutete auf das Diktiergerät. »Ich schreibe gerade die Kündigung.«

Simon war überrascht. Der alte Gärtner gehörte für ihn zum Schloss wie die Orangerie und die Kapelle. »Steingruber ist hier aufgewachsen«, wandte er ein. »Und er ist sicher über achtzig. Ich meine, wo soll er denn hin?«

»Ins Altersheim?«

»Weiß er es schon?«

Sie schüttelte den Kopf. »Nein«, sagte sie, »aber der Mann ist zu alt, er vernachlässigt seine Aufgaben und wird langsam zum Sicherheitsrisiko. Und dazu seine Hirngespinste.« Sie tippte sich an die Stirn. »Er macht meine Mitarbeiter verrückt. Bella beschwert sich auch dauernd über ihn, irgendwann bekommt sie kein Personal mehr. Das ist in dieser abgeschiedenen Lage ohnehin schon schwierig genug. Aberglaube hat weder in einer Klinik noch in einem Hotelbetrieb Platz.«

Sie schenkte ihm ein aufmunterndes Lächeln. »Ich habe übrigens gerade einen Anruf bekommen – unsere Einsiedelei hat bald ein Ende. Wenn das gute Wetter noch ein wenig hält, kann mit den Aufräumungsarbeiten begonnen werden.« Sie blickte auf ihre Hände hinunter. »Wir sollten also die weitere Vorgehensweise besprechen.«

»Das sind ja gute Nachrichten!«

»Ja, natürlich.« Dimitra hob den Blick und sah ihm direkt ins Gesicht. »Simon, ich möchte dich um etwas bitten. Wie du weißt, hängt meine Klinik von ihrem guten Ruf ab. Jeder Anschein eines Skandals kann mich ruinieren. Das verstehst du doch, oder?«

Simon gab keine Antwort, wartete ab.

Dimitra seufzte. »Ich habe mir überlegt, dass du die Mumie mitnehmen solltest. Sie ist hier nicht sicher.« Er schwieg. »Mach es mir doch nicht so schwer! Ich überlasse dir oder deinem Institut oder einem Museum die Mumie. Und ich denke auch an eine großzügige finanzielle Unterstützung für ein Forschungsprojekt deiner Wahl. Ich bin nicht kleinlich. Aber dafür vereinbaren wir beide ewiges Stillschweigen über die Geschehnisse der letzten Tage. Einverstanden?«

»Du kannst die Todesfälle nicht verschweigen!«

»Natürlich nicht.« Dimitra klang gekränkt. »Was unterstellst du mir? Ich werde mich mit dem Sprengelarzt, der die Totenschau vornimmt, zusammensetzen, und wir werden in Ruhe und unter Kollegen die Todesursache besprechen. Bei Minkowitz liegt schließlich auch ein Herzinfarkt im Bereich des Möglichen, und was Julia angeht ...« Sie brach ab und dachte nach. »Ehrlich gesagt, scheint mir bei Julia ein Selbstmord doch sehr wahrscheinlich.«

»Du hast mir selbst den Auftrag erteilt.« Simon beugte sich nach vorn. »Und du weißt, was das bedeuten würde? Es hieße nichts anderes, als dass wir einen Mörder davonkommen lassen. Was, wenn es noch ein Opfer gibt?«

»Du tust ja gerade so, als wenn wir einen Serienmörder im Schlössl beherbergten«, sagte sie. »Es wird eine Totenbeschau geben, so ist das Gesetz.«

»Keine Polizei?«

»Wenn der Sprengelarzt es für nötig hält, natürlich.«

»Dann rufe ich die Polizei.«

»Mach dich nicht lächerlich«, sagte sie. »Was willst du denen erzählen? Du bist schließlich kein Arzt. Das Gesetz sieht eine Totenbeschau vor, und daran halte ich mich.«

Simon spürte, wie eine Welle heißer Wut seinen Körper durchströmte. Was sollte er von ungeklärten Morden reden, wenn sie, die Chefärztin einer angesehenen Klinik, den Kollegen aus dem Nachbardorf zu Hilfe rief? Der würde es sich nicht mit ihr verderben wollen.

»Also«, sagte Dimitra, die ihn nicht aus den Augen gelassen hatte, »abgemacht?« Ihr Blick war kühl, taxierend.

Auf einmal fragte sich Simon, ob sie ihm den Ermittlungsauftrag nicht zur Ablenkung erteilt hatte. Um ihn für die Tage der Abgeschiedenheit beschäftigt zu halten und daran zu hindern, unkontrolliert herumzustöbern. Für diese Morde brauchte man medizinisches Fachwissen. Er dachte an die Nacht, in der er die tote Eule an seiner Tür gefunden hatte. Dimitra brauchte keine Mitwisser, hatte Clemens gesagt. Auf einmal war sein Misstrauen wieder da. Jetzt durfte er kein Risiko mehr eingehen, musste sich kooperativ zeigen.

Er räusperte sich. »Deine Klinik, deine Entscheidung.«

Ein Lächeln erschien auf ihrem Gesicht. »Ich wusste, dass du Verständnis haben würdest«, sagte sie. »Und? Was kann ich jetzt für dich tun?«

Simon verdrängte seine dunklen Gedanken, würde sich später mit ihnen befassen. »Ich habe nur noch ein paar Fragen zum Schloss«, sagte er.

Dimitra nahm eine teure Füllfeder von einem Computerausdruck und fing an, damit zu spielen. »Ja?«

»Das Schloss hat den Fernaus gehört?«

»Charlotte Fernau, um genau zu sein.«

»Wann hast du es von ihr gekauft?«

Sie runzelte die Stirn. »Vor acht Jahren«, sagte sie. »Im August. Warum?«

»Charlotte Fernau scheint immer noch sehr daran zu hängen«, sagte er. »Warum wollte sie es loswerden?«

»So ein Schloss zu erhalten ist teuer.«

»Hat sie kein Geld von ihrer Tante geerbt?«

Dimitra zuckte die Schultern. »Soviel ich weiß«, sagte sie, »war Valerie Gimborn sehr vermögend. Charlie hatte eben keine Hand fürs Geld.«

»Verstehe.« Simon zog das zusammengefaltete Papier aus der Jackentasche, legte es auf den Schreibtisch und schob es ihr hin. »Das habe ich heute zufällig gefunden«, sagte er. »Es steckte in einem Buch aus deiner Bibliothek.«

Dimitra betrachtete das Blatt. »Ein alter Brief?«

»Sieh es dir an.« Simon lehnte sich zurück. »Und dann sag mir ganz ehrlich, was du davon hältst.«

»Du machst es ja spannend.« Dimitra legte die Füllfeder beiseite, griff nach dem Blatt und faltete es auseinander. Mit gerunzelter Stirn überflog sie seinen Inhalt. Dann nahm sie die Brille ab und sah Simon an. »Valerie Gimborn hat also mehrere Testamente gemacht«, sagte sie. »Alte Leute ändern ihre Meinung ständig.«

»Es gibt ein weiteres Testament?«

Dimitra nickte und warf das Blatt auf den Schreibtisch zurück. »Natürlich«, sagte sie. »Das richtige war beim Notar hinterlegt. Charlie ist die Alleinerbin.«

»Hast du eine Testamentskopie?«

»Nein, aber Charlie hat sicher das Original.« Dimitra musterte ihn. »Glaub mir, es ist alles korrekt abgewickelt worden. Charlie stand als Eigentümerin im Grundbuch, als ich das Schloss von ihr gekauft habe. Die Bank war auch mit einer ziemlichen Summe drinnen. Das Anwesen war hoch belastet. Ich habe dann die ganzen Schulden übernommen. In Minkowitz' Unterlagen zur Krankenversicherung habe ich gesehen, dass er für Charlottes Hausbank gearbeitet hat.« Sie schenkte ihm ein Lächeln. »Seltsam, nicht? Ich bin erst vor ein paar Tagen zufällig darauf gestoßen.«

Simon starrte sie an. »Frau Fernau kannte Minkowitz?« *Ich weiß nicht einmal, dass Minkowitz bei einer Bank gearbeitet hat*, hatte Clemens gesagt. Er hatte also gelogen.

»Eine große Bank hat viele Mitarbeiter«, sagte Dimitra. »Und Minkowitz war Investmentbanker und kein Grundstücksmakler. Charlie hatte wahrscheinlich gar nichts mit ihm zu tun.«

»Er könnte immerhin ihr Vermögen veranlagt haben.«

Dimitra lachte. »Charlie kann nicht mit Geld umgehen.«

»Vielleicht hat er ihr zu schlechten Anlagen geraten.«

»Und jetzt hat sie ihn aus Rache ermordet?« Dimitra schüttelte den Kopf. »Außerdem ist das alles Schnee von gestern.«

Simon musste zugeben, dass Dimitras Argumente nicht von der Hand zu weisen waren. *Cui bono?* Wer hatte den Nutzen von diesem Mord? Charlotte Fernau sicher nicht.

Dimitra ließ ihn nicht aus den Augen. »Charlie hat Minkowitz nicht umgebracht«, sagte sie. »Ein Investmentbanker hat eben

Feinde.« Ihre Miene wurde kalt. »Vergiss nicht, dass wir hier von meinem Patienten sprechen. Außerdem – warum hätte er herkommen sollen, wenn er den Fernaus gegenüber ein schlechtes Gewissen gehabt hat?«

»Das alles ist lange her«, sagte Simon. »Und wenn Minkowitz nur das Geld veranlagt hat, dann wusste er vielleicht gar nicht, wem das Schloss einmal gehört hat.«

Dimitra lachte abfällig. »Charlie hat ihr Geld verschleudert und musste das Schloss verkaufen«, sagte sie. »Kein Mord kann es ihr zurückgeben.«

Simon konnte einen Seufzer nicht unterdrücken. Charlotte Fernau musste er wohl von seiner Liste streichen. Zumindest, was Minkowitz betraf. Und Julia? »Was sagst du nun zu Valerie Gimborns Testament?«

Dimitra klopfte mit dem Finger auf das vergilbte Papier. »Was das bedeuten soll, weiß ich allerdings nicht.«

»Mir kommt es seltsam vor«, sagte Simon. »Valerie hat zuerst ihren Neffen als Erben eingesetzt – und anschließend ihre Nichte? Vor der sie sich gefürchtet hat?«

Dimitra verzog den Mund. »Charlie und ich sind keine Freundinnen«, sagte sie. »Aber alte Leute werden leider oft aggressiv oder entwickeln eine Paranoia. Das sind typische Zeichen der Altersdemenz. Dann werden ihnen Sachen gestohlen, oder es wird ihnen nach dem Leben getrachtet. Meistens richtet sich die Aggression gegen die pflegenden Angehörigen. Ich denke, Valerie Gimborn war da keine Ausnahme. Die letzten Wochen lag sie im Koma, aber davor hat Charlie sicher einiges mitgemacht.« Sie musterte Simon. »Ich würde auf diesen Zettel nicht allzu viel geben.«

»Julia Gimborn war anderer Meinung.«

Dimitra hob die Brauen. »Was hat Julia damit zu tun?«

»Ich glaube, dass sie dieses Vermächtnis gefunden hat. Sie hat es als Beweis gesehen, dass ihrem Vater das Erbe zustand.«

»Alle Gimborns sind raffgierig«, sagte Dimitra.

Simon beugte sich vor und nahm das Papier vom Schreibtisch, faltete es sorgfältig zusammen und steckte es in die Tasche. Wenn Charlotte beim Verkauf des Schlosses nicht die Eigentümerin gewesen war, stand Dimitra vielleicht vor Problemen, die sie ihre Existenz kosten konnten. Wenn Julia Dimitra mit ihren Ansprüchen, berechtigt oder nicht, konfrontiert hatte – dann hatte Dimitra einen Grund, sich ihrer zu entledigen. Und aller anderen, die ihr mit Valeries Vermächtnis in die Quere kamen. Andererseits hatte sie die Liegenschaft gutgläubig erworben. Wusste sie das? Wieder dachte er daran, dass Dimitra Ärztin war. Sie hatte das Motiv, die Gelegenheit und die Mittel, Julias Tod wie einen Selbstmord aussehen zu lassen. Steingrubers düstere Prophezeiungen konnten ihr gerade recht gekommen sein. Jetzt wollte sie ihn entlassen – loswerden. Und Simon selbst war direkt mit dem gefährlichen Papier zu ihr gelaufen.

Simon zwang sich zu einem Lächeln. »Dann wäre das ja geklärt«, sagte er und stand auf.

»Tut mir leid, dass ich dir nicht helfen konnte«, sagte Dimitra, und ihr weicher slawischer Akzent, den er sonst so anziehend und exotisch fand, klang auf einmal fremd in seinen Ohren. Sie streckte die Hand aus. »Lass das Testament einfach hier. Ich lege es zu meinen Unterlagen. Ehe noch jemand auf dumme Gedanken kommt.«

Draußen auf dem Vorplatz bellte Lupo.

Simon winkte ab. »Das wird nicht nötig sein«, sagte er. »Ich gebe das Ding den Fernaus. Schließlich war es ja ihre Großtante, nicht?«

Dimitra zog ihre Hand zurück. Ihr kräftiges Gesicht war ausdruckslos, aber ihre hohen Wangenknochen verliehen ihr das Aussehen einer Löwin. »Gute Idee«, sagte sie freundlich. »Übrigens, sehen wir uns heute Abend beim Tarock?«

»Danke, aber ich sollte endlich mit meinem Bericht über den Mumienfund anfangen«, sagte Simon. »Schließlich bin ich zum Arbeiten hier. Und wenn jetzt wirklich Tauwetter einsetzt, möchte ich mit der Dokumentation zum Ende kommen und nach Salzburg zurückfahren. Gerne ein andermal.« Er nickte Dimitra zum Abschied zu und verließ das Zimmer.

Auf dem Weg zum Gästehaus ließ er sich Dimitras Worte noch einmal durch den Kopf gehen. Alles, was sie gesagt hatte, klang logisch. Aber die Zweifel in seinem Innersten waren hartnäckig. Er wäre auf jeden Fall beruhigter, wenn er das Testament in der gültigen Fassung mit eigenen Augen gesehen hätte. Gerade als er überlegte, ob er Charlotte Fernau darum bitten konnte, rief ihn eine Frauenstimme von hinten an.

»Herr Becker!«

Simon drehte sich um und bemerkte Heidi, die in der Küchentür stand. Er hob die Hand zum Gruß. »Guten Morgen.«

»Ich habe ein paar Kalbsknochen – die könnten Sie für Lupo mitnehmen!« Heidi winkte ihn zu sich.

Simon zögerte kurz, aber dann schlug er den Weg über den Vorplatz zu ihr ein. Mit einem Hund wie Lupo war man auf das Wohlwollen der Mitmenschen angewiesen. Die Frage, welches Testament nun Gültigkeit besaß, musste warten.

»Ich habe extra was auf die Seite gelegt«, sagte Heidi und ließ ihn in die Küche eintreten. »Der arme Kerl ist ja viel zu dünn.« Sie ließ ihren Blick über Simon wandern, und es war klar, dass sie ihn auch für viel zu dünn hielt.

»Das ist sehr nett von Ihnen«, sagte Simon.

Heidis Wirkungsstätte hatte nichts mit der malerischen Küche im Gästehaus gemein. Hier war alles für den professionellen Betrieb eingerichtet, die Geräte waren groß und bestimmt teuer gewesen, und ihre stählernen Oberflächen waren blank gescheuert. Weiße Fliesen glänzten an den Wänden, alle Chromteile blitzten, und Gewürze und Zutaten lagerten in verschlossenen Glasbehältern. Das einzige Zugeständnis an die Wohnlichkeit war ein heller Holztisch mit ein paar Stahlrohr-Stühlen, der in einer Ecke stand. Darüber hing eine mit rot kariertem Stoff bezogene Lampe, und an der Wand dahinter waren auf einer Korkplatte Zettel, Fotos und Ansichtskarten befestigt. Auf dem Tisch standen Schüsseln mit geputztem Gemüse, und auf einem Brett lagen Fleischstücke und Metallspieße. Anscheinend war Heidi gerade bei der Vorbereitung des Mittagessens gewesen, als sie ihn durch das Küchenfenster entdeckt hatte.

Heidi ging sofort zu einem raumhohen Kühlschrank und zog eine der beiden Stahltüren auf. »Lupo ist ja so ein herziger Hund«, sagte sie. »Und so ein braver.«

»Oh ja, das stimmt«, sagte Simon, der dieses Kompliment zum ersten Mal hörte. »Wo ist er denn überhaupt?«

Heidi drehte sich um, ein großes Metalltablett in den Händen, auf dem sich in Plastik verpackte Knochen stapelten, und stieß mit dem Fuß die Kühlschranktür hinter sich zu. »Der Toni ist zur Straße hinunter«, sagte sie. »Er meint, wenn das Wetter so bleibt, können die Bagger bald fahren. Lupo ist mitgelaufen, die zwei verstehen sich.« Sie stellte das Tablett auf eine Ablagefläche und begann, feucht schimmernde Kugelknochen auszuwickeln. »Nur Gelenke, der Toni sagt, Lupo soll nichts anderes haben.«

»Der Toni?« Simon, der sich auf einen Rundgang durch die Küche gemacht hatte, blieb stehen. »Kenne ich den?«

Heidi sah überrascht auf. »Na, der Steingruber Anton«, sagte sie. »Den kennen Sie doch wohl.«

»Ja, den natürlich schon.« Simon hatte ein schlechtes Gewissen. Nie war ihm in den Sinn gekommen, dass das Faktotum des Schlosses auch einen Vornamen haben könnte. Oder ein Privatleben. Um seine Verlegenheit zu überspielen, fragte er: »Der – Anton lebt schon immer hier, oder?«

Heidi zog einen dicken Oberschenkelknochen aus der Verpackung und runzelte die Stirn. »Der ist auf alle Fälle zu groß«, sagte sie. »Nein, der Toni ist erst seit ein paar Jahren wieder da. Wie er zu alt für die Seefahrt geworden ist, ist er zurückgekommen.« Sie schleppte den Knochen zu einem hölzernen Hackbrett und warf ihn darauf. Dann zog sie eine tiefe Schublade auf und entnahm ihr eine Axt, deren Schneide vor Sauberkeit blitzte. »Sein Vater war hier Verwalter auf dem Schloss.« Geschickt schwang sie die Axt über den Kopf und ließ die Schneide auf den Knochen niedersausen. Mit einem Knirschen zerbrach das spröde Material. »Ich kenn ihn schon mein Leben lang.«

»Wo ist er denn zur See gefahren, der Anton?«

Heidi deutete mit dem Kinn auf die Wand mit den Fotos und Postkarten. »Der war überall auf der Welt«, sagte sie stolz. »Und hat uns nicht vergessen.«

Sie fing an, den Knochen in regelmäßigen Abständen in Stücke zu hacken. Wie eine Henkersaxt auf den Richtblock sauste die scharfe Schneide herab. Der dumpfe Klang der Axt auf dem

Hackstock und das Geräusch der splitternden Knochen ließen Simon eine Gänsehaut über den Rücken laufen.

»Ich glaube, das reicht für Lupo«, sagte er hastig.

»Nein, nein«, sagte Heidi freundlich, aber bestimmt. »Wenn ich mal dabei bin, kann ich gleich einen Vorrat für Ihren Hund machen. Ich frier den Rest einfach ein.« Wieder sauste die Axt nieder, wieder splitterte der Knochen. »Sie bleiben ja sicher noch länger.« Nach dem Gespräch mit Dimitra klangen ihre Worte wie Drohungen in Simons Ohren.

Er drehte sich um und schlenderte zu der Wand mit den Postkarten und betrachtete die bunten Bilder. Da gab es Urlaubsfotos von Heidi, die sie vor der Akropolis und dem Eiffelturm zeigten, auf einem Kreuzfahrtschiff und in einer Seehundstation. Wer hätte gedacht, dass die rundliche Köchin eines Alpinresorts so eine Weltenbummlerin war.

Daneben hingen zwei altmodische blaurote Luftpostbriefe und zahlreiche Ansichtskarten. Simon beugte sich vor und betrachtete sie eingehender. Hamburg, Rio, Shanghai, Neapel, Triest, Hongkong. Und immer wieder Palmenstrände und tropische Sonnenuntergänge. Simon richtete sich wieder auf.

Der Geruch frisch geschnittenen Gemüses stieg ihm in die Nase, und er blickte auf die Schüsseln auf dem Tisch hinunter. In einer davon stapelten sich bunte Paprikastücke. Die andere enthielt klein geschnittene Zwiebeln.

»Schaschlik«, rief Heidi vom Hackblock herüber. »Heute haben wir Fleischspieße mit Fisolen und Erdäpfeln.« Sie schob die Knochenstücke zu gleich großen Haufen zusammen. »Und mit meiner scharfen Soße, die ist ein Geheimrezept.«

»Klingt gut«, sagte Simon und musterte die Spieße.

Sie waren auffallend lang, und ihre Enden waren wie Degengriffe geformt. Es waren keine Industrieprodukte, sondern von Hand geschmiedete Einzelanfertigungen. Vielleicht hatten sie zum Schlossinventar gehört, wie die Bücher in der Bibliothek. Die Spieße schimmerten im kalten Neonlicht, waren so sauber wie der Rest von Heidis Küche. Nur an einem schien noch ein weißlicher Essensrest zu kleben. Simon nahm ihn in die Hand und drehte ihn vor seinen Augen. Es war kein Fleisch und auch kein Fett, sondern eine wachsähnliche Masse. Vorsichtig fuhr er mit dem Finger darüber. Es war Wachs. Eine Erinnerung regte sich in seinem Kopf, und ihm war, als fiele beim Anblick des verklebten Metalls ein Puzzlestein an seinen Platz. Aber ehe er den Gedanken noch zu Ende verfolgen und das ganze Puzzle erkennen konnte, hörte er hinter dem Rücken Heidi durch die Küche auf sich zukommen. Schnell ließ er den Spieß in der Jackentasche verschwinden und drehte sich um.

»Da wird sich Lupo freuen«, sagte er.

Heidi strahlte und hielt ihm ein dick in Alufolie eingewickeltes Paket hin. »Von Toni und mir«, sagte sie. »Aber geben Sie ihm nicht alles auf einmal, sonst kriegt er Verstopfung.«

»Sie kennen sich mit Tieren aus«, sagte er.

Sie nickte. »Ich schlachte auch selbst.«

»Sie sind – Metzgerin?«

Heidi nickte. »Habe ich gelernt«, sagte sie stolz. »Aber ich schlachte nur noch Hühner und die Gänse zu Martini. Federvieh kriegen wir lebend. Und wenn wir voll belegt sind, kaufe ich auch mal ein Milchkalb für Schnitzel und Braten vom Bauern.« Sie deutete auf das Paket in Simons Hand. »Das andere Fleisch kommt fertig vom Großhandel.«

Simon blickte in ihre freundlichen porzellanblauen Augen und dachte an das kleine Milchkalb. Vor zwei Tagen hatte es Wiener Schnitzel gegeben. Die Alufolie knisterte in seiner Hand, und auf einmal schien ihm die Küche vom feuchten Geruch nach Knochengewebe und Blut erfüllt. Sein Magen fing an zu schlingern.

»Sind Sie eigentlich schon lange hier?«, fragte er.

»Oh ja! Fast dreißig Jahre.«

»Dann kannten Sie sicher auch noch die Großtante von der Frau Fernau, oder?«

»Die Frau Valerie? Natürlich, so eine feine Dame.« Heidi schüttelte bekümmert den Kopf. »Die war ja dann leider lange sehr krank.«

»Ja, alte Leute sind oft verwirrt.«

»Und wie.« Heidi lachte. »Aber nicht die Frau Valerie, die nicht. Die war nur sehr schwach, und zum Schluss hat sie wochenlang im Koma gelegen.«

Simon verlagerte sein Gewicht von einem Bein auf das andere, nahm eine bequeme Position ein, um sein Interesse an einem kleinen Schwatz zu signalisieren. »Ach ja? Dann hat die Frau Fernau sie wohl auch noch pflegen müssen?«

Heidi seufzte. »Allerdings«, sagte sie. »Das ging monatelang so. Warten Sie … Also ein Vierteljahr war die Frau Valerie bestimmt kaum ansprechbar. Ich hab ja nie gewusst, was ich für sie kochen soll. Meistens hab ich dann eine kräftige Brühe gemacht.« Heidis Miene trübte sich. »Aber sie ist trotzdem immer weniger geworden.«

Simon nickte. Es stimmte also, was man ihm über das Ende von Valerie Gimborn erzählt hatte. »Dann werde ich gleich mal Lupo beglücken«, sagte er und hob das Paket hoch. »Also, danke noch mal.«

Sie strahlte. »Schaschlik gibt's um eins.«

Simon legte die Hand auf den Bauch. »Ich glaube, heute verzichte ich«, sagte er. »Bei Ihrem guten Essen passe ich sonst nicht mehr in meine Kleider.« Er bemerkte den Zweifel in ihrem Blick, ignorierte ihn und verließ rasch die Küche.

NEUNZEHN

Draußen hatte es wieder angefangen zu schneien. Granitgraue Wolken hingen tief über dem Schloss, und der Tag, der so strahlend begonnen hatte, machte Anstalten, sich bereits jetzt einem frühen Ende zuzuneigen.

Das Gästehaus schien leer und verlassen. Nur die Gangbeleuchtung brannte, und als Simon in die schummerige Küche ging, um das Knochenpaket in den Kühlschrank zu legen, war von Charlotte Fernau nichts zu sehen. Der Herd war ausgeschaltet, das Geschirr stand abgewaschen neben der Spüle. Anscheinend hatten die Fernaus bereits zu Mittag gegessen. Clemens war sicher irgendwo im Klinikbereich. Dort verbrachte er seine Tage, auch wenn es jetzt nichts für einen Arzt zu tun gab. Wahrscheinlich lernte er für seine Facharztprüfung. Und Charlotte? Wenn sie gerade Mittagsschlaf hielt, hatte er Pech gehabt. Aber einen Versuch war es wert. Irgendwo musste das Testament sein.

Simon legte die Kalbsknochen für Lupo zwischen eine abgedeckte Glasschüssel mit Erdäpfelsalat und ein paar mit Zellophan umwickelte Käsestücke und schloss die Kühlschranktür. Dann stieg er die Treppe in den zweiten Stock hinauf und wandte sich nach links. Er war noch nie in der Wohnung der Fernaus gewesen, hatte aber vom Vorplatz aus Clemens am Fenster seines Arbeitszimmers stehen sehen.

Die Wohnungstür war mit aufwendigen Schnitzereien verziert und hatte zwei Flügel. Nirgends war ein Messingschild oder eine Klingel zu sehen.

Simon klopfte an. »Frau Fernau?« Er lauschte. In der Wohnung blieb alles ruhig. Er klopfte wieder, diesmal lauter. »Clemens?« Keine Antwort. Mutig geworden, drückte er auf die Messingklinke. Die Tür war nicht verschlossen. Mit einem hölzernen Knarren sprang sie auf.

Für einen kurzen Moment zögerte Simon, erschrocken über sich selbst und über das, was er im Begriff war zu tun. Noch nie hatte er sich über die Privatsphäre eines anderen Menschen hinweggesetzt. Doch das Bild der toten Julia, die mit gefalteten Händen und einem Blütenkranz um den Kopf wie schlafend in der Krypta lag, ließ die alte Wut wieder in ihm aufsteigen. Er glaubte nicht an ihren Selbstmord, nicht nach all dem, was er in den letzten Tagen erfahren hatte. Hier ging es nicht um gesellschaftliche Befindlichkeiten, sondern um Mord. Vielleicht sogar um Doppelmord.

Simon schlüpfte in den Vorraum und lehnte die Wohnungstür hinter sich nur an. Sollten Charlotte oder Clemens ihn beim Herumspionieren überraschen, würde er eben behaupten, Lupo gesucht zu haben. Die lahme Lüge beruhigte jedoch nicht einmal ihn selbst. Falls die Fernaus etwas mit den Todesfällen zu tun hatten, wollte er sich die Konsequenzen lieber nicht vorstellen. Die beiden würden kein Risiko eingehen. Zu viel stand für sie auf dem Spiel. Wenn sie ihn erwischten, würde die Seele der Gruberin eben erneut aus der Gruft steigen und ihr nächstes Opfer holen. Eine Spritze, gekonnt von Chirurgenhand gesetzt, würde ihn töten oder zumindest so lange betäuben, bis er in der Kälte der Kapelle erfroren war. War das auch Julias Schicksal gewesen? Er war beruflich im Schloss, ohne persönlichen Bezug und ohne finanzielle Interessen. Sein Tod würde vom Motiv für die beiden anderen Morde und damit auch vom Täter ablenken.

Simon zögerte. Noch war es nicht zu spät. Er konnte umdrehen, die Wohnung verlassen und seinen Bericht schreiben oder zumindest Tolstoi lesen. Das alte Papier in seiner Jackentasche, Valerie Gimborns Vermächtnis, schabte über den groben Stoff. Auch Valerie hatte sich vor den Fernaus gefürchtet. Der Text zeugte von geistiger Klarheit, die Worte waren gut gewählt. Warum hatte Dimitra sofort von Altersdemenz gesprochen? Steckte sie am Ende mit den Fernaus unter einer Decke, oder kamen ihr Charlottes Taten nur recht? Julias blasses Gesicht tauchte vor seinem inneren Auge auf, die perlmuttfarbenen Augenlider, ihre mittlerweile schwärzlich verfärbten Lippen. Wie alt war sie gewesen? Zwanzig? Fünfundzwanzig? Entschlossen drehte sich Simon um, durchquerte den Vorraum und betrat das nächste Zimmer.

Das Erste, was ihm auffiel, war ein riesiges Ölgemälde. Es hing über einer Biedermeiersitzgruppe und zeigte eine italienische Landschaft mit römischen Säulen und Zypressen. In einer Ecke knisterte der unvermeidliche Kachelofen. An einer Wand befand sich ein geschnitzter Schrank, zwischen den Fenstern mit den hellgelben Vorhängen stand eine kleine Biedermeierkommode. Darauf reihten sich silbergerahmte Fotos um ein großes grüngoldenes Fabergé-Ei.

Simon wandte sich zunächst dem Schrank zu. Er war nicht verschlossen, und seine Türen sprangen mit einem unangenehmen Knarzen auf. In seinem Inneren hingen mehrere Pelze. Zwei Persianermäntel, ein dunkler Nerz, ein mit Fuchsfell besetztes Lodencape und eine weit geschnittene Nutriajacke, die in Simon sofort die Assoziation von zwanziger Jahren und Charleston hervorrief. Die Felle waren verstaubt und zerdrückt und verströmten einen leichten Mottenpulvergeruch. Sie waren bestimmt lange nicht mehr getragen worden. Nur ein fast bodenlanger Silberfuchsmantel wirkte moderner. Simon fuhr mit dem Finger über das seidige Fell, das dem von Lupo bedrückend ähnlich sah, und die Haare sträubten sich. Es war, als wehrten sich die Tiere, denen man den Pelz abgezogen hatte, gegen diese letzte Berührung. Auf halber Höhe waren neben den Pelzen mehrere Fächer angebracht, aber dort stapelten sich nur Schals und Lederhandschuhe in allen Farben. Der Schrank enthielt anscheinend die Wintergarderobe. Simon verschloss ihn wieder und ging zu den Fenstern hinüber.

Die Biedermeierkommode hatte drei Schubladen, aber alle waren verschlossen. Während Simon überlegte, wie er die alten Schlösser öffnen konnte, ohne sie zu beschädigen, glitt sein Blick über die Fotos und blieb schließlich an dem Fabergé-Ei hängen. Es war ein bemaltes Gänse-Ei, grün mit einer Blattgoldauflage. Ein Goldrand lief um seine Mitte, und an einer Seite glänzte ein Scharnier. Hatte er nicht ein ähnliches Ei in Julias Zimmer gesehen? Noch ehe Simon darüber nachgedacht hatte, hielt er das Ei bereits in der Hand, klappte es auf – und hätte es fast fallen lassen.

Das Ei war mit elfenbeinfarbener Seide ausgeschlagen. Es war eine kostbare Geschenkverpackung. Und in ihrem Inneren glitzerte ein Schmuckstück. Eine Brosche. Ein antikes Stück aus Gold, mit Mondsteinen und Brillanten besetzt. Sie schimmerte wie ein märchenhafter See, dessen Tiefe Wunder und Geheimnisse barg.

Fasziniert starrte Simon auf den Schmuck. Bis ihm einfiel, wo er ihn schon einmal gesehen hatte. Julia hatte ihn getragen. An dem Morgen, als er sie kennengelernt hatte. Er spürte, wie sich eine Gänsehaut über seine Arme zog. Die Brosche stammte aus Julias Nachlass – genau wie das Fabergé-Ei. Sie gehörte in einen Tresor, bis ihre Erben sich ihrer annehmen konnten. Charlotte Fernau hatte das kostbare Stück an sich genommen, stellte es geradezu demonstrativ auf diese Kommode. Jeder konnte es sehen, sich daran gewöhnen und irgendwann glauben, dass es hierher gehörte.

Auf dem Gang näherten sich Schritte.

Simon war so in seine Überlegungen vertieft gewesen, dass er sie erst hörte, als sie vor der Wohnung anhielten.

Im nächsten Augenblick schwang die Tür auf, und Charlotte Fernau sagte: »Was machen Sie hier?«

Simon, das Fabergé-Ei in den Händen, drehte sich um. Charlotte Fernau trug eine Winterjacke und Stiefel, und ein kalter Hauch ging von ihr aus, der sogar bis zu Simon zu spüren war. »Ich habe Sie gesucht«, sagte er, um zu retten, was zu retten war. »Da habe ich zufällig dies hier gesehen. Es ist wunderschön und sehr ausgefallen.« Ob er das Ei meinte oder die Brosche, ließ er bewusst offen.

Sie zögerte, glaubte ihm offensichtlich nicht. Langsam schloss sie die Tür hinter sich. Dann ging sie zu der Biedermeiersitzgruppe, zog ihre Jacke aus und warf sie auf das Sofa. »Warum haben Sie mich gesucht?« Sie richtete ihren Blick auf das Ei, als wollte sie Simon daran hindern, es einfach in die Tasche zu stecken. »Das ist übrigens ein Erbstück – Art déco.«

»Das Ei oder die Brosche?«

Charlotte Fernau sah ihn prüfend an. »Beides.«

»Ach, dann sind Sie Julias Erbin?« Täuschte er sich, oder flog eine leichte Röte über ihr Gesicht? Sie selbst hatte ihm von dem schlechten Verhältnis zu ihrer Nichte erzählt. Vielleicht hoffte sie, dass er die Herkunft des Schmuckes nicht kannte. »Es war ja ihre Brosche.«

Charlotte Fernaus Augen verengten sich. »Natürlich«, sagte sie. »Aber irgendwer muss das gute Stück ja verwahren. Also, bitte stellen Sie das Ei wieder auf seinen Platz.« Ihr Tonfall legte nahe, dass sie ihn gerade bei einem versuchten Diebstahl erwischt hatte. »Warum sind Sie wirklich hier?«

Simon klappte das Ei zu und stellte es auf die Kommode zurück. Ihre Dreistigkeit ärgerte ihn, sodass er beschloss, direkt zum Angriff überzugehen. »Ich habe das Testament gefunden«, sagte er und drehte sich zu Charlotte Fernau um.

Sie zwinkerte. »Julia hat ein Testament gemacht?«

»Valerie Gimborns Testament.«

Ihr Blick irrte zu der Kommode hinüber. »Ja, und?«

»Frau Gimborn setzt darin ihren Neffen, Julias Vater, zum Alleinerben ein. Und Julia sollte über ihren Schmuck verfügen.« Stammte die Brosche aus Valeries Nachlass? Die großen Granate an Charlotte Fernaus Ohren waren jedenfalls dieselben wie die auf dem Porträt in der Schlosshalle. Vielleicht wurden sie auch nur *verwahrt*. Der Gedanke reizte ihn fast zum Lachen.

»Unsinn«, sagte Charlotte Fernau. »Wo haben Sie das denn her? Ich bin die Alleinerbin.« Mit schnellen Schritten kam sie zu Simon herüber. Sie zog einen Schlüssel aus der Tasche, drehte ihn im Schloss der obersten Kommodenschublade und zog sie auf. »Ich weiß zwar nicht, was Sie das Ganze angeht, aber langsam habe ich diese Andeutungen und Verdächtigungen satt. Also – hier, bitte!« Sie nahm eine grüne Plastikmappe aus der Schublade und bedeutete ihm, ihr zur Sitzgarnitur zu folgen. »Setzen Sie sich.« Sie wartete, bis Simon einen Stuhl genommen hatte, dann schob sie ihre Jacke auf dem Sofa beiseite und ließ sich selbst nieder. »Hier ist das Testament, wie es meine Tante verfasst und beim Notar hinterlegt hat.« Sie klappte den Deckel der grünen Mappe auf, zog ein mit rot-weißem Faden gebundenes und gesiegeltes Papierkonvolut heraus und reichte es ihm. »Ich hoffe, das beantwortet alle Fragen.«

Simon nahm das Schriftstück. Anders als das Testament, das er in der Bibliothek gefunden hatte, war es nicht mit der Hand verfasst, sondern auf dem Computer geschrieben. Aber es war von Valerie Gimborn und zwei Testamentszeugen unterschrieben. Er fing an zu lesen:

Ich, Valerie Marie Gimborn, erkläre hiermit im Vollbesitz meiner geistigen Kräfte meine Nichte Charlotte in Dankbarkeit für ihre aufopferungsvolle Pflege und alles, was sie für mich getan hat, zu meiner Alleinerbin. Das Schloss, mein Schmuck und mein ganzes Barvermögen sollen ihr gehören.

Die Unterschrift war zitterig, etwas verwischt und lautete: »Valerie Marie Gimborn«.

Das Testament war von drei Zeugen unterschrieben, von denen er aber nur Anton Steingrubers Namenszug eindeutig entziffern konnte.

Simon hob den Kopf. »Das ist die letzte Fassung?«

»Ja, natürlich.« Charlotte zeigte auf das Schriftstück. »Meine Tante hat es eine Woche vor ihrem Tod diktiert.«

»Das Testament, das ich gefunden habe«, sagte Simon und dachte dabei an Julia, die es wohl ebenfalls in Händen gehabt hatte, »ist handschriftlich.«

Charlotte Fernau schüttelte den Kopf. »Möglich«, sagte sie. »Aber das ist sicher älter, und es gilt immer die letzte Fassung. Am Ende konnte Tante Wally keinen Stift mehr halten.« Die Erinnerung bekümmerte sie hörbar.

Simon nickte nachdenklich. Dieses Argument war nicht von der Hand zu weisen. »Gut«, sagte er. »Dann habe ich noch eine letzte Frage. Warum haben Sie nie gesagt, dass Sie Adam Minkowitz kannten?« Es war ein Schuss ins Blaue, aber er traf unerwartet sein Ziel.

»Woher wissen Sie das?« Ihre Überraschung war echt.

Er zuckte die Schultern, schwieg.

Charlotte Fernau stand auf und fing an, im Zimmer herumzuwandern. »Er war der Bankbetreuer meiner Tante«, sagte sie. »Hat sie in Wertpapiergeschäften beraten.« Sie blieb vor der Kommode stehen und drehte das Fabergé-Ei nachdenklich im Kreis. »Clemens und ich sind erst nach ihrem Tod auf das ganze Ausmaß des Schwindels gekommen.«

Investmentbanker. »Minkowitz hat Ihre Tante betrogen?«

»Es hat natürlich keine Beweise gegeben«, sagte sie und nahm ihren Rundgang wieder auf. »Das Geschäft funktioniert so: Der Bankmitarbeiter überredet alte Kunden zu Wertpapieranlagen. Mit dem Geld spekuliert er selbst und macht auch Gewinne. Aber alte Leute werden jedes Jahr schwächer, bauen Emotionen zum Berater auf und vertrauen ihm. Irgendwann verstehen sie das mit den Anlagen nicht mehr, das Wertpapierdepot wird eingeschmolzen, und das Geld landet auf lauter kleinen Sparbüchern. Der Bankmitarbeiter bietet an, die Sparbücher in Verwahrung zu nehmen, und redet den Alten ein, sie müssten sich vor den gierigen Erben in Acht nehmen. Niemand solle von dem Vermögen wissen. Und so landen die Sparbücher in einem Schließfach. Dafür gibt es zwei Schlüssel, die eigentlich beide für den Kunden sind. Aber der alte Mensch hat Vertrauen, und der Bankberater behält einen Schlüssel. Natürlich kennt er auch das Losungswort.«

Charlotte Fernau kehrte zu der Sitzgarnitur zurück und ließ sich auf das Sofa fallen. Ihre Miene wirkte abgespannt, sie sah müde aus. »Wenn der alte Mensch dann stirbt, fährt der Bankmitarbeiter einfach durch das ganze Land und löst ein Sparbuch nach dem anderen auf. Nicht zu vergessen: Es sind lauter kleine Beträge. Das fällt nirgends auf. Und wenn die Erben mit dem Testament kommen, ist einfach nichts mehr da. Beweisen Sie das Gegenteil!«

»Wahnsinn«, sagte Simon. »Sie glauben, dass Ihre Großtante ein Opfer dieser Masche geworden ist?«

»Wir haben in ihrem Nachlass einen Schlüssel für ein Bankfach gefunden«, sagte Charlotte Fernau. »Wohlgemerkt – nur einen! In dem Fach lagen zwei Sparbücher mit jeweils einem Betrag für ein gutes Abendessen.« Sie breitete die Hände aus. »Also: Wo ist das Geld geblieben?«

»Adam Minkowitz?«

»Tante Wally war misstrauisch«, sagte Charlotte Fernau resigniert. »Wie alle alten Leute. Leichtes Spiel für einen Kriminellen wie Minkowitz.«

Simon dachte an das Testament, das er gefunden hatte. Valerie

Gimborn hatte um ihr Leben gefürchtet. Bestimmt hätte man der alten Dame rechtzeitig einen Sachwalter zur Seite stellen müssen. »Sie haben also gar kein Geld geerbt?«

»Wir haben versucht, das Schloss zu erhalten«, sagte sie. »Tante Wally hatte es aber schon hoch belastet – wahrscheinlich hat sie auch dieses Geld verspekuliert. Wir konnten die Kredite irgendwann nicht mehr bedienen, und die Unterhaltskosten haben uns aufgefressen. Am Ende haben wir verkaufen müssen.« Sie kniff den Mund zusammen. »Und jetzt will Dimitra uns auch noch rausschmeißen.«

»Wenn Minkowitz Ihre Tante wirklich ruiniert hat, warum sollte er sich ausgerechnet hier operieren lassen?«

Charlotte Fernau zuckte die Schultern. »Wenn die Hypotheken zur Ablenkung in einer anderen Abteilung abgewickelt wurden, dann kannte er das Schloss nicht.«

»Trotzdem – warum haben Sie nicht gesagt, dass Sie Minkowitz kannten?«, wiederholte Simon. Es musste ein Schock für die Fernaus gewesen sein, den Verursacher ihres Unglücks durch das Schloss spazieren zu sehen.

Charlotte Fernau seufzte. »Ich habe versucht, Dimmi zu warnen«, sagte sie. »Aber sie kann mich nicht leiden. Und nach Minkowitz' Tod konnte ich nichts mehr sagen, sonst hätten Sie mich doch gleich in Verdacht gehabt, oder?« Ein spöttisches Lächeln huschte über ihr Gesicht.

»Wusste noch jemand von Ihrer Sorge?«

Sie runzelte die Stirn, dachte nach. »Bella«, sagte sie schließlich. »Ich habe Bella erzählt, dass wir alle unser Zuhause verlieren, wenn Minkowitz das Schloss kauft. Sie hat keine Familie, das hier ist ihr Lebensinhalt.«

Annabelle Laubenstein. Hatten ihre kryptischen Aussagen ihn nur von ihr ablenken sollen? Reichte der drohende Verlust einer Lebensstellung als Mordmotiv? Wohl nicht. Andererseits waren die Geschehnisse der letzten Tage mit Logik nicht zu erklären. Charlotte Fernau hatte weitergesprochen, aber er hatte nicht zugehört.

»… wäre ohne Sie nie passiert«, sagte sie gerade.

»Wie bitte?«

»Erst finden Sie diese Mumie, dann stochern Sie in alten Geschichten herum«, sagte Charlotte Fernau. Sie beugte sich vor und sah ihn eindringlich an. »Und jetzt bringen Sie mit Ihren Fragen einen Mörder in Bedrängnis. Hören Sie damit auf, wenn Ihnen Ihr Leben lieb ist.«

»Ich passe schon auf mich auf.«

»Ja, jetzt«, sagte sie. »Aber was ist, wenn Sie, ohne es zu wissen, auf etwas gestoßen sind, das dem Mörder gefährlich werden kann? Dann wird er Ihnen hier oben nichts tun, natürlich nicht. Aber später? In Wochen oder Monaten?« Ihre Stimme war leise geworden, als fürchtete sie einen Zuhörer.

Simon wurde kalt. Die Warnung war deutlich gewesen, und sie war angekommen. Charlotte Fernau schien sich ernsthaft um ihn zu sorgen. Und doch – etwas hinter ihren Worten beunruhigte ihn. Sie wusste mehr, als sie bereit war zu sagen.

Er setzte ein Lächeln auf. »Danke für Ihre Sorge«, sagte er. »Aber ich glaube, sie ist unnötig.« Er stand auf. »So, und jetzt werde ich den Tag nicht mit Spionieren, sondern mit der Abfassung der Mumien-Dokumentation beschließen.«

Charlotte Fernau gab keine Antwort, erhob sich nicht zum Abschied und begleitete ihn auch nicht aus der Wohnung. Aber er spürte ihren Blick im Rücken, bis er die Eingangstür hinter sich geschlossen hatte.

Auf dem Weg zu seinem Zimmer ließ Simon sich das Gespräch noch einmal durch den Kopf gehen. Und er dachte an das Testament, das Charlotte Fernau ihm gezeigt hatte. Das letzte. Das echte. Plötzlich blieb er stehen. Etwas irritierte ihn. In seinem Beruf war er gewohnt, auf Kleinigkeiten zu achten. Jetzt hatte er das Gefühl, genau so eine Winzigkeit übersehen zu haben.

Simon zog den vergilbten Zettel aus der Tasche und hielt ihn in das Licht einer Wandlampe. Etwas war in dem getippten Testament anders gewesen. Er ließ seinen Blick über das Blatt wandern. Die Sprache war altmodisch, typisch für eine Frau aus einer anderen Epoche. Das neue Testament war sachlich abgefasst, was jedoch auch an demjenigen liegen konnte, der es aufgenommen hatte. Und was nichts an seinem Inhalt änderte.

»Letzter Wille von Valérie Marie Auguste Gimborn«.

Und auf einmal wusste Simon, was ihn verstörte. Es war die Unterschrift unter dem getippten Text. Der Schriftzug stimmte überein. Aber er lautete: »Valerie Marie Gimborn«. Entweder die alte Dame hatte ihren dritten Vornamen einfach weggelassen, was natürlich gut möglich war. Oder derjenige, der ihre Hand geführt hatte, wusste nicht, dass es ihn gab. Beides war möglich. Aber da war noch der Akzent auf »Valérie«. Der Strich war sicher, routiniert und von oben ausgeführt. Er gehörte zum Namen, war ohne nachzudenken gesetzt worden. Hätte Valérie Gimborn das zweite Testament eigenhändig unterschrieben, hätte sie auch den Akzent gesetzt.

Meine Tante hat es eine Woche vor ihrem Tod diktiert.

Hatte Valerie Gimborn da nicht schon im Koma gelegen?

Simon spürte ein Kribbeln im Magen. »Behaltet mich in Euren Herzen und lebt wohl. Möge Gott Euch behüten.«

Ja, dachte er, möge Gott uns behüten.

ZWANZIG

»Charlie war bei mir«, sagte Annabelle Laubenstein und musterte stirnrunzelnd ihre Karten. »Sie behauptet, du habest ihr gekündigt, und sie ist ziemlich aufgelöst.«
»Die hat gar keinen Mietvertrag«, gab Dimitra zurück.
Annabelle hob den Kopf. »Es stimmt also nicht?«
»In einem Monat muss sie gehen.«
»Wohin?«
»Charlie hat Zeit gehabt, sich was zu suchen.«
Annabelle nahm drei Tarot-Karten von dem Stapel, der neben dem Teegeschirr lag, und legte sie aufgedeckt zu den anderen. »Und Clemens?«
»Wenn das alles hier vorbei ist«, sagte Dimitra, »werde ich neues medizinisches Personal einstellen.« Sie dachte an Sebastian und beschloss, ihm ein gutes Dienstzeugnis zu schreiben. Dafür würde er eine Schweigeverpflichtung unterzeichnen. Wer konnte sagen, was der dumme Junge sonst aus gekränkter Eitelkeit über sie und ihre Klinik an Unwahrheiten verbreitete? »Das heißt, wenn wir dann überhaupt noch Personal brauchen«, fügte sie grimmig hinzu. Sie traute diesem Simon Becker nicht. Was, wenn er das vereinbarte Stillschweigen brach? »Im Moment ist unsere Performance ja nicht die beste. Ich hoffe, wir kommen ohne großes Medienecho aus der Sache raus. Haben wir Ostergrüße nach Abu Dhabi geschickt?«
»Hundert Mozartkugeln, wie immer.«
Dimitra seufzte. »Bella, was täte ich ohne dich.«
Annabelle gab keine Antwort, ordnete nur schweigend ihre Karten. Das Kaminfeuer prasselte, und es war bereits gegen halb zehn, zwei Stunden nach dem Abendessen. Trotz des ausgezeichneten Kalbsbratens hatte niemand Appetit gehabt, und die Unterhaltung war quälend zäh gewesen, denn inzwischen waren auch die anregenden Tischgespräche verstummt. Die einzigen Themen waren das Wetter gewesen und die Frage, ob es noch zwei Tage halten würde, damit die Bagger fahren konnten. Nur

Annabelle Laubenstein hatte sich wie immer von der Schneelage relativ unbeeindruckt gezeigt. Als ehemalige Direktorin eines Wintersporthotels am Arlberg war sie es gewohnt, ein oder zwei Wochen von der Umwelt abgeschnitten zu sein. Solange Küche und Keller gefüllt waren, sah sie das Wohl ihrer Gäste nicht nachhaltig gefährdet. Niemand hatte Adam Minkowitz oder Julia Gimborn mit einem Wort erwähnt. Doch wie sehr die beiden Todesfälle die Tischgesellschaft belasteten, hatte man an den Augen erkennen können, die hin und her huschten, und an den schnell wieder gesenkten Lidern, wenn Blicke sich ungewollt begegneten.

Nach Kaffee und Dessert – Heidis berühmtem warmem Milchrahmstrudel – hatten alle wie in stillem Einverständnis Entschuldigungen gemurmelt und sich hastig in ihr Quartier zurückgezogen.

Nur Dimitra war wie jeden Abend geradezu demonstrativ ins Kaminzimmer gegangen. Nicht etwa, weil sie als Einzige in geselliger Laune gewesen wäre, sondern weil sie es als ihre Pflicht ansah, den anderen Schlossbewohnern einen Anschein von Normalität zu bieten. Sie war da, und wer mit ihr reden wollte, konnte das tun. Der Kapitän verlässt als Letzter das Schiff, dachte sie sarkastisch. Ihr Luxusliner lag im Hafen von Sydney und wartete vergeblich auf sie. Sie durfte gar nicht daran denken.

Immerhin hatte sie Bella in ihrem angestammten Ohrensessel vor dem Kamin und mit einer Patience beschäftigt vorgefunden. Die stille und pflichtbewusste Direktorin war wirklich das Rückgrat des Schlossbetriebs. Wenn das alles hier vorbei war, beschloss Dimitra, würde sie eine Gehaltserhöhung für Bella in Erwägung ziehen.

»Legst du da gerade Karten?«, fragte Dimitra. Sie war nicht abergläubisch, aber inzwischen griff sie nach jedem Strohhalm, wie sie sich selbstkritisch eingestand. »Kannst du sehen, wie das Ganze hier oben ausgeht?« *Und ob Simon den Mund hält?*

»Ich bin keine Wahrsagerin«, sagte Annabelle. »Aber du kannst eine ziehen.«

Dimitra entschied sich für das einzelne Blatt, das quer über den anderen lag, und reichte es Annabelle.

»Die Schicksalskarte also«, sagte Annabelle, musterte die Karte und tippte sich dann nachdenklich damit ans Kinn.
»Und?«, fragte Dimitra.
»Es ist das Gericht.«
»Ein Gerichtsverfahren?« Dimitras Mund wurde trocken.
Annabelle legte die Karte offen auf den Tisch.
Dimitra betrachtete das Blatt. Am unteren Rand reckten drei nackte Menschen die Arme zu einem blond gelockten Engel empor, der die Trompete blies. »Das verstehe ich nicht.«
»Das Gericht ist die Karte des Wandels«, sagte Annabelle. »Die Verstorbenen stehen wieder auf. Der Erzengel Gabriel, der die Macht Gottes verkörpert, ruft die Toten aus ihren Särgen. Die Bedeutung dieser Karte ist das Jüngste Gericht.«
Dimitra spürte, wie ein Kälteschauer über ihren Rücken lief. »Na, das stützt ja Steingrubers These von der wiederauferstandenen Heiligen, was?«, sagte sie. Sie wollte einen Scherz machen, hörte aber selbst, wie angespannt ihre Stimme klang. »Ich fürchte, mehr kann ich von diesem Geschwätz über Wiedergänger nicht ertragen.«
Annabelle tippte mit dem Zeigefinger auf das Blatt. »Die Karte bedeutet Entscheidung, Befreiung und Erlösung«, sagte sie, und ein schmales Lächeln erschien auf ihrem Gesicht. »Sie zeigt das Ende der Qual an – den totalen Wandel.«
Energisches Klopfen unterbrach das Gespräch. Gleich darauf wurde die Tür aufgestoßen, und Steingruber, einen Korb mit Buchenscheiten in der einen und einen kleinen Teller mit Konfekt in der anderen Hand, trat ein.
»Das Brennholz«, sagte er, stapfte zum Kamin und stellte den Korb neben das Feuerloch. Dann kam er zum Tisch herüber und reichte Dimitra den Teller. »Das ist vom Abendessen übrig geblieben. Heidi schickt mich damit. Sie meint, Sie wollen vielleicht was vor dem Schlafengehen.«
Dimitra starrte auf die weißen und braunen Trüffel. Sie bestellte die Pralinen immer bei einer Schokoladenmanufaktur in der Schweiz, war geradezu süchtig danach. Ein paar waren mit Pistaziensplittern, andere wieder mit hauchdünnen Goldblättchen belegt. Die weißen, je mit einem kandierten Veilchen

verziert und mit Himbeermousse gefüllt, aß sie am liebsten. Die Tischrunde hatte sich an diesem Abend so schnell aufgelöst, dass das Konfekt keine Beachtung mehr gefunden hatte. Dass Heidi an sie gedacht hatte, rührte Dimitra. Es war so unerwartet, denn sie hatte immer das Gefühl, als litte die Köchin unter dem Abstieg ihrer Wirkungsstätte von der herrschaftlichen Küche zur Kantine.

Dimitra sah Annabelle an, aber die hob abwehrend die Hand, aß nie Schokolade. Daher die beneidenswerte Figur, dachte Dimitra resigniert. Und wenn schon. Das Kreuzfahrtschiff und die Liege am Pool fuhren ohne sie.

»Danken Sie Heidi«, sagte sie, »und gehen Sie dann auch ins Bett.« Warum arbeitete der Alte noch so spät? Hatte er seine Kündigung nicht verstanden, oder wollte er sie von seiner Unersetzlichkeit überzeugen? »Wir brauchen Sie nicht mehr.« Das konnte heute Abend bedeuten, aber auch immer.

Steingruber zuckte die Schultern. »Dann geh ich mal, Frau Doktor«, sagte er. »Ich wollt nur noch sagen – in der Kapelle brennt schon wieder Licht.«

Das Gericht – Wandel und Auferstehung. Dimitra zwang sich zu einem freundlich-sachlichen Ton. »Wahrscheinlich hat Herr Becker noch zu tun«, sagte sie.

Steingruber schüttelte den Kopf. »Das kann nicht sein«, sagte er. »Der Dr. Becker hat seinen Hund bei mir geholt und ist dann zum Gästehaus gegangen.«

Dimitra spürte, wie sich ihre Nackenmuskeln verkrampften. »Wer ist dann drüben?«

»Tja, das weiß ich auch nicht«, sagte er. »Ich dachte halt nur, ich melde es Ihnen.«

»Das war ganz richtig, Steingruber.«

Annabelle nahm ihre Tasse und trank von dem sicher schon kalten Tee. Ihr Gesicht wirkte nachdenklich.

»Na, dann einen guten Abend«, sagte Steingruber.

Dimitra gab sich einen Ruck. »Gut, aber bevor Sie Ihr Zimmer aufsuchen, werfen Sie bitte noch einen Blick in die Kapelle«, sagte sie so beiläufig, als bäte sie ihn, noch schnell in die Besenkammer zu sehen. »Bestimmt hat jemand vergessen, das Licht zu löschen. Und dann schließen Sie ab. Es kann ja nicht sein, dass jeder in der Kapelle herumläuft.«

Steingruber kratzte sich am Kopf. »Es ist nur so, Frau Doktor«, sagte er. »Wenn die Heilige nun umgeht, dann ...«

»Verdammt, Steingruber, jetzt reicht es aber«, sagte Dimitra ärgerlich. »Gehen Sie mir aus den Augen, ich sehe selbst nach dem Rechten.« Sie nahm eine weiße Praline, schob sie in den Mund und kaute wütend darauf herum. Der süße Himbeersaft verteilte sich in ihrem Mund, aber heute hatte er einen bitteren Nachgeschmack.

»Danke, Frau Doktor«, sagte Steingruber hörbar erleichtert. Anscheinend fürchtete er sich wirklich vor dem Geist einer jungen Frau, die seit dreihundert Jahren tot war. Und ich habe noch nicht einmal einen Blick darauf geworfen, dachte Dimitra, dabei gehört sie mir. Zum Glück hatte sie keine Angst vor Gespenstern.

»Noch was?«, fragte sie scharf.

»Gute Nacht, Frau Doktor.« Steingruber machte eine angedeutete Verbeugung in Richtung von Annabelle. »Frau Direktor.« Er drehte sich um und verließ das Kaminzimmer.

»Was sagt man dazu?« Ärgerlich warf Dimitra die Tarot-Karte auf den Tisch. *Das Gericht – Wandel und Auferstehung.* Es war Zeit, dem Spuk ein Ende zu machen. »Ich laufe schnell zur Kapelle rüber.« Sie stand auf. »Nächste Woche werde ich mich um eine Abrissgenehmigung kümmern. Ich kann mir nicht vorstellen, dass der alte Steinhaufen unter Denkmalschutz steht. Und diese verdammte Mumie schenke ich Simon oder einem Museum oder irgendwem, der sie haben will. Früher wurden aus Mumien Arzneien hergestellt, keine schlechte Idee, wenn du mich fragst.« Sie hatte sich so in Rage geredet, dass ihr fast ein wenig schwindelig war.

Annabelle sah aus, als wollte sie etwas entgegnen, aber dann nickte sie nur und schenkte sich frischen Tee ein. »Sei vorsichtig, der Weg ist glatt«, sagte sie.

»Ich mache nur schnell das Licht aus«, sagte Dimitra, »und gehe dann ins Bett.« Auf einmal merkte sie, wie müde sie war. Die Ereignisse der letzten Tage waren zu viel gewesen. »Also, gute Nacht.« Obwohl sie nie Kopfschmerzen hatte, fühlte sie eine Migräne nahen. Vielleicht lag es auch an dem Holzrauch, der sich in Fäden aus dem Feuerloch über das Parkett schlängelte. Sie musste Steingruber sagen, dass der Kamin nicht richtig zog. Jetzt war ihr ein wenig schlecht. Fast fluchtartig verließ sie das Zimmer, um ihren Pelzmantel zu holen. Sie freute sich geradezu, an die frische Luft zu kommen.

Die Nacht war klar und klirrend kalt, viel zu kalt für Mitte April. Der Himmel war sternenklar, und ein voller Mond hing über dem Schloss, beleuchtete den zu einer bläulichen Decke gefrorenen Schnee. Links und rechts des Weges, der zur Kapelle führte, türmten sich blau schimmernde Wechten.

Im ersten Stock des Gästehauses brannte Licht. Es war das Zimmer von Simon. Einen Augenblick war Dimitra versucht, hinüberzulaufen und ihn zu bitten, selbst in der Kapelle Nachschau zu halten. Wahrscheinlich war er es ja auch gewesen, der das Licht hatte brennen lassen. Was würde er wohl für ein Gesicht machen, wenn sie mitten in der Nacht unangemeldet an seine Schlafzimmertür klopfte? Erfreut? Verlegen? Ablehnend? Vielleicht würde er ihr Auftauchen falsch verstehen und als durchsichtiges Manöver auffassen. Dimitra verwarf den Gedanken, ihn um Hilfe zu bitten. Stattdessen schlug sie den Kragen ihres Nerzmantels hoch und schob die Hände in die Taschen.

Dann schlug sie die Richtung zur Kapelle ein.

Schon von Weitem konnte sie das Licht sehen, das die spitzgiebligen Kirchenfenster erleuchtete. Es schien heller zu brennen als je zuvor, warf einen goldenen Schimmer auf die verschneite Wiese. Um sie herum war es totenstill. Nur ihre knirschenden Schritte waren zu hören, wenn sie über ein Stück harschen Schnees stapfte.

Die Kapellentür war geschlossen, ihre schwarzen Eisenplatten waren von einer glitzernden Eisschicht überzogen. Es musste Stunden her sein, dass eine warme menschliche Hand auf dem geschmiedeten Türgriff gelegen hatte. Entschlossen drückte Dimitra die Tür auf, betrat die Kapelle – und kniff geblendet die Augen zu.

»Das darf ja wohl nicht wahr sein«, entfuhr es ihr.

Das ganze Kirchenschiff war von Kerzen erleuchtet. Sie standen auf den Bänken, säumten den Mittelgang und flackerten in den Fensternischen. Zwei dicke weiße Kerzen brannten zu Füßen des Gekreuzigten. Auf dem Boden des Altarraums bildeten Flammen ein unruhiges Lichtermeer. In der Luft hing der Geruch von heißem Wachs und Rauch.

Dimitra musste husten. Ihre Kopfschmerzen hatten sich in der Kälte noch verstärkt. Jetzt war ihr, als läge ein eiserner Ring um ihren Schädel, drückte auf ihre Schläfen. Auf einmal ergriff sie Schwindel. Die abgeschliffenen Steinplatten schwankten unter ihren Füßen. Vor ihren Augen tanzten Lichtpunkte. Schnell fasste sie nach einer Gebetbank, krallte die Finger um das rissige Holz.

Die schwere Kirchentür fiel ins Schloss.

Der Luftzug ließ die Holztür zur Krypta aufschwingen. Hinter dem Mauerdurchbruch brannte Licht. Die Windböe erzeugte ein eigenartiges Geräusch. Wie bei ihrem ersten Besuch hatte Dimitra das Gefühl, als fielen Worte von den Wänden auf sie herab, als wäre sie von wispernden und plappernden Stimmen umgeben. Das Licht in der Krypta flackerte.

Eine Hitzewelle überschwemmte ihren Körper. Gewohnheitsmäßig legte sie die Hand auf die Stirn, um festzustellen, ob sie Fieber hatte, aber sie spürte nichts. Ihre Finger waren gefühllos.

»Simon?«, rief sie. »Bist du da unten?«

Ein körperloses Säuseln antwortete ihr, und sie hob das Gesicht zu den Mauerschlitzen unter den Dachsparren. *Es liegt an dem Lüftungssystem. Die kalte Luft zirkuliert unablässig, trocknet den Körper aus und hindert ihn an der Zersetzung. Die Kapuzinergruft in Wien funktioniert auf die gleiche Weise.* Wer hatte das zu ihr gesagt? Simon? Und wann war das gewesen? Sosehr sich Dimitra auch das Hirn zermarterte, sie konnte sich nicht mehr erinnern.

Aus der Krypta kam ein Rascheln.

»Simon?«, flüsterte Dimitra.

Eine neue Hitzewelle flutete durch ihren Körper. Es fiel ihr immer schwerer, klar zu denken. Nur eines wusste sie: Den vereisten Weg zurück zum Schloss würde sie in diesem Zustand nicht schaffen. Ihre Knie zitterten. Während ihr Kopf glühte, liefen Eisschauer über ihren Rücken.

Das Licht in der Krypta flackerte, war warm und heimelig, versprach Hilfe und Rettung.

»Simon ... hier bin ich ... bitte, komm.«

Dimitra stolperte vorwärts, hangelte sich von Bank zu Bank, um nicht zu stürzen. Den Mittelgang entlang, dem Mauerdurchbruch entgegen. Sie spürte, wie ihre Kräfte schwanden, sie ganz zu verlassen drohten.

Vor dem Altar blieb sie stehen, brauchte eine Atempause. Hilfesuchend sah sie zum Kreuz empor und begegnete dem mitleidlosen Blick der Christusfigur. Das grobschlächtige Gesicht zuckte im Licht der Kerzenflammen, als mokierte es sich über ihre Lage. Und noch etwas meinte sie aus den schlichten Zügen zu lesen – Verachtung und Verurteilung. Wie ein unbarmherziger Richter hatte der Gekreuzigte über sie entschieden, hatte ihre eigennützigen Motive geprüft, durchschaut und verworfen. Sie, Dimitra Todorov, anerkannte und erfolgreiche Chirurgin, war gewogen und für zu leicht befunden worden.

Dimitra wurde wütend. Kein Wunder, dachte sie in einem Anflug von Klarheit und Sarkasmus, dass niemand in dieser Kapelle beten wollte. Sie würde das alte Bauwerk schleifen lassen.

»Und dich verbrenne ich im Kamin«, sagte sie laut zu Christus am Kreuz. Der Gedanke daran, wie die Holzfigur auf ihrem Scheiterhaufen verging und zu Asche zerfiel, erheiterte sie. »Dann bist du wenigstens zu etwas nütze.«

Da hörte sie das Geräusch.

In der Krypta klappte Holz, dann raschelte etwas, und durch den Mauerdurchbruch strömte ein angenehmer Geruch nach Zitrusfrüchten und Weihrauch, breitete sich im Altarraum aus und umnebelte ihre Sinne. Dimitra löste ihre Finger von der Kirchenbank in der ersten Reihe. Schritt für Schritt, wie magisch angezogen, folgte sie der Duftspur. Jetzt fühlte sie sich fast schwerelos und ohne eigenen Willen.

An der Schwelle zur Krypta blieb sie stehen.

»Simon?«, flüsterte sie. »Simon, warte, ich komme runter.« Vorsichtig tastete sie sich die ausgetretenen Stufen hinab. Niemand war zu sehen, die Krypta war menschenleer. Särge standen zu beiden Seiten des unterirdischen Gewölbes, und zwei Gestalten lagen, von Leintüchern bedeckt, auf Marmorsarkophagen. Der Anblick erinnerte Dimitra an ihr Studienjahr in der Pathologie. Sie überlegte, dass sie wissen müsste, um wen es sich bei den Leichen handelte. Aber der Weihrauchgeruch umnebelte ihren Geist, ließ ihre Gedanken verschwimmen. Auf einem dritten Sarkophag brannten zwei Kerzen. Eine am Kopf – und eine am Fußende. Dort lag auch ein ausgebreitetes Stück Stoff, das an ein Nachthemd erinnerte, und darauf ein Kranz aus Orangenblüten. Die Kerzenflammen flackerten, malten Bilder aus Licht und Schatten auf die rauen Wände der Krypta.

Wieder raschelte es.

Dimitra drehte sich um, sah niemanden, drehte sich weiter und weiter und immer weiter im Kreis, bis ihr schwindelte und sie meinte, gleich zu fallen. Stimmen erhoben sich, redeten auf sie ein, wurden lauter, wütender, schrien und drohten, bis sie es nicht mehr aushielt und stehen blieb und die Hände über das Gesicht schlug. Der Weihrauch brannte in ihren Lungen. Sie konnte nicht mehr klar denken. Aber mit geradezu tödlicher Gewissheit wusste sie, dass ihr Ziel erreicht, ihre Zeit gekommen war. Eine ganze Menschenmenge war gekommen, um sie zu töten. Ihr Weg war vorgezeichnet gewesen, hatte sie an diesen Ort geführt.

Dimitra lehnte sich mit dem Rücken an den leeren Marmorsarkophag und ließ sich zu Boden gleiten. Kälte kroch in ihren Rücken. Jetzt jagten Hitzewellen und Kälteschauer abwechselnd durch ihren Körper. Ihr Kopf dröhnte. Rote Nebel trieben hinter ihren Lidern. Eine Stimme rief sie aus der Ferne. *Simon?* Sie wollte ihn warnen, aber sie konnte den Mund nicht mehr bewegen.

Ihre Welt verdunkelte sich.

Dimitra stürzte vornüber, schlug mit dem Gesicht auf den Boden, spürte, wie ihre Nase brach. Bereits halb bewusstlos hörte sie Schritte, die sich vom Ende der Krypta her näherten, zielsicher und unaufhaltsam. Das Letzte, was Dimitra spürte, war, wie jemand ihr den Pelzmantel von den Schultern streifte.

EINUNDZWANZIG

In der Küche des Gästehauses herrschte Morgenkälte. Als Simon zum Frühstück herunterkam, hockte Clemens Fernau vor dem Kamin, neben sich eine alte Tageszeitung, und schob zerknüllte Seiten zwischen das aufgeschichtete Holz im Feuerloch. Eine dünne Rauchspirale schlängelte sich zwischen zwei Scheiten hervor und verbreitete einen unangenehmen Geruch nach Druckerschwärze und Chemie. Für einen Augenblick fragte sich Simon, ob er versehentlich zu früh aufgestanden war, aber dann sah er, dass Heidi bereits sein Frühstück auf dem großen Holztisch hergerichtet hatte.

»Morgen, Clemens«, sagte er, nahm seine Tasse und ging zur Kaffeemaschine hinüber. Er hatte in der Nacht unruhig geschlafen, war mehrmals aufgewacht. Jetzt brauchte er etwas Stärkeres als Heidis Filterkaffee. »Was soll das werden?«

»Feuer.«

»Also doch«, sagte Simon, drückte auf einen Knopf an der Maschine und wartete, bis zischend heißer Espresso in seine Tasse lief. »Bin ich zu früh?«

»Nein, meine Mutter hat den Kamin nicht angezündet.«

Simon trank einen Schluck Kaffee und setzte sich an seinen Platz an dem großen Holztisch. »Schläft sie noch?« Er nahm eine aufgebackene Semmel und schnitt sie auf.

Frisches Brot gab es nicht mehr im Schloss, und seltsamerweise war es das Fehlen dieser gewohnten Kleinigkeit, das ihm das Ungewöhnliche seiner Situation noch einmal bewusst machte. Seit den ersten Schneefällen und dem Tod von Adam Minkowitz fühlte er sich wie auf einem im Eismeer eingeschlossenen Expeditionsschiff. Die Schlossbewohner beobachteten einander wie die Mitglieder einer auf Gedeih und Verderb einander ausgelieferten Besatzung. Voller Misstrauen und auf den eigenen Vorteil und Erhalt bedacht. Immerhin war es jetzt nur noch eine Frage der Zeit, bis alle befreit wurden. Wer würde bleiben, wer gehen? Was hatten die letzten Tage in den Menschen und in ihrem Miteinander bewegt?

»Ha«, sagte Clemens da plötzlich und riss Simon aus seinen Gedanken. Eine gelb-rote Feuerspur züngelte die Kante eines Scheites entlang, umspielte seine Spitze, setzte sie in Brand. »Na also.« Die Erleichterung war ihm anzuhören. Simon hatte das Gefühl, als ginge es nicht allein um das Kaminfeuer, sondern auch um die Wiederherstellung von Normalität. Clemens stand auf und betrachtete sein Werk. »Fertig.« Er wischte die Handflächen aneinander ab.

Simon biss in die mit Butter und Honig bestrichene Semmel. Sie schmeckte nach Fett, Zucker und Sägemehl. Er legte sie auf den Teller. »Wo ist denn deine Mutter?«

Clemens drehte sich um. »Das weiß ich nicht«, sagte er und zog die Brauen zusammen. »Ehrlich gesagt, mache ich mir inzwischen ein wenig Sorgen.« Er kam zum Tisch herüber und ließ sich auf einen Stuhl fallen. Auf denselben, auf dem vor ein paar Tagen seine Cousine Julia gesessen hatte. »In ihrer Wohnung ist sie jedenfalls nicht. Ich nehme an, sie ist mal wieder in den Wald gegangen.«

Simon spürte ein Kribbeln im Magen. »Allein?«

»Wenn sie sich aufregt, rennt sie immer in der Gegend herum«, sagte Clemens. »Und nach dem, was hier in letzter Zeit passiert ist ...« Er ließ den Satz unvollendet.

»Vielleicht ist sie auch ins Schloss hinüber.«

Clemens verzog den Mund. »Da hat sie nichts mehr zu suchen«, sagte er. Seine Stimme klang bitter. »Dimmi hat sie rausgeschmissen.« Er nahm eine Scheibe Schinken vom Aufschnittteller, rollte sie ein und schob sie sich in den Mund. »Aber so leicht wird die uns nicht los. Möglich, dass wir sogar im Mieterschutz sind. Wenn morgen die Straße wieder frei ist, fahren wir nach Salzburg zum Anwalt.«

Das Feuer prasselte im Kamin, die Holzscheite knackten. Wohlige Wärme breitete sich in der Küche aus.

»Weiß Dimitra das?«

»Meine Mutter wollte es ihr gestern sagen.« Clemens sah zum Fenster hinüber. »Ich hab schon versucht, Dimmi drüben anzurufen. Aber sie geht nicht ans Telefon. Sie sieht ja meine Nummer. Offenbar will sie nicht mit mir reden.«

Von draußen kam wildes Hundegebell.

Simon stand auf. »Ich mache einen Morgenspaziergang mit Lupo«, sagte er. »Wenn ich deine Mutter sehe, kann ich ihr ja ausrichten, dass sie sich bei dir melden soll.« Er bemühte sich um einen unbefangenen Tonfall, aber in Wirklichkeit machte er sich Sorgen um Charlotte Fernau. War er bei seinen Nachforschungen zu kurzsichtig gewesen – weil Dimitra ihm den Ermittlungsauftrag erteilt hatte? Vielleicht hatte sie ihn nur ablenken wollen. »In welche Richtung könnte sie denn gegangen sein?«

Clemens überlegte. »Es gibt da so einen Felsvorsprung«, sagte er schließlich, »etwa hundert Meter unterhalb vom Schloss. Darunter liegt eine kleine Höhle. Wir Kinder nannten sie die Felsenkapelle. Da geht meine Mutter gerne hin. Man hat einen phantastischen Blick über das Tal.« Seine Miene war hoffnungsvoll.

Die Felsenkapelle. Simon verkniff sich die Frage, was Charlotte Fernau um diese frühe Stunde im verschneiten Bergwald zu suchen habe. »Na schön«, sagte er munter. »Dann mache ich mich mal auf den Weg, nicht?« Als er zur Küchentür ging, spürte er Clemens Fernaus Blick im Rücken.

Simon eilte die Treppe hinauf und holte Jacke und Handschuhe. Auch wenn er sich sagte, dass es wahrscheinlich keinen Grund zur Sorge gab und ihm seine überreizten Nerven einen Streich spielten, wurde er von Minute zu Minute nervöser. Die vergangene Nacht fiel ihm ein. Jetzt meinte er sich zu erinnern, dass Lupo mehrmals aufgewacht und knurrend durchs Zimmer geschlichen war. Im Halbschlaf hatte er ein paarmal gelauscht, aber keine verdächtigen Geräusche hören können. Im Wald hatte ein Käuzchen geschrien. Und jemand war über den knirschenden Schnee des Vorplatzes gegangen, hatte kurz angehalten und sich dann entfernt. Die Schritte mussten Lupo geweckt haben. War Charlotte Fernau die nächtliche Spaziergängerin gewesen? Oder hatte er das alles am Ende nur geträumt?

Der Himmel über dem Schloss war so blau, als hätte es die letzten dunklen Tage nie gegeben. Die Sonne schien nicht, sie brannte auf den Vorplatz. Der Schnee wurde weich, verlor seine scharfen Kanten und sank in sich zusammen. Gurgelnd schoss das Schmelzwasser von den Dächern durch die Regenrinnen, stürzte herab und ergoss sich auf das endlich wieder sichtbare Kopfsteinpflaster.

Suchend sah sich Simon um. Von Lupo keine Spur. Wahrscheinlich hatte er Steingruber getroffen, denn Hundespuren und verschiedene Schuhabdrücke schmolzen zu großen Flecken im nassen Schnee.

Einem Impuls gehorchend, folgte Simon ihnen.

Die Kapellentür war nur angelehnt. Drinnen war es schummerig. Es roch nach Wachs und brennenden Kerzen, doch das einzige Licht, das den Kirchenraum erhellte, fiel durch die spitzgiebeligen gotischen Fenster. Sven Löwenstrom stand, die Hände in die Seiten gestützt, unter dem Kreuz und blickte zu der Christusfigur empor. Dimitra war über die neuerliche Ankunft wenig erfreut gewesen und hatte ihm, wie Simon von Annabelle wusste, zusammen mit dem Zimmerschlüssel gleich auch die Preisliste für ein Einzelzimmer mit Halbpension und die Buchungsbestätigung überreichen lassen.

Als Sven Simons Schritte auf dem Gang hörte, drehte er sich um.

»Hey, Simon«, sagte er. »Das Ding da oben ist ja nicht viel wert, was? So was Scheußliches.«

»Was machst du hier?«

»Ich habe nichts zu tun, und da dachte ich, siehst du dich mal um.« Löwenstrom deutete auf die Sperrholztür vor dem Mauerdurchbruch. »Liegt dahinter«, er räusperte sich, »ich meine, liegt dahinter Julia?«

»Ja.« Simon ging den Mittelgang entlang. Der dicke Staub auf den Bänken war von kreisrunden Stellen gezeichnet. Als hätten dort Gläser gestanden. Oder Kerzen. »Seit wann bist du schon da?«

»Gerade gekommen«, sagte Löwenstrom. »Die Tür stand offen, und da habe ich kurz reingeschaut. Ist das verboten?«

»Nein.« Simon sah schnell zu der Sperrholztür hinüber. Die klobigen Umrisse des Hängeschlosses zeichneten sich schwarz auf den Brettern ab. Simon hatte es selbst nach seinem letzten Besuch in der Krypta verschlossen. Aber er fühlte keine Erleichterung.

Im Gegenteil, er spürte, wie seine Nervosität wuchs. Er wandte sich wieder an Löwenstrom. »Hast du jemanden gesehen?«

Löwenstrom deutete mit dem Kinn zum Gekreuzigten hinauf. »Nur unseren Freund da oben«, sagte er.

Auch im Altarraum waren die seltsamen staubfreien Kreise zu sehen. Die beiden Altarkerzen schienen ihm noch ein Stück weiter heruntergebrannt zu sein. Dicke Wachstränen waren an ihren Seiten erstarrt und bildeten fettglänzende Seen um ihre Stümpfe. Was hatte hier stattgefunden? Eine Messe? Die nächtlichen Schritte fielen ihm wieder ein. Löwenstrom sagte etwas, aber Simon hatte nicht zugehört.

»Wie bitte?«

»Kann ich Julia mal sehen?«

»Was?«

»Ich würde mich gerne von ihr verabschieden.«

Simon warf erneut einen Blick auf die Sperrholztür. Sie zog ihn geradezu magisch an. Wäre er allein gewesen, hätte er sich davon überzeugt, dass die Toten in ihrer Ruhe nicht gestört worden waren. Aber die Angst, dass Löwenstrom ihm in die Krypta hinab folgte, war zu groß. Er konnte alles, was er dort unten sah, zu seinen Gunsten ausschlachten und an die Presse verkaufen. »Das Wetter hat sich gebessert – morgen ist die Straße vielleicht schon wieder passierbar«, sagte Simon. »Dann fragst du am besten die Polizei.« Er wandte sich zum Gehen, drehte sich aber noch einmal um. »Wenn du Frau Fernau siehst, sagst du ihr bitte, dass sie sich bei ihrem Sohn melden soll?«

Als Simon zwischen den Bankreihen zur Tür ging, hatte er das Gefühl, als wäre der Luftzug, der von den schmalen Mauerschlitzen unter den Dachsparren durch die Kapelle strich, stärker als sonst. Die kalte Brise erzeugte ein eigenartiges Geräusch, das an menschliche Stimmen erinnerte. Dass ihm dieses Phänomen noch nicht früher aufgefallen war? Fast war ihm, als befände er sich auf einer Gesellschaft, umgeben von körperlosen Unbekannten, die auf ihn einredeten. Die Worte schienen von den rauen Wänden auf ihn einzufallen. Das Wispern und Plappern trieb ihn an. Von irgendwo war ein Pochen zu hören. Wahrscheinlich hatte sich eine der Holzschindeln auf dem Dach gelöst.

Simon beschleunigte seine Schritte, riss die Kapellentür auf, machte erleichtert einen tiefen Atemzug. Die kalte, klare Luft strömte in seine Lungen und vertrieb das widerliche Geruchsgemisch aus jahrhundertealtem Staub und geronnenem Kerzenwachs. Was hatte sich in der letzten Nacht in der Kapelle abgespielt? Wer hatte dieser furchtbaren Messe beigewohnt? Es ist alles nur Einbildung, dachte Simon, das sind die Nerven.

Im Grunde wollte er nichts mehr wissen. Er hatte genug von den Geheimnissen und Gefahren, die dieses Schloss umgaben. Nur noch wenige Stunden, dann war er frei. Dann war all dies hier Aufgabe der Polizei und er selbst allein in seinem Institut, nur in der stillen Gesellschaft der jungen Frau, die sie Maria Gruberin nannten.

Und Charlotte Fernau? Er hatte Clemens versprochen, nach seiner Mutter Ausschau zu halten, und er würde sein Versprechen halten. Wo war Lupo? Wahrscheinlich lungerte er mal wieder in der Hoffnung auf ein paar Fleischbrocken bei Heidi herum. Simon schlug den Weg zum Schloss ein. Mit jedem Schritt, den er sich von der Kapelle entfernte, wurde ihm leichter.

In der Schlossküche liefen die Vorbereitungen für das Mittagessen. Es roch nach gebratenen Zwiebeln, Paprika und Schmalz und dem Gulasch, das in einem riesigen Topf auf dem Herd vor sich hin simmerte. Heidi stand an einer der stählernen Arbeitsplatten und verteilte einen Berg von Apfelschnitzen und Nüssen auf einen ausgezogenen Strudelteig, der die ganze Fläche noch überlappte. Es sah aus, als kochte sie nicht für eine Handvoll Hausgäste, sondern als bereitete sie ein ganzes Bankett vor.

»Guten Morgen«, sagte Simon. »Ich suche Lupo.«

Heidi richtete sich auf und fuhr mit dem Unterarm über ihre Stirn. »Hab ich nicht gesehen«, sagte sie. »Wird wohl bei Toni in der Orangerie sein.«

Simon deutete auf den halb fertigen Strudel. »Erwarten wir Besuch?«, fragte er.

»Der Bautrupp wird den ganzen Tag hart arbeiten müssen«, sagte Heidi. »Die Männer brauchen was zu essen.«

»Wissen Sie schon, wann die Bagger kommen?«

Heidi schüttelte den Kopf. »Die Frau Doktor wollte mir eigentlich Bescheid geben.« Sie klang bekümmert. »Aber anscheinend hat sie es vergessen. Na ja, mit Gulasch ist man unabhängig.« Schnell und geschickt verteilte sie weiter die Apfelfülle auf dem hauchdünnen, glänzenden Teig.

»Haben Sie zufällig Frau Fernau gesehen?«

Heidi blickte nicht auf, schüttelte nur stumm den Kopf.

Simon resignierte. »Dann geh ich mal in die Orangerie.«

»Da drüben stehen Pralinen, wenn Sie wollen.« Ohne ihre Arbeit zu unterbrachen, deutete Heidi mit dem Kopf zu dem Tisch unter der Pinnwand mit den Ansichtskarten. »Sind gestern Abend übrig geblieben. Wäre schade drum, wenn ich sie wegwerfen müsste. Die Schokolade verträgt die Hitze nicht.«

Simon, der nicht gefrühstückt hatte, ging zu dem Tisch hinüber. Neben einem Stapel Papierservietten lagen auf einem kleinen Porzellanteller helle und dunkle Pralinen, mit Pistazienstücken und hauchdünnem Blattgold verziert. Und eine einzelne weiße Praline, die mit einem kandierten Veilchen verziert war. Er nahm eine mit Vollmilch überzogene und mit einer Pistazie verzierte Kugel und schob sie in den Mund. Sie war mit Marzipan gefüllt und schmeckte ausgezeichnet. Während er kaute, betrachtete er die Ansichtskarten. Die rotgoldenen Drachen, die vom chinesischen Neujahrsfest aus Shanghai grüßten, zogen seinen Blick auf sich. Dann wanderte er weiter zu einem Bild des Vesuvs. Der Himmel strahlte wolkenlos über der Bucht von Neapel, das Meer glitzerte unter der Sonne. *Neapel.* Eine Erinnerung tauchte am Horizont seiner Gedanken auf, aber ehe er sie noch erkennen und festhalten konnte, sagte Heidi: »Die weißen sind extra für die Frau Doktor, die isst sie am liebsten. Da ist Himbeermousse drinnen – müssen Sie unbedingt probieren.«

Simon nahm eine dunkle Blattgoldpraline und biss vorsichtig hinein. Sie hatte eine Trüffelfüllung und schmeckte nach Kirsche. »Ich nehme die weiße mit, wenn ich darf.« Das kandierte Veilchen glitzerte wie mit Eis überzogen.

Heidi sah ihn nicht an. »Essen Sie sie lieber gleich«, sagte sie. »Bevor sie noch schmilzt.« Energisch schlug sie den Strudelteig über die Apfelfüllung.

Simon nahm eine Papierserviette, wickelte die weiße Praline darin ein und steckte sie in die Jackentasche. »Ich bin dahin«, sagte er. »Wenn Sie Frau Fernau sehen – sie soll sich bitte bei ihrem Sohn melden.«

Heidi nickte stumm und rollte den Strudel über ein blau kariertes Küchentuch auf ein riesiges Blech.

Simon verließ die Küche. Noch draußen hatte er das Gefühl, als klebte der Geruch nach gebratenen Zwiebeln und Schmalz an ihm. *Wird wohl bei Toni in der Orangerie sein.* Er wandte sich nach rechts, ging die lange Schlossfront entlang und bog um die nächste Ecke. Hier, zwischen Hauptgebäude und Gästehaus, lag der große gläserne Pavillon, den alle als Orangerie bezeichneten. Durch die hohen Glasfenster konnte Simon einen Dschungel aus Blättern, Pflanzen und bunten Blüten sehen. Zitronen- und Orangenbäumchen standen in verzierten Terrakotta-Töpfen. Wahrscheinlich diente die Orangerie den Pflanzen nur als Winterquartier, ehe sie im Frühsommer ins Freie gesetzt wurden.

Simon war noch nie in der Nähe des Gewächshauses gewesen und musste die Eingangstür erst suchen. Wie die Fenster hatte auch sie große Glasscheiben. Sie waren schlierig und sahen aus, als wären sie mit schwarzer Dichtungsmasse in dem alten Holzrahmen befestigt.

Die Tür war nicht verschlossen.

Simon betrat schnell die Orangerie, um die empfindlichen Pflanzen nicht unnötig dem kalten Luftzug auszusetzen. Feuchte, heiße Luft empfing ihn, trieb ihm den Schweiß aus den Poren und legte sich wie ein nasses Handtuch auf sein Gesicht.

»Herr Steingruber?«, rief er. »Lupo?«

Hinter einer großblätterigen Topfpflanze raschelte es. Gleich darauf tauchte der Kopf des alten Gärtners auf. »Herr Becker, was tun Sie hier?«

»Ich suche meinen Hund.«

Steingruber schüttelte den Kopf. »Hier ist er nicht.«

Er drehte sich um und verschwand zwischen den schwankenden Stängeln. Vorbei an langen Tischen, auf denen Kräuter und Balkonblumen standen, folgte Simon ihm zu einem Pflanztisch, auf dem sich Tontöpfe neben einem Berg Blumenerde stapelten. Weiße und rosafarbene Geranien, erst zur Hälfte erblüht, reihten sich am hinteren Ende des Tisches. Ein paar der Blumen steckten bereits in Töpfen. Steingruber nahm eine Handschaufel, stieß sie in den Erdhaufen und befüllte einen weiteren Topf.

»Ich wollte mit Lupo einen Spaziergang machen«, sagte Simon. »Und nach Frau Fernau Ausschau halten. Sie haben sie nicht zufällig gesehen?«

Steingruber unterbrach seine Arbeit und sah Simon an. »Ist die denn auch verschwunden?« Er klang ehrlich erstaunt.

»Clemens sucht sie«, sagte Simon. »Und was heißt auch?«

Steingruber drehte sich um, nahm eine weiße Geranie und stopfte sie in den Topf. Energisch drückte er die Erde um ihren Stiel fest. »Das war die Gruberin«, sagte er grimmig. »Die nimmt Rache. Wenn die Charlotte ihr Erbe nicht verschleudert hätte, wäre hier alles noch beim Alten, und die Heilige hätte ihre Ruhe.« Er warf Simon einen scharfen Blick zu. »Dann wären Sie hier nicht aufgetaucht und hätten nicht die Toten geweckt. Mit Ihnen hat das alles angefangen.« Er stieß die eingetopfte Geranie zur Seite.

Simon fiel seine nächtliche Unterhaltung mit Annabelle Laubenstein ein. *Boandlkramer.* Auch sie hatte ihn beschuldigt, den Tod ins Schloss gebracht zu haben. Dann dachte er an sein letztes Gespräch mit Dimitra und dass sie recht daran getan hatte, den Alten zu entlassen. »Sie wissen also nichts über Frau Fernaus Verbleib?«, fragte Simon und hörte selbst, dass seine Worte nicht wie eine Frage, sondern eher wie eine Feststellung klangen. »Na gut, dann werde ich mal weiterschauen.«

Steingruber antwortete nicht, sondern schaufelte geradezu verbissen Blumenerde in den nächsten Topf. Simon wartete noch kurz auf ein Abschiedswort, aber als es nicht erfolgte, drehte er sich um und schlug den Rückweg zwischen den langen Tischen mit den Kräutern ein. Im Vorbeigehen ließ er seinen Blick über die grüne Vielfalt wandern. Da gab es Salbei, Basilikum, Thymian und Petersilie, aber auch einige Pflanzen, die er nicht kannte. War das etwa Hanf? Simon musste schmunzeln. Vielleicht rauchte der alte Seemann ja hin und wieder was Gutes. Gerade als er die

Hand auf die Türklinke legte, hörte er Steingruber hinter sich etwas rufen. Simon drehte sich um.

»Wie bitte?«, rief er zurück.

»Die Charlotte ist bei der Gruberin!«

»In der Krypta?« Trotz der tropischen Hitze, die im Gewächshaus herrschte, wurde Simon kalt. »Wissen Sie das?«

Steingruber antwortete nicht mehr. Simon hörte nur das unangenehm schabende Geräusch, wenn die Schaufel über das Innere des Tontopfes schrammte, und er spürte, wie sich eine Gänsehaut auf seinen Unterarmen ausbreitete.

Ungeachtet der kühlen Frühlingsluft, die sofort ins Gewächshaus strömte, stieß Simon die Tür so heftig auf, dass die Scheiben in ihrem alten Holzrahmen zitterten, und ließ sie hinter sich wieder ins Schloss fallen. Dann holte er tief Luft und versuchte, einen klaren Kopf zu bekommen. Von hier aus war die Kapelle nicht zu sehen. Aber ihm war, als spürte er die Gegenwart des alten Bauwerks durch die Schlossmauern hindurch. Dort oben am Waldrand stand sie. Seit Jahrhunderten. Kriege und Aufstände waren spurlos an ihr vorübergegangen. Nichts hatte ihr je etwas anhaben können. Bis ein aufgebrachter Mob ein junges Mädchen der Hexerei verdächtigt und zu Tode gefoltert und eine mitleidige Seele ihren Leichnam in einem Sarg versteckt hatte. Als blinden Passagier auf der Reise in die Ewigkeit. Möglicherweise war das keine gute Idee gewesen. Auf seinen Arbeitseinsätzen in Böhmen und Ungarn war Simon manchmal auf Gräber gestoßen, in denen Tote lagen, gefesselt, geknebelt und mit einem Pfahl im Herzen. Ungeachtet aller aufklärerischen Bemühungen war der Glaube an Untote dort noch höchst lebendig. Auch Steingruber war von seinen Prophezeiungen überzeugt.

Eine kalte Windböe fuhr um die Ecken des Schlosses. Simon zog seine Jacke fester um sich. Vor kaum einer halben Stunde hatte er mit Sven Löwenstrom in der Kapelle unter dem Gekreuzigten gestanden. Und etwas war anders gewesen als sonst. Simon fiel der Geruch nach Kerzenwachs ein. Die kreisrunden staubfreien Stellen auf den Bänken und dem Boden des Altarraums. *Die Stimmen.* Und da war noch etwas gewesen, etwas Leises –

Lebendiges. Dieses Pochen. Als wenn im Inneren der Kapelle ein Herz schlüge.
Simon steckte den Kopf in den Kragen und lief los.

Der Vorplatz war von einer Schicht harschen Schnees überzogen. Krachend zerbrach sie unter seinen Tritten. Es klang, als wanderte er über das dünne Eis eines zugefrorenen Sees, das jederzeit brechen und ihn in die Tiefe sinken lassen konnte. Sollte er nicht besser Dimitra informieren? Im Vorbeilaufen warf er einen Blick zu ihrem Arbeitszimmer hinauf. Tatsächlich, da stand sie. Er hob den Arm und machte ihr ein Zeichen, aber Dimitra reagierte nicht. Erst jetzt erkannte er, dass es Annabelle Laubenstein war, die dort oben stand und den Platz überblickte. Was machte sie in Dimitras Büro? Simon hatte keine Zeit, sich mit diesem Gedanken aufzuhalten, sondern schlug den Weg zur Kapelle ein. Zwei Minuten später stieß er die Tür auf.
Die Kapelle war leer.
Sven Löwenstrom war nicht mehr da, und der Geruch nach Kerzenwachs hatte sich verflüchtigt. Es sah wie an jedem seiner Arbeitstage aus. Einen Augenblick zögerte Simon. Er hatte sich von dem alten Gärtner nervös machen lassen, was angesichts seiner überreizten Nerven kein Kunststück gewesen war. *Die Gruberin.* Trotzdem, nachdem er nun schon einmal da war, konnte er genauso gut einen Blick in die Krypta werfen. Wenn alles in Ordnung war – soweit man das bei zwei aufgebahrten Toten sagen konnte –, würde er den Rest des Tages weitaus beruhigter verbringen.
Während Simon den Mittelgang entlangschritt, fischte er sein Schlüsselbund aus der Tasche. Er warf dem unbarmherzigen Christus am Kreuz einen schnellen Blick zu und ging zum Mauerdurchbruch. Die Sperrholztür war verschlossen, das Hängeschloss eingeschnappt. Simon steckte den Schlüssel hinein, drehte ihn und zog den Bügel heraus. Er nahm die Baulampe, die neben der Tür auf dem Boden stand, und zündete sie an. Dann stieg er in die Krypta hinab.
Auf den ersten Blick schien alles unberührt.
Das Licht der Lampe fiel auf die beiden Toten unter ihren Leintüchern und warf ihre Schatten übergroß an die Wände.

Dick und unberührt lag der Staub auf den Holzsärgen und auf dem welken Blumenkranz. Sein Duft hing in der Luft, leicht und sinnlich und belebend.

Simon erstarrte.

Der Geruch kam ihm bekannt vor. Aber er konnte unmöglich von den trockenen Blüten ausgehen. Es roch auch nicht nach frischen Blumen, sondern nach – er musste überlegen – *Zitrusfrüchten*. Und auf einmal wusste er, woher er den wohltuenden Duft kannte. Die im Tode aufgebahrte Julia hatte einen Kranz aus Orangenblüten getragen.

Simon spürte, wie sich sein Magen hob. Eine eisige Hand legte sich auf sein Herz und drückte unbarmherzig zu. Er hob die Lampe über den Kopf, sodass ihr Licht die ganze Gruft erfassen konnte. Und dann fiel sein Blick auf den Sarg, unter dem die Mumie der jungen Frau lag.

Auf dem Sargdeckel war eine Frau aufgebahrt.

Sie trug ein weißes Totenhemd, und um ihren dunklen Kopf wand sich ein Kranz aus Orangenblüten. Sie hatte die Hände auf der Brust gefaltet, und zwischen ihren Fingern steckte das Fläschchen mit dem falschen Blut. Über ihrem Scheitel und zu ihren Füßen standen weiße, zur Hälfte heruntergebrannte Kerzen. Die Tote hatte die Augen geschlossen. Ihr Kinn war auf die Brust gesunken. Es sah aus, als betete sie in stillem Eingeständnis um Vergebung.

Es war Dimitra Todorov.

Eine Welle des Entsetzens durchlief Simon. Wie in Trance näherte er sich der aufgebahrten Toten. In diesem Augenblick hatte er weder Gedanken noch Gefühle. Sein Innerstes war leer. Als er vor Dimitra stand, bemerkte er, dass ihr Gesicht bleich, aber unversehrt war. Es sah aus, als schliefe sie nur. Vorsichtig legte er die Hand auf ihre Stirn. Sie fühlte sich glatt und kühl wie Marmor an.

Simon starrte auf Dimitra hinab.

Ein Gefühl der Unwirklichkeit ergriff ihn. Sein Körper stand neben der Toten, aber sein Geist war irgendwo anders. Mechanisch strich er mir seiner Hand über ihre Wange. Als könnte er Dimitra damit zeigen, dass sie nicht mehr allein in dieser Gruft war. Seine Finger glitten über ihr Kinn, das im Leben so energisch gewirkt hatte, berührten ihren Hals – und zuckten zurück. Simon schnappte nach Luft. Hatte er da eben eine Bewegung gespürt? Oder spielten ihm seine Nerven einen Streich? Vorsichtig legte er seine Fingerspitzen noch einmal an Dimitras Hals. Etwas regte sich unter ihrer Haut, flatterte wie ein kleiner Vogel.

Der Puls, sie hat noch Puls.

Simon stellte die Lampe ab, packte Dimitra an den Schultern, schüttelte sie wie verrückt.

»Dimitra!«, schrie er. »Hörst du mich? *Dimitra!*«

Er schlug auf ihre Wange, so stark, dass ihr Kopf hin und her flog. Ihre Lider fingen an zu flattern. Sie öffnete die Hände. Das Fläschchen entglitt ihren Fingern, fiel auf den Boden und rollte in den Schatten.

»Dimitra! *Dimmi!*«

Dimitra verzog den Mund, drehte sich auf die Seite und erbrach sich auf den Boden. Dann fing sie an zu zittern, klapperte mit den Zähnen, wimmerte wie ein verletztes Tier. Simon riss sich die Jacke vom Leib und wickelte sie eng um ihren Körper. Sein Mund war trocken und seine Kehle eng.

»Gott sei Dank, Dimmi«, krächzte er.

Sie sank zurück, schloss die Augen.

Verzweifelt klopfte Simon auf ihre Wange. »Hierbleiben, hörst du«, rief er. »Bleib bei mir! Nicht einschlafen! *Dimmi!*« In diesem Zustand konnte er sie nicht aus der Krypta bringen. Sie brauchte einen Arzt. »Ich hole Clemens.« Er wickelte sie fester in seine warme Jacke.

Aus der Kapelle waren Schritte zu hören.

Simon wandte den Kopf zur Tür. »Hierher«, rief er. »Hier unten, in der Krypta! Wir brauchen Hilfe!«

Ein Schatten verdunkelte die Tür.

»Dimitra ist hier«, rief Simon. »Sie lebt!«

Der Schatten trat zurück. Dann klappte die Tür zu, und Simon hörte, wie jemand einen Schlüssel in das Hängeschloss steckte und umdrehte.

»Hey!«, schrie Simon. »Halt.« Er wollte aufspringen, aber Dimitra klammerte sich an ihn.

Die Schritte entfernten sich.
Dimitra stöhnte. »Simon?«, flüsterte sie.
Simon schloss die Augen.
»Simon ...?«
Er machte sich aus ihrem Klammergriff los. »Alles wird gut«, sagte er und überlegte fieberhaft, wie er sie beide aus dieser Situation befreien konnte.

»Wir werden hier sterben, nicht wahr?«, flüsterte Dimitra. Jede Bestimmtheit war aus ihrer Stimme verschwunden, sie wirkte matt und irgendwie abwesend. Die Beine angezogen und fest in Simons Jacke gewickelt, hockte Dimitra auf dem Sargdeckel. Mit dem bleichen, eckigen Gesicht und dem lächerlichen Blütenkranz auf dem Kopf erinnerte sie an eines der steinernen Fabelwesen, die auf Friedhöfen die Grabmale zierten. »Seit wann bin ich eigentlich hier?«

»Ich weiß nicht«, sagte Simon.

Er stand auf, ging an den Toten unter ihren Leintüchern vorbei zur Tür und hämmerte mit den Fäusten dagegen. Wer immer sie hier eingesperrt hatte, konnte jederzeit zurückkommen. Aber alles war besser als die Aussicht, vielleicht für immer in der Krypta eingesperrt zu sein.

»Hilfe«, schrie Simon. »Wir sind hier!«

Durch die dünnen Sperrholzbretter hörte er seine Stimme durch den Kirchenraum laufen. Er erhielt keine Antwort. Nur das Echo, von der eigenartigen Akustik der Kapelle auf ihn zurückgeworfen, schien ihn zu verspotten.

»Mir ist kalt«, jammerte Dimitra. »Ich habe Durst.«

Simon nickte. Die Temperatur, die in der Krypta herrschte, war zu niedrig, als dass ein Mensch hätte überleben können. Und Dimitras Schwäche und Benommenheit waren sicher ein erstes Anzeichen von Dehydration. Er wusste, dass Menschen lange ohne Nahrung, aber kaum drei Tage ohne Wasser überleben konnten. Und wie lange würde der Sauerstoff in der von Felswänden umgebenen Gruft für sie beide reichen? Der kalte Luftstrom, der durch die Spalten zwischen die Planken der Tür zog, war zu wenig.

»Weißt du, wer dich hierher gebracht hat?«, fragte Simon.

Dimitra zog die Brauen zusammen. »Ich wollte das Licht ausmachen«, sagte sie. »Aber da waren so viele Kerzen. Und ich hatte Migräne, und mir war schwindelig ...« Sie brach ab und legte die Stirn auf ihre angezogenen Knie.

Die Lampe flackerte, erlosch, ging wieder an. Ihre Batterie wurde schwächer.

Simon fluchte. Sein Blick fiel auf die Kerzen, die zu beiden Seiten des Sarges standen. Er ging zu seinem Arbeitstisch und nahm eine der Streichholzschachteln, die er zur Vorsicht dort liegen hatte. *Wenigstens etwas.*

»Was machst du da?«, fragte Dimitra.

»Ein bisschen mehr Licht«, sagte Simon. Er wollte sie nicht noch mit der Nachricht, dass sie binnen Kurzem im Finsteren in einer Gruft sitzen würden, beunruhigen.

Da hörte er das Geräusch.

Etwas raschelte oben hinter der Tür, schabte über die Bretter. Simon erstarrte. Ratten? War der Mörder zurückgekehrt, um sich vom Tod seiner Opfer zu überzeugen? Oder wollte er sein Werk vollenden? Dimitra stöhnte leise. Sofort legte er den Zeigefinger auf den Mund, um sie zum Schweigen zu bringen. Hektisch sah er sich um, aber es gab nichts in der Gruft, womit sie sich verteidigen konnten. Wieder war etwas zu hören. Diesmal klang es, als würde etwas Spitzes über die weichen Sperrholzbretter gezogen. Langsam. Nervenaufreibend. Dann, auf einmal, nichts mehr.

Simon lauschte angestrengt.

Die Minuten vergingen.

Da waren keine Schritte, die sich von der Tür entfernten. Er drehte sich zu Dimitra um. Ihre Augen waren groß und dunkel und hatten einen fiebrigen Glanz. Sie schüttelte den Kopf, war sich der Gefahr bewusst.

Auf einmal fuhr ein kalter Luftstrom unter der Tür hindurch, und Simon atmete auf. Wer immer auf der anderen Seite gewesen war, hatte die Kapelle verlassen.

Vorsichtig riss er ein Streichholz an und hielt es an den Docht der ersten Kerze. Ein leises Zischen, Rauch stieg auf, dann erlosch der Funke. Er versuchte es erneut. Diesmal geschah nichts.

Irritiert hielt er die Kerze in das nun schon gelbliche Licht der Baulampe und drehte sie in den Händen. Und da sah er es. Jemand hatte ein Loch in die Kerze gestochen. Der Stichkanal lief mitten hinein, hatte den Docht verletzt. Simon ließ die Kerze sinken. Eine Erinnerung wurde wach, und er konnte einen leisen Fluch nicht unterdrücken.

»Was?«, fragte Dimitra flüsternd.

»Ich bin ein Idiot.« Er hielt ihr die Kerze hin. »Erinnerst du dich an den Tarock-Abend? Als alle Kerzen eine nach der anderen erloschen sind?«

Sie nickte stumm.

»Jemand hat die Kerzen präpariert«, sagte er grimmig. »Der Docht ist an einer Stelle durchstoßen, siehst du? So viel zu Gespenstern.« Dann fiel ihm noch etwas ein. »In der Küche habe ich einen Fleischspieß mit Wachsresten daran gefunden. Wer den ganzen Spuk inszeniert hat, hat dich hier auch eingeschlossen. So viel ist sicher.«

Dimitra stöhnte. »Da war diese Frau auf der Galerie«, sagte sie. »Und dann hat sie sich in Luft aufgelöst. Wir haben sie doch alle gesehen.«

»Haben wir das?«, fragte Simon nachdenklich. »Das Licht war aus, und wir waren mental gut auf ein übernatürliches Ereignis vorbereitet.« Er hob die Hand mit der Kerze. »Siehst du?«

Der Täter hatte aus Versehen oder aus Geiz dieselben Kerzen neben Dimitra gestellt. *Wir benutzen ein paar der herabgebrannten Kerzen als Reserve bei einem Stromausfall.* Die Worte klangen in seinen Ohren. Wo hatte er sie gehört?

Der Abend vor dem Kamin fiel ihm ein. Annabelle Laubenstein und die Tarot-Karten. Und die Warnung, die sie ihm hatte zukommen lassen und die er nicht verstanden hatte. Er versuchte, sich zu konzentrieren. Wer Adam Minkowitz und Julia umgebracht hatte und jetzt mit seinem und Dimitras Tod rechnete, würde nicht ruhen, bis er alle aus dem Weg geräumt hatte, die ihm in die Quere kamen. Egal, ob sie beide die Krypta lebend verließen oder nicht. Es würde nur ein Gnadenaufschub sein. *Charlotte Fernau.* Auch sie wurde vermisst.

Simon stand auf und fing an, in der Krypta herumzuwandern.

Er wusste, dass er noch ein oder zwei Tage durchhalten konnte. Aber für Dimitra lief die Zeit ab. Wenn es für sie nicht überhaupt schon zu spät war.

Es ist ein Mann – ein Mann, der über das Wasser geht.

Wer ging über das Wasser? *Jesus?* Verzweiflung erfasste ihn. Das machte alles keinen Sinn. *Das Meer.* Von welchem Meer hatte Annabelle gesprochen? Von der Nordsee? Vom Mittelmeer? Ein Bild tauchte vor seinem inneren Auge auf. Glitzerndes Wasser auf einer Ansichtskarte. »Schöne Grüße vom Golf von Neapel«. Neapel. Simon blieb abrupt stehen.

»Wo ist das Fläschchen?«, fragte er hastig.

Dimitra gab keine Antwort. Sie war zur Seite gesunken, lag mit geschlossenen Augen da. Ihr Atem ging flach, sie schien kurz vor dem Einschlafen zu sein. Erschrocken sah Simon ihre eingefallenen Augen, die stumpfe Haut. Sie brauchte dringend Flüssigkeit, Elektrolyte, eine Infusion. Er packte sie an den Schultern, riss sie hoch, schüttelte sie.

»Dimitra, nicht einschlafen!«

Sie öffnete die Augen einen Spalt, murmelte etwas Unverständliches. Aber sie war wach. »Mhm?«

»Annabelle hatte recht«, rief er. »Die Gruberin ist keine Frau, sondern ein Mann. Ein Mann, der über das Wasser geht – *ein Seemann!*«

Dimitra sah ihn nur verständnislos an.

»Das Hängeschloss«, drängte Simon. »Steingruber hat mir das Hängeschloss gegeben. Nur er kann einen zweiten Schlüssel haben. Verstehst du? Er hat die Morde begangen!«

Dimitra zwinkerte und atmete tief ein. Es sah aus, als sammelte sie ihre letzten Kräfte. »Steingruber kann Adam Minkowitz nicht umgebracht haben«, sagte sie. »Der war wegen der Mumie völlig hysterisch … vor einer OP kann ich das nicht brauchen.« Sie rang nach Luft. »Ich habe ihm Beruhigungstropfen gegeben und ihn auf sein Zimmer geschickt.« Sie brach ab, sammelte offensichtlich Kraft.

»Er war also total außer Gefecht gesetzt?«

Dimitra antwortete nicht gleich. »Völlig – am nächsten Morgen hat er sogar verschlafen und nicht einmal die Lichter im Gang eingeschaltet. Sebastian musste ihn aus dem Bett werfen, damit er ihm hilft, Minkowitz' Leiche herzubringen.« Ihr Blick irrte kurz zu den mit Tüchern bedeckten Körpern und kehrte dann zu Simon zurück. »Steingruber war es nicht, glaub mir.«

Simon nickte nachdenklich. »Steingruber hatte also Beruhigungsmittel zur Verfügung?«

Dimitra nickte. »Tropfen – gut verträglich.«

»Wie viel davon?«

»Das Fläschchen war neu, wir heben keine angebrochenen Medikamente auf«, sagte sie leise.

»Dir war doch gestern schwindelig, oder?«

Dimitra kniff den Mund zusammen. Dann zog sie die Jacke noch enger um sich, verkroch sich geradezu darin. »Es war in den Pralinen«, flüsterte sie. »Steingruber hat am Abend noch Feuerholz ins Kaminzimmer gebracht. Dabei war noch ein ganzer Stapel Buchenscheite da. Und er hatte Pralinen dabei. Vom Abendessen, hat er gesagt, von Heidi.«

Simons Mund wurde trocken. Er fasste in die Jackentasche. Die Papierserviette mit der eingewickelten Praline war noch da. Aber er hatte auch zwei Stück gegessen. »Wie lange braucht es, bis die Tropfen wirken?«, fragte er und fühlte sich schwach.

»Zehn bis fünfzehn Minuten, es …« Sie brach ab, und ihre Augen weiteten sich.

»Was ist?«

Dimitra deutete mit dem Kinn zur Treppe.

Jetzt hörte auch Simon das Geräusch. Jemand kratzte über die Sperrholzbretter der Tür, laut, energisch. Dann ein Winseln. Eine Welle der Erleichterung durchströmte ihn.

»Lupo!« Simon lief die Stufen hinauf, legte sein Ohr gegen die Bretter. »Lupo, hier bin ich, guter Hund!«

Freudiges Bellen antwortete ihm. Scharfe Hundekrallen schabten wie verrückt über das Türblatt. Dann wieder ein Winseln – und das Geräusch von Pfoten, die sich schnell entfernten. Simon schloss die Augen. Wenn Lupo Hilfe holen wollte, dann lief er jetzt zu Steingruber.

Simons Herz sank.

Er selbst würde sich gegen den alten Mann zur Wehr setzen

können. Aber wie sollte er zugleich Dimitra schützen? Er drehte sich zu ihr um, wollte sie warnen, erstarrte.

Dimitra lag, nur noch halb von der Jacke bedeckt, auf dem Sargdeckel, die Arme ausgebreitet und den Kopf nach hinten gebogen. Ihre Augen waren eingesunken, lagen tief in den Höhlen, und ihre Wangenknochen traten noch stärker hervor als sonst. Als wollten sich die Gesichtsknochen bereits durch die Haut drücken.

Die Baulampe flackerte, das gelbe Licht wurde schwächer und tauchte die Krypta in Halbdunkel.

Langsam ging Simon zu Dimitra hinüber, setzte sich neben sie und legte eine Hand auf ihre Stirn. »Dimitra?«, fragte er sanft. Sie reagierte nicht. Ihr Atem war flach, kaum noch zu spüren. Simon spürte ein Brennen in den Augen.

Die Lampe flackerte ein letztes Mal und erstarb.

Simon zog die Beine an, umschloss sie mit den Armen und legte die Stirn auf die Knie. Er hatte keine Gedanken mehr und keine Gefühle, sein Kopf war leer. Er wusste, dass er noch existierte, aber er lebte nicht mehr. Genau wie die sterbende Frau neben sich. Kälte kroch in seine Glieder.

Die Zeit verging, dehnte sich, wurde zur Unendlichkeit.

Etwas schlug hart an die Tür.

Simon hörte das Geräusch, verstand es nicht.

Dann eine laute Männerstimme, Flüche, Tritte, splitterndes Holz. Die Tür brach ein, geborstene Bretter fielen die Stufen hinab. Grelles Licht flutete in die Gruft, traf Simons Gesicht und blendete ihn.

Reflexartig hielt er sich die Hand vor die Augen. Er blinzelte durch die Finger, versuchte, seinen Angreifer, der ihn mit einer Taschenlampe anleuchtete, zu erkennen.

»Ja geh, Wahnsinn«, sagte eine Männerstimme.

Jemand hielt eine starke Lampe hoch, leuchtete die Krypta aus. »Um Gottes willen«, sagte eine Frau und schrie auf, als sich ein Schatten an ihr vorbeidrängte und auf Simon zustürzte. »Halt, nein, nicht!«

Aber Lupo hatte seinen Herrn gefunden, sprang an ihm hoch, weckte ihn aus seiner Apathie. Kurz darauf packte ihn jemand am

Arm. Sven Löwenstrom beugte sich zu ihm herunter. In einer Hand hielt er einen Bolzenschneider.

»Da haben wir aber Glück gehabt«, sagte Sven Löwenstrom. »So, und jetzt kommen Sie mal ...«

»Dimitra«, krächzte Simon. »Sie ist tot.«

Annabelle Laubenstein beugte sich bereits über die zusammengesunkene Gestalt, hielt ihr Handgelenk. Dann fuhr sie herum und rief: »Dimmi lebt! Wo ist Clemens?«

Löwenstrom drückte Simon die Taschenlampe in die Hand, packte Dimitra samt der Jacke und warf sie sich über die Schulter. Im Laufschritt rannte er die Treppe hinauf.

»Sie lebt?« Simon konnte es nicht glauben.

Annabelle sah aus, als wollte sie etwas erwidern, aber dann drehte sie sich nur um und lief Löwenstrom nach.

Lupo schnüffelte auf dem Boden herum, fand etwas, spielte damit, hatte sich sichtlich beruhigt.

Simon blieb, die Taschenlampe in der Hand, noch eine Weile sitzen. Als er endlich schwerfällig aufstand, hatte er das Gefühl, in den letzten Stunden um Jahre gealtert zu sein. Sein Rücken schmerzte, seine Glieder waren aus Blei.

»Komm, Lupo«, sagte er. »Wir gehen nach Hause.« Ohne noch einen Blick zurückzuwerfen, verließ er die Krypta.

Die Kapelle war lichtdurchflutet. Durch die offene Tür strömte die Frühlingssonne. Die Luft war frisch, füllte Simons Lungen bis auf den Grund und vertrieb den Grabgeruch der Krypta. Simon ging an dem Gekreuzigten vorbei, ohne wie sonst zu ihm aufzusehen. Dann marschierte er den Mittelgang entlang und verließ die Kapelle.

Auf dem Vorplatz war niemand zu sehen. Von irgendwo waren Maschinenlärm und Rufe zu hören. *Die Bagger.* Der Bautrupp räumte die Felsen von der Bergstraße.

Lupo stupste gegen Simons Hand. »Was gibt's?« Simon beugte sich zu dem Hund hinunter und sah, dass der etwas in der Schnauze hielt. »Was ist das? Ist das für mich?«

Er nahm Lupo den Gegenstand ab. Es war das Fläschchen mit dem falschen Blut. *Das Blutwunder.* Rote Schlieren liefen über das alte Glas, sammelten sich unter der schwarzen Schicht, mit der es versiegelt war. Das eingeritzte kleine Kreuz war kaum noch zu sehen. Eine Erinnerung regte sich in Simon. Die Orangerie. Die Eingangstür, deren hohe Scheiben mit schwarzer Isoliermasse in dem alten Holzrahmen befestigt waren. Fast hätte er gelacht. Es hatte nicht viel gebraucht – ein einsames Schloss und die bösen Zaubertricks eines alten Mannes –, um eine ganze Gesellschaft von Erwachsenen und auch einen Wissenschaftler an den Rand des Nervenzusammenbruchs zu treiben. Nein, dachte er, zwei Menschen sind gestorben. Oder drei? War Charlotte Fernau wieder aufgetaucht? Er spürte ein Kribbeln im Nacken, und auf einmal war die Angst wieder da.

»Wo ist Charlotte?«, fragte er Lupo. Der schüttelte sich, ließ seinen Herrn stehen und trabte davon.

Simon steckte das Fläschchen ein und schlug den Weg zum Gästehaus ein. Der rote Alfa Spider, der noch immer neben der Eingangstür stand, hatte seine Schneehaube verloren und glänzte in der Frühlingssonne. Der Anblick versetzte Simon einen Stich ins Herz. Schnell ging er an dem Auto vorbei und betrat das Gästehaus. Er warf einen Blick in die Küche, erwartete fast, Charlotte Fernau wie so oft beim Backen zu überraschen. Aber die Küche war aufgeräumt und leer, das schwarze Feuerloch des Kamins gähnte ihm entgegen.

Simon lief in den ersten Stock hinauf, wandte sich nach links und ging zur Wohnungstür der Fernaus. Als er die Faust hob, um dagegenzupochen, zögerte er einen Augenblick. Ihm war, als wollte er das, was ihn möglicherweise hinter der Tür erwartete, gar nicht wissen. Aber dann schlug er energisch gegen das alte Holz.

»Frau Fernau?«, rief er, klopfte wieder. »Ich bin's!«

Wie erwartet, erhielt er keine Antwort. Er drückte auf die Klinke. Die Tür war nicht verschlossen. Diesmal betrat er die Wohnung ohne Zögern und ging sofort in den Wohnraum. Auch hier war alles unverändert. Die Sonne schien durch die kleinen Holzsprossenfenster, die gelben Vorhänge verbreiteten eine angenehme Atmosphäre, und die italienische Landschaft auf dem großen Ölbild wirkte lichtdurchflutet.

Nur etwas war anders.

Das große Fabergé-Ei stand nicht mehr auf der Biedermeierkommode, sondern wie auf einem Präsentierteller mitten auf dem Sofatisch. Malachitgrün schimmerte die emaillierte Oberfläche, golden glänzten der Ring, der um das Ei lief, und der Verschluss. Es sah aus, als wäre das kostbare Ei mit Bedacht dort abgestellt worden, ja als sollte es die Aufmerksamkeit auf sich ziehen.

Simon folgte der schweigenden Aufforderung.

Er ging zum Tisch hinüber, nahm das Ei in die Hand und klappte es auf. Die Brosche lag auf ihrem Bett aus elfenbeinfarbener Seide. Ihre Opale und Brillanten schimmerten. Und unter dem Schmuckstück steckte ein klein zusammengefaltetes Stück Papier. Simon spürte, wie sich sein Herzschlag beschleunigte. Er zog den Zettel heraus und stellte das Ei auf den Tisch zurück. Dann faltete er das Blatt auseinander. Es war von einer zierlichen Handschrift bedeckt. Simon fing an zu lesen.

Die folgenden Zeilen sollen Zeugnis ablegen und meinen Sohn Clemens von jedem Verdacht befreien. Ich weiß, dass ich Schuld auf mich geladen habe, aber ich wollte immer nur das Beste. Clemens, du weißt, wie sehr wir alle unter Tante Valerie gelitten haben. Sie war ein Ungeheuer. Trotzdem habe ich sie jahrelang gepflegt. Zum Dank sollte mein Bruder ihr ganzes Vermögen und unser Zuhause erben. Was hätte ich tun sollen? Ja, ich habe Tante Valeries Testament umgeschrieben und an den Notar geschickt. Auch Anton Steingruber wollte das Schloss erhalten und hat zwei Zeugen gefunden. Wo, weiß ich nicht. Und ich gestehe hiermit, dass ich Valeries Leben ein vorzeitiges Ende gesetzt habe. Ich konnte einfach nicht mehr ertragen, wie sie dein und mein Leben vergiftet hat. Eine Weile ging alles gut. Doch dann schlug das Schicksal wieder zu, wir mussten verkaufen. Es war nur eine Frage der Zeit, bis Dimitra die Klinik ausbauen und uns wegschicken würde. Deshalb rief Anton beim Denkmalamt an und erzählte von der Mumie. Besser ein Wallfahrtsort als eine Schönheitsklinik. Wir waren gerettet. Aber dann brachte Julia auch noch diesen Minkowitz ins Haus. Er hätte das Schloss gekauft und uns ver-

trieben, Clemens, und alles wäre umsonst gewesen. Anton und ich waren einer Meinung, dass etwas geschehen musste. Er nahm in der Nacht, in der ich Minkowitz tötete, ein Schlafmittel, um nicht selbst unter Verdacht zu geraten. Aber dann fand Julia Tante Valeries Testament. Und dieser Becker saß uns im Nacken. Ich konnte meine Nichte nicht töten, das verstehst du doch, Clemens? Anton hat es dann gemacht. Seine Hilfe kam leider zu spät. Clemens, ich will nicht ins Gefängnis. Wenn du diesen Brief findest, bin ich nicht mehr am Leben. Bitte vernichte ihn und vergiss nicht, dass ich das alles für uns getan habe. Möge Gott dich behüten. Deine Mutter.

Unter den Fenstern fuhr ein schweres Fahrzeug vorbei. Ketten rasselten. Die Erschütterung ließ die alten Scheiben klirren. Simon ließ den Brief sinken. Ihm war, als säße er wieder mit Annabelle vor dem Kamin, während draußen der Schneesturm tobte. Annabelle hatte die Karten gelegt, und auf einmal hatte sich ihre Stimme verändert.

Simon starrte auf den Zettel in seiner Hand. Schon bei seiner Ankunft war das Schloss von Hass, Rache und Gier erfüllt gewesen. Steingruber hatte einen alten Aberglauben aufleben lassen, und Charlotte Fernau hatte die Gelegenheit ergriffen, seine Vorhersagen in die Tat umzusetzen. Nichts daran war übersinnlich. Und doch hatte ihn etwas gestreift, das er nicht erklären konnte. Annabelle hatte den Mann gesehen, der die Rolle der Gruberin übernommen und Tod und Schrecken verbreitet hatte. Aber über dieses Phänomen würde er später nachdenken.

Simon faltete das Papier sorgsam wieder zusammen und legte es auf die Brosche. Dann klappte er das Ei zu und stellte es auf den Tisch zurück. Erst wenn Clemens den Abschiedsbrief seiner Mutter gelesen hatte, würden sie gemeinsam ihre Aussagen bei der Polizei machen.

Simon schüttelte den Kopf und verließ das Zimmer.

EPILOG

Die Salzach glitzerte unter der Augustsonne, als hätte ein Riese seine Schmuckschatulle zwischen Mönchsberg, Kapuzinerberg und Gaisberg ausgeschüttet. Wie eine Schlange mit goldenen Schuppen wand sich der Fluss durch die aufgehäuften Schätze. Auf der Staatsbrücke wehten die Fahnen, und die Festung schwebte wie eine Krone über den Kuppeln und Dächern der Altstadt.

Simon saß, den Rücken an die Hauswand gelehnt, auf der Terrasse des Café Bazar auf der rechten Salzachseite. Alle Tische waren voll besetzt, die Kellner schoben sich durch die Menge, die hoffnungsvoll auf einen freien Platz wartete, und das Kuchenfräulein blieb mit seinem schwer beladenen Tablett immer wieder zwischen den Gästen stecken. Lupo hatte sich hechelnd in den Schatten unter dem Tisch verkrochen.

Etwas wehmütig betrachtete Simon das weltberühmte Panorama und ließ dabei den Strom der Touristen auf der Uferpromenade an sich vorüberziehen. Es war Mitte August und die Festspiele waren in vollem Gange. Morgen hieß es wieder Abschied nehmen von Salzburg. Ein neuer Auftrag wartete.

Ein Kellner trat an seinen Tisch. »Noch einen Einspänner?«, fragte der Mann. Auf seiner Stirn standen Schweißperlen. »Und noch ein Mineral?«

Simon lächelte ihm zu, nickte und reichte ihm sein leeres Glas, an dessen Innenseite bräunliche Schlieren von Kaffee und Sahne klebten. Für einen flüchtigen Moment dachte er an das rot verschmierte Fläschchen, das jetzt in Dimitras Tresor im Schlössl lag. »Gerne«, sagte er. »Danke.«

»Und zwei Prosecco«, sagte eine elegante Frau mittleren Alters, die mit ihrer Freundin am Nebentisch saß. »Dieser hier war warm. Das kann man ja nicht trinken.« Sie war groß und hager und hatte helles Haar.

Der Kellner nickte und entfernte sich.

Simon warf noch einen Blick auf seine Nachbarin. Sie erinnerte ihn an Charlotte Fernau. Aber natürlich konnte sie es nicht sein. Er lehnte den Kopf an die Hauswand, schloss die Augen und genoss die Sonne. Sie hatten Charlotte Fernau dort gefunden, wo Clemens sie vermutete hatte. Unter dem Felsvorsprung im Wald. *In der Felsenkapelle.* Friedlich hatte sie dort auf der Seite gelegen, die Beine angezogen und die gefalteten Hände unter der Wange, als hätte sie sich nur zum Schlafen niedergelegt. Eine dünne Schneeschicht hatte sich wie ein Schleier auf ihrem Körper und ihrem Gesicht ausgebreitet. Sie musste sich bereits am Abend hinausgeschlichen haben. Der Nachtfrost hatte sie getötet.

»Botox über den Augen«, sagte die Frau am rechten Nebentisch, »und Hyaluron darunter. Musst du alle drei Monate nachspritzen. Aber im Herbst mach ich was Richtiges. Hier, hier und hier. Sie sagt, wir sollten abwarten, bis es kühler wird. Prost, Süße.« Gläser klirrten. Dann fügte die Frau hinzu: »Jetzt soll ja ein arabischer Prinz oben sein.«

»Ein Thailänder«, sagte eine andere Frauenstimme.

»Ach, echt?«

Simon drehte den Kopf von den Stimmen weg. Vor drei Wochen hatte er eine Karte aus Kabul erhalten. Clemens hatte Österreich am Tag nach seiner Facharztprüfung verlassen. »Ärzte ohne Grenzen«. Er schrieb, dass er zum ersten Mal im Leben das Gefühl hatte, mit seiner chirurgischen Ausbildung Menschen von Nutzen zu sein. Seine nächste Mission würde ihn nach Sierra Leone führen.

Schon in der Nacht, als sie beide vor der toten Eule gestanden hatten, hatte Clemens von seinen Plänen erzählt, sich der Hilfsorganisation anzuschließen. Jetzt, nach dem tragischen Tod von Charlotte Fernau, kam Simon Clemens' schnelle Abreise wie eine Flucht vor. Und vielleicht hatte er ja auch das Bedürfnis, mit seiner Tätigkeit etwas von der Schuld seiner Familie zu tilgen. Irgendwann, wenn Clemens auf Heimaturlaub war, wollten sie sich treffen. Dann würden sie beide, mit dem nötigen Abstand zu den Ereignissen, über alles sprechen können. Denn Simon war sicher, in Clemens einen Freund fürs Leben gewonnen zu haben.

»Ihr Einspänner«, sagte der Kellner, »und das Mineral.«

Simon machte die Augen auf, bedankte sich. Dann warf er einen diskreten Blick auf seine Nachbarinnen. Sie hatten die Köpfe zusammengesteckt, tuschelten, wirkten freundlich und charmant. Mit ihren blondierten Haaren, den stumpfen Nasen und vollen Lippen sahen sie fast wie Schwestern aus. Wie alt mochten sie sein? Ihre glatten Gesichter ließen keine Schätzung zu.

Simon wandte sich ab und nahm einen Schluck Kaffee. Der starke, heiße Mokka mit der kühlen Haube aus geschlagener Sahne würde ihm in Rumänien fehlen.

Ein alter Mann setzte sich an den Tisch zu seiner Linken. Lupo hob den Kopf. Der Mann breitete eine Zeitung aus, schüttelte die Seiten auf und verschwand dahinter. Der Kellner kam und stellte ungefragt ein Achtel Rotwein neben ihn hin. Lupo seufzte und legte den Kopf auf Simons Füße.

Simon dachte an Steingruber. Sven Löwenstrom und er waren, gleich nachdem sie Dimitra in Clemens' Obhut gegeben hatten, in sein Zimmer gelaufen. Aber der Alte war verschwunden gewesen. Mitsamt seinen Habseligkeiten. Als er erkannt hatte, dass er das Schloss nicht würde retten können, musste er seine Flucht geplant haben. Vielleicht hatte er Kontakte aus seiner Seefahrerzeit genutzt und das Land verlassen. Simon hielt es eher für wahrscheinlich, dass der alte Mann auf seiner Flucht über eine der Felswände unterhalb des Schlosses gestürzt war und seine Leiche nun zwischen Steinen und Gestrüpp auf dem Boden der Schlucht lag. Ein Fraß für wilde Tiere, für Maden und Käfer. Denn niemand im Dorf hatte ihn gesehen, und die Fahndung der Polizei war ergebnislos verlaufen.

Auch Heidi hatte keinen Hinweis auf seinen Verbleib geben können, hatte die Ereignisse überhaupt der wechselvollen Geschichte des Ortes zugeschrieben und war an ihren Herd zurückgekehrt. Vielleicht hatte eine Metzgerin ein anderes Verhältnis zu Leben und Tod und eine tiefere Einsicht in das Wechselspiel von Körper und Seele.

Immerhin hatte das Schloss jetzt mit Steingrubers Verschwinden eine neue Legende. Der wie vom Erdboden verschwundene

Mörder. Würde sein Geist irgendwann in die Schlossmauern zurückkehren?

Auch Sebastian war sofort nach Abschluss der Räumarbeiten mit seinem BMW vom Vorplatz gebraust. Dimitra hatte kein Wort mehr über ihn verloren, aber Annabelle hatte Simon verraten, dass sein Dienstzeugnis nicht zu seiner Zufriedenheit ausgefallen und er jetzt wohl gezwungen sei, wieder als einfacher Pfleger zu arbeiten. Und das in Anbetracht der hohen Leasingraten für diesen Luxuswagen, hatte Annabelle mit einem maliziösen Lächeln hinzugefügt.

Die Mumie lag nicht mehr in der Kapelle.

Dimitra, die sich von der Gefangenschaft in der Krypta erstaunlich schnell erholt hatte, war nicht umzustimmen gewesen. Sie hatte den Körper einem medizinhistorischen Museum geschenkt. Die dort vorgenommenen Analysen hatten ein Alter der Mumie von etwa zweihundert Jahren ergeben. Es konnte sich also nicht um Maria Gruberin aus der Zeit des Zauberers Jackl gehandelt haben. Wahrscheinlich hatte man den geschundenen Körper dieses Mädchens gleich den Wölfen und Füchsen zum Fraß überlassen. Die wahre Identität von *Mara* würde für immer ihr Geheimnis bleiben.

Was das flüssige Blut in den Adern der Mumie betraf, das sie zu einem Wunder der Wissenschaft gemacht hätte, war die Lösung so einfach wie enttäuschend gewesen. Clemens, der eine Spritze aus seinem Notfallkoffer vermisst hatte, war mit dem Zeigefinger sachkundig den Arm der Toten entlanggefahren – und hatte die Einstichstelle gefunden. Auch das Blut der Mumie war Eisen(III)-chlorid gewesen, das Reinigungsmittel, das Steingruber jahrelang auf seinen Schiffen benutzt hatte. Er hatte es nur mit einem höheren Anteil Wasser zu verdünnen und der Verstorbenen zu injizieren brauchen. Steingruber war eben wie in allen Dingen Perfektionist gewesen. Eine Phiole mit zweifelhaftem Inhalt war ein Zaubertrick, eine blutende Tote war ein Wunder.

Ein junger Mann hatte sich jetzt auf der Uferböschung platziert und spielte Geige. Mozart. Ein paar Touristen standen um ihn herum und lauschten ergriffen. Auch Simon gab sich dem Zauber der Melodie hin.

Annabelle Laubenstein hatte kein Wort mehr über den Abend am Kamin und ihre Kartenlegekünste verloren. Als Simon sie darauf ansprechen wollte, hatte sie nur gelächelt und den Kopf geschüttelt. Aber am Tag seiner Abreise hatte eine Tarot-Karte auf seiner Reisetasche gelegen. Der Narr. Die Karte, die er instinktiv als die seine angesehen hatte. Er hatte recherchiert. Der Narr bedeutete Offenheit, Neugier und den Mut, etwas Unbekanntes auszuprobieren. Offen zu sein für das, was kommt. Simon hatte die Karte als Lesezeichen und auch als Memento mori in sein Arbeitstagebuch gelegt.

Die Menge applaudierte dem Geigenspieler. Münzen fielen klirrend in seinen Hut. Simon riss sich los. Er stieß sich von der Hauswand ab, schenkte sich Mineralwasser ein und leerte das Glas auf einen Zug. Er musste packen, wollte am nächsten Morgen früh aufbrechen, die Fahrt nach Rumänien war lang.

»Los, komm, Lupo«, sagte Simon und legte einen Geldschein auf den Tisch. »Wir müssen weiter.« Er stand auf und verließ, den grauen Wolfshund im Schlepptau, die Café-Terrasse. Es würde für lange Zeit der letzte heiße Tag für sie beide gewesen sein. Jetzt warteten die Berge und die nebligen Wälder Transsilvaniens auf sie. Und ein seit Langem totes Paar in einer Dorfkirche – mit Pfählen in den Herzen.

Vampire.

Simon schüttelte bei dem Gedanken den Kopf und dachte an Charlotte. Sie hatte bestimmt neben ihren Tees und Kräutern auch ein knoblauchhaltiges Hausmittel zur Vampir-Prophylaxe vorrätig gehabt. Aber gegen Aberglauben war kein Kraut gewachsen.

Nachwort

Eine Maske erzählt uns mehr als ein Gesicht.
Oscar Wilde

Jedes Jahr im August wird Salzburg zur Bühne. Die Festspiele präsentieren prächtige Masken und Kostüme genauso, wie es ihre zahlreichen Gäste tun. Und immer sind auch sie da – die Frauen mit den glatten Gesichtern. Faltenlos, ausdruckslos, alterslos. Wer will nicht schön sein? Eitelkeit ist genauso menschlich wie das Streben nach ewiger Jugend. Wenigstens deren äußeren Schein möchte man sich kaufen. Jeder will geliebt werden, wie er ist. Und doch scheuen sich die meisten Menschen davor, authentisch zu sein. Lieber verstecken wir uns hinter Masken und verbergen unsere wahren Gefühle und Gedanken. Komödie oder Tragödie? In jedem Fall ein Spiel mit falschen Karten.

Auch der Mörder im Kriminalroman verbirgt sich hinter einer Maske, treibt mit seinen Opfern und den Lesern ein falsches Spiel. Was liegt also näher, als Wirklichkeit und Phantasie miteinander zu verbinden und eine spannende Geschichte in einer Schönheitsklinik spielen zu lassen? Dem Mörder wird am Ende die Maske vom Gesicht gerissen. Die Maske der falschen Jugend bleibt ein Leben lang – Segen und Fluch zugleich.

Ihre
Ines Eberl-Calic

Salzburg, an Allerheiligen 2016

Ines Eberl
SALZBURGER TOTENTANZ
Broschur, 208 Seiten
ISBN 978-3-89705-796-8

»*Ines Eberl gelingt mit ›Salzburger Totentanz‹ ein Krimi mit Tiefgang.*«
Salzburger Nachrichten

»*Spannend bis zum Schluss.*«   Salzburger Volkszeitung

www.emons-verlag.de

Ines Eberl
JAGABLUT
Broschur, 208 Seiten
ISBN 978-3-89705-965-8

»*Die fesselnde Geschichte lässt den Leser bis zum Schluss miträtseln.*« Salzburg Inside

www.emons-verlag.de

Ines Eberl
TOTENKULT
Broschur, 240 Seiten
ISBN 978-3-95451-065-8

»Ines Eberl liebt es, eine vielschichtige Spannung aufzubauen.«
Salzburger Nachrichten

»Ein sehr empfehlenswertes Buch.«   echo magazin

www.emons-verlag.de

Ines Eberl
TEUFELSBLUT
Broschur, 208 Seiten
ISBN 978-3-95451-253-9

»*Ein atmosphärisch dichter, spannungsgeladener Krimi.*«
Radio Holiday

www.emons-verlag.de

Ines Eberl
BLUNZENGRÖSTL
Broschur, 224 Seiten
ISBN 978-3-95451-547-9

»*Ein Gourmet-Krimi mit tiefschwarzem Humor. Die packende Erzählweise und plötzlichen Wendungen mit ihrem gut gewürzten und gepfefferten Schreibstil lassen die Zeit beim Lesen viel zu rasch vergehen. Wie immer: ein absolutes Lesevergnügen.*« Echo Salzburg

www.emons-verlag.de